国家社科基金
GUOJIA SHEKE JIJIN HOUQI ZIZHU XIANGMU
后期资助项目

词体韵律学实例研究

——以秦巘《词系》为例

蔡国强 ◎ 著

中西书局

图书在版编目（CIP）数据

词体韵律学实例研究 ： 以秦巘《词系》为例 / 蔡国
强著. -- 上海 ： 中西书局，2024. -- ISBN 978-7-5475-
2324-7

Ⅰ. Ⅰ207.23

中国国家版本馆CIP数据核字第2024XM3239号

词体韵律学实例研究

——以秦巘《词系》为例

蔡国强　著

责任编辑　邓益明
装帧设计　黄　骏
责任印制　朱人杰

出版发行　上海世纪出版集团
　　　　　　　®中西书局（www.zxpress.com.cn）
地　　址　上海市闵行区号景路 159 弄 B 座（邮政编码：201101）
印　　刷　上海丽佳制版印刷有限公司
开　　本　700 毫米×1000 毫米　1/16
印　　张　22.25
字　　数　381 000
版　　次　2024 年 12 月第 1 版　2024 年 12 月第 1 次印刷
书　　号　ISBN 978 - 7 - 5475 - 2324 - 7/I · 257
定　　价　108.00 元

本书如有质量问题，请与承印厂联系。电话：021 - 64855582

国家社科基金后期资助项目
出版说明

　　后期资助项目是国家社科基金设立的一类重要项目,旨在鼓励广大社科研究者潜心治学,支持基础研究多出优秀成果。它是经过严格评审,从接近完成的科研成果中遴选立项的。为扩大后期资助项目的影响,更好地推动学术发展,促进成果转化,全国哲学社会科学工作办公室按照"统一设计、统一标识、统一版式、形成系列"的总体要求,组织出版国家社科基金后期资助项目成果。

全国哲学社会科学工作办公室

序

王兆鹏

中国词学研究会会长、四川大学讲席教授

这部书,有三"奇"。

作者蔡国强先生是传奇人物。

他在 60 岁退休后,才转行来做自己感兴趣的词学研究。一入行,就创造奇迹,让人拍案惊奇!七年之内获得四个国家社会科学基金后期资助项目。听到这,看官一定会惊诧地质疑:这怎么可能?你在讲传奇故事吧?

谓予不信,请看项目名称和项目号:

《唐宋词词谱本源研究》(16FZW014);

《词律考正》(17FZW003);

《蘋洲渔笛谱韵律笺疏》(20FZWA004);

《词体韵律学实例研究》(22FZWA002)。

一般学者,四年能拿一个国家社科基金项目并顺利结项,就足以"告慰江东父老"了,而他在 2016 年和 2017 年连续拿下两个国家社科基金项目,2020 年和 2022 年又分别拿到两个国家社科基金项目,这后两个还都是重点项目。

这还没完。七年间,没拿国家社科基金项目的四年,他也在主持国家级和省部级项目:2018 年承担华东师范大学朱惠国教授主持的国家社会科学基金重大项目子课题《重订词律》和《重订钦定词谱》;2019 年主持浙江省重点项目《琴画楼词钞整理校点》,并与上海古籍出版社合作,成功申报国家古籍整理项目《清代词谱要籍疏解丛书》,该项目 2023 年又获浙江省社科重大项目;2021 年主持浙江省哲学社会科学规划后期资助项目《唐宋词格律疏正》。

这期间,他出版了 150 万字的《钦定词谱考正》(华东师范大学出版社,2017 年)、82 万字的《词律考正》(华东师范大学出版社,2019 年)、50 万字的《唐宋词格律疏正》(浙江古籍出版社,2021 年)、92 万字的《重订词律》和 155 万字的《词系韵律诠疏》(均为上海古籍出版社,2022 年)、54 万字的《蘋洲渔笛谱韵律笺疏》(科学出版社,2023 年)。

七年主持六个国家级项目加三个省部级项目,而且都是独立完成结项,不是团队合作;独立出版六部累计近 600 万字的著作,不说查找资料自己撰著,光是打字录入加校对,也足以让常人头昏眼花。你说传奇不传奇!

本书的研究对象是一部有传奇经历的著作。

本书主要是研究清代道光年间秦巘所著《词系》的韵律学。而《词系》曾经得而复失,失而复得,惊动过现代三位词学大师长达半个多世纪的接力关注,才得以出版问世。

《词系》原是稿本,藏在深闺人不识。1931 年 9 月,精通词学的任二北先生写信告知词学家夏承焘先生,说他的家乡扬州有秦氏所著《词系》稿本。夏先生对词乐词律造诣精深,感觉这部书应该非同寻常,于是托人多方打听,经四年不遗余力地寻访,到 1935 年 1 月,终于得到《词系》凡例,见其以时代为次,首列宫调,次列调名,次列本事,次辨体裁,末附按语,果然不凡,认为该书的价值远胜万树《词律》。于是,他托在上海的词友龙榆生和赵尊岳两位先生筹划出版。龙先生时任上海暨南大学教授,正主编《词学季刊》,在学界和出版界人脉深广,负责联系出版社。而赵先生出身巨绅之家,家富雄财,又师从晚清四大词人之一的况周颐,也是词学大家,他当时正在汇辑《明词汇刊》(1936 年印成),接到夏承焘先生的嘱托之后,特地筹措了一笔经费,允诺一两年之内将《词系》印行于世。然因收藏者索巨款而未谈妥,导致出版事宜搁浅。其后稿本即不知下落,音讯杳然。

先师唐圭璋先生与夏先生是至交,从夏先生处知道《词系》的价值,于是也留意寻访。过了近半个世纪,1983 年,唐先生查阅北京师范大学图书馆馆藏《中文古籍善本书目》,豁然发现《词系》稿本竟然尚存天壤之间,惊喜不已,于是请托北京师范大学中文系邓魁英教授查阅原书内容。邓先生查验原书之后,也觉得是稀罕之物,写信向唐先生报告了相关内容和准备点校出版的想法,唐先生深加鼓励,启功先生也大力支持。于是邓魁英先生和他的学生刘永泰合作整理,《词系》终于在 1996 年由北京师范大学出版社出版。

如果不是当年任二北先生提供信息、夏承焘先生热心寻访和高度肯定、龙榆生和赵尊岳先生多方努力、唐圭璋先生留心发现,不知此书要等到何时才能重见天日!没有邓魁英先生的整理点校,深藏在高校图书馆的珍稀版本,也很难成为普通读者的案头之物。所以,我们要特别感谢和致敬词坛前辈们着意发掘古籍文献之功!

深藏不露的稀世之珍，必待有缘人才得见天日。平时读书，只要用心寻觅，说不准也有机会发现孤本珍籍。我曾有幸找到一部唐圭璋先生等前辈想见而不知藏在何处的《天机余锦》。《天机余锦》是明代一部珍贵的词选，20世纪初，著名版本目录学家赵万里先生从明人词选《花草粹编》中发现有来自《天机余锦》所载十六首词，四处寻访原书而未得。后来唐先生从其他明清人书目和词话中也发现有此书，但不知是否存世。唐先生生前跟我说过此书，于是我牢记心中。1997年4月，我应邀到香港中文大学客座讲学，在该校图书馆查阅古籍书目，忽然发现台北"中央图书馆"馆藏善本书目著录有明抄本《天机余锦》，喜不自胜，立即写信拜托台湾友人、彰化师范大学黄文吉教授查证。黄教授很快找到原书，并写了一篇长文考述其书的文献价值，又慷慨地复印了一部寄给我。我如获至宝，与门生童向飞博士共同整理点校，由辽宁教育出版社出版，从此化一为万，原来的稀世珍本得以为普通读者所易见，了却了先师一个心愿。时过二十八年，想起当年发现原书目录的经过，还难掩内心的激动。所以，禁不住在这里跟大家分享一件与发现《词系》类似的赏心乐事。

本书的内容也很奇特。

本书是以《词系》为基础研究词体韵律学。一般学者研究一本书，都是说这本书如何好、如何有价值，很少会说它有什么问题，即使指出存在的问题，也是以说正面的成就为主，说负面的问题为辅。有的研究者，甚至会拔高研究对象的价值和意义，以表明自己的研究有莫大价值。

可蔡国强先生此书，偏偏是以说存在的问题为主，全书从《词系》中提取出343个问题，来讨论原书的偏失。研究古人的著作，说好容易，说问题难，指出几个问题容易，找出一堆问题就更难，要发现一本名家所撰力作的数百个问题，那就是难上加难。

要知道，秦巘家藏书万卷，乃父秦恩复是著名词学家，曾校订出版《词学丛书》六种，秦巘传其家学，精心结撰的《词系》，意在订正《词律》的不足，绝非等闲之书。词学大师夏承焘先生都说他"大胜词律"（《天风阁学词日记》），唐圭璋先生也称其体例"细密精当"（《词系序》），本书著者也认为《词系》"完全有资格与《词律》《钦定词谱》形成鼎足之势，甚至在见解上完全超出了《钦定词谱》"，"《词系》共收录词调一千零二十九个，词体二千二百余种。如此庞大的词调词体造就了《词系》不可替代的历史地位，成为一部空前的大型词谱研究类专著。加上秦巘对每一个词例都作了极为详细深入的解析，书中还较完整地阐发了作者关于'词体韵律学'方面的一些认识和见解,并提出、解析和应用了一系列有效的词体韵律学研究方面的概念。所以,对于词谱研究而言,它仍然不失为一部重要的专著"(分别见本书《前言》和《弁章》)。就是这样一部"空前"的词体韵律学专著,本书著者居然能发现它有几百个问题,你说奇也不奇!

试举一例。《词系》卷十九《红窗迥》调下收录两首词,以南宋曹豳六十六字的为正体:

> 春闱期近也,望帝乡迢迢,犹在天际。懊恼这一双脚底。一日厮赶上,五六十里。　　争气。扶持我,去博得官归,那时赏你。穿对朝靴,安排你在轿儿里。更选对、宫样鞋儿,夜间伴你。

而以五十二字的周邦彦词为"又一体":

> 几日来、真个醉。早窗外乱红、已深半指。花影被风摇碎。拥春醒未起。有个人人生济楚,向耳边问道、今朝醒未。情性慢腾腾地。恼得人越醉。

从来没有人发现这两首词有什么问题,而本书著者指出,二首词句数、字数完全不同,属于同名异调,不是"又一体":"两相对比后可见,两首词虽然都叫《红窗迥》,但实际上体式迥异,无疑是同名不同调。周邦彦的是令词,而曹词至少后段已经很清晰地表明不是令词,而是一首'近词'。现在的问题是,曹词的前段应该是脱了与后段'穿对朝靴'对应的四字一句。"眼光独具,所言有理,添入后就是一个结构完整的近词了。周邦彦是北宋人,曹豳是南宋后期人,而以后出的曹词为正体,以早出近百年的周词为"又一体",也有违《词系》所定以时代先后为顺序的列调原则。

曹词所脱一句,原是什么内容? 在没有别的版本可校补的情况下,本是一个无解的问题。神奇的是,著者根据"词体韵律学"的基本原理,用理校法,居然探寻出曹豳词的来源,找出所脱四字的原文。他说:"我们通过研究发现,曹词的来源,是仿写了宋孝宗时人俞良的《瑞鹤仙》。俞良《瑞鹤仙》的前段云:'春闱期近也,望帝京迢递,犹在天际。懊恨这双脚底。不惯行程,如今怎免得,拖泥带水。痛难禁、芒鞋五耳。倦行时、着意温存,笑语甜言安慰。'两者的衍生关系应该非常清晰,因此,该四字可能就是'不惯行程'。"这虽然不是"标准答案",但至少提供了一种言而有据的"参考答案",令人心服。没有对唐宋词通盘的掌握、通透的理解,没有对词谱词律覃思精研的真知灼见,很难发现一系列问题,也无法分析其问题的根源。

　　发现、指出问题，其实不是本书的宗旨。有破才有立，破而后立。作者指出和提出问题，目的是要建构"词体韵律学"。而建构词体韵律学，不可能白手起家，需要充分利用《词系》这份珍贵遗产，用其所长，而弃其所短。要弃其所短，先须认识其短处所在。

　　"词体韵律学"是著者原创，让我们耳目一新，倍感新奇，原来词谱词律还可以这样研究，还可研究这些问题，词谱的研究居然还有这么广阔的拓展空间！学术创新，要求有"四新"——新材料、新观点、新方法、新领域。四新之中，以开拓新领域为最难，而本书就是一部开拓新领域的专著。

　　本书虽然只是建构词体韵律学的前期成果之一，还不是完整论述词体韵律学的理论体系，但已经提出了若干重要的理念，颇具颠覆性、理论性和启发性。略举四端。

　　其一，提出词体应区分"体"与"格"。著者认为，《词系》与《钦定词谱》等传统词谱对体式的拟定过于泛滥，一个词调动辄十几种甚至几十种"又一体"，与"调有定格"的基本原则背道而驰。因而提出，词体的变化应该分为两个不同的层级：一为变体，一为变格，绝大部分所谓"又一体"，其实基本"体式"并没有变化，只是字数、韵脚、句式等"格式"略有微调而已，而微调并不影响体式的变化。同一词调下，只有完全影响到体式本身的变化，如单段体变为双段体、平韵体变为仄韵体等，才能视为"变体"或"又一体"。其他的微调只是变格而非变体。这才符合"调有定格"的基本原则。

　　其二，提出词体是"字本位"而非"句本位"。明清词谱多以句为本位，强调"句"的重要性，《钦定词谱》甚至将句式作为谱式的主要元素。而本书著者则认为，词体实际上是"字本位"，所以才出现增减字、增减韵、读破等现象。这些增减字、增减韵、读破，只是"格"的微调，而非"体"的变化。如此，可减少大量的"又一体"。

　　其三，提出词韵分主韵和辅韵。如周邦彦《满庭芳》过片"年年。如社燕"的"年"即为辅韵。辅韵可叶可不叶，方千里和周邦彦此词过片即作"江南思旧隐"，杨泽民和词作"不如归去好"，陈允平同调词作"浮生同幻境"，都不叶辅韵。不叶辅韵，不能视为"又一体"。著者还发现词中有一个规则——"首拍辅韵可增减"，如《醉花间》原收两体，唯一的差异是下片第一句一首押韵，另一首不押韵。这种差异属"辅韵现象"，而不属于"体"的变化。

　　其四，提出词的体式是回环式结构，即词体基本上是以两段全部或部分相同的韵段组成回环，除了极少数词调例外。而回环的形成，是基于词乐的旋律会全部或部分一致地重复，是词的音乐特性留存在词体文本形式上的体现。这种两段复沓的音乐特性，至今仍然保留在现代歌曲中。原本万树很注重词的这种回环特征，倡导前后段对校，而秦巘缺乏这种意识，反而将万树《词律》斥之为"前后段字数，必欲比同，甚至改换字句以牵合，殊属穿凿"。实际上，"比同前后段字数"是校谱校体不可或缺的手段。

这些理念和概念，对重新认识词体和重编词谱，都具有指导性、示范性意义。当然，作为第一部开创性的词体韵律学专著，思虑容有未周，论证尚有完善的空间。期待蔡国强先生建构完整体系的词体韵律学早日问世！

权且为序。

武昌　王兆鹏
二零二四年国庆节于四川大学

目　　录

前　　言

　　词应该划分为两个时代,唐、五代、两宋、金、元是词乐时代,其时的词主要是用来演唱的"乐词",从明清至今是词律时代,这个阶段的词已经不再有演唱功能,词实际上是一种特殊的近体诗,所以我们称其为"文词","乐词"和"文词"相当于就是传统概念中的"伶人之词"和"士人之词"(或称"案头之词")。这两个阶段的词,看是一样东西,长期以来我们也都将其视为同一个东西,但其实本质上却完全是两个范畴的样式,如果我们今天研究词乐时代的唐宋乐词,却还在用今天词律时代"文词"的视点、感觉、理念,或者我们研究今天遗存的词乐时代的已经成为文词的作品,却还想用我们已经不甚了了的唐宋概念,总拿些自己也摸不清楚的"宫调"什么的说事,这样研究的结果,不出纰漏甚至不出错误是很难的。

　　遗憾的是,长期以来我们对词的研究,基本上是在清儒指引的道路上奋勇前进的,而在很多方面,前进的速度越快,离唐宋的本源越远。

　　词体韵律,是词律时代关乎词体的字声、句法、节奏、用韵以及结构等特色的综合规则,在词律时代,对词尤其是对词谱的研究,必须从词体韵律的角度着手才能厘清各种问题。而传统的词体、词谱研究,由于缺乏缜密的逻辑思维,不能从纷繁的现象中抽象出原理,所以往往就停留在就事论事的层面,往往不是从这个综合性的角度入手,这就不可避免地会因为局限于走一步看一步而走错路,一些重要的传统谱书,例如《词律》《钦定词谱》《词系》等,如果有什么瑕疵或错误,几乎都是缺乏词体韵律意识的缘故。

　　《词系》的写作宗旨,是订正《词律》,事实上,它也确实花了很大的力气做了,全面涵盖了词谱学所涉及的各种问题。因此《词系》一书的地位,不言而喻,是清代一部非常出色的词谱类专著,尽管它只是一个稿本,未能对后世形成很大的影响,但就今天的词谱研究而言,它完全有资格与《词律》《钦定词谱》形成鼎足之势,甚至在见解上完全超出了《钦定词谱》。但是,《词系》所处的时代,注定了它也脱不了用就事论事的方式进行相关的研究,因此在很多方面不可避免地存在各种问题。所以,全面研究词的韵律,选择

《词系》作为标的物来展开,我们认为是非常合适的。

本书经过长期的积累,从韵律的角度,对《词系》一书中所涉及的各种词体韵律学相关的内容,作了全面的思考、精准的分析、深度的探索,试图通过系统梳理这些问题,发扬新见,匡正谬误,提出一些正确的见解。由于词谱学的研究一直是一个词学研究中的薄弱环节,几成绝学,专门针对《词系》的研究更是冷门,而该书中蕴含的丰富的词体韵律学养分,不仅在词学研究领域,而且在今天的词创作领域,都具有极为重要的直接的指导、规范价值,所以,对《词系》进行一个全面的研究,从而为今天的谱式研究、词谱制作提供有益的思考,对今天的词创作提供更准确的范式,便具有极为重要的意义。

这应该是第一部关于词体韵律学的书,有很多概念、理念可能是尚未被人知晓的,也有一些甚至可能是与主流的观点相左的,但是,这些见解我们都经过唐宋词实际的反复验证,尚能自圆其说。同时,书中的很多新观点,我们也相信每个研究词学(尤其是研究词谱学)、每个填词创作的人都会有兴趣了解关注,其中主要的可以列举这样一些。

1. 传统谱书中的"体式"概念是错误的,确定一个规范已是当务之急。研究词调词体,一个首要的问题是对"体式"的认识,传统的谱书中万树的《词律》是略微谨慎的,《词系》与《钦定词谱》一样,在体式的拟定上还是过于泛滥,一个词调动辄十几种甚至几十种"又一体"已成了一种常态,这就与"调有定格"这一基本原则完全背道而驰,"调有定格"就意味着一个词调只能有一个稳定的"体"。形成这种错误的根本原因,是传统的研究中向来是平面地看待词体,僵化地定义"词体"概念,将一些本不影响词体变化的元素,统统视为衡量变体的条件,本书提出词体的变化应该分为两个不同的层级:一为变体,一为变格,绝大部分所谓的"又一体"其实基本体式都没有变化,而只是在文字上、韵脚上或句式上有些微调而已,这些微调并不影响体式的变化。我们认为在同一词调下,只有完全影响到体式本身的变化,如单段体变为双段体、平韵体变为仄韵体等等,才能被称之为"变体",即"又一体",这就吻合了"调有定格"的基本原则,而传统词谱中无数的"又一体"本身,也证明了词调本身在"调有定格"的情况下,是允许有各种微调变化的,比如多一字少一字、比如多一韵少一韵、比如读破句法之类。而这些变化只需在谱式中标注清楚即可,一般都无需在谱书中再以"变格"的形式列出。

2. 根据词本身的特质,词分两种:词乐时代的乐词和词律时代的文词,基本相当于前人所谓的乐人之词和士人之词。前者是用来演唱的,后者则仅仅是一种特殊的诗,它已经脱离了声乐,与宫调等等没有直接的关系,因此,今天服务于文本词的词谱,以及关于这类词谱的研究,与"乐"的关系应该把握到一个怎样的程度,是准确、正确拟谱的一个关键。沿用至今的传统谱书在主流上过于依赖"词乐",并将汉字本有的四声变化所形成的抑扬顿挫,偷换为词调的"音乐性",本身是荒谬的,秦巘甚至将万树的《词律》没有标注宫调名这一正确的做法视为"四缺六失"之首,认为是《词律》最大的失败。尽管他这一观点也获得了后人的广泛赞许,但是,从《词系》一书中,我们可以很清晰地看出,事实上秦巘对词作与宫调名之间是什么关系都没有明白,尤其是对于一部词谱来说,他所拟的每一个谱式的宫调名,对谱式使用人来说,在创作上毫无价值。此外,如果认为词中的四声有超越抑扬顿挫之外的"音乐性",那就等同于说律诗也是如此,扩而大之,则所有的古诗文都是如此,因为即便散文中也存在四声,所以这实际上是从另一个角度抹杀了词的特性。当然,这只是说研究平仄谱与词乐无关,并不是说研究词就必须抛弃宫调之类的内容。

3. **词韵并非是平面化的**,它与诗韵完全不同,依据功能的不同,分为二种:主韵、辅韵。这一分类是依据宋代词学家对词体特征的阐述和唐宋词实际的分析。大量的辅韵都存在可叶可不叶的特征,即便是在步韵唱和的作品中,辅韵也可以被丢弃,宋词中这样的例子不少。而很多韵脚的问题之所以数百年来模糊不清,就是因为没有认识到这一点。举例而言,周邦彦的《满庭芳》用"年年。如社燕"过片,但是即便是在步韵的和词中,方千里用"江南思旧隐"、杨泽民用"不如归去好"、陈允平用"浮生同幻境",按照明清词谱系统的规则,他们就是"又一体"了,但三家和周,体式本是一致,而"年"为辅韵,依律本可不叶,因此绝非又一体,我们只需在"年"字下用一个可叶可不叶的图谱,即可涵盖和周诸词的体式。所以大量鸡肋式的"又一体"的形成,一个关键的因素就是没有认识到"辅韵"的本质特征。再比如,我们发现词中有一个规则"首拍辅韵可增减",如《醉花间》原收两体,唯一的差异仅仅是后段第一句是不是押韵,这种差异也是"辅韵现象",并不属于"体"的变化。这一类例子极多,秦巘在写作中已经注意到了销减大量的又一体,但并未注意到用韵的特殊性,否则还可以删去很多。

4. **词的体式是以回环式为基础的**。除了极为罕有的一些词调外,词体的结构是以两段全部或部分相同的韵段组成回环的,这是词体的基本特征。这一回环的形成,基于词乐的旋律会全部或部分相一致的重复,是词的音乐特性残留在文本词上的遗迹,这种两段复沓的音乐特性,至今仍然非常鲜明地保留我们的歌曲中,比如《游牧时光》的三段歌词,就是一个典型的"双曳头"词体,由前两段构成一个回环。此外,新诗也有这种非常常见的复沓特征,新诗的这种特征与其说是受古诗或近体诗的影响,不如说是受词的影响更为准确。万树非常注重词的这种回环特征,他所倡导的前后段对校,是词体、词谱研究中的重要遗产,而以秦巘为代表的传统词学家往往因为缺乏这种意识,反而将万树的《词律》斥之为"前后段字数,必欲比同,甚至改换字句以牵合,殊属穿凿",而将其列为六大重要失误之一,这种细节充分表现了他们本质上缺乏完整的"词为音乐文学的遗产"这种理念。其实,我们从秦巘的操作上可以看出,"比同前后段字数"这一基本的校谱方式,在《词系》中仍然是比比皆是的,被他充分利用,这一事实说明"比同前后段字数"是校谱校体重要的、必不可缺的手段之一,我甚至认为,如果说没有"比同前后段字数"这一校谱手段,词谱乃至词谱学也就不存在了,这样认识也并不为过。

5. 句法上的新认识。 句法的问题,是词中的根本问题之一。明清词谱系统历来在词谱中以句为本位,将"句"的位置强调到一个很高的程度,《钦定词谱》甚至将其标注为一个谱式的主要元素。我们以为,词实际上是一个"字本位"的样式,正因为如此,才有大量的"读破"存在,而所谓的"又一体"的主要成因无非有三:增减字、增减韵、读破。比如《金盏子》,史达祖的第二韵段作"但万里相思,寒江空阔",而赵以夫则为"难重遇,弓弩两袖云碧",于是在秦巘的书中就变成了"又一体",但这种读破并不改变体式,若是有什么差异,也只是我们后人站在自己的立场上看唐宋时的词所引起的"不适"而已,所以这些读破往往是很主观的,有很多实例,换个人句读,也许就不破了。由于错误地将词视为句本位的文学样式,因此出现了大量的别体,平心而论,秦巘已经意识到了这一点,《钦定词谱》中大量的读破已被他否决,所以,《词系》尽管词调比《钦定词谱》收得更多,总的词体却远比它少,其中的主要原因就在秦巘删减了大量这一类"又一体"。

6. 正确、客观地看待去声在词中的地位。 秉承万树以来的"去声情结",囿于迷信前贤、资料不足等原因导致的局限性,秦巘在《词系》中呈现出一些不尽合理、过分主观的缺陷,对去声的重要性过度渲染,在书中比万树有过之而无不及。万树对于去声,经常性地会在《词律》中给出"妙""大妙""甚妙"这样的空泛评价,而秦巘则进一步给予了"规范",认定它们在很多句子中"必去声,勿误",这样的规范在全书中俯拾即是。但是,如果真的到了动辄"必去声"如此重要的地步,那么这种严格的程度,已经大大超过了入声仅在韵中"必入声"的程度,何以不独立出来形成一个专门的声部呢?更重要的是,在唐宋词实际中,为什么这些"必去声"的地方,往往十有八九存在其他仄声,甚至平声呢?去声重要论经由清代学者始,至今为学界广泛接受，他们认为"名词转折跌荡处，多用去声"（万树语），但一直语焉不详，从未明确规定或指出何为"转折跌荡处"，他们认为"去声激厉劲远，其腔高"（吴梅语），用去声是为了"将调激起"（龙榆生语）但是，他们都忽略了一个最基本的常识：我们研究的是词谱，而并非词例，这些解释，也许确实可以落实到一个具体的"词例"上，但是，当一个形而上的"词谱"还只是处于圈圈点点的时候，还尚未被词人确定要去填的声容是喜是悲、是怒是恨的时候，何以先知先觉就可以规定某处必须"激厉劲远"呢？将研究词谱偷换为研究词例的时候，这样的"不靠谱"由是产生。

7. 除上述几点之外，通过长期来对词体韵律学的研磨，本书在对字法、句法、律法、章法、韵法等等涉及谱式的各个方面，都形成了自己的一些看法，或与前贤不合，乃至相悖，但不敢不言而有据，均有三万首唐宋词作支撑。本书中提出的很多观点，都是被实践证明行之有效、合乎唐宋词实际、可以被今天的词文学研究所采用的，诸如"主韵"和"辅韵"、"变体"和"变格"、"读破"与"微调"、"律读"与"意读"、"单起式"与"双起式"、"逗结构"与"托结构"、回环特质、字本位说、兼声说等等，这些学术上的见解，在我们的词谱研究实务中解决了很多实际问题，很多一直被视为"疑难杂症"而至今混淆、误解的问题都获得了合理的解释和解决，这也是本书之所以采用"实例研究"的一个重要原因，鉴于篇幅所限，不作具体展开，这些认识和理念，在书中都有涉及。

我们对《词系》的基本认识是：她不失为一部重要的词体韵律学专著，但由于历史的局限性，存在着很多的问题，所以，我们的研究主要循词体韵律学中最基本的律理展开，参校各种古籍，对《词系》的每一个词调逐一进行细致的分析和研究，对每一个词调的篇章、均拍、句式、用韵、字声乃至各种细小的舛误都做好必要的匡正。

在形式上，我们采用了这样一种形式：现代论著的体系化贯穿通篇，传统词话的札记化细述实例，全书由一个个具体的实例组成，试图避免因为作者阐述的堆积而产生主观臆断的不足，各个实例相对独立又可以帮助清晰理解，同时，也试图在行文的形式上作一个新的尝试。至于书中所有的词例，除特别注明者，则均按照秦巘《词系》中的标点、分句、韵脚、段落移录，以便分析、评论。

本书写作所依据的主要参考书版本是：中华再造善本丛书本的《词系》（北京大学藏本）、康熙二十六年堆絮园刻本《词律》、康熙五十四年内府刊朱墨套印本《钦定词谱》。

此外，由于明清词谱系统本质上都不是唐宋词词调平仄谱的归纳和总结，而仅仅是唐宋词某一具体词作的描述而已，两者实际上只是一种"豹子"和"豹斑"的关系，所以，在研究方法上尽可能地向"给出豹子"的目标进行。在几十年的词谱研究工作中，我们已经总结出了一整套关于词调分析和规范的方式，这些手段还是行之有效的。

"词体韵律学"是我们提出的一个新的学术研究领域，在这一领域我们已经形成了系统完整的、科学可行的研究思想，近年来，笔者撰写的一些相关著作，如国家重大社科项目的核心成果《重订词律》和《词系韵律疏证》、国家重点课题《蘋洲渔笛谱笺疏》、国家社科后期项目《唐宋词谱平仄谱之本源研究》和《词律考正》等等，都是围绕词体韵律学而展开。本书也获得国家重点社科项目，是专门就《词系》进行的一个综合性的系统研究，尝试从全新的视角初步阐释词体韵律学，希望能基本反映出一个大概的样貌。但因为是第一次系统研究，也是一次尝试，一定还会有目力不及的瑕疵存在，我们恳望相关同好、专家不吝赐教。

壬寅六月初六　杭州西溪抱残斋

弁章 《词系》与概念

第一节 关于秦巘和《词系》

秦巘原名哲谋,字公陛,又字绮园,号玉笙,扬州人。惜生卒不详,生平事迹也不甚了了,道光元年(1821)顺天乡试获恩科举人,三年考取教习,七年补充景山官学教习,以不乐仕进,弃去。尝壮游万里。道光十六年后双亲年迈,朝夕侍奉,无暇公车。晚年以诗词自娱,兼工音律。曾筑室于石砚斋、小盘谷之间,曰思秋吟馆,与诸名士相唱和。其著作除传世的《词系》稿本外,另有《意园酬唱集》、《思秋吟馆诗文集》(不分卷)、秦氏石研斋钞本《思秋吟馆词集》(五卷,里人符南樵葆森为之序)。工丹青,兼善医术。任侠好义,能急人之难。晚年遭洪杨之乱,避居北郭外祖墓侧。同年雷侍郎以诚督师扬州,聘参戎幕,辞弗就。卒年六十有二。其生平事迹见于《词系》卷前"家传",及光绪九年(1883)刊本《江都县续志》卷二十五列传第五。

秦巘治词有深厚的家学渊源。他是清代扬州著名大藏书家秦恩复(1760—1843)之子,秦恩复号敦夫,乾隆五十二年(1787)进士,散馆任编修,曾于道光间校刻《词学丛书》六种。秦恩复家中藏书两万卷,刊刻多种古本行世。《江都县续志》卷二十五列传第五中说他"性喜填词,每拈一调,参考诸体,必求尽善,无一曼声懈字者",这种创作习惯对秦巘编写《词系》,无疑具有很深刻的乃至指导性的影响,就《词系》一书的体例来看,该书的写作存在其父耳提面命的极大可能。

根据以上材料,我们大致可以摹拟出秦巘的生卒年代,大约是在1800—1862年,而《词系》一书的完成,则大约是在咸丰初年(1851),因为1850年的时候,秦巘已经进入了该书的校勘阶段,在《词系》的第十卷卷末,他留下了十分珍贵的一条记录:"庚戌(1850)八月初六日校勘毕,识于塘栖舟中。"此时秦巘五十来岁,距其父秦恩复过世已经七年。这条校勘记至少给我们提供了这样一些信息:其一,"壮游万里"应该是秦巘的一生所好,所以丧父之后又在旅途;其二,鉴于《词系》一书中包含了大量的分析性文字,不太需要大量的参考书,因此,《词系》的写作,应该有相当一部分是在"壮游"中进行的;其三,"写作"和"壮游"之间有冲突,同时进行的可能性几乎不存在,所以杭州无疑是秦巘一个重要的写作地,乃至全书的完稿就是在杭州,都是可能的。

　　《词系》一书,目前可见的有两个版本,一个是藏于北京师范大学的稿抄本,该稿抄本装订为二十七册,以红格竹纸抄写,纸已焦黄,且多处虫蛀。第一册和第二册字迹较潦草,凡例部分有多处空缺、勾画和夹批,似未定稿。该版本二十世纪八十年代为词学家唐圭璋从北师大馆藏目录中发现,后被邓魁英先生和她的学生刘永泰先生点校整理,1996 年由北京师范大学出版社出版。

　　另一个是藏于北京大学的稿抄本,该本《词系》全书装订为二十四册,毛装,以绿格纸抄写。首册印纸版式与后二十三册不同。其开本稍小,印纸为深绿格,版心上印"词系卷　",首册版心下印"石研斋"。第二至第二十四册皆为浅绿格纸,版心上印"词系卷",首册版心下印小方框,框内以墨笔填写叶数。从字体上看,第一册的字体也不同于其后二十三册。各册内容依次为首册序、家传及凡例,第二册总目,第三至二十二册为正文二十四卷内容,末两册为《调名汇辨》等附文。首册序言落款题"岁在甲戌三月后学陈懋森拜序",序中言及"先生抱长编奔走兵间,幸免散佚。传子及孙以及于曾孙。今午楼兄弟力谋付梓,以公诸世而属序于余"。此甲戌即民国二十三年(1934)。当时此本已从秦巘传至其曾孙,午楼兄弟筹划将此稿刊刻。序言的线索正好可与前辈词家夏承焘《天风阁学词日记》中所记关联。从1931年至1935年,在夏先生的日记里关于《词系》未刊稿的记载近二十则,记录了其与任二北、龙榆生等词学家寻觅《词系》并谋付印之事。其中一则曰:"秦氏后人字午楼者,欲付刊而无力,嘱介绍沪上书局,当托榆生谋之。"此事后因故未如愿,嗣后《词系》又湮没无闻。此本《词系》很可能就是夏承焘先生所见之稿,而非北京师范大学藏本。因而此本首册用纸及字体皆不同,应是1934年誊录,将凡例重抄整理,并补入"序"与"家传"一篇。全书字迹清秀工整,为了出版起见,全书的内容亦作了进一步的校勘,第二册及第二十三册各粘有一白纸朱书校改浮签,书内偶见某字上浮贴一白纸,亦为校改所用。此藏本为"誊清稿本"①,故2006年被列入中华再造善本丛书,由国家图书馆出版社出版,笔者根据该抄本有详解批注本《词系韵律诠疏》,2022年由上海古籍出版社出版,是目前唯一一本全面深入解析《词系》的专著。

《词系》以康熙间万树编撰的《词律》为蓝本编订而成。秦巘在凡例中提到《词律》"援据不博,校雠不审",并指出它存在"四缺六失"的缺陷:"宫调不明,竟无一语论及,其缺一;调下不载原题,几不知词意所在,其缺二;专以汲古阁六十家词、《词综》为主,他书未经寓目,凭虚拟议,其缺三;调名遗漏甚多,其缺四。不论宫调,专以字数比较,是为舍本逐末,其失一;所录之词,任意取择,未为定式,其失二;调名原多歧出,务欲归并,而考据不详,颠倒时代,反宾为主,其失三;所选之本不精,字句讹谬,全凭臆度,其失四;前后段字数,必欲比同,甚至改换字句以牵合,殊涉穿凿,其失五;图谱等书原可多议,哓哓辩论,未免太烦,其失六。"故其编写目的是为《词律》拨乱反正,拾遗补阙。今学者也都认为上述论析颇为细密精当,但实际上"四缺"和"六失"不但本来就太过重复,极为啰嗦,而且因为秦巘在词谱学上有些理念还不如万树,缺乏词律时代的基本认知,所以关于调名、宫调之类的说法未必有理,且在实际操作中,"前后段字数,必欲比同"也是其常用方法,"所录之词,任意取择"更是"青出于蓝",比万树更烈。

《词系》的另一重要特点是其体例上采用了一种前所未有的"以时代为序"的编排模式。传统的词谱排列方法,主流上都是按照字数多少进行编排,即"计数列调",秦巘则认为:"与其取法于后人,莫若追踪于作者。故本

---

① 本段以上文字见中华再造善本出版说明。

谱以自度原调为经,其后字数增减、叶韵多寡、体格参差、调名异同者,皆列又一体为纬。不以字数为等差,仍以时代为次序。"(见凡例)所以《词系》各卷的编排遵循"专以时代为次序。首列宫调,次考词名,次叙本事,次辨体裁,末附鄙见"这样的模式进行,这种创新思维和实践,为后人的词谱编撰提供了一个很好的思路。但是,这种模式如果成立,就必须完全厘清每一首词的问世先后,而由于历史的原因,这其实是一个不可能完成的任务,同时,作为一部工具书,本来就应该以检索便捷为要,而以时代为序也就是以人为纲,而不是以词为纲,逻辑上显然也是严重抵牾的,因此如果作为一本工具书来看,根本就无法使用。这样,就现有的两个版本来看,这方面其实是失败的。①

但是,毫无疑问,以藏书家之长,加之秦巘本身以荟萃群书、尊崇精本、旁征博引为编纂原则,所以《词系》共收录词调一千零二十九个,词体二千二百余种。如此庞大的词调词体造就了《词系》不可替代的历史地位,成为一部空前的大型词谱研究类专著。加上秦巘对每一个词例都作了极为详细深入的解析,书中还较完整地阐发了作者关于"词体韵律学"方面的一些认识和见解,并提出、解析和应用了一系列有效的词体韵律学研究方面的概念。所以,对于词谱研究而言,它仍然不失为一部重要的专著。

第二节　词体韵律学基本概念举隅

本书涉及词体韵律的有很多专有的概念,因为都是笔者杜撰,所以未必能被人接受,但在本书中频频出现,须有一个交代和诠释,否则将给阅读带来不便,所以在此弁章中专门述及,文中凡不注明出处的,均引用自《词系》,多无关宏旨,故不一一注明。

一、体和格

体有正体,有变体,基于"调有定格"的基本理论,我们认为词通常只有一个正体,如《满江红》以张先的"飘尽寒梅"为正格,则其他各种所谓的"又一体"其实多是变格,只有姜夔平韵的"仙姥来时"词,才是变体。

而"格"则是"体"下的第二层单位,所有添字减字、添韵减韵、读破句法等等的变化,都只是正体细节微调后形成的变格,这种微调只需在正体的词谱中指出即可,不必赘列。

---

① 　关于这一点可详见《词系韵律诠疏》序,这里不再赘复。

二、读破和摊破

读破,本是一个语言学概念,指"改变一个字的原来读音以表示词义的转变"。在词体韵律学中,我们把它定义为:"改变一个韵段文字中若干句子的结构,形成一个新的结构。"例如欧阳修《朝中措》中的"文章太守,挥毫万字,一饮千钟",到赵长卿笔下成了"梅花岂管人消瘦,只恁自芬芳",就是一个典型的读破。

"摊破"则在传统谱书中比较混乱,前述"读破"也被称为"摊破",我们将其规范为仅指因为添字而产生词体变化的一种做法,如《摊破采桑子》就是在《采桑子》的基础上添加了"也啰、真个是、可人香"八字。

三、意读和律读

根据词句所表达的意思来进行句读、分句,我们将其称为"意读";根据词句的韵律进行句读、分句,我们将其称为"律读"。

四、词乐时代和词律时代

我们将词乐未消亡的唐、五代、两宋、金、元诸朝称为词乐时代,尽管这一时代也存在大量并不入乐或并不合乐的词作;将明清及至今为止的阶段称为词律时代,尽管明代有相当一个时期,填词并没有谱书规范,清代也有词人填词似并不遵循词谱。

五、韵律

韵律是一个内涵丰富的概念,包括了词句的节奏、对应、句法,也包括用韵的方式,是对前述几个方面的统称。

六、单段和双段

本书不采用片、阕等术语称说词的段落,采用单段、双段、三段、四段等概念。

七、韵段

"韵段"是构成词体的一个基本单位,对应词乐时代的"乐句",即传统概念中的"均","均"即"韵",由于容易发生歧义,因此我们采用今人更熟悉、更容易接受的"韵段"概念来替代。一个韵段,通常由两个句拍组成,一起拍,一收拍。

八、添头和剪尾

前后段的第一韵段,在基本对应的情况下,后段第一韵段多出若干字(通常是一顿二字),我们称之为"添头",如苏轼的《意难忘》,前段第一韵段为"花拥鸳房。记弹肩髻小。约鬓眉长",后段则为"别来音信难将。似云收楚峡。雨散巫阳",这里的"别来"就是添头。"剪尾"是慢词中很常见的一种结构模式,甚至可以说是宋人创作慢词的主流体式。剪尾的表现形式是后段末一韵段少了二字一顿,有时候剪去一顿会形成失律,就需要调整句读。如陈允平的《永遇乐》,前段末一韵段为"王孙远、青青草色,几回望断柔肠",后段《全宋词》读为"闻嬉笑、谁家女伴,又还采桑","又还采桑"就是剪尾句,减去的是一个仄顿,所以两顿连平失谐,所以这个韵段应该读为"闻嬉笑谁家,女伴又还采桑",以避免不律。

九、歇拍与结拍

这是一组传统概念,但应用者较少,因此也作一介绍。歇拍,即前段的最后一个句拍;结拍,则是后段的最后一个句拍。

十、调有定格

"调有定格"在我们这个系统里就是"调有定体",指的是每一个词调都只有一个正体。"调有定格"并不是说每种词调的字数、韵脚等都是固定不变的,宋代《金缕曲》近百种不同的样式,都是"定格"之下的微调而已,否则就不存在"定"的问题了。因为如此,每一种基于正体变化的体式,都是变体或变格,而绝大多数则都是变格。

十一、平起式和仄起式

当一个词句的第一顿是平声顿时,称之为平起式,如"<u>平生况有云泉约</u>";当一个词句的第一顿是仄声顿时,则称之为仄起式,如"<u>夜雨滴空阶</u>"。

十二、单起式和双起式

当一个句子的第一顿为单音节时,我们称它是单起式句子,如"忆少年歌酒";当一个句子的第一顿为双音节时,我们称它是双起式句子,如"细草和烟尚绿"。单起式的句子均为折腰式句法,双起式的则通常是律句句法。但是,折腰句中也有双起式句子,如"蓝桥约、怅恨路隔",折腰句的双起式通常是平起句,而单起式则往往是仄起句。

十三、句法和句式

"句法"是词句的结构类型,"句式"则是该类型中的具体组成模式。如一个七言的词句,可能是折腰式句法,也可能是律句句法,或不律的拗句句法。而一个折腰句则可能有多种不同的组成方式,例如"更、暗尘偷锁鸾影"这样的一六句式和"最堪怜、玉质冰肌"这样的三四句式。同样,律句也有"景色乍长春昼"这样的仄起句式和"楚山千里暮云"这样的平起句式。

十四、逗结构和托结构

这是两种词句的结构形态。"逗结构"是若干句子与其前面的"逗"组合成一个完整的句子,常见的有一字逗、二字逗、三字逗等领起一个或多个句拍,由于逗结构不会跨韵段存在,所以所领的句子多是一、二句拍,很少有三句拍的情况,例如"叹飘零、萍踪千里""望处、旷野沉沉,暮云黯黯",前者三字逗领单句,后者二字逗领俪句。

托结构的功能和性质与逗结构相同,所不同的是,"逗结构"是在句子之前领,"托结构"则是在句子之后托,例如"酒旗戏鼓、甚处市""怨恨绵绵,淑景迟迟、难度",前者三字托托单句,后者二字托托俪句。

十五、主韵、辅韵和修饰韵

词韵与诗韵不同,词韵有很多是可有可无的,我们将之称为辅韵,而所谓主韵就是必不可缺的韵脚。主韵的韵脚是词句中主句的韵脚,是每一个韵段最末一句的韵脚。因此主韵是有固定数量的,一般来说,令词由四个韵段构成,所以必有四个主韵,慢词由八个韵段构成,所以必有八个主韵,其余的韵脚都是辅韵,辅韵包含起调韵、起拍韵、句中韵三大类。

清人没有主韵、辅韵的概念,但是到了秦巘那里,有时候在阐述的时候会偶有论及,如《双头莲》下说:"凡词,小令四韵,余非正叶。""非正叶"就是"辅韵",这是一个极具见识、非常珍贵的概念。

修饰韵是起调毕曲中的一种特有的辅韵现象,特指在乐词中为旋律进行修饰的韵脚。而到了词律时代,修饰韵则是在文词中,转化为对词的韵律进行一种修饰。

十六、双曳头、添头式双曳头、双曳尾

"双曳头"又称为"双拽头"。双曳头是一个传统概念,专指第一第二段文字、句式、用韵完全一致的多段式(通常是三段式)词体,如《绕佛阁》《瑞

龙吟》等。"添头式双曳头"则是我们发现的一种双曳头新模式,如《塞翁吟》前两段为:

> 暗叶啼风雨,窗外晓色胧璁。散冰麝,小池东。乱一岸芙蓉。
> 蕲州簟展双纹浪,轻帐翠缕如空。梦远别,泪痕重。淡铅脸斜红。

这就是一个典型的"添头式"的双曳头。至于"双曳尾"则顾名思义是词体的后两段文字、句式、用韵完全一致,例如《十二时慢》的第二第三段为:

> 天怎知、当时一句,做得十分萦系。夜永有时,分明枕上,觑著孜孜地。烛暗时酒醒,元来又是梦里。
> 睡觉来、披衣独坐,万种无聊情意。怎得伊来,重偕云雨,再整余香被。祝告天发愿,从今永无抛弃。

由于"添头""剪尾"是一种基本的体式特征,所以"双曳尾"也可以有这样的模式,例如《莺啼序》的第三第四段,就是一个典型的剪尾式双曳尾:

> 幽兰旋老,杜若还生,水乡尚寄旅。别后访、六桥无信,事往花萎,瘗玉埋香,几番风雨。长波妒盼,遥山羞黛,渔灯分影春江宿,记当时、短楫桃根渡。青楼仿佛,临分败壁题诗,泪墨惨淡尘土。
> 危亭望极,草色天涯,叹鬓侵半苎。暗点检、啼痕欢唾,尚染鲛绡,䰄凤迷归,破鸾慵舞。殷勤待写,书中长恨,蓝霞辽海沉过雁,漫相思、弹入哀筝柱。伤心千里,江南怨曲重招,断魂在否。

十七、律理

即格律之所以成为一种执行标准的基本原理。

十八、兼声

兼声指的是一个相同字义的字声兼有平仄两读的特性。兼声应该有两大类。一类是我们通常所说的平仄二读"多音字",例如"忘"字在不改变字义的时候,可以是平声,也可以是仄声。另一类则是指入声字、上声字,由于它们可以在一个特殊的句式字位上改变读音,充当平声字,如上文《莺啼序》第三片,结句中"墨"字,即为以入作平(《钦定词谱》误读),因此我们称其为"兼声字"。

十九、词调名、别名和词名、指代名

词调名是指被普遍接受的,可以对应整个词调的所有词作,适用于所有不同体格词作的名称;词调别名相当于词调名,可以对应整个词调的所有词作,但有时候仅适用于某些具体体格的词作,如《江神子》不可用于单段式的词中。

词名与调名的区别,在于词名的不可通用性,词名是词作者命名的,仅仅对应某一首具体的词作,如张辑的《月底修箫谱》,只限于他用在《祝英台近》"客西湖"一词上,不但其他宋人不会沿用,就是他自己的别首《祝英台近》也不会沿用。宋人中张辑、韩淲、贺铸最喜欢使用词名,如贺铸有七首《鹧鸪天》除四首用正名外,其他三首分别为《剪朝霞》《第一花》《千叶莲》,均单用,绝不重复,甚至连联章体都是如此,如贺铸有《更漏子》联章三首,则分别称之为《独倚楼》《翻翠袖》《付金钗》。

指代名是当时人的特定代称,每每用于忘却调名、强调歌词、赞赏佳句等情况下,与我们前面定义的"词名"一样,其出现时也是仅仅特指某一词调的某一特定词作,而不可作为正式别名泛指这个词调的其他各词。指代名与词名的区别,在于指代名并非作者拟定。

词名、指代名与调名也有可以转化的基础,当一个词名或指代名被时人普遍接受之后,即成为通用的调名,但这种转化在词史上极为罕见。

二十、句本位和字本位

传统词谱学都以句为基本单位来诠释谱式,例如《钦定词谱》的每一个词谱中,都会首先不厌其烦地规定某一词是由前段几句、后段几句构成。由于立足于句,因此每个句子稍有异同,就会被视为又一体,所以并不符合词调原本的样态。我们认为词应该是字本位的,若干字构成一个韵段,只要字数不变,韵段内部允许有一些微调,例如《喜迁莺》起调,吴文英填为"凡尘流水,正春在、绛阙瑶阶十二",赵长卿也可以填为"商飙轻透,动帘幕飞梧、乱飘庭甃",所以,句并不是词体异同的决定因素。

二十一、拗句和律句

词句由近体诗句构成,各种句子均有拗句和律句,大致有以下几种情况。

律句:即符合近体诗句法规则的句子。律句在诗中只有五言句和七言句,而其中的六言律句由于自唐朝以来未有人予以总结,所以平起仄收式(○○●●●○●)、仄起平收式(●●○○○●○)两种律句常常不被人所知。

拗句：凡是不符合律句规则的句子，统称为拗句。但是拗句中依据是否违律而有几种不同的情况，我们将其称为小拗句、大拗句。

小拗句是一种特殊的律句，也可以称为"律拗句"，其形式上不符合基本律句的样式，但也被前人大量使用，这些句式通常被认为是句内救形式，例如五字句的●○○●○、○○○●●，六字句的●●●●○○、○○○○●●，七字句的●●●○○●○、●●○●○●○。

大拗句则是涵盖了各种违律样式的古风式句子，例如●○○○○●、●●○●●○●等。

二十二、对应句和对应韵

词之所以与诗不同，有分段现象，并不是因为词句太长，而是词乐旋律有回环复沓，这种词乐上的回环复沓，体现在文字上，就是前后段字句必然会趋同，这种在同一个旋律位置上的字句前后相同，我们称其为对应，相关的句子为"对应句"，相关句子上的自成一韵的韵脚则称之为"对应韵"，例如李清照《采桑子》词的两个起句作"窗前谁种芭蕉树""伤心枕上三更雨"，就是典型的自相对应叶韵。

第一章　词 的 体 式

明代徐师曾的《文章辨体序说》中有一句名言,叫"调有定格",是词学界一个众所周知也众所认可的定义。根据这个定义可知,一个词调的体式(格)应该是有一个确定的格式的,需要研究的只是这个正格应该如何被确定。但是传统的词谱学所呈现的词体样式,已经完全背离了这个"定格"的基本原则,词调的正常变体和仅仅是微调下的变格被混为一谈,一个词调错误地被规范为十数个乃至数十个"体",已经是司空见惯。

本章用四十八个具体的实例,来对"词体"作一个探讨。由于传统的谱书中都用"体"来表示这个"格",《词系》自然也不例外,所以本书姑将"调有定格"的"格"易为"体",以便与《词系》相吻合,也与我们习惯的认识相吻合。

第一节　概　　论

如何定义和选择一个词调最具代表性的"体"? 在辨体的时候有哪些问题应该注意? 当句式有了变化的时候,是否也意味着体式随之作了变化? 本节通过六个实例作一个初步的论述。

1. 词是字本位的一种文体

词,是一种字本位的文体,但是我们传统的词谱研究中,却将词作为一种句本位的文体进行定位,因此很多研究的结果都会出现一些差误。

正因为在研究中存在两者的不同,所以字本位和句本位的差异,我们随便找一个词调出来,就可以将其清晰地作出一个辨别,例如晁补之的《凤箫吟》:

晓瞳昽。风和雨细,南国次第春融。**岭梅犹妒雪,露桃云杏,已绽碧呈红**。一年春正好,助人狂、飞燕游蜂。**更吉梦良辰,对花忍负金钟**。

香浓。博山沈水，小楼清旦，佳气葱葱。**旧游应未改，武陵花似锦，笑语如逢**。蕊宫传妙诀，小金丹、同换冰容。**况共有、芝田旧约，归去双峰**。

这个词的第二韵段，如果我们以句本位的眼光来看，那就只能看到前段是五字一句、四字一句、五字一句，后段是五字二句、四字一句。然后秦巘看到的是："前段第六句五字，比韩作多一字。与后王作同。《词律》谓'已'字可属上，误。"但是一个更有见地的词谱家则会看出另一些问题，如万树认为："'已'字似应属下，但后段'武陵花似锦'五字，故知九字一气，'已'字可略带上读也。"仅此十四字，两者便有如下差异。

一、秦巘看到的只是"句"，所以就只能在"句"上打转；万树看到的是"字"，所以能看出前后段有一个"九字一气"；二、看到句，自然就只有三句，看到字，句就成了两句，而恰恰这个五字一句起，九字一气收，是符合宋词均拍概念的，而"三句"则是一个毫无学术气息的原生态描摹；三、看到句的人，前后段的对应是不整齐的，看到字的人则前后自然对应；四、如果从创作的角度来说，看到句的人落笔，永远是前后不会对应的，看到字的人则知道，因为"'已'字可略带上读"，所以不但前段可以填成五字二句、四字一句，与后段的文字丝丝入扣，而且后段也可以"'锦'字属下"，填成与前段一致的一五一四一五。两者识见不同，研究的思路可以获得更大的深度，创作的思路可以获得极大的开阔，高低立判，不可同日而语。

同样的道理，前后段最后一个韵段，句本位者看上去就是前段一五一六、后段一七一四，而且这是两个不可变的结构，但是在字本位者看来，都只是十一字而已，所以前后段既可以都是一五一六，也可以都是一七一四的。眼界既开，视野顿宽，知他人之所未知，自然就在情理之中了。

当然，我们并不是说万树已经具备了字本位的理念，只能说在万树的《词律》中已经有了萌芽性质的基本表现，虽然这种表现是很朴素的、非刻意的，甚至常常是无意识的，万树本人应该并没有这样一个清晰的概念，但是我们可以从中获得极为有益的词谱编制启发。非常遗憾的是，作为《词律》继承著作的《钦定词谱》，非但没有将其发扬光大，反而通过标示某词有几句等手段，强化了句本位，彻底扼杀了字本位的这一苗头，而扼杀了这一苗头，词谱就必然是刻板僵化的了。因此，当《钦定词谱》系统"一统天下"之后，几乎所有的词学研究者和词创作者都以句本位为圭臬，不仅影响到了词的研究，甚至词的创作也从此走向一条歧路，以致到了秦巘，已经完全茫茫然不知所取了。

由此可见，在诗文都是句本位的今天，我们不能想当然地认为古人填词也是句本位的,不能用"没有句怎么说话"这样今天的观念来理解和揣度,试想,在诗词里面古人连主谓宾都没有,为什么就非得有"句"呢? 更何况,这是配乐文本,即便在今天,乐句和词句都是可以不必对应的。

2. 辨别体式异同不可局限于局部

对一个词调体式异同的分析,应该有一个正体作为参照,如果我们老是以局部的异同进行比较,便没什么意义。比如《词系》认为杜安世《贺圣朝》"东君造物"词的"后结与张(泌)作同",仅仅这样的一个孤立的说法,实际上无异于在说"后结与贺铸的《柳梢青》同"。词体上的对比只有通过全局的比照,才可以看到两者之间字句的句法、句式、韵律的同与不同,看到词调各体式的衍化、发展,看到某家与某家作品的差异,从而就能宏观把握一个词调的总体面貌,这对研究的裨益是不言而喻的,对于创作来说,更能从容驾驭一个词调的各个韵段的布局,达到自如构思、得心应手的程度,填词就绝对不会像现在这样是一个高难度工作了。

再一个问题,我们要对体式的异同进行分析,其目的是为了揭示其间的差异,一般情况下对相同部分自然无须深入探讨。以《贺圣朝》为例,如果以叶清臣"满斟绿醑"词为正格,则杜安世"东君造物"词的变化,就只在前段第二拍、第四拍各减一领字,后段第二韵段则用读破法,作四字三句。这三处的变化,都只是词调中常见的一般变化方式,因此并不影响到"体"是否形成了变化,那么既然就"体"而言并无变化,又怎么可以将其列为"又一体"呢? 这是说不通的,仅仅只有词体内部的一些微调,说明后者最多也就只是变格而已。

3. 词体的正格应该选择哪一种

那么在两首词体格比较的时候,如何确定孰为正格,孰为变格呢? 正格的标准,就前人的著述来看,目前除了词谱家随意选定的之外,有意识分类的大致不外乎这样两种:使用的人最多的词格、出现得最早的词格。秦巘是以后者为标准的,万树的《词律》则往往以前者为标准,所以被秦巘诟病。但是,两相比较,无疑前者更胜。因为首创者未必受到大家的认可,自然无"正"可言,而继出者大受欢迎,为世人所追捧,那么"正"也就在其中了。而从词谱的角度来说,要倡导的体式自然应该是为最多人接受的体式。从实际操作的层面来说,也是前者的确定更容易,比较数量的多寡即可,而首创词或者首见词则未必就是真正的"首",尤其是首见词,很可能并非就是首创词词格,而其后的词倒反而可能是首创词词格,如果仍然以词人年齿为序,显然是偷换了标准,因为"词格"是关乎词体的问题,与词人毫无关系。

上面是从定制者的角度而言,从应用人的角度来说,未必买定制者的账,但通常总是选择词谱中的正例,作为他认为的正格进行创作。

4. 词体的变化与句式无关

词体的变化与句式无关,正因为如此,所以某一句法在具体的词中可以用甲句式,也可以用乙句式,这种情况在四字句中尤其明显,我们可以以姜夔的《疏影》为例来作一个解说。姜夔作为知名的宋代大音乐家,以他的名作《疏影》为例,或许更有说服力。秦巘对《疏影》中有这样一个论述:"'无言'句平仄与后段异,各家皆如是填,间有用后段句法者。"这指的是姜夔前段用的是"无言自倚修竹",一个平起仄收式的六言律句,而后段用的是"早与安排金屋",一个仄起仄收式的六言律句,而并没有用一般的前后段对应的填法,这是一个典型的例子。

其实如果我们参校别家的词,不但前后有不同,即便同是前段的,姜夔用"无言自倚修竹"这样的平起式,周密也可以用"彷佛玉容明灭"这样的仄起仄收式,且这还不是孤例,张炎有四首全都是用的仄起式,由此可见,词调中句式的选用,本是一个很主观的事,与该词体的体式毫无关系。

另一个例子我们仍举《疏影》,秦巘说姜夔的"'翠禽小小',张炎作'满地碎阴'"。这种四字句的平仄颠倒,更是一个举不胜举的例子。姜夔的"翠禽小小"是个平起仄收式的四字句,张炎的"满地碎阴"则是一个仄起平收式的句子,句式完全相反,但是这对韵律并没有任何的影响,这就充分证明了"句式的变化是不影响词体的",在这个例子中,甚至连词格都不影响。

5. 不同时代的纵向比较,更能发现词体变化的规律

这个小标题可能是一句废话,但在实际谱书中所见到的比较,往往侧重于词的异同,而忽略词的早晚。晏殊的《山亭柳》宋词仅二首,别首杜安世词又是一首仄韵体,所以秦巘说"此调作者甚少"。但元人王重阳有平韵体三首,字句与晏殊词几同,可以拿来进行校正,我们仅以该词的第三至第七句为例:

晏殊词:

花柳上、斗尖新。偶学念奴声调,有时高遏行云。蜀锦缠头无数,不负辛勤。

衷肠事、托何人。若有知音见采,不辞遍唱阳春。一曲当筵落泪,重掩罗巾。

王重阳词：

夏日赫、绽红莲。忽然秋早至，见山亭、柳上鸣蝉。飙地朔风来到，
飘白雪、遍山川。
得后　　总周全。养就神和气，结成丹、灿灿团圆。五道耀明齐聚，
簇拥上、大罗天。

两相比较可以看出这个词调的发展演变有这样几个特点：其一，王重阳词
的后段，这里的第一个句拍都是五字一句，较晏词少一字，这种不规则的少字，极
有可能是所依据的母本脱字了，而不是作者刻意的减字；其二，前后段第二句拍
王词也都是五字一句，校之晏词各少一字；其三，第三拍王词都是上三下四式
折腰七字，校之晏词各多一字；其四，前后段结拍王词都是六字句，各多二字。

就字面上来看，两首词的变化是非常大的，但是我们梳理前后变化的脉络
可知，除了后段第一句疑似落字外，第二第三两句无非是读破句法，前句挪一
字到后句而已，就是第一则中万树说的“可属上”“可属下”。而两结拍各添二
字，也是词句变化中最基本、最常见的微调。由此可以得出结论：这个词体从
宋到元基本保持了词体的稳定性，有变格，但并没有变体产生。这种填法之间
的差异，最可见出长短句变化的一般规律，以及词的体式变化的一般情况。

秦巘写作《词系》的目的，是要弄清楚词调的发展脉络，可惜很遗憾的
是，这类真正意义上的变化规律经常被忽略，很少被详细阐述。

6. 从《临江仙》的大概衍化过程看正体的产生

秦巘该书编著的宗旨是要“以时代先后为次”，因此往往只是将注意力
贯注于词人，而不是词作，这是个很遗憾的事。研究词固然与词人有关，但
研究词体，其直接对象毕竟就是词作，而与词人几乎无关。我们曾说早期的
词都是由近体诗衍化而来，《甘州曲》《西溪子》是从绝句衍化过来，《月宫春》
《临江仙》则是从律诗衍化过来。因此，研究《临江仙》的来龙去脉，专注于词
人的生卒只会是个水中月，因为即便是南宋人，也可以不填北宋后起的体式而
直接填写五代时初始的体式，而如果今天五代的那个母本词亡逸，按照清代词
谱家的惯常理念，自然依然是北宋的体式在前，甚至会允为创体，以致完全
本末倒置。这也是我们以为“以时代先后为次”无法实现的重要理由之一。

所以，以清人固有的理念，这项工作他们是无论如何做不好的，能制作
出《词系》这样的专著，虽然还很不完善，但也已经很了不起了。

以《临江仙》为例，根据它特有的韵律，并参校唐宋的各种不同体式，基

本可以确定牛希济的"披袍窣地"词的体式或为本调的初始形态,本调以该词体为滥觞,一变而为敦煌的"大王处分"词,其前后段第二韵段作"寒风切切贱于丹。行路远。正见一条天。……自今已后把枪攒。卸金甲。高唱快活年"。即结拍由牛词的七字句添一字而成。然后再添一字变为李煜的"樱桃落尽"词,从而成为唐五代的通常体式。这一个发展的脉络,也可以认为是词体由诗而入的一般规则。兹总结如下:

初始体式,牛希济词:

披袍窣地红宫锦,莺语时啭轻音。碧罗冠子稳犀簪。凤凰双飐步摇金。肌骨细匀红玉软,脸波微送春心。娇羞不肯入鸳衾。兰膏光里两情深。

第一次变化,敦煌词的变格:

大王处分靖烽烟。山路阻隔多般。寒风切切贱于丹。<u>行路远</u>。正见一条天。
愿我早晚夺山川。大王尧舜团圆。自今以后把枪攒。<u>卸金甲</u>。高唱快活年。

第二次变化,形成定型的正体,李煜词:

樱桃落尽春归去,蝶翻轻粉双飞。子规啼月小楼西。<u>玉钩罗幕</u>,惆怅暮烟垂。
别巷寂寥人散后,望残烟草凄迷。炉香闲袅凤凰儿。<u>空持罗带</u>,回首恨依依。

7. 从范仲淹《苏幕遮》的韵律,看令词体式的形成

碧云天,红叶地。秋色连波,波上含烟翠。山映斜阳天接水。芳草无情,更在斜阳外。
黯乡愁,追旅思。夜夜除非,好梦留人睡。明月楼高休独倚。酒入愁肠,化作相思泪。

范仲淹的这个词调属于首唱之作应该是清晰的,因此,分析范词的韵律,对认识这个词调特性以及更准确地创作这个词调有重要意义。

本调实际上也是一个七言律诗模式衍化的词体,亦即全词是由八句构成:"碧云天、红叶地"是由七字减一字形成的一句,所以不可以读为三字两句;"秋色连波、波上含烟翠"是第二句,韵律上同样不可视为两句,而后段更可看出有一个七字句添加二字逗的成型轨迹——"夜夜、除非好梦留人睡",我们甚至可以将这一句视为这个韵拍的标准模式,前段的句式则是在标准模式下转化的;第三句依然保持七字律句的原型;第四句是又一个七字扩展型句式,与第二句一样,是一个一气贯下的九字句,这四个九字句不用细读,就可以品出它们之间并不存在"二句"的意味,都是一气呵成的一个整句。

由此可见,很多小令的创制,其体式上是残留着律诗的痕迹的,这种痕迹也决定了这个令词的韵律特征,因此,我们所引的《词系》中的点读是有瑕疵的,第一、第二、第四句中间都不可以用逗号读断,而应该用顿号标示。

第二节　词体的分段

词的分段依据是词乐中的旋律,而绝不是"词意",这是我们在给词分段或者厘清段落的时候,最容易走歧途的重要原因。早期的词大都是单段式的,但单段式在逐渐被淘汰的过程中大都亡逸了,所以我们今天所见到的词调的主流形态是两段式的结构,词的"段"在词乐时代也就是一个"乐段",因此词的分段与否要关注这一特性,而如何分段同样也要关注这一特性,本节用七个词例来阐述关于词体分段中应该注意的一些问题。

8. 词为什么要分段,为什么有的小词不能分段

刘壎的《湘灵瑟》按照秦巘的读法,就觉得整个词体显得非常怪异:

酸风冷冷,哀筑吹数声。醉雨冥冥。泣瑶英。
花心路,芙蓉城。相思几回魂惊。肠断坟草青。

这两段没有一个句子是对称的,而就词的韵律来说,这个"对称"是分段的基础。窃以为明清人对词为什么要分段这个问题是不甚了了的,几乎我们看到的所有不当分段,都可以证明分段者根本就不明白为什么要分,只是看多了词往往是两段式的,所以单段式的看上去就觉得不舒服,要分为两段而已。或者在他们的理念中,词就应该是两段式的,如此而已。

就实际问题而言,本词不应分为两段,分段后,前后段韵律都不谐:前

段"醉雨冥冥。泣瑶英"本为一个三字托的七字句,"冥"字为句中韵,如此,前段仅三个句拍,第二个韵段残缺,起而无收;后段的"花心路,芙蓉城"本非三字两句,而是六字折腰句法,因此后段也是三个句拍,显然同样不谐。而综合全词来看,显然"醉雨冥冥泣瑶英。花心路、芙蓉城"是本词第二韵段,一拍起,一拍收,十分端正。

那么为什么要分段呢?或者说唐宋人对词的分段依据是什么?有些小词是单段的,因为它的旋律比较简单,几句唱完就可以了,所以自然就不需要分段。当词体越来越成熟,一个曲子一遍唱完了还不尽兴,那就再唱一遍,这个"再唱一遍"就是同一个旋律上的回环,这个旋律上的回环体现在歌词上,因为是"再唱一遍",所以就是前后两段相同的歌词了。所以,我们现在见到的早期的双段式,大都呈现出一种完全相同的格式,如《蝶恋花》《浣溪沙》《临江仙》《踏莎行》等等。极个别的还可以有一个三回环,如《三台》。

当词体继续发展,进入更加成熟的阶段之后,两个完全雷同的旋律由于缺乏变化,已经不能满足人们的审美需求了,于是随着慢词的发展,前后段的第一韵段和末一韵段上的字句就呈现出一种不对称性,这种不对称就是为了形成一种旋律上的变化,所以后来的慢词大多是这样的结构,只剩下了中间两个韵段在形成回环,这种韵律模式,其实在当代歌曲中也依然存在。

这样的三步,就是词从不分段到分段的一个过程,也是词分段的目的和相关韵律特征所在。其中的"韵段"是文词的概念,在乐词上,就是"乐句"。回到《湘灵瑟》,我们说扣其韵律它不应该是个双段词,从宋代洪迈的《夷坚志》所录该词不分段这个事实来说,就是明证。

9. 四十字体的《上行杯》作单段式还是双段式更恰

芳草灞陵春岸。柳烟深、满楼弦管。一曲离歌肠寸断。　　　今夜送君千万。红镂玉盘金镂盏。须劝。珍重意,莫辞满。

韦庄的《上行杯》被秦巘指定为正例,词被读为前后两段,不过这首词在《钦定词谱》上并未分段,秦巘将本词分为两段,就其没有对分段作出一个字的解释,可见不但并没有什么客观律理上的依据,连主观感觉上的依据都没有。从全局来看,全词与前一例的《湘灵瑟》一样,为六句,本身有三个一起一收,非常谐稳。但是一旦分段,前三句、后三句便都支离了,且中国诗的架构审美中,三句也往往不能够成一个完整的整体。从具体的句子勾连来看,第三第四句不分段则可以是一个更紧密的单位:因为"送君",所以有"离歌",因为离歌"千万",所以"肠寸断"。而一旦分段,无疑就割裂了这些词意上的勾连,甚至会造成"千万"的所指不明。

当然,词意是内容上的,分段是形式上的,以词意上的关联并不能直接证明形式上的关联,但是一个乐句配合一个文字上的韵段,却是符合一般的规律的,两者可以被视为一个组合也就在情理之中,因此很显然,这里不应该予以分段的理由更为充足。

此事体大,再举一例。孙光宪的"草草离亭鞍马,从远道、此地分襟。燕宋秦吴千万里。 无辞一醉。野棠开,江草湿。伫立。沾泣。征骑骎骎",《钦定词谱》也是不分段的,但是《词系》也给予了分段处理,这一首的分段同样也是错误的。

全局的问题参见前一首分析,局部的问题是,后段"无辞一醉"与后面的句子毫无瓜葛,只是因为前句说到离别将有"千万里",所以才要人"无辞一醉",因果关系非常清晰,不可割断。此外,"里、醉"自成一韵,这"一韵"在诗词中就是"一层",也是不应该拆为两段的证明,可见这个分段也是没有理由的。所以万树在《词律》中虽然出于谨慎,在别无书证的情况下保持了两段不变,但指出:"以余断之,只是单调。小调原不宜分作两段也,合之为妥。"《钦定词谱》对此说极为赞同:"《花间集》所载孙词二首,俱于第三句分段,但此词前段文势,直至'无辞一醉'句始足,况'醉'字仍押'里'字韵,'野棠开'句后又换韵,其界限甚明,不宜于第三句截住。《词律》则云:'当合为单调。'今从之。"显然,万树对这一问题的看法确实是深邃的,《钦定词谱》则不仅承继了他的理念,更在谱例的实际中,直接予以了改定,较之《词律》更加彻底。

就实践而言,我们看到一些古籍中的词,不仅仅是小令,即便是一些长调慢词,也常常会是不分段的,究竟一个词该不该分段,并不是随意的,而是有其内在的韵律基础。一个乐章要分为两个乐段,则势必是两个乐段中有一些相同的旋律,足以形成一种循环回复的美,如果毫无相同的旋律,那么就不存在分段的理由和必要。

词的小令以句式的不同分,有两种结果,一种分段后前后段句式整齐,一种分段后前后段句式参差。前者实际上是词乐旋律存在回环的乐段,因此就存在分段的基础,而后者并无这样可以产生回环的乐段,本身就是一个整体,自然就没有分段的基础,万树以为小词无须分段,其所指的,应该就是这一类。本词属于参差式小令,所以分段反而是一种破坏韵律的错误。

10. 双段式唐词《望梅花》是个伪分段的单段式词体

孙光宪的《望梅花》,今各本都是双段式结构,秦巘是这样读的:

数枝开与短墙平。见雪萼、红跗相映。引起谁人边塞情。　　帘外欲
三更。吹断离愁月正明。空听隔江声。

这又是一个全词六句，硬分为两段的小词。本词也没有分段的必要，更没
有分段的理由，尤其与前面二例相同的是"引起谁人边塞情。帘外欲三更"两
句，原本就是紧密勾连在一起的一个韵段，前二句只是一个起兴而已，并不是
引起边塞情的勾连句子，所以一分段，反而把三更起边塞情的表达支离了。而
全词结构就是两句一个韵段，起兴—叙事—抒情三个层次，十分清晰。就韵律
的角度来说，如果分为前后两段，韵律上就要找得到一个分段的依据，如果根
据韵律并不存在或回环、或复沓的情况，那么形式上分成两段的词，也只能是
一种形式而已，在韵律上与一段式没有任何区别，属于典型的"伪分段"。

我们再将其与和凝的仄韵词相比较，进一步探讨这个小令的词体。和
凝词秦巘并未作分段，读为：

春草全无消息。腊雪犹余踪迹。越岭寒枝香自拆。冷艳奇芳堪惜。何
事寿阳无处觅。吹入谁家横笛。

对比孙词与和词，除了韵脚不同外，整体上韵律的最大差异，就只在分
段的不同了，其他几个文字的增减，从词调变化的角度来说都只是微调而
已。但是，如果孙词不被分段，那么同样的词调，同样的句拍，两首词就可以
称为大同小异了，可见和凝词有证明孙光宪词是单段体的条件。

顺便指出，孙词的第二句，秦巘将其读为上三下四折腰式句法，也是不
合适的，尽管各谱、各本也都是如此。认为其不合适，是因为这种读法实际
上是把一个句子读破了，本句原是一个与和词相同六字句，只不过是添了一
个领字"见"而已，其中"雪萼红跗"又是一个结构紧密的语言单位，其韵律
尤其不可读断。所以，今天我们填词构思的时候，类似的句子应当以一六式
的句法为正。

11.《斗百花》的分段问题或可商榷

《斗百花》的分段问题，至今为止都将"终日扃朱户"一句置于前段作为
歇拍，这样就形成了前段末一韵段较之后段整整多出一个五字句，前面两个
韵段都只有两句拍，而最后一个韵段则有四个句拍，这种结构在宋词中也是
绝无仅有的。但是，如果我们将其移至后段作为过片，那么前后段的第一韵
段就只是后段多三字而已，这种结构在添头式词调中非常正常。

这样的一个独立句,置于前段末还是后段始,并不是偶例,但是,在文意上是没有什么办法鉴别的,比如一个前后语意相连的句子,该句放在前面可以说它是一气呵成,放在后面则可以说它是前后呼应,都很正常,因此这种案例,只能搁置存疑。

12. 柳永"叹笑筵歌席"词分段臆说

柳永的两首《祭天神》,一个共同的特点是前后段都极为参差,如:

叹笑筵歌席轻抛躞。背孤城、几舍烟村停画舸。更深钓叟归来,**数点残灯火。被连绵、宿酒醺醺**,愁无那。寂寞拥、重衾卧。　　又闻得、行客扁舟过。蓬窗近,兰桡急,**好梦还惊破。念平生、单栖踪迹**,多感情怀,到此厌厌,向晓披衣坐。

在这一首词中,只能看出前段的"数点残灯火。被连绵、宿酒醺醺"与后段的"好梦还惊破。念平生、单栖踪迹"是互相对应的。

在均拍方面,也大致可以看出前段"更深钓叟归来,数点残灯火"应该是第二韵段,那么"蓬窗近、兰桡急,好梦还惊破"显然也是后段的第二韵段。这样就可以发现一个问题,那就是后段的第一韵段只剩下了一个孤拍"又闻得、行客扁舟过",所谓孤拍不成韵段,第二段的第一韵段肯定有残缺。

但是《花草粹编》所收本词,与秦巘所说的汲古阁本一样,都是于"无那"后分段,这样,"寂寞拥、重衾卧"六字就成了本词的换头句,重要的是,加入了这一个折腰句后,后段第一韵段的起拍、收拍就都完整了。所以可以下结论:秦巘所据的宋本(包括后来的彊村丛书本《乐章集》及今天的《全宋词》)分段是错误的。但是"愁无那"匹配"多感情怀,到此厌厌,向晓披衣坐"十三字,显然也是太过悬殊,宋词中这样的对应也是绝无仅有的,其中前段必有文字脱落,至少也应该是柳词别首"那更满庭风雨"式的六字句。

13.《戚氏》的分段有可商榷处

《戚氏》因为有大量的韵脚失记,因此段落的对应极为紊乱,当我们理通了从"槛菊萧疏"到"陇水潺湲"之后(详见第九章第六节"落韵"部分),可见前段和中段的文字是相对应的。但是中段在对应前段的"槛菊……潺湲"之后,后面再无词句了,而前段还有"正蝉吟败叶,蛩响衰草,相应声喧"三句,正好一韵段,如此大的均拍不对称,是一个十分明显的错误,因为词乐的旋律不会如此破碎。

由此我们仔细品味后段的第一韵段"帝里风光好,当年少日,暮宴朝欢",和中段的末一韵段"未名未禄,绮陌红楼,往往经岁迁延"之间的词意,应该可以读出它们之间的勾连是非常紧密的,但是"帝里"三句一直以来都被人误读到第三段了。所以,窃以为后段起始的"帝里风光好,当年少日,暮宴朝欢",实际上是中段的末一韵段,正好和前段的末一韵段"正蝉吟败叶,蛩响衰草,相应喧喧"相对应。

纠正这一分段错误之后,再来看第三段,用"况有"起拍,一读就可以体会到,分段的意味是很强的。此外,再一个重要的依据是,当我们作好这样的调整之后,本调的三段词恰好都各由五个韵段构成,不会有比这样的事更巧合的了。

14.《垂丝钓》的分段问题,可判断词当时是否可以演唱

词之所以要分段,是因为词乐的演唱特性,当乐曲有乐段回环形成复沓的时候,这个复沓留在文字上,就是我们所见到的词的段落了。正因为如此,当我们看到有一种词调并没有形成一个工整的回环时,反过来也可以判断,它在当时必然是一个无法演唱的词调。我们不妨找一个例子来具体说明。

可能还没有一个词调,混乱到像《垂丝钓》那样有如此多的分段模式,就《全宋词》所收录的词来看,至少有如下三种:

周邦彦模式:

缕金翠羽。妆成才见眉妩。倦倚绣帘,看舞风絮。愁几许。寄凤丝雁柱。　　春将暮。向层城苑路。钿车似水,时时花径相遇。旧游伴侣。还到○●。曾来处。门掩风和雨。梁间燕语。问那人在否。

扬无咎模式:

燕将旧侣。呢喃终日相语。似惜别离情,知几许。谁与度。为向人代诉。空朝暮。　　谩千言百句。怎生会得,争如作个青羽。又闻院宇。不在○●。当时住。飞去无寻处。肠万缕。寄暴风横雨。

吴文英模式:

听风听雨,春残花落门掩。乍倚玉阑,旋剪天艳。携醉靥。放溯溪游

缆。波光撼。映烛花黯澹。　　碎霞澄水，吴宫初试菱鉴。旧情顿减。孤负○●。深杯滟。衣露天香染。通夜饮。问漏移几点。

这三种模式中，无疑吴文英模式是最为合理的，前后段的韵律即便在少两个字的情况下，也很整齐。秦巘将周邦彦词也读为吴文英模式，应该说是一个很在行的分段。之所以认为吴文英模式是一个最合理的模式，我们在补足了后段的残缺之后，就可以一目了然地看出来：只有他这个模式，前后段的对应是最为整齐的，这种整齐反映了当这个词调还能就着词乐演唱的时候，它就是一个两段循环式的旋律所贯穿始终的词调。

针对《垂丝钓》前后分段混乱的实际情况，我们大胆预测这个词调至少从周邦彦起，已经不再是一个可以入乐的词调，而是一个文人的案头词了。换言之，周邦彦所创作的词中，已经出现了纯案头的文词了，尽管他是一个著名的音乐家。因为如果这个词调是可以入乐的，那么至少他的分段不会如此凌乱，后段也不会出现多字的情况，否则无法演唱。而吴文英作为又一位大音乐家，从他的词作中是否可以看出，他正在努力尝试恢复这个词调的本来面目呢？

第三节　词谱中的"又一体"

传统词谱中最为混乱的是大量的"又一体"的存在，一个词调中如果某一个词作较之主流填法多一字或少一字，都会被视为"又一体"，甚至拟谱人根本不管这一个字是作者原本的增减，还是后世的衍夺，更有甚者，某一个句子用平起式还是用仄起式也会被视为又一体。

这其中重要的原因是，我们向来是平面地看待词体，不注意各种变化之间存在性质的不同，有的是变体，有的无关体式变化的则可以称之为"变格"。究竟应该如何正确认识"又一体"，这是一个亟需解决的重要问题，本节用八个实例来谈这个问题，特别明确哪些差异不可以被视为"又一体"的依据，哪些不是变体而只是变格，哪些才是真正意义上的"又一体"。

15. 从温庭筠《菩萨蛮》词说"又一体"问题

明代学者徐师曾在他的《文体明辨》中曾经提出一个词学上的观点，"调有定格，字有定数，韵有定声"，这是对词体形式的一个最著名的概括，从此这一说法为后人所广泛接受,就词学尤其是词调学、词谱学的角度来说,"调有定格"实在是一个最最根本的重要观点,明清词学中的很多错误,都直接与不能清晰地拥有这一认知有关,整个明清词谱系统,甚至可以说就是一个否定"调有定格"的系统,尽管词谱家们都认可这四个字。

这种否定最突出的一个问题,就是"又一体"的泛滥。当一个词体拥有十数种乃至数十种"又一体"的时候,"调有定格"之说便已经荡然无存。

当然,我们不否定每一个词体都有或者都可以有一些细微的变化,但是这种细微的变化,都仅仅是在不出"调"的范围内所作的微调,它本身并不影响"调"的变化。换言之,这些微调并没有影响到体式本身,在词乐时代,其歌曲的旋律未变,在词律时代,其词体的韵律未变,所以不会形成"又一体"。那么,在既没有形成"又一体",又确实有所变化的情况下,又该如何描绘这一差异呢?我们认为,这实际上是逻辑上的一个层级问题,有变化,但又未到达体式变化的程度,那么就是"体"下面"格"的问题,这种非"又一体"的词体结构,我们可以称其为"变格"。

"变格"的提出,并不是"又一体"换汤不换药的替代,因为我们认可有一些"又一体"是存在的,例如平韵的《满江红》就是正体仄韵《满江红》之外的又一体,比如双段式的《忆江南》就是单段式《忆江南》的又一体,等等。但凡涉及确实有体式上重大改变的词体,都可以归入"又一体",也可以称其为"别体""变体"。

有了"变格"的理念,词谱专著就会简化很多,甚至会更加符合唐宋词的原貌,更加有利于创作。下面两首李白和温庭筠的《菩萨蛮》,就可以证明有一种"又一体"的标准是无理的:

> 平林漠漠烟如<u>织</u>。寒山一带伤心<u>碧</u>。暝色入高<u>楼</u>。有人楼上<u>愁</u>。
> 玉阶空伫<u>立</u>。宿鸟归飞<u>急</u>。何处是归<u>程</u>。长亭更短<u>亭</u>。(李词)
> 翠翘金缕双<u>鸂鶒</u>。水文细起春池<u>碧</u>。池上海棠<u>梨</u>。雨晴红满<u>枝</u>。
> 绣衫遮笑<u>靥</u>。烟草黏飞<u>蝶</u>。青琐对芳<u>菲</u>。玉关音信<u>稀</u>。(温词)

上面的李白词在传统谱书中是被视为四换韵的,而同样模式的温庭筠词则只算三换韵,这种做法应该是前贤们草创时期的一种认知尚未清晰的瑕疵,姑且不论。

而温庭筠与李白《菩萨蛮》词的唯一区别,是李词仄声韵同部,温词平声韵同部,而所谓同部,在一个韵律为换韵格的词体中,那就是一种特殊的换韵方式,因此二者本质上都是一种性质相同、形式相同的特殊换韵法。如果非要认为有所差异,那也只是一种词体内的微调而已,但是传统的词谱中,无论是韵字上产生一个字的变化,还是文字上产生一个字的增减,或者句式上产生一点变化,都会被冠以"又一体"而另列出来,所以,在《词系》中李白词成了正体,温庭筠的词则成了"又一体"。

而实际上,我们只需在词谱上说明"本调四换韵,后段换韵也可与前段同部",就可以涵盖这两种特殊换韵格了。推而广之,这一说明也适用于所有的换韵词体。

16. 人为的句读差异,尤其不应该是"又一体"的依据

所谓"又一体",应该是一个客观存在,与人的主观判断没有任何关系,比如一个规定用七言律句的地方,有一句"明月楼高人独倚",你偏偏要读成"明月楼、高人独倚",那自然是会沦为笑谈的。但事实是,类似的情况并非没有,例如张泌的《江城子》:

> 碧阑干外小中庭。雨初晴。晓莺声。**飞絮落花时节,近清明**。睡起卷帘无一事,匀面了,没心情。

这首《江城子》本质上就是正例韦庄词的体式,按照秦巘的读法,差异只在韦庄词第三个句拍被读为"朱唇未动,先觉口脂香",而张泌词则被读成了"飞絮落花时节,近清明",由此而成了"又一体"。这类情况在清代词谱家的书中绝非个例、偶例,而是有很多,这种"又一体"的存在尤其欠当,因为它不仅并不基于词内在的韵律关系,而且也不是完全基于文法关系,更多的情况下仅仅是基于读的人的语言好恶问题,所以,连"变格"的身份都不具备。可见,这样的"因意析律"是毫无基本的律理常识的。

就张泌的词句而言,秦巘自己也说,"第四句上六下三字,一气贯下,分读不拘",所以,这一句虽然是九字一气,但通常都习惯于读成上四下五式,秦巘在这里读成一六一三两句,只是他主观上的理解而已,并不是对这个句子韵律乃至语意的真实描述。就字面而言,"时节近清明"本是一个成句,唐人张籍有句云"东风时节近清明",司空图有句云"大堤时节近清明",这里张泌或用张籍的句子,因此,仍然读为四字一句、五字一句,不但于词意更恰,与作者的构思更合,而且韵律上也更合乎一般模式。

当然,实际上这里是无需提出这些理由的,一个句子如何读,只有一个硬道理:如果某一个词句的句拍大部分人是读为上四下五句式的,那么只要这么读并没有语病,就不应该读为上六下三式,应该从众,而不需要任何理由。

17. 词是否"又一体"与句式无关

传统认为词体存在大量的"又一体",其中最缺乏常识的,是将句式的不同也作为辨析"又一体"的一个条件。例如《词系·玉楼春》认为温庭筠词与韦庄词在句式上平仄很不相同,因此视其为"又一体",这里涉及一个很重要的韵律问题,为清晰地给予分析,先引例词如下:

温庭筠词:

<u>家临长信往来道</u>。乳燕双双掠烟草。<u>油壁车轻金犊肥</u>,流苏帐晓春鸡早。　　笼中娇鸟暖犹睡,帘外落花闲不扫。衰桃一树近前池,<u>似惜红颜镜中老</u>。

欧阳炯①词:

<u>日照玉楼花似锦</u>。楼上醉和春色寝。<u>绿杨风送小莺声</u>,残梦不成离玉枕。　　堪爱晚来韶景甚。宝柱秦筝方再品。青蛾红脸笑来迎,<u>又向海棠花下饮</u>。

对此二词,秦巘的基本观点是:温词的"句法与韦作同,只平仄互异"。我们先将句式不同的句子标示出来,可以见出其句式相同的仅仅只有两句。

在讨论本调的时候,各词谱往往都是纠缠于句子的平仄,而不知作为填词之道,词的体式原本与词句的句式平仄并无多大关系,这个我们在第一节中已经谈到。句法相同而句式互异,是词中的一种常见的填词形式,比如平平仄仄也时见可以用仄仄平平,都是因为乐词时代并不太讲究句式的统一。因此,《鹧鸪天》虽然多用仄起式的七言句起拍,但赵长卿却偏用"新晴水暖藕花红"起调;《江城子》虽然多用仄起式的七言句起拍,但牛峤却偏用"鵁鶄飞起郡城东"起调;《浣溪沙》虽然也用仄起式起调,但李之仪却偏用"声名自昔犹时鸟"作起拍。温庭筠的词虽然与欧阳炯的词只有两句句式相同,但也依然不影响它们同为一个词调,同样是这个道理,无非更加突出、更加典型而已。若动辄可以拿句式的平仄为体式变化的标准,则六字句、五字句、四字句自然也应该"享有同等待遇",如此,"又一体"必将会成几何级地增加,这实际上是一种非常无谓的研究方式。

---

① 秦巘误作韦庄。

句式的差异不应该是"又一体"的依据,严格地说,这种差异同样也是连"变格"都算不上的。我们还可以以《河渎神》为典型的例子,再引文说明:

温庭筠词:

孤庙对寒潮。西陵风雨潇潇。谢娘惆怅倚兰桡。泪流玉箸千条。
暮天愁听思归乐。早梅香满山郭。回首两情萧索。离魂何处飘泊。

温庭筠词:

铜鼓赛神来。满庭幡盖徘徊。水村江浦过风雷。楚山如画烟开。
离别橹声空萧索。玉容惆怅妆薄。青麦燕飞落落。卷帘愁对珠阁。

孙光宪词:

汾水碧依依。黄云落叶初飞。翠娥一去不言归。庙门空掩斜晖。
四壁阴森排古画。**依旧琼轮羽驾**。小殿沉沉清夜。银灯飘落香炉。

孙光宪词:

江上草芊芊。**春晚湘妃庙前**。一方卵色楚南天。数行斜雁联翩。
独倚朱阑情不极。断魂终朝相忆。两桨不知消息。遥汀时起鸂鶒。

这四个"又一体",唯一的差异只在某一个句子的句式与别的不同,别的都是平起,我仄起,于是我就成了"又一体";别的都是仄起,我平起,于是我就成了"又一体"。然后第二首则是因为没有一句有变化,所以也是"又一体"。

清代词谱家似乎没有弄明白,词的句式有差异,在词中绝非是变调变体的标志。两者有平起仄起的不同,但都是律句,句式不同,句法无异,都属于正常微调,因此而视之为"又一体",除了徒增繁复,对研究和创作都没有任何积极意义。

18. 句子的叠与不叠,并非评判"又一体"的标志

牵人意。高堂照碧临烟水。清秋至。东山时伴,谢公携妓。　　黄菊
虽残堪泛蚁。乍寒犹有重阳味。应相记。坐中少个,孟嘉狂醉。

这是晁补之的《忆秦娥》词,其特点是前后段的三字句均不复叠,秦巘将其视为"又一体"。

词的用韵,叠与不叠,换与不换,本都属于修辞范畴,在词乐时代,或与词乐有关,而在词律时代则仅仅与文字有关,但是,文字修辞上的问题无疑只属于作法范畴的问题,并不属于律法范畴的问题,所有的词都是如此。所以不争的事实是,凡是词中有叠句叠韵的词句,一般也就往往能找到有不叠的实例,有换韵的词句,一般也就往往能找到有不换的实例。这种**修辞不能决定体式**的逻辑也适用于所有的修辞格,例如对偶句是一种修辞,但无论两个句子是不是采用对偶的手法,都是同一个体式,而不是"又一体"。

但是清代以来的词谱家都不明白这之间的逻辑关系,且常常会将作法与律法混为一谈,这种错误的理念,是传统词谱研究中的一个重要误区,至今一直延续。由此可见,这显然不涉及词调的体式变化问题,也就自然不属于"又一体"了,它的这种变化充其量只能是我们在《菩萨蛮》下所说的"变格"而已。

19. 文字的衍夺不得视为"又一体"

词句有衍字、夺字不可视为"又一体",似乎是一个很简单的道理,但是在传统谱书中,因为衍夺而被视为"又一体"的词,占比非常大。这个比例中,或许被我们今天识别出来的只是很小的一部分,而大量的衍夺词,因为无法以书证来证明,都被等同于了添字或减字,这当然不是同一个概念。

赵师侠①的《扑蝴蝶》词就是晏几道词的正体,只是赵词的后段第三拍少了两个字而已。我们如果将衍夺字用墨钉补足后,试比较两词的后段:

怨春短。玉人应去,明月楼中画眉懒。鸾笺锦字,多时鱼雁断。恨随去水东流,事与行云共远。罗衾旧香犹暖。(晏词)
景何限。轻纱细葛,●●纶巾和羽扇。披襟散发,心清尘不染。一杯洗涤无余,万事消磨去远。浮名薄利休羡。(赵词)

很明显,补足两个字后赵词与晏词就完全一致了。但是,最关键的是,这里是否有脱字,目前并没有其他直接的版本书证材料可以证明,我们只是从晏几道、吕渭老、史浩、丘密等作品全是七字,这样一个韵律的角度作出赵词夺字的判断。如果这里确实是因为脱字而形成的变化,自然不应该被列

---

① 秦巘误作赵彦端。

为"又一体"。

但是这个词调的实际情况更为复杂,这个脱字问题,还可以进一步讨论。

万树在《词律》中认为:赵师侠词"前后段森然对峙,只'景何限'三字为过变首句耳"。言外之意,这是一个添头①式结构的词调。因为赵词与晏几道词本身的形态是这样的:

晏几道词前后段第一、第二韵段:

> 烟条雨叶,●●绿遍江南岸。思归倦客,寻春来较晚。
> 怨春短。玉人应去,明月楼中画眉懒。鸾笺锦字,多时鱼雁断。

赵师侠词前后段第一、第二韵段:

> 清和时候,薰风来小院。琅玕脱箨,方塘荷翠飐。
> 景何限。轻纱细葛,纶巾和羽扇。披襟散发,心清尘不染。

晏几道的前段第一韵段只有九字,与后段比较相差足足五字,这样的参差,称之为添头自然是不太合适的。反观赵词,尽管本调后段第一韵段依照正体应是三四七式结构,赵词"纶巾"前按照这个韵律特点是有一仄顿脱落,但是,如果将赵词视为是添头式结构,才是合乎基本规则,才能称之为"添头"的。也就是说,"纶巾和羽扇"作五字才是符合词体的韵律规则的,这是赵师侠填词所据的母本正确,晏词后段误多二字呢,还是赵师侠因为晏词体式上有韵律瑕疵而刻意所作的一种纠偏呢? 这已经不得而知了。毕竟,全部宋词中,所有人都是选用的晏词体式,只有曹组词一首是与赵师侠一样的填法:

> 人生一世。思量争甚底。花开十日,已随尘共水。
> 幸容易。有人争奈,只知名与利。朝朝日日,忙忙劫劫地。

这种孰是孰非极难判断的例子,唐宋词中虽然极少,但对我们思考这个问题极有参考价值,如果我们拟谱,一定会补足二字,将"●●绿遍江南岸"视为正格,然后将赵词视为变格,毕竟,就赵词而言,"轻纱细葛"和"纶巾羽扇"都是名物,两者相连,必有一连接词才能达意,而这个连接词应该就是那两个夺字符了。

---

① 关于"添头",详见第四章第四节。

我们也相信,将"●●绿遍江南岸"视为正格后,必然会招致非议,最正确的观点必然是"前人向来五字,凭什么添上二字",我们认为,依据词体的韵律,知道已经错了的东西,没有不改变的理由,前人万树有之,《钦定词谱》亦有之。当然,如何处理好这个矛盾,并不是没有办法的。

20. 贺铸《小梅花》是真正意义上的"又一体"

缚虎手。悬河口。车如鸡栖马如狗。白纶巾。扑黄尘。不知我辈,可是蓬蒿人。衰兰送客咸阳道。天若有情天亦老。作雷颠。不论钱。谁问旗亭,美酒斗十千。　　斟大斗。更为寿。青鬓常青古无有。笑嫣然。舞翩翩。当垆秦女,十五语如弦。遗音能记秋风曲。事去千年恨犹促。揽流光。系扶桑。争奈愁来,一日却为长。

贺铸的这首《小梅花》就是《梅花引》的复叠形式,亦即这个词调来源于《梅花引》,尽管《梅花引》本身也是一个双段式的结构。

但是秦巘则有其自己的想法,他认为:"此调凡八换韵,平仄互用,前无作者。万俟雅言、高宪皆分此调之半。《词律》云:合前调之两段为一,复加一叠。又注云:一名《贫也乐》。愚按:贺、向皆在北宋,高宪、王特起金人,当南宋之初,如何数十年前预加一叠乎? 明系先有此调,贺名《小梅花》,向名《梅花引》,而后减一叠,改名《贫也乐》也。不考时代,颠倒次序,语殊无据。信乎! 读书者不可以不论其世也。"

秦巘由于固守他的"以时代为序"的信条,眼里只有词人的生卒,而没有词调的衍变规则,思想僵化,一至于此。词由单段而双段,由小令而慢词,是一个基本规则,这一类实例在唐宋词中极多,而由双段衍变为单段,由慢词衍变为小令,则至今不能举出一例。秦巘所说的,无非还是就事论事,因为有现存的词作在所以才有演变,却不知考虑在贺铸之前也有小令,只是这些小令现在已经看不到,但是高宪他们看到了而已。如果非要认为贺铸词是创调词,何以他的词和"小梅花"或"梅花引"这些关键词并无任何关系呢?

21. 平韵《满江红》属于"又一体"

仙姥来时,正一望、千顷翠澜。旌旗共、乱云俱下,依约前山。命驾群龙金作轭,相从诸娣玉为冠。向夜深、风定悄无人,闻佩环。
神奇处,君试看。莫淮右,阻江南。遣六丁雷电,别守东关。却笑英雄无好手,一篙春水走曹瞒。又怎知、人在小红楼,帘影间。

姜夔的这首平韵体的《满江红》,其字句与仄韵体完全一致,由仄韵体(尤其是入声韵词体)转变为平韵体,是词调体式变化的一个主要方式之一,如《忆秦娥》《念奴娇》等等入声韵的词调,都有这类变体的存在。这种体式变化的原因,主要在入声原本有作平的基础。

由仄韵而平韵,词调的韵律发生一个完全不同的变化,自然是在情理中的事,姜夔在改曲的时候就曾经说过:"《满江红》旧调用仄韵,多不谐律……予欲以平韵为之。"可见其旋律已经有了改变,旋律的改变自然体式就会不同,因此,这一类变体是真正意义上的"又一体"。

第四节　用韵理念混乱导致体式分析错误

词的体式问题主要涵盖了两个方面的内容:基本层面上"体"的问题和附属层面上"格"的问题。"体"的问题如上一节所述,本节开始谈"格"的辨析问题。由于一个词调形态,很多在"又一体"形式下的变格其实未必有什么客观上的变异,而只是拟谱人的主观认识有偏差而已,这种偏差的形成有各种原因,本节专门谈因为对韵的认识有局限而形成的偏差。

22. 换韵体是否换韵,只是作法上的选择,无关律法

我们在前一节中就李白和温庭筠的《菩萨蛮》,讨论过词的不规范的"又一体"问题,这里我们进一步探讨这个词调,看看前人的分体意识。秦巘以李白词为《菩萨蛮》的正例,①关于本调的体式,秦巘规定为"两句一韵,凡四换韵":

平林漠漠烟如织。寒山一带伤心碧。暝色入高楼。有人楼上愁。
阑干空伫立。宿鸟归飞急。何处是归程。长亭更短亭。

但是,在对第二首温庭筠词,秦巘则规定为"凡三换韵,与李作异":

翠翘金缕双鸂鶒。水文细起春池碧。池上海棠梨。雨晴红满枝。
绣衫遮笑靥。烟草黏飞蝶。青琐对芳菲。玉关音信稀。

---

① 为简便行文,本书所谓"正例",指每一个词调的打首词。

第三首张先词，又规定为"此上仄韵不换叶，平韵换叶"：

> 五云深处蓬山杳。寒轻雾重银蟾小。枕上把余香。春风归路长。
> 雁来书不到。人静重门悄。一阵落花风。云山千万重。

此外，对贺铸下面的两首词，分别规定为"凡两换韵，上下段皆不换"和"此平仄互叶体。通首不换韵"：

> 章台游冶金龟婿。归来犹带醺醺醉。花漏怯春宵。云屏无限娇。
> 绛纱灯影背。玉枕钗声碎。不待宿醒消。马嘶催早朝。
> 厌厌别酒商歌送。萧萧凉叶秋声动。小泊画桥东。孤舟月满篷。
> 高城遮短梦。衾藉余香拥。多谢五更风。犹闻城里钟。

以上四种，是典型的因为对用韵认识不准确，导致标准不统一而形成的分类错误。

比照李白词和张先词，在用韵上并无任何区别，都是仄声韵前后相同，平声韵前后不同，这是明明白白的问题，何以双标看待？秦巘及其他清代词谱家都以《菩萨蛮》这一词调为"凡四换韵"，这本是正解，但他们在别的词中则均作错误的诠释。原因就在于清代词谱家有一个错误的理念：**换韵就一定是不同的韵部切换**，他们从不就整个词调的韵律出发进行考量，所以但凡同一韵部的，就被僵化地认为是不换韵，因此，其后温庭筠的平声韵前后同部、张先的仄声韵前后同部、贺铸的平仄声前后同部，便一律被视为"未换韵"，从而无端弄出许多"又一体"来。

这错误产生的原因，是对词谱认知的表面化，一直以来词学学者对此都停留在"就事论事"的层面，而未作本质意义上的认识，所谓"四换韵"，应该从宏观的韵律出发进行把握，前后段韵部是否相同，只是一个表象问题，这种问题我们可以视为一种特殊的换韵，例如李白本词，前段仄韵用"织、碧"，后段用"立、急"，本属同一韵部，但它依然属于换韵，否则，《菩萨蛮》正体的标准，就是"凡三换韵"的体式了，这无疑是每个人都不会接受的说法。

与《菩萨蛮》类似的词调很多，都适用这样的分析，比如《更漏子》《减字木兰花》都是同一个类型的"换韵词调"，在换韵的体式中寻找不换韵的词，从而以为新发现了一个"又一体"，这是清代以来词谱家一直乐做的事，直至今天依然为一些编纂者孜孜以求，因为现在我们掌握的材料更多，可以有比前贤更多的新"发现"，笔者也曾经如此作（平声）过，一有斩获，便沾沾自喜,大有填补空白的欢欣。却不知一个词调的总体体例下,在一个具体的词作中是不是换韵,只不过是作者创作方法上的一种主观选择而已,与这个词作客观存在的韵法无关,与这个词调客观存在的律法也无关,你换或是不换,其律法和韵法依然不变。

这种特殊换韵的类别很多,《菩萨蛮》之类是一种,《转应曲》是另一种:

团扇。团扇。美人病来遮面。玉颜憔悴三年。谁复商量管弦。弦管。弦管。春草昭阳路断。

秦巘因为王建这首《转应曲》词"与前作同,惟末二句仍叶前仄韵,不换",而将其视为与正例体格不同,这类分析和《菩萨蛮》犯的是同样的错误。

所以,我们一定要建立这样一个理念:词的押韵,凡是可以换韵的地方,同时也都是可以不换韵的地方,而可以叠韵的地方,也都是可以不叠韵的地方,词中所有的词调都是如此,这是词文学韵律的一种规则,即便某一个词调因为数量不多,而呈现出完全一致的现象,也不例外,否则的话,这首《转应曲》平仄韵都在同一部,这也可以被视为一种体式规则了。

总之,一个换韵格的词调,无论是不是有某几首不换韵,都不改变它本是换韵的基本特质,换韵是常,不换是权,其最底层的原因就在于换韵与否属于修辞问题,而修辞问题属于作法范畴,并非属于律法范畴,因此,天然地就不存在有什么格律的限制或规定,所以我们常常可以看到有两种情况同时存在的事例。

23. 程垓《一剪梅》并非新词体体式

周邦彦正体词:

一剪梅花万样娇。斜插疏枝,略点眉梢。轻盈微笑舞低回,何事樽前,拍手相招。
夜渐寒深酒渐消。袖里时闻,玉钏轻敲。城头谁恁促残更,银漏何如,且慢明朝。

程垓词:

小会幽欢整及时。花也相宜。人也相宜。宝香未断烛光低。莫厌杯迟。莫恨欢迟。

夜渐深深漏渐稀。风已侵衣。露已沾衣。一杯重劝莫相违。何似休归。何自同归。

程垓的这首《一剪梅》与正体周邦彦词，在传统词谱中一律被视为体式不同，这也是很典型的一个例子，类似的添韵、叠韵，在传统谱书中属于一个变体的"硬杠子"，秦巘说："通首皆叶韵，且用排句叠叶，后人多效之。"这就是差异。

但是，程词的笔法，一望而知只是在作法上有所变化，加强了词调的修饰功能，新增加的"宜、迟、衣、归"四个韵脚，也都只是辅韵而已，而我们说辅韵原本就是可叶可不叶的，所以，对于"律"并没有形成任何的根本性的变化，就"调有定体"来说，仍为一体。

24. 辅韵的增减，不构成体式的变化

前一则讲到添韵如果是辅韵，并不形成新的体式，同样的道理，减韵也是如此。例如《更漏子》的正体，秦巘以温庭筠词为例：

金雀钗，红粉面。花里暂时相见。知我意，感君怜。此情须问天。

香作穗。蜡成泪。还似两人心意。山枕腻，锦衾寒。觉来更漏残。

这个正体的一个重要特征是过片的"香作穗"叶韵，成为一种主流填法，但是，韦庄词在过片的时候抛弃了这个韵脚，作：

钟鼓寒，楼阁暝。月照古桐金井。深院闭，小庭空。落花香露红。

烟柳重，春雾薄。灯背水窗高阁。闲倚户，暗沾衣。待郎郎不归。

在传统的谱书中无一例外，都将其视为体式不同，成了"又一体"。但是就词文学的基本律理来说，过片用韵与否，无论是在句中或是句脚，都是可用可不用的，任何一个词调都是如此，前人有，你可以不用，前人没有，你可以增添，都不影响到律法的变化，只能算是一种词体内部的微调而已，这种微调的目的仅仅是一种修辞，修辞，自然是属于作法范畴的内容，与律法无关。

25. 用韵上的异同，是律法中的重要要素

辨别词调体式的异同，必须要有一个全局的观念，统而观之，才能获得接近真相的辨析结果。如果只是数字数而说前段同张，后段同李，那么其来龙去脉依然是云里雾里的，言犹未言，读者对词体中韵律的变化无从扪摸。这里有一个例子可以详述，秦巘在张先《酒泉子》词"春色融融"后说"前段同张第一首，后段同李第一首"，我们不妨来详细探讨一下。

张先词：

春色融融。飞燕未来莺未语。露桃寒，风柳晓，玉楼空。
天长烟远恨重重。消息燕鸿归去。枕前灯，窗外雨。闭帘栊。

张泌词：

春雨打窗。惊梦觉来天气晓。画堂深，红焰小。背兰釭。
酒香喷鼻懒开缸。惆怅更无人共醉。旧巢中，新燕子。语双双。

李珣词：

寂寞青楼。风触绣帘珠碎撼。月朦胧，花黯澹。锁春愁。
寻思往事依稀梦。泪脸露桃红色重。鬓敧蝉，钗坠凤。思悠悠。

就前段而言，张先"语"字是个孤韵，须遥叶后段"去"字，而张泌"晓"字、李珣"撼"字则并非孤韵，与后文的"小"字"澹"字相叶，后段也不再有同韵相叶了。就后段而言，张先词是以"融、栊"为主韵，后段以"重、栊"抱"去、雨"，换头并未作换仄，整个词的韵律以其为主；而李珣词则是后段过片即换韵，重开一韵。因此，二词全篇韵律迥异，并无承继关系。

遗憾的是，清代的词谱家们多是如此，只是以现象之归纳为其要务，而不重律理的分析和研究，所以常常会缺乏所以然的总结。

继续以张先词为例，详述其韵律之承继、发展。这首词所循的韵律，应该是源自顾夐的"杨柳舞风"词，试比较如下：

顾夐：杨柳舞风。轻惹春烟●残雨。杏花愁、莺正语。画楼东。
张先：春色融融。飞燕未来莺未语。露桃寒、风柳晓，玉楼空。

就张先词的前段变化来看，与顾夐词比较有两个差异：首先次句与张、李二词一样，都要多一字；其次"晓"字未押韵，其余则都相同。其后段，则两

首词是完全相同的,字句、平仄、用韵全部相同:

> 顾敻:锦屏寂寞思无穷。还是不知消息。镜尘生、珠泪滴。损仪容。
> 张先:天长烟远恨重重。消息燕鸿归去。枕前灯、窗外雨。闭帘栊。

因此,前后段比较可见,张先词与唐词中诸家各体相较,和顾词的差异最小。细玩二词,可见其间更多渊源:张词之"风柳"即脱胎于顾敻的"杨柳舞风";顾词说"杏花",张词就说"露桃";顾词说"画楼",张词则说"玉楼";后段张词的"消息",则径取该句拍中顾词的"消息";顾词主韵为东冬,张词亦用东冬。凡此种种,其构思思路源自顾词是毫无疑问的,窃以为张先创作这首词的时候,必定是因顾词而起,甚至可以认为顾词就是他创作时的母词。

而再继续追踪溯源,则顾词的体式应该是源自温庭筠的"花映柳条"词体,二者之间的差异,也仅仅是顾词多添一字、改换一韵而已。

进一步研究,张先词的韵律添字合理,因七字为正格,而"晓"字不韵则无理。宋人填词,遥叶就已经极少了,前段仅一"语"字,便令人觉得非常不合,窃以为"晓"字应该是"舞"字之误,从作法入手来看,"露"字勾连"寒"字,"风"字勾连的就应该是"舞"字,而与"晓"无关,这就是创作中的"谐"。且"风柳"源自"杨柳舞风",风柳若不舞,更是何字?反过来说,"风"字本不能勾连"晓"字,这就是创作中的"脱",其间本无逻辑关系,谙识填词之道的人,都明白这一道理,子野自号"张三影",用字极精,作词岂会如此不谐?

要之,张词本顾词而填,字句韵律俱合,二者之别,或仅张词多一字而已。

26. 平仄通叶亦即换韵,是一种特殊换叶

龙榆生先生将"平仄通叶"和"平仄换叶"视为两种不同的用韵模式,细分自然是可以的,但本质上两者其实就是一个模式。所以,我们在前面的四部换韵中谈到了"特殊换韵"的问题,这种情况在平仄通叶的词调中也就可以获得同样的理解,如果一首平仄通叶的词变成了平仄换韵,也就属于正常现象,并非是一种变体。柳永的《曲玉管》是一个典型的"双曳头"体式,秦巘如此读:

> 陇首云飞,江边日晚,烟波满目凭阑久。一望关河萧索,千里清秋。忍凝眸。杳杳神京,盈盈仙子,别来锦字终难偶。断雁无凭,冉冉飞下汀洲。思悠悠。暗想当初,有多少、幽欢佳会,岂知聚散难期,翻成雨恨云愁。阻追游。悔登山临水,惹起平生心事,一场销黯,永日无言,却下层楼。

前二段的平仄互叶,应该是一种换韵法,至于平仄恰好同部,只是偶合而已,如果我们用不同的韵部进行创作,根据律理也是可以的。这就好比《西江月》《哨遍》等词调,固然有很多的同部通叶,但也存在异部换叶。不同的只是《西江月》填的人多,这个问题显露出来了,而《曲玉管》独此一首,无从比较而已。

要之,通叶亦即特殊换叶,这是填词的基本律理,贺铸在换韵格《菩萨蛮》中用通叶方式写"厌厌别酒商歌送。萧萧凉叶秋声动。小泊画桥东。孤舟月满篷"就可以为此作证。而"通叶"理念的产生,本身就是建立在韵律"同部即非换韵"的错误认知上的。

由此我们还可以细究第三段,发现其中的异动并作补正。这一段起韵是二十三字,结韵也是二十三字,几乎接近前面的一个整段,我们通篇玩其韵律,这样的韵法就是不谐和的,无疑是很不正常的韵律表现,但是如果循前二段的押韵模式,则可知其中的"会"字、"水"字、"事"字,正与前面的"久"字、"偶"字一样,也是一种换韵,如此,第三段的均拍就非常和谐了,通体本调是一个慢词的规模,清末陈洵填《曲玉管》,这两个句脚用"事、味",可见也是认识到了这种韵法,有意而为之的。但是,如果我们因为将这两个句脚的押韵与否、换韵与否作为一个视点,来考察这个词调是否又有了一个新的体式,那无疑就是错误的。

第五节　特殊体式

任何一种样式,都会有一些特别的模式独立于主流之外,因此对是否真特殊的辨析就有存在的必要了,词也如此。有些词作则由于具有一些特殊的结构因素,而被人误看体式,这种情况虽然不多,但其重要性不言而喻。本节专门举几个典型的实例予以探讨。

27. 李晏《菩萨蛮》词非单段体式的词

李晏词"断肠人去春将半,归客倦花飞。小窗寒梦晓,谁与画双眉",秦巘说:"此单叠……次句五字,与各家不同。"

本词其实是一种单句式的回文词,而不是秦巘所谓的单叠词,所以,次句也并不是五字。但是因为其平仄需要适合往返倒读,所以会形成一种自成的规则,此类变化,其体式依然未作变化,但其格有异,所以也不是"又一体",而是一种变格而已。秦巘不识这一体格,因此"半"字"晓"字均未注明是韵脚,各句的首字也是韵脚就更是忽略了。甚误。其词的原型读出后当是:

断肠人去春将半。半将春去人肠断。归客倦花飞。飞花倦客归。小窗寒梦晓。晓梦寒窗小。谁与画双眉。眉双画与谁。

28.《梦还京》是体式最特殊的词调之一

夜来匆匆饮散，欹枕背灯睡。酒力全轻，醉魂易醒，风揭帘栊，梦断披衣重起。悄无寐。　　**追悔当初**，绣阁话别太容易。日许时、犹阻归计。甚况味。旅馆虚度残岁。想娇媚。那里独守鸳帏静，**永漏迢迢**，也应暗同此意。

这首《梦还京》是宋词中体式最特殊的词调之一，偏偏出于柳永之手，词中错讹最为多见，偏偏又是一个孤篇，再无别首可以互校。

秦巘这样于"无寐"后分段，是一种传统的分法，至今的标点本还都是这样点读，但这种结构前后居然找不出有对应的句子，稍具一点音乐意识就可以知道，既如此，何必分段？充其量只有文字意义上的理由，而没有任何词乐上的理由，而词体的分段，自然只能是一个词乐意义上的动作，所以，一看就明白韵律极为不谐，必误。

但本调的分段之所以紊乱，是因为整体架构极为特殊，以秦巘为代表的这种分析，全词只有五韵段，前段仅得两韵段，且两韵段之间的字数悬殊也很大，而反观后段，从"归计"开始，连续四句用韵，又密集得反常。根据这一现状，还不如以"追悔当初"与"永漏迢迢"作为对应句，并以此为基点梳理，在"容易"之后分为两段，至少这样前后段的末一韵段就变得谐和，四字句句式相同，结拍则完全符合宋词前长后短的一般剪尾规律。

比较而言，《钦定词谱》对本词的分段或更为合理，它分为三段：

夜来匆匆饮散，欹枕背灯睡。酒力全轻，醉魂易醒，风揭帘栊，梦断披衣重起。
悄无寐。追悔当初，绣阁话别太容易。日许时、犹阻归计。
甚况味。旅馆虚度残岁。想娇媚。那里独守鸳帏静，永漏迢迢，也应暗同此意。

这个结构中第一第三段的字数相同，可以想象出这个曲子在演唱的时候，一头一尾两段的旋律是一个复沓，这就是我们通常理念中的和谐。不过这样的词体结构在唐宋金元应该是绝无仅有的，第一第三段中很可能还有

一些文字上的舛误,比如前后段或是:

> 夜来●。匆匆饮散,欹枕背灯睡。酒力全轻醉魂醒,风揭帘栊,梦断
> 披衣重起。
> 甚况味。旅馆虚度,残岁想娇媚。那里独守鸳帏静,永漏迢迢,也应
> 暗同此意。

主要变化在第一句中补一个韵脚,删去多余的衍文"易"字,因为后文已经说了是"披衣重起",所以自然就不是"易醒",而是已经"醒"。这样各为两韵段,极为谐和。

寸光之中,这种前后段对称,而中间又夹一段的体式,尚未看到有第二首。但是,从词乐的旋律来考虑,这种回环应该是可以被认可的,套用一句常用术语,可以称其为"曳头尾"体式。

29.《于飞乐》有两种不同的体式

> 宝奁开,菱鉴净,一掬青蟾。新妆脸、旋学花添。蜀红衫,双绣蝶,
> 裙缕鹓鹓。寻思前事,小屏风、巧画江南。　　怎空教、草解宜男。
> 柔桑暗、又过春蚕。正阴晴天气,更暝色相兼。幽期消息,曲房西、
> 醉月筛帘。(张先词)
> 晓日当帘,睡痕犹占香腮。轻盈笑倚鸾台。晕残红,匀宿翠,满镜花
> 开。娇蝉鬓畔,插一枝、澹蕊疏梅。　　每到春深,多愁饶恨,妆成
> 懒下香阶。意中人,从别后,萦系情怀。良辰好景,相思字、唤不归
> 来。(晏几道词)

《于飞乐》的体式实有两种:一种是秦蟫列为正例的张先词体,计七十六字;一种是秦蟫列为第二种的晏几道词体,计七十二字。两种体式的差异极大,晏词体,除前后段的第一韵段的收拍各减一字外,前段起调十字读破为四字一句、六字一句,这只是一种微调,但后段第一韵段,除起拍添字而成为两个四字结构外,更减去一韵,第二韵段的张先词也是一种开合很大的读破,以致句式迥异,已影响到体式,像这种大开大合的变化,旋律已经完全不同,在词中是极为少见的,可以认为是"又一体"。

30. 从《折花令》说谱家对词体的改造

无名氏所撰的《折花令》,在《高丽史·乐志》中并未分段,但《词系》中则

被秦巘读为这样的双段式结构（"当永日"的"永"字原空,据《全宋词》补）：

> 翠幕华筵,相将正是多欢宴。举舞袖,回旋遍。罗绮簇宫商共歌清羡。
> 莫惜沉醉,琼浆泛泛金樽满。当永日,长游衍。愿燕乐嘉宝,嘉宾式燕。

这里前段的歇拍处,应该是秦巘漏点了"宫商"后的逗号,所以,这个小令前后段对称是非常工稳的,符合此类双段式小令的一般规则。

不过,秦巘的双段式分法,应该是继承《钦定词谱》的观点,甚至搬录了《钦定词谱》的整个例词。而《钦定词谱》的体式不知所据,根据《高丽史·乐志》中的文字,《钦定词谱》或是为了拟谱而作了较大的改动,其词与《高丽史》所载相比较,在"清羡"之后的半首词中,《钦定词谱》和《全宋词》所引的《高丽史·乐志》中后半段相应的文字分别为：

> 莫惜沉醉,琼浆泛泛金樽满。当永日,长游衍。愿燕乐嘉宝,嘉宾式燕。
> （《钦定词谱》）
> 琼浆泛泛满金尊,莫惜沉醉,　永日　长游衍。愿　乐嘉宾,嘉宾式燕。
> （《高丽史》）

由此可见,《钦定词谱》对这首单段词是进行了改造的,它将一个单段词改作了双段,然后为了体现双段的特色,为了使前后段形成对称,所以将"莫惜沉醉"一句挪到了"琼浆"句的前面,然后将"满金樽"改为了"金樽满",又在"永日"句中补上一个"当"字,在"愿"字后加上了一个"燕"字,这样,所谓的后段就成了四字一句、七字一句、折腰式六字一句、五字一句、四字一句,从形式上来说,确实是和"前段"字数上保持对称一致了。但是,原词在《高丽史》中其实文字清清楚楚,书页完好,毫无缺漏,尤其是《高丽史》中其他词应该分段的,在行文中都给予了分段,独本词未分段,所以,可以确定该词本是单段式结构,完全是《钦定词谱》自说自话作了补改而已。《钦定词谱》在编写过程中对例词作了很多修改,这是很典型的一例。

不过,有一个属于词谱学范畴的问题可以提出来讨论：为了发掘古代文化遗产,将一些原本有残缺的、结构不理想的古词经过改造,使之更符合词体应有的美感,以便于后世流传,作为词谱家,是否可以（甚至应该）将其进行改造,在一定的删补之后,使之成为韵律更谐和的样式？我个人的意见当然是可以的,甚至词谱学家有义务这么做,但是,前提是必须给出足以令人信服的删补理由。

31. 词的体式有时代印记

词的体式由于浸淫在一个历史的维度而变化,因此就不可避免地会打上时代的烙印,最典型的,莫过于《临江仙》,我们认为这个词调的正体可以有两种,一种是唐正体,一种是宋正体:

唐正体,以李煜词为代表:

樱桃落尽春归去,蝶翻轻粉双飞。子规啼月小楼西。玉钩罗幕,惆怅暮烟垂。

别巷寂寥人散后,望残烟草凄迷。炉香闲袅凤凰儿。空持罗带,回首恨依依。

宋正体,以苏轼词为代表:

细马远驮双侍女,青巾玉带红靴。溪山好处便为家。谁知巴峡路,却见洛阳花。

面旋落英飞玉蕊,人间春日初斜。十年不见紫云车。龙邱新洞府,铅鼎养丹砂。

两个词体仅差一对字,单纯从词体的角度来考虑,是一个极为简单的问题,后者仅仅是一个添字变格而已,不能成为一个"变体",但是从拟谱的角度来说,当我们秉持"调有定体"原则的时候,我们该告诉后人,哪一个才是"正体"呢? 因为从后世的接受来看,这两种体式都有大量的摹写者,分成了截然不同的两种群体,所以在拟定这个词调的"正体"的时候,无从取舍。

好在这是一种罕见的情况,记忆中,急切间还找不出第二个例子,因此,这种理论上完全是"变格"的体式,不妨姑且作为特殊情况,升格为类似"变体"的又一体,以提供后人一个摹写的范式,毕竟,词谱的主要功能是提供准确的样式。

第六节 双 曳 头

双曳头,又被称为"双拽头",是词乐时代音乐性的旋律,回环在特定的起头部位所留下的文字印记,双曳头并非只是传统以为的只有一种前二段完全一致的 AAB 形式,其"双曳"的部分也可以是一个"添头"的格式,我们虽然尚未发现有"剪尾"式的"双曳",但从理论上说,应该也是可以成立的。

在传统谱书中,虽然有部分双曳头尚未被发现,但清代词谱家已经辨识出了很多原来被误分为双段的词体为"双曳头",只是他们的这些辨识还是非常谨慎,或者说尚不自信,因此有些已经被认定为"双曳头"的词在实际分段时,仍然还是划分为两段。

32. "双曳头"的字句以对称为正

在本章第四节中,秦巘对柳永《曲玉管》的句读,在"双曳头"部分有一个瑕疵,即"一望关河萧索,千里清秋"和"断雁无凭,冉冉飞下汀洲"两部分的对称性,有可斟酌处,虽然秦巘有一个解释,说是"'一望关河'二句,或上六下四,或上四下六,一气贯下,原可不拘"。

其实前段完全可以读为"一望关河,萧索千里清秋",则前后两段的字句就完全对应了,从词律时代的"文词"的角度来看,韵律上无疑会更加谐和。

至于秦巘的说辞,也是偷换了概念,词谱中确有"一气贯下"的说法,是万树所发明,但所有的"一气贯下"指的都是一个句子,如"恰似一江春水向东流"之类。但是秦巘这里所针对的前二段第四第五两个句拍,是很明显的两个句子,所以自然就不存在也有"一气贯下"的问题,否则扩而大之,多个句拍都可以"一气贯下"的话,整个段落都会因之而融成一团了。当然,这类句子确实存在或一六一四或一四一六两种皆可的填法,但已经不再是属于"一气"的问题,而是属于句法读破的问题了。

不过,双曳头中就词意来说确实不能对应的情况,也是有一些存在的,例如后面我们说到的《白苎》,秦巘选为正例的那一首,恰恰前两段"双曳"中就有句子是不对称的。它的第二句,不仅仅字句不对称,甚至句式都不同,前段"画堂悄、寒风渐沥"是一个双起式的折腰句子,后段"把碎玉零珠抛掷"句则是一个单起式的折腰句子。像这种句子,如果不是后人妄改,那就是作者填误,是不能作为标准的。《白苎》词不多,但是如果要拟一个准确的、更美观的正例,应该是蒋捷那样的作法:

> 正春晴、又春冷,云低欲落。琼苞未剖,早是东风作恶。旋安排一双,银蒜镇罗幕。
>
> 水生漪、皱嫩绿,潜鳞初跃。悄悄门巷,桃树红才约略。知甚时霁华,烘破青青萼。

说到底,还是因为词是美文,形式上的美尤其重要,而"对称"就是其中的一个重要要素,作为给后人创作美文的圭臬,自然必须要求如此。

33.《白苎》并不是一个双段式词,而是双曳头

紫姑①的《白苎》,秦巘所读基本上也就是今天通行的读法,是一个双段式词体,但是前后段各个句子的对应太过参差,共有三处疑似衍夺,所以除非该词舛误太多,否则必有疏读上的问题,《词系》上其词是这样的:

绣帘垂,画堂悄,寒风浙沥。遥天万里,黯澹同云羃羃。渐纷纷、六花零乱散空碧。姑射。宴瑶池,把碎玉零珠抛掷。林峦望中,高下琼瑶一色。严子陵钓台,归路迷踪迹。　　追惜。燕然画角,宝钥珊瑚,是时丞相,虚作银城换得。当此际、偏宜访袁安宅。醺醺醉了,任金钗舞困,玉壶倾侧。又恐东君,暗遣花神,先报南国。昨夜江梅,漏泄春消息。

经过反复推敲和摹拟,我发现这个词调实际上并不是一个双段式的词体,如果我们将"姑射"二字拎出,可见所谓的前段,实际上就是一个双曳头的结构:

绣帘垂,画堂悄,寒风浙沥。遥天万里,黯澹同云羃羃。渐纷纷六花,零乱散空碧。
姑射。
宴瑶池,把碎玉零珠、抛掷。林峦望中,高下琼瑶一色。严子陵钓台,归路迷踪迹。

两段各为三韵段词,唯一的瑕疵是"画堂"一句是双起式,第二段对应句则是单起式,在乐词时代这或无伤大雅,但在今天的文词时代,这应该是一个败笔了。

而"姑射"这个二字结构,自然不可能被独立出来,因此,"追惜"就理所当然地要从后段中被分离出来,与"姑射"形成对应:

渐纷纷六花,零乱散空碧。姑射。
严子陵钓台,归路迷踪迹。追惜。

----

① 秦巘在《词系》中误作柳永。

当然，我们也可以将"姑射"视为一个通常在长调中所见的过片"添头"。双曳头作为一个整体上的结构，应该是除了常见的"齐头"模式外，还有"添头"模式的，例如《剪牡丹》《塞翁吟》等词，就是典型的例子。如此，全词的结构就豁然开朗，韵律十分和谐，比前述"姑射""追惜"对应的解释更好。

34. 周邦彦的《双头莲》是一个双曳头词体

周邦彦的《双头莲》与陆游的《双头莲》并没有任何瓜葛，字句迥异，显然只是同名异调而已。各谱多将其混为一调，极误。对于周词，秦巘的读法是这样的：

> 一抹残霞，几行新雁，天染断红，云迷阵影，隐约望中，点破晚空澄碧。助秋色。门掩西风，桥横斜照，青翼未来，浓尘自起，咫尺凤帏，合有人相识。　　叹乖隔。知甚时忝与，同携欢适。度曲传觞，并鞯飞辔，绮陌画堂连夕。楼头千里，帐底三更，尽堪泪滴。怎生向、总无聊，但只听消息。

这种从"一抹"到"澄碧"二十六字才有一个韵脚的体式，显然秦巘看了也觉得太过凌乱，说："凡词，小令四韵，余非正叶。名家和词每不叶，所谓四犯是也。长调加一叠八韵，所谓八犯是也。此调第三句、九句当叶韵，断无前段只叶三韵体格。且'助秋色'三字与下文不贯，明系颠倒错乱于其间。惜无方、杨和词可证，姑仍旧谱。"这里的"非正叶"，就是我所谓的"辅韵"，这是一种以均论析词体的说法，除了其中的"四犯""八犯"说之外，思路十分正确，所以能看出"断无前段只叶三韵体格"的问题。

遗憾的是秦巘终究未作深入、多角度的分析，所以，即便有方千里、杨泽民、陈允平的和词在，想来也是枉然，因为三人和词之体式必然与周邦彦一致。仔细分析该词韵律，可以看出其实是一个双曳头的体式，调名之所以称为《双头莲》，也必是因为这个体式的问题。周词的第一段两韵段，其中"红""中"换叶；第二段两韵段，其中"来""帏"换叶。这两段都是平仄混叶的模式，通篇以"碧、色"韵为主韵，眉目极为清晰。至于秦巘觉得"助秋色"三字与下文不贯，是因为分段错了，自然就没法读通了。这一首周词唯一的问题在第二段的"合有人相识"夺了一字：

> 一抹残霞，几行新雁，天染断红。云迷阵影，隐约望中。点破晚空，澄碧。助秋色。

门掩西风，桥横斜照，青翼未来。浓尘自起，咫尺凤帏。合●有人，相识。叹乖隔。

知甚时恣与，同携欢适。度曲传觞，并鞯飞辔，绮陌画堂连夕。楼头千里，帐底三更，尽堪泪滴。怎生向、总无聊，但只听消息。

其中，"澄碧助秋色""相识叹乖隔"均为五字句，如此分段，其韵律整体上和谐工稳，必是正解。

35. 双曳头除了齐头式，也有添头式结构

通常《剪牡丹》都被解读为前后两段，比如《词系》就这样分段：

野绿连空，天青垂水，素色溶漾都净。柔柳摇摇，坠轻絮无影。汀洲日落人归，修巾薄袂，撷香拾翠相竞。如解凌波，泊烟渚春暝。

彩绦朱索新整。宿绣屏、画船风定。金凤响双槽，弹出古今幽思谁省。玉盘大小乱珠迸。酒上妆面，花艳媚相并。重听。尽汉妃一曲，江空月静。

《词律》《钦定词谱》等也无不都是这样划分，已经成为通识。但是，这个分段其实是错误的。

本调的总体结构，应该也是三段，其中到"无影"为第一段，到"春暝"为第二段。三段式的句读与划分结果如下：

野绿连空，天青垂水，素色溶漾都净。柔柳摇摇坠轻絮，无影。汀洲、日落人归，修巾薄袂，撷香拾翠相竞。如解凌波泊烟渚，春暝。

彩绦朱索新整。宿绣屏、画船风定。金凤响双槽，弹出古今幽思谁省。玉盘大小乱珠迸。酒上妆面，花艳媚相并。重听。尽汉妃一曲，江空月静。

这种结构可以称之为添头式双曳头，该结构宋词中也不是本调仅有，如前述的《剪牡丹》以及《塞翁吟》《白苎》等等都是同样的类型。而本调的双曳头，可以从两结韵律的高度一致性中看出："柔柳摇摇坠轻絮，无影"与"如解凌波泊烟渚，春暝"之间，平仄声响完全一致。

36.《塞翁吟》是一个添头式的双曳头结构

为证明双曳头是有添头式的，我们再举《塞翁吟》为例。该词秦巘也是

读为前后两段,前段至"斜红"止,为四个韵段,后段则为三个韵段,前后段没有一句在旋律上可以对应,这样的结构必然有舛误。窃以为正确的分段和句读,应该是这样的:

> 暗叶啼风雨,窗外晓色胧瑽。散冰麝,小池东。乱一岸芙蓉。蕲州、簟展双纹浪,轻帐翠缕如空。梦远别,泪痕重。淡铅脸斜红。怔怔。嗟憔悴、新宽带结,羞艳冶都消镜中。有蜀纸、堪凭寄恨,等今夜、洒血书词,剪烛亲封。菖蒲渐老,早晚成花,教见薰风。

秦巘并不是没有看到也可以分为三段,但是他固执地认为:"双拽头甚多,字句必相同。此(首句)前五字后七字,非双拽头体也。"因此他还是按照传统读法分为了两段,这显然是对"双曳头"为何物,缺乏一个正确的认识。

通常多段式词体的演唱,多在前后段旋律的回复重沓,这种回复有多种形式,最常见的有这样两种:一种回复是整体上的,例如前后段对应整齐的《恋香衾》等等词调,前后段的字、句、韵都完全一致,整个歌词就是一个乐段的旋律重复两次,大部分小令都是这种"乐态"。还有一种则是歌词的主干部分回复,例如《满江红》《梦扬州》之类,前后段的起调部分各不相同,形成旋律上的一种变化,但后面大部分内容或者如《满江红》那样全部前后回复,或者如《梦扬州》那样主要在中段前后回复,尾部再作一次变化。

所谓双曳头,本来应该是一种词乐演唱的模式,就音乐性的角度来说,它是先回复两段歌词,再延续第三段歌词,只要符合这样的总体"乐态",在第二段是否可以有一个小的"添头"并不影响其整体上的旋律架构,所以,双曳头并不是秦巘所想的那样,是"双拽头甚多,字句必相同"的,非齐头的双曳头宋词有好几种,我们前面曾经提到过的《白苎》,就是一个添头式的双曳头,可详参本节第三十三则《白苎》条下。

37. 提供《引驾行》的一种分段思路

柳永的《引驾行》也是一个令人疑窦丛生的词,秦巘是这样读的:

红尘紫陌,斜阳暮草长安道,是离人、断魂处,迢迢匹马西征。**新晴。**
韶光明媚,轻烟澹薄,和气暖望花村,路隐映,摇鞭时过长亭。愁生。
伤凤城仙子,别来千里重行行。又记得、临歧泪眼,湿莲脸盈盈。
销凝。花朝月夕,最苦冷落银屏。想媚容、耿耿无眠,屈指已算回程。
相萦。空万般思忆,争如归去睹倾城。向绣帏深处,仔细说,如此牵情。

秦巘以为"新晴"以下至"长亭"廿五字或为衍文,笔者也曾在《重订词律》一书中作过这样的分析,主要是从词意着手。但是如果以四个句拍一段解,那么"红尘"至"新晴"、"韶光"至"愁生"、"伤凤城"至"消凝"、"花朝"至"相萦"则恰好为四节:

> 红尘紫陌,斜阳暮草长安道,是离人、断魂处,迢迢匹马西征。新晴。
> 韶光明媚,轻烟澹薄,和气暖望花村,路隐映,摇鞭时过长亭。愁生。
> 伤凤城仙子,别来千里重行行。又记得、临歧泪眼,湿莲脸盈盈。销凝。
> 花朝月夕,最苦冷落银屏。想媚容、耿耿无眠,屈指已算回程。相萦。

如果再以两节为一段,则本词就是很整齐的三段式双曳头结构,并不存在不和谐的地方。所以,尽管本调仅此一词,无别首可校,但是按照这一思路分段,最为端正合拍,如果以"盈盈"分段,或依秦巘删去廿五字,都没有这样整齐的架构。

不过,秦巘所引的词,有个别地方需要进行句读调整,还有个别文字需要删补,我们依据彊村丛书本《乐章集》版本(分段与秦巘同)进行重读后,得出这样的一个也是添头式的双曳头谱式:

> 红尘紫陌,斜阳暮草长安道,是离人、断魂处,迢迢匹马西征。新晴。
> 韶光明媚,轻烟澹薄和气暖,望花村、路隐映,摇鞭时过长亭。愁生。
>
> （前段）
>
> 伤凤城仙子,别来千里重行行。又记得、临歧泪,眼湿莲脸盈盈。销凝。
> 花朝月夕,最苦冷落●银屏。想媚容、耿无眠,屈指已算回程。相萦。
>
> （中段）①
>
> 空万般思忆,争如归去睹倾城。向绣帏深处,仔细说,如此牵情。
>
> （后段）

其中我们认为原文"耿"字衍;"道""暖"失韵,当有舛误;"最苦"句诸词都是七字句,这里显然脱了一字。

38.《卓牌子慢》是一个双曳头结构的词体

《卓牌子慢》又是一首双曳头的词,秦巘明知"《词律订》于'经雨'分段,

---

① 本书中所有笔者主观上认定,并没有书证支持的脱字,均用圆形墨钉表示。

作三叠"，却依然将前两段合二为一，只能证明我所说的其写作目的是为了研究词谱，而不是提供作词的谱式：

> 东风绿杨天，如画出、清明院宇。玉艳淡泊，梨花带月，胭脂零落，海棠经雨。单衣怯黄昏，人正在珠帘笑语。相并戏蹴秋千，共携手，同倚阑干，暗香时度。　　翠窗绣户。路缭绕、潜通幽处。断魂凝伫。嗟不似飞絮。闲闷闲愁，难消遣、此日年年意绪。无据。奈酒醒春去。

本词须依照《词律订》进行分段，并以双曳头的体格进行校谱，否则前后段的悬殊过大，而且后段仅得三韵段，也和慢词的结构完全不合。但有几处需要校正：一、"人正在"七字须读断，因为它所对应的句子是"如画出、清明院宇"，平仄正合；二、"玉艳"下十六字，是一个扇对的结构，所以这个俪句一定不会存在衍夺字，既然如此，那么与之相对应的第二段"相并"下三句就必定存在错讹。我们以前段的扇对为思路，"戏蹴秋千"与"同倚阑干"无疑就是分属另一组扇对中的第一、第三句，"相并"二字或是衍文。另一种思路，是前后段并不对应，而以"相并戏蹴秋千，携手同倚阑干"为骈句，句式正相同，这种前段扇对，后段骈句的作法，在其他词调中也有出现，比如《沁园春》，因此，这十六个字就是一个四字托结构了。如是，则"共"字无疑为衍字。校之第一段，"携"字前必是一平声顿，也可以旁证。根据这样的梳理，全词分为三段后，其词为：

> 东风绿杨天，如画出、清明院宇。玉艳淡泊，梨花带月，胭脂零落，海棠经雨。
> 单衣怯黄昏，人正在、珠帘笑语。相并戏蹴秋千，　携手同倚阑干，暗香时度。
> 翠窗绣户。路缭绕、潜通幽处。断魂凝伫。嗟不似飞絮。闲闷闲愁，难消遣、此日年年意绪。无据。奈酒醒春去。

第七节　令词、引词和慢词

"令引近慢"是词体中不同形式的一种"标签"，其本身并没有其他的附属功能，但是明清前贤在处理这些标签的时候往往有这样一些错误的认知：首先，他们认为"某某令""某某引""某某近"或"某某慢"之间是有一定的体式上的关联的；其次，他们认为"某某令"是"某某"词调名的别名。这两种观点都表明明清词谱家对"令引近慢"还缺乏一种本质上的认识。

39. "令引近慢"的真正作用

《词系·汉宫春》的解题中，秦巘引《高丽史·乐志》云其调名为《汉宫春慢》，言外之意，《汉宫春》是正名，《汉宫春慢》是别名。这种说法和见识流行于清代词谱家中，典型的如《钦定词谱》，但凡典籍中另有"令引近慢"的，一律将其收入，以为别名。但是，这恰恰是一种十分错误的见识。

事实上，《汉宫春慢》就是《汉宫春》，并非别名，就如《红灯记》中"小常宝"就是"常宝"一样，"小"字只是一个标签，而不构成别名。清代词谱家都将其视为别名，是不知"令引近慢"在调名中只是起到了一个"标签"的功能，用来区别各个不同的词体而已，用或者不用都是一样。

此外，这种区别的重要性在具体的语境中，往往出现于没有词作的情况下，比如在列举一堆调名的时候，如果只说《浪淘沙》，读者就不知道是令词还是慢词，必须要附上标签。但如果调名与词作一起出现，就完全没有必要出现这个"标签"了，这也是为什么绝大部分词作的调名在出现的时候，只需要写《浪淘沙》而不需要写《浪淘沙令》的缘故，因为读者一看就知道这不是《浪淘沙慢》，无须贴上标签。

40. 五句式词体，近词的雏形

> 恩重娇多情易伤。漏更长。解鸳鸯。朱唇未动，先觉口脂香。缓揭绣
> 衾抽皓腕，移凤枕，枕檀郎。

《江城子》是一个典型的五句式词调，在早期创制的词调中，有大量的五句式词体存在，这种体式是从令词发展出来的一种"加强版"，到了双段式的时候就成了引词的一种过渡形式，可称为"不完全引词"。这个成因，或是因为词为近体，本身都由近体诗发展而来，而绝句的四句式太不参差，不符合词自由散漫的特性，所以，"添一句"就成了一个基本的手段。

而在韦庄的这首词中，具体梳理一下，该五句是这样的一个结构：

起句为一个七字句；"更漏长、解鸳鸯"是第二句，其中"长"字是句中短韵；"朱唇未动、先觉口脂香"则是一个九字句，中间应该用顿号读住，我们在创作这个词调的时候，构思本句就应该采用九字一气连绵不断的思路，不可构思为两句；第四句又是一个七字句；"移凤枕、枕檀郎"则是最后的结句，用六字折腰句法，秦巘误读为两个三字句，显然是对本词的基本结构不甚了了的缘故。

上述分析中,可能九字句是一个理解上的难点,我们可以以牛峤的词来进一步说明。牛峤词,该句秦巘读为"渡口杨花,狂雪任风吹",按照我们"九字一气"的这个思路,所以最好的读法是"渡口、杨花狂雪任风吹",这就很容易看出这个二七和原来的四五之间的词意差异了,这个句子,《钦定词谱》比《词系》读得准确,没有读成四字一句、五字一句。孰是孰非,放回词里就一目了然。

顺便指出,牛峤这句词,秦巘注云"'狂'字一作'如'",将其读为九字一气,可以为究竟是"如雪"还是"狂雪"的判断增加依据,因为九字一气,"渡口、杨花如雪任风吹"就很顺当,但如果是"渡口、杨花狂雪任风吹",花与雪就成了并列关系,显然不合乎基本实际,因此,可以断定这里如果用"狂"是错误的,原文应该是"如"字。

41.《甘州曲》也是个五句式结构,王衍词非正体

《甘州曲》是个僻调,今仅存王衍与顾夐二人的词作存世。秦巘以王衍的词为正例:"画罗裙。能结束,称腰身。柳眉桃脸不胜春。薄媚足精神。可惜许、沦落在风尘。"但是该词的起拍三字,窃以为必是一个残句,其中有文字的脱落。

《钦定词谱》因为顾夐词的起句为"一炉龙麝锦帷旁",所以有一个说法,说本调的起拍"顾夐词添作七字",这是和秦巘一样的思惟,只认人有先后,而不知句有衍夺。

对这一问题的分析,最合理的自然还是要从韵律入手。我们就这个小曲的基本韵律架构来看,它显然是一个典型的、我们在前面《江城子》中提到的五句式结构,顾夐词五首的起句都是七字句,全词无不呈现一种五句式的样貌,而王衍词按现有的格局来看,前九字就只能相应于一个句拍,全词就只是一个绝句式的四句体。四句体固然不是不可以,但是如果它是四句式的早期形式,那么它是如何从四句衍变为五句的呢?

看看顾夐词是这样的:"一炉龙麝锦帷傍。屏掩映、烛荧煌。禁楼刁斗喜初长。罗荐绣鸳鸯。山枕上、私语口脂香。"认可前面的观点,那就只能说是王衍的"画罗裙。能结束,称腰身"一句,后来演变为了"一炉龙麝锦帷傍,屏掩映、烛荧煌"二句。显然,要讲清楚其间的衍变脉络,还是得否认"九字一句"的观点,回到"王衍的首句少字了"这个点上来。

所以,没有任何其他解释,顾夐词才是这个词调的正格,无论是从外在的存词数量、发展逻辑还是内在的韵律结构等方面来看,都是如此,一定的。

42. 五句式《浪淘沙近》是不完全近词

宋祁的《浪淘沙近》在《钦定词谱》中被列入《浪淘沙令》，但这也是一个典型的五句式结构，从该词的均拍来看，它就是我们曾在前面《江城子》中说过的"不完全引词"，近词亦即引词，所以称其为"近"也不为过，《能改斋漫录》终究是称其为"近"的。同时，它也是《浪淘沙》的仄韵体，所以，它与《浪淘沙令》并非同一体式。这个仄韵体与平韵体的不同，主要表现在这样两个方面：一、前段首拍减一字；二、前后段的末一韵段读破，作折腰式七字一句、四字一句。

不过本调仄韵体现存极少，仅宋祁、杜安世、史浩三首，而且字句的添减也各不相同，兹将宋祁词与杜安世词各录于后，以作比较并窥其全豹：
宋祁词：

> 少年不管。流光如箭。因循不觉韶华换。到如今、始惜月满。花满。酒满。
> 扁舟欲解垂杨岸。尚同欢宴。日斜歌阕将分散。倚兰桡、　望水远。天远。人远。

杜安世词：

> 又是春暮。落花飞絮。子规啼尽断肠声，秋千庭院，红旗彩索，澹烟疏雨。
> 念念相思苦。黛眉长聚。碧池惊散睡鸳鸯，当初容易　分飞去。恨孤儿欢侣。

从杜词的后段来看，这应该是相对而言最标准的体式。而具体到宋祁词则又有一些微调。前后段末一韵段的变化，从平韵词的"流水落花春去也，天上人间"先添一字，成为杜词后段的样式；然后脱一字到前一句，读破成四字三句，成为杜词前段的样式；然后再减字、读破，形成宋词的样式。而后段起句则更添二字成了一个七字句，后段第四拍少一字，或脱。

43.《好事近》的"近"与词体无关

《好事近》调名中的"近"字，秦巘认为："词之以'近'名者始此，即近拍也。《钦定词谱》云：'宋人填词有犯，有近，有促拍，有近拍。近者，其腔调微近也。'"这个结论显然是错误的。

之所以认定《好事近》的"近"并非是"令引近慢"的"近",是因为词调范畴的所谓"近",张炎曾有过定义,指的是前后段都由三个韵段组成,而本词前后段则分别都只有两个韵段,因此是一个典型的令词。但是清代词谱家对于这一点,基本茫然不知,这是很典型的一例。其次,所谓"近"者,是关乎体式的概念,而并不是什么"腔调微近"之意,如果是"腔调微近",则应该有两种词调相列,才可以称之为"近",但《好事近》一调,是与哪个调相近呢?没有参照物就没有比较,"微近"云云便是空穴来风了。

44."近拍"之义,就是"近词之拍"

什么是"近拍"?秦巘的解释是:"近拍者,音节拍促也,与促拍差同。"这个说法至少目前尚未见到相关的能够印证的材料,我们先看柳永的《郭郎儿近拍》词,再作进一步的探讨:

> 帝里。闲居小曲深坊,庭院沉沉朱户闭。新霁。畏景天气。薰风帘幕无人,永昼厌厌如度岁。　　愁瘁。枕簟微凉,睡久辗转慵起。砚席尘生,新诗小阕,等闲都尽废。这些儿、寂寞情怀,何事新来常恁地。

现在虽然无法还原这个词调的词乐,但就本词的文字来看,秦巘认为"近拍者,音节拍促也"的说法未必正确。这首词的前后段结句都是声容相对舒缓的七字句,并没有"促"的意味。所谓"近拍",应该就是"近词之拍",从今存的本词及《快活年近拍》《隔浦莲近拍》的词句、词意来看,都没有"促"的意味。本词就应该属于近词,但是,前段的均拍不足三个韵段,应该是有脱落的字句存在,万树谓:"此词非有落字,必有讹字,难以论定,姑注如右。所无疑者,'愁瘁'二字,必是后段起句,盖'何事'句与'永昼'句合耳。"这个判断是对的,所以按照这个分段,则前段的"新霁"应该并不是韵句,且其后应该是脱落了七个字,其原貌或是:

> 新霁○○,○○●●,●畏景天气。
> 砚席尘生,新诗小阕,等闲都尽废。

补足七字后则与后段对应整齐,韵律和谐,是一个标准的近词,惜无他词可校。

45.《红林檎》并非"近"词而是"慢"词

对《红林檎近》的疏解,秦巘有这样一番见解,涉及词的"体制"问题:

"'近'一作'慢'。……慢者拖音，嬝娜不欲辄尽。此调即《红林檎慢》引子。"这是一个完全不知什么是"令引近慢"的典型言论。

"令引近慢"涉及的是词的体制问题，而由于体制本不相同，所以清代词谱家正确的解读，都是将其清晰地作出切割的，即便是《钦定词谱》都会将《浪淘沙令》和《浪淘沙慢》分为两调。如果按秦巘说的，一个词调既可以称"近"又可以称"慢"，则必定有一个是误用而已，无须将其作为一个标准指出。

再一个，"此调即《红林檎慢》引子"，那就证明这个词调并不是"慢词"，也就推翻了"'近'一作'慢'"的说法。

最后，本词扪其韵律，无疑应该是一个慢词，只是后段脱落了一拍而已。由这三条可以得出结论：本调的"近"字必是误讹，"'近'一作'慢'"才是正确的说法。至于秦巘认为它是慢词的"引子"，则纯属凭空臆想，慢词是一种完全独立的体式，并非大曲，由几个单位构成，从未见有某某慢词另有一个"引子"的事实，就可以充分证明这一点。

46. 何谓"慢"词

秦巘在《少年游慢》下指出："词以小令衍为慢曲者始此。郭茂倩《前缓声歌》题解：'缓歌，声之缓也。'按，慢犹缓义也。慢，曼也，曼引其声以长之也。"这也是常被今人提及的一种依据。

但是，秦巘这里其实是对"慢"字作出了两种不同的解释。

其一，慢是缓的意思，则慢词就是缓歌；其二，慢是曼的意思，则慢词就是长歌。

根据现有的唐宋词来看，慢词只是表示整个词调篇幅的曼长，是否涉及旋律的缓慢，"曼引其声"，在词乐亡逸的今天固然不能给出准确的答案，但是根据一些慢词激昂的声容可以判断，未必慢词就都是慢吞吞演唱的，典型的如《六州歌头》，极为"曼"，但通篇用顿挫感极强烈的三字结构组成，很难想象这种三字结构一旦"曼引其声"，会是怎样的一种声容。

所以，所谓的"慢，曼也"是不错的解释，但是这个"曼引其声以长之"并不是指的某一个字或某一个句，而是指的某一个段、某一个篇，说句大白话就是篇幅长了就是慢，这个也是和我们通常所见的实际情况相吻合的。

47. 慢词从唐代始

通常今人多以为长调是从北宋的柳永辈肇始的，"规模于是乎备"，而每每忽略或干脆不知慢词其实起源于唐，杜牧的《八六子》便是一例。但秦巘认为"晚唐词皆小令,此调及《洞仙歌》始为长调",也并非如此,敦煌词中的《凤归云》《倾杯乐》《内家娇》等都是慢词长调,其中《倾杯乐》更有一百一十二字之巨:

忆昔笄年。未省离合,生长深闺院。闲凭着绣床,时拈金针,拟貌舞凤飞鸾。对妆台、重整娇姿面。知身貌算料,□□岂教人见。又被良媒,苦出言词相诱衔。　　每道说、水际鸳鸯,惟指梁间双燕。被父母、将儿匹配,便认、多生宿姻眷。一旦娉得狂夫,攻书业、拋妻求名宦。纵然选得,一时朝要,荣华争稳便。

此外,以词的整体架构来说,《洞仙歌》尚不足以被视为长调,其前段仅得两个韵段,后段三个韵段,实际上只是一个"准引词"的规模。

第八节　词是否有衬字

词是否存在"衬字",是一个至今尚未打明白的官司,不同学者各执一词。其实要明晰这个问题,有一个最简单的方法,可以问问"词有衬字"说的词学家:衬字在一个谱式中的"身份"是什么? 如果我们认可词是有衬字的,那么这个字出现在平仄谱中就不应该拟上平仄符,《钦定词谱》中所有被认为是衬字的字,下面的平仄符都应该删去。

本节略举六例,应该足以清晰地看到"词有衬字"之说的谬误之处了。

48. 秦巘《杏花天》有衬字说解析

秦巘在《杏花天》一调中,正例赵长卿词前段第二韵段和其后的侯寘词前段第二韵段分别是这样的:

吹箫信杳炉香薄。眉上新愁又觉。(赵长卿词)
彩丝皓腕宜清昼。更艾虎衫儿新就。(侯寘词)

显然侯寘词要多一字,所以秦巘认为:"此词只前结多一'更'字,是衬字,余同。"现在我们假定此说合理,那么我们在给侯寘词这一韵段拟谱的时候,就应该是这样:

彩丝皓腕宜清昼。更艾虎衫儿新就

●○●●○○●　　●●○○○○●

　　也就是说,既然认定了"更"字是词中的衬字,"更"字作为衬字就不得在词谱中拟出平仄,否则就不是"衬字",而是"正字"了,这就如我们在北曲《彩楼春》的曲谱中所看到的,"雨云新扰,那更宿酒禁虐"两句的谱图是:

雨云新扰, 那更宿酒禁虐

⊥○○⊥　　　⊥⊥○●①

"那更"作为衬字,在谱式中就无须标注其平仄。

　　这是一个最底层的律理依据,你能合乎,就是对的,你不能合乎,甚至自相矛盾,那就是错的。换言之,既然叫"衬字",那么它本身就不存在需要考虑平仄和字数的问题,平可,仄也可,一字可,二字可,三字也可,但恰恰这就形成了很大的矛盾,一个但凡持"词有衬字"说的人都无法自圆其说的两个问题。

　　其一,秦巘辈眼里的"衬字"多是"领字",领者,又怎么可以视之为"衬"?是否"领"的功能也就相当于是"衬"的功能,变得不重要了?

　　其二,坚持有衬字的,偏偏多是坚持那个"更"字"必用去声"的,既然称之为"必用",又怎么可以不标示平仄?

　　这几乎是两个"天敌"一样的问题了。这个问题足以让他们自己推翻"词有衬字"说。

49. 如果词有衬字,必须遵循"三个自由性"

　　秦巘在苏轼《满江红》词下评论说:"后段第七句八字,与各家异。《词律》谓无此体,不知东坡词二首皆如此。愚按:此等处意到笔随,偶增一二衬字以畅其意,歌时常腔即过,无碍宫调,词固不得以字数计较也。今之作者宫调不明,必按谱填腔,专依某体为据,不可任意增损,致蹈杜撰之讥。"

　　清代词谱家有关于"词有无衬字"的争论,万树以为无,秦巘以为有,除二人外,参与"有无之争"的人不少,至今依然纷争不息。秦巘认为有,是因为对"何谓衬字"缺乏理论上的认识,在词律时代,姑不论词乐中的板眼问题,仅就文本词的形式而论,如果有"衬字",也应该至少有三个自由性的

---

　　① 本书图例:○:平;●:仄;⊥:上;◎:仄可平;⊙:平可仄。后文不再注释。

特征。

其一，作者自由性。这就意味着所有填《满江红》的人，都可以在后段第七句植入衬字，在宋朝的时候既不是秦巘说的"偶增"，今天也不是"不可任意增损"，否则就不是衬字，因为从没有衬字只允许张三增而不允许李四增的道理。

其二，体式自由性。如果认可《满江红》的两个七字句可以有衬字，使其成为"君不见、周南歌汉广"之类的句子，那么就不应该只说苏轼词的体式可以衬字，而张先词的体式就不可以衬字。

其三，文字自由性。如果我们认定"君不见"句有衬字，那就意味着这个七字句不仅可以变成八字，也可以是"问君可见、周南歌汉广"式的九字、"那老儿不见、周南歌汉广"式的十字甚至更多字，因为限定只添加一字的叫增字或添字，衬字从来就不限定添加的字数是多少。

50. 是衬字，就不应该仅仅局限于具体的词作

参差竹。吹断相思曲。情不足。西北高楼穷远目。　　忆苕溪，寒影透清玉。秋雁南飞速。菰草绿。应下溪头沙上宿。

张先的这首《忆秦娥》词，过片一句与通常的正格七字句相比，更多一字，对这一变化，秦巘认为"'忆'字是衬字也"，我们再以此为例，从词的角度予以详述。

笔者是"词无衬字"说持有者，因为词本来就存在可以增字、减字的特性，所以自然就无须衬字了。将词的增字视为"衬字"，是混淆了两者之间区别的缘故：衬字是一种在定格之外添入的附件形式，并且一旦添入，后人不必以之为标准；而增字则构成了"体式"本身的一部分。换言之，衬字是灵活的、自由的，而增字一旦完成，它就成了一个稳定的样式，后人用该样式，就必须遵循它的字数填。以本词本句为例，后人如果采用这样的句式填，那么就必须以八字为句，所以称其为是"增字"，但如果将其视为"衬字"的话，则该句既可以不加衬字而填成七字，也可以加衬字填入八字、九字乃至更多字。

从词体韵律学的角度来说，如果"衬字"说成立，那么我们在前一条中说，就应将其排除在正谱之外，并不得用图符限定平仄，或采用字形大小的形式予以明示，从而使读者一目了然，避免将衬字与"正字"混为一谈，此其一；如果它是衬字，那么就应该是关乎词调体式的概念，而并不是仅仅关乎这一首词作的概念，也就是我们说的张先的过片可以衬字，意味着李白的过片也同样可以衬字，那么如果词有衬字，我们按照三万首唐宋词进行归纳，

几乎绝大部分的词句都存在"可以衬字"的情况,如果拟谱,意味着绝大部分词体都将混乱不堪,此其二。

今人讨论"衬字"的问题时,经常会悬空于理论的层面,不切入词体韵律的实际,所以才会有公理婆理之辩,且至今纠缠不清。

51. 缺乏鉴别依据,是"产生"衬字的主要原因

《西溪子》这个词调秦巘收录了牛峤和毛文锡各一首,两词的不同在于结拍:

> 昨夜西溪游赏。芳树奇花千样。锁春光,金尊满。听弦管。娇妓舞衫香暖。**不觉到斜晖**。**马驮归**。(毛文锡)
> 捍拨双盘金凤。蝉鬓玉钗摇动。画堂前,人不语。弦解语。弹到昭君怨处。**翠蛾愁**。**不抬头**。(牛峤)

毛文锡为八字,牛峤则是六字,秦巘认为,牛词"比前少二字,可见前作'不觉'二字是衬字。万氏谓词无衬字,殊不足信"。

牛峤三字,毛文锡五字,为什么就可以因此证明五字的是有衬字? 为什么就不能证明三字的是减字或脱字呢? 可见一旦堕入先入为主的泥淖,思维的错讹将是很可怕的,这个例子可以作为一个典型案例来进行分析。

事实是,《西溪子》作为一个早期的词调,入宋后已被淘汰,不再有人创作,目前共有四首唐五代词遗存,除此二首外,另有与牛峤同时代的李珣两首,李词两首的结拍,一作"无语倚屏风、泣残红",一作"归去想娇娆、暗魂销",如果秦巘之说成立,那就是说李珣词中的"无语"和"归去"也都成了衬字,在这种三比一的情况下,如果认定三字是正格、五字是添加了衬字的变格,根据词谱校订的通常惯例,也显然是不可能被大多数人接受的。因为,就这种情况来说,即便是在传统的词谱编辑案例中,在确实无法从史料、文字、韵律等诸方面判定是增是减的情况下,也会采用"少数服从多数"这样一个虽然简单粗暴,却行之有效的方式,来判定是牛峤的词有脱字或减字,而只有这种判断,才能得出更为合情合理、为大家接受的结论。

52. 从宋祁《锦缠道》词后结的韵律,看误断"衬字"的一种原因

宋祁《锦缠道》词,秦巘读为:

> 燕子呢喃,景色乍长春昼。睹园林、万花如绣。海棠经雨胭脂透。柳

展宫眉，翠拂行人首。　　向郊原踏青，恣歌携手。醉醺醺、尚寻芳酒。问牧童、遥指孤村道，杏花深处，那里人家有。

这首词后段的"问牧童、遥指孤村道"显然比前段的"海棠经雨胭脂透"多一字，秦巘认为"问"句也可以同《叶谱》一样，读作"问牧童、遥指孤村，道杏花深处，那里人家有"，这是一个错误的判断，应该是不明前后段这一句拍韵律的缘故。而秦巘认为"后段第四句八字，比前段多一字。'问'字是衬字"，则正是建立在这个基础上的判断，这个判断甚至颠覆了秦巘自己的另一个重要理念。

我们已经知道，所谓"衬字"者，顾名思义只是一个起陪衬作用的文字，在词中只是辅助而已，但另一方面，"问"字明明白白又是这个句子的"领字"，而领字却是一个句字中的关纽，尽管我们也知道，按照唐宋词的实际，词中的领字往往是可以不用的，但是这个"不用"并不等于是"省略"，不用的只是"词谱中"一个空泛的音顿，而省略的则是具体"词作中"的一个具体的文字，这一点向来被混为一谈，因为在词体韵律问题上，传统词谱学一向是混淆一首作品在"作前"和"作后"的本质差异的，所以，这里自然是不可以一"衬"了之的。

再回过来讨论这个具体的实例。综合仅存的几首词来看，前段正如万树所指出的，实际上是"●海棠、经雨胭脂透"的残句，所以对应后段就必然是"问牧童、遥指孤村道"了，这个我们从马子严的词，后段作"劝路旁、立马莫踟蹰"可以看出，这一句拍必为八字一句，而绝不是可以两读皆可的。万树在《词律》中提出的观点，自有他韵律上的道理，秦巘以为"穿凿"，显然没有认识到这一点。至于"词中前后段不同者甚多"的问题，要具体问题具体分析，词中固然存在不少前后段文字参差的情况，但多在起调毕曲的地方，如果某一句的前后字句都非常整齐，而独独中间的这一句参差不同，那么十有八九这一句的文字是有错讹的，这已经被很多实例所证明。

这就是我们说秦巘不明前后段这一句拍韵律关系，从而得出另一个错误的结论，误将"问"字视为衬字的原委。

53.《纱窗恨》结拍的正格形式不是七字句

双双蝶翅涂铅粉。咂花心。绮窗绣户飞来稳。画堂阴。　　二三月爱随风絮，伴落花、来拂衣襟。更剪轻罗片，傅黄金。

毛文锡这首《纱窗恨》的后结句，秦巘注云"'更剪'句比前多一字，亦衬

字也"，根据句子的实际来看，秦巘说的衬字应该只是"更"一个字。认为
"更"是一个衬字，显然是不合理的，多一字未必就是有衬字，这本来应该是
一个很简单的问题，但是这种情况由于历来词谱以字数多少排序，所以便成
了这种排序的"后遗症"。在这种语境下经过长期的熏陶，潜意识里首先就
会有字数少的前一体为正的印记，所以，通常不会认为是前一首少字，而往
往认为必是后一首多字，但跳出传统词谱的排序干扰，可以很清楚地看到，
两种可能都是存在的。至于在一个特定的语境中哪一种可能性更大，就需
要在字里行间中从律理的角度进行细致的辨析了。

本调现在仅存毛文锡的词两首，该两词的结有所不同，一为"月照纱窗
恨依依"，一为"更剪轻罗片、傅黄金"，比较"月照纱窗"和"更剪轻罗片"，如
果我们认可后者有衬字，那就是确认了前者并无错误。既如此，根据韵律分
析，后者的衬字就只能是"片"字，而不是"更"字，因为前四字与"月照纱窗"
的韵律完全吻合。但是，通常衬字是不放在句末的，这是第一个疑点。其
次，"片"字本身，也无论如何体现不出一个"衬"的模样来。在这个词句中，
最像衬字的也只有"更"字，但如果以之为衬，那么去衬之后两词就成了"月
照纱窗"对"剪轻罗片"，整个句子的韵律就完全异化了，这是第二个疑点。
再回过来看两个句子的韵律，"更剪轻罗片、傅黄金"是一个韵律极为谐和的
律句，但是"月照纱窗恨依依"其实是有韵律瑕疵的，这样的句子除非我们将
其视为一个三字托结构，否则"纱窗"一顿和"依依"一顿都是平声，就形成
了一个大拗句式，这是第三个疑点。

所以，这两者之间，并不是后者有衬字，而是前者有脱字，甚至可以断定
不是减字，所脱的字应该是在第五字，该句的本来样貌很可能就是这样的：
"月照纱窗里、恨依依"，而句子则是源于韦应物的诗句"此时深闺妇，日照
纱窗里"。这样，本句的韵律就与另一首完全一样了。因此，本调的正格，无
疑应该是取后者八字句形式的。

54. 再辨"衬字"

关于"衬字"问题已经详解，最后再给出一例以作总结：

八年不见，清都绛阙，望银汉、溶溶漾漾。年年牛女恨风波，算此
事、人间天上。　　野麋丰草，江鸥远水，老夫唯便疏放。百钱端往
问君平，早晚具、归田小舫。

这是黄庭坚的《鹊桥仙》词，该词前段第一韵段中，第三句较之后段多一

领字"望",秦巘特为注明:"'望'字,是衬字也。"

如果认可衬字在词中是存在的,则很多词调都将完全改写其谱式。以本词为例,假定"望"字既不是添字,也不是衍文,而是衬字,那么就应该有这样一些内容要跟进明确:

一、《鹊桥仙》这一谱式应该注明,本句句首可以衬字,从而这一句拍任何一个填词创作者都可以随意增加衬字,而不是仅仅局限于黄庭坚的这个体式;

二、衬字从来没有任何字数的规定,那么这一句可以是七字、八字句,也可以是九字、十字句,甚至更多的十几个字;

三、"望"字不应该标注平仄,更不应该强调这个字"必用去声"。

如果认为这些都并不影响我们对"词"的认识,那么"衬字"就可以被接受。

第二章 宫调、词乐、律理与非词

　　传统词谱家谈到词谱,最津津乐道的是关于一首词的"宫调""词乐"问题,似乎是非常尊重唐宋词的客观实际,而实际上却忘记了他们在谈宫调的时候,讨论的已经是"文词"而不是"乐词"了,混淆了词乐时代和词律时代的本质不同。从明清开始所拟作的词谱,无一不是词律时代的文字谱,而不是词乐时代的乐谱,他们此时忘记了,只有乐谱才需要引入"宫调"这个元素,而宫调、词乐对于文字谱而言,则完全是驴唇不对马嘴的元素。

第一节 文词的谱书中无须谈词乐与宫调

　　万树是最清醒认识到宫调与文词无关这个问题的词谱家,所以他在《词律》中闭口不谈宫调问题,对于一位精通曲律的人来说,这是很难得的,因为后世凡是在词学研究中大谈宫调的人,几乎也都是精通曲律的,如秦巘,如吴梅。遗憾的是,他们都忽略了一个最基本的道理:文字之词,本身已经在谈平上去入,不谈宫商角徵羽了,何来宫调之说? 所以,在词律时代的词谱专著中,奢谈宫调其实恰恰是不识宫调,文词谱式中的宫调则完全连鸡肋都不如了。

　　本节我们用六个典型案例来谈宫调、词乐与词或词谱无关。

55. 词谱中词的宫调名是个伪概念

　　关于张先词《菩萨蛮·五云深处》的宫调,秦巘说"《子野词》属中吕宫,又属中吕调",这也是一种流行的且被大家所接受的说法,典型的如《钦定词谱》也是按这种模式叙述的,但这种说法恰恰是一种极其外行的、不准确的说法。

　　因为该词未收入《张子野词》,如彊村丛书本仅收入于"补遗"部分,所以该词原本并无宫调的标示,秦巘这里所谓的"属",显然是将《张子野词》卷一的中吕宫《菩萨蛮》、卷二的中吕调《菩萨蛮》移植到了这首"补遗"中的词上了。但是正是这种"移植",彰显了秦巘们对词调中宫调的"属"的认识是完全错误的。传统的概念中认为,词里面体式和调名相同的词作,那就是宫调名也就一定是相同的了,既然卷一卷二的词作有那样的标示,那么由此推论,补遗卷中的自然也是如此。

但是从没有人产生一个疑问:既然体式和词调名相同则宫调名也相同,那么,为什么在卷一中的宫调名是中吕宫,卷二中的宫调名又是中吕调,而不是用同一个宫调名呢? 这一事实本身就是一个很好的明证,一个宫调名只对某一首具体的**词作**负责,而不对该**词调**负责。遗憾的是,这一认知明清以来一直被人忽略。我们用白话来解释这之间的关系:卷一中《菩萨蛮·忆郎》是用中吕宫的唱法来演唱的,卷二的《菩萨蛮·玉人》则是用中吕调演唱的,可见两首歌唱法不同,而附录中的《菩萨蛮·五云》就算与正卷唱法同,也只能是或者中吕宫,或者中吕调,二中只能选一。所以,在无法确定的情况下,我们既不能认定它是中吕宫,也不能认定它是中吕调,更何况还有一种可能,它属于第三种唱法。

我们可以再以柳永的两首《迷神引》作为书证来进一步说明,虽然两首柳词的体式以及词调名都是相同的,却分别列属于仙吕调和中吕调,这又是一个典型的例子。因此,显然不可以在毫无任何书证的情况下,将柳永词中的这两个宫调名想当然地李戴至晁补之、朱雍的词中,想当然地认为他们二词的宫调名也一定是相同的。扩而大之,所有词谱中所胪列的宫调名,其实都只能说明有某一首词曾经是"属"该宫调的,而绝不能认为,只要是这一个调名的作品就都是"属"该宫调的,**这一个认识极为重要**。

换言之,词谱在某一词调的谱式中标注宫调名,除了误导读者,**毫无意义**。遗憾的是今人对此都茫然不知,反而每每强调词谱中列出宫调名的重要性,并因此而对秦巘指摘万树的《词律》中不标明宫调大加赞赏,认为比万树高明,殊不知不但在乐词中有"宫调只对某一词曾经的词乐负责"这样的讲究,而且更不知宫调本身是属于词乐范畴的概念,它更不可能对某一词的文字负责,《张子野词》中卷一作中吕宫,卷二作中吕调,说明的只是它们的词乐不同,而无关乎这些词的文字和平仄。

56. 句式与词乐并没有什么对应的关系

香玉。翠凤宝钗垂簏簌。钿筐交胜金粟。越罗春水绿。　　画堂照帘残烛。梦余更漏促。谢娘无限心曲。晓屏山断续。

温庭筠的《归国谣》换头"画堂照帘残烛",是一个大拗句式,或者是对这一句子的过于拗化感觉不满,秦巘特意对此指出"后起句,又一首作'锦帐绣帏斜掩',平仄异",这是一个可以令绝大多数人满意的仄起式律句。

但是,这类不同作者之间的句式差异,乃至同一作者不同作品之间的句式差异,每被着重提出,正是基于清代词谱家分不清句式和句法差异的缘故,也从一个侧面证明了,在词的初级阶段,就已经有了很多不同句式混用的现象,这种混用,又可以充分说明一个很重要的问题:句式本身与词乐并没有什么对应的关系。

说得更直白一点,在同一个词调中,一个四字句你可以用平平仄仄,你也可以用仄仄平平,都无不可,都不会影响这个词的演唱,非将其刻板地规定为必须用某一种句式,无非是分不清句式和句法差异的明清人作出来的规矩,当然并不符合唐宋的实际。

57. 宫调,在词律时代与词的韵律无关

历来都错误地认为,宫调的异同与词的韵律和体式有关,万树没有晓晓于宫调,甚至被秦巘视为一个"重大责任事故",必欲写一本《词系》进行批判不可。秦巘们似乎并不知道,词集中某词所标示的宫调,实际上只是代表**该词**在演奏时的宫调,而并非代表**该调**在演奏时的宫调。所以,同样的作者所写的同样韵律、字句的同一个词调,可以是相同的,也可以是不同的宫调,这样的例子很多。

一个更直接的证据是,我们经常可以看到某词谱中某词调会引入多种宫调名,如《剔银灯》,在柳永词下秦巘笺疏云:"《乐章集》属仙吕宫,《金词》注仙吕调,高拭词注中吕宫,蒋氏《九宫谱》属中吕调。"这四个宫调排列在同一个词调下,显然并不是说明这一个词调在不同的书中从属于不同的宫调,因为如果一个词调一会儿是这个宫调,一会儿是那个宫调,岂不等于没有了宫调? 但是写的人无论是《钦定词谱》还是《词系》或者别的谱书,却恰恰是这个意思。

这样一个很常识的错误,之所以他们不明白,是因为他们不知道,无论是《乐章集》也好,《九宫谱》也罢,他们所涉及的宫调名都是指的某一个具体的词作,而非这个词调本身,而我们编制词谱恰恰是要说这个词调如何。这样我们就可以明白,为什么同一时期的作者柳永和张先,在填同一个《清平乐》的时候,柳永可以标示为无射商的越调,而张先则标示为黄钟商的大石调,尽管他们这两首词的韵律、字句、句法等等全都是一样的。如果我们进一步追问,设定词谱中标示宫调确实很重要,说明它对后人的创作有规范的价值,那么今天你填一首《清平乐》,它是属于大石调呢还是越调? 如果今

天创作一首词已经没有标注宫调的意义，那么是否证明了词谱中标注宫调毫无价值？

也正因为这样，我们认为在词律时代，即词完全脱离词乐，成为文本艺术的时候，词谱中每每要去提及宫调，是一个很怪异的事，更不要说提的人其实自己根本不知道，这个宫调和这个词调之间有什么关系。

58. 词乐与平仄无关的一个反面例子

无名氏的《春雪间早梅》，秦巘如是读：

梅将雪共春。**彩艳灼灼不相因。逐吹霏霏能争密**，排枝碎碎巧妆新。谁令香生满座，独使净敛无尘。芳意饶呈瑞，寒光助照人。玲珑次第开已遍，点缀坐来频。　　那是俱怀疑似，须知造化，两各逼天真。**荧煌清影初乱眼，浩荡逸气忽迷神**。未许琼花比并，将从玉树相亲。先期迎献岁，更同歌酒占兹辰。六花蜡蒂相辉映，轻盈敢自珍。

本词前段的第二第三句、后段的第四第五句，都是采用不律的大拗句法，词中这样突出地使用大拗句的实例极少，所以窃以为其中必有未知未解的地方。

这个词中句式解读的钥匙在韩愈身上，因为这首词的创作是出于敷演韩诗，前四拍韩诗原作为："梅将雪共春，彩艳不相因。逐吹能争密，排枝巧妆新。"因此作者凭空要增入"灼灼""霏霏"二词，自然不能合律。后段也是如此，后段起四句，韩诗为："那是俱疑似，须知两逼真。荧煌初乱眼，浩荡忽迷神。"作者也增入了"清影""逸气"二词，在一个完全律化的句子中，除非是在句首或句尾，否则在任何一个句中的地方加入二字，都一定是会不合律的。窃以为本词作者或为民间艺人，懂乐而非词人，这种例子或许也可以证明，我们秉持的"词乐与平仄无关"的理念是合理的。

59. 宫调不同，不是鉴别异体的标准

在词律时代，要对词乐佚失之后的文本进行研究，当然就无法从词乐的角度入手进行了，这应该是一个非常浅显的问题。但是清代词谱家们却偏偏在研究那一堆文字的时候，有理由扯进宫调。例如，在关于《双瑞莲》不是《玉漏迟》的问题上，万树《词律》认为：此调比《玉漏迟》只是第二句多了一"看"字，"清标""闲情"二句平仄颠倒，其余字句皆同，应是一体。就文词的角度来说，这个理由无疑是充分的。但是秦巘却固执地认为，"宫调各有不同，不得以字句同而混之也"，这是清代词谱家最"过硬"的一个理由，因为

他们对宫调的认识没有落实到具体的词作上，所以，他们的理念中宫调不同那就是不同的词调了。

而我们现在已经明白，所谓宫调不同云云，是将乐词混同于文词，因为宫调的同和不同，只涉及演唱的同与不同，而与文字无关。我们今天在词律时代所论的"词"，是文词，而非乐词，今天所论的词谱，是文字之谱，而非音乐之谱，看似是同一个概念，但是其中的内涵早已经截然不同。张先不同宫调的《菩萨蛮》和柳永不同宫调的《迷神引》，也许在词乐时代是应该视为两种不同的词调的，因为不同的时代辨别的经纬度完全不同，所以今天应该将其视为同一个词调。

因此，在词律时代的今天研究词谱，就应当以字句的特性为基本特性，在宫调早已经亡佚的词律时代，哓哓于宫调的任何说辞，貌是而实非，所以在论述中总是拿出宫调来说事的，往往都并不知道宫调与文字之间的关系，这个关系就是"没有关系"。如果今天研究词律仍然需要处处以宫调为准绳的话，那么宫调不同的张先两首《菩萨蛮》和柳永两首《迷神引》，尽管韵律、字句完全相同，是不是也应该将其视为不同的词调，而另外重新拟谱呢？同样的道理，即便在词乐时代《双瑞莲》和《玉漏迟》属于不同的调子，但在今天也应该将其视为一体，否则，我们就是在人为搞乱我们的标准了。

第二节　律　　理

60. "叙列时代"也要以律理为基本依据

秦观《八六子·倚危亭》词，秦巘认为"予谓此词与杜作悉合，并无疑窦"，我们首先认定秦巘这个"悉合"是正确的，由此我们可以得出如下结论：在排除有后人改易的前提下，因为"悉合"，可见秦观词显然是根据杜牧词词体而填的，所以杜牧误则秦观亦误，韵律上如果有任何可疑之处的，应该在杜牧词而不在秦观词。

当然，研究韵律固然不可"以后人证前人"，但是也不可无原则地以前人证后人。如前所述，杜牧词，跨度三十一字才有一韵，这种现象必与韵律不合，因为唐宋词都没有这样的填法，其间有韵脚的缺失是可以确定的。但是，晁补之词却不存在这样的缺失，因此，既然秦巘认可"晁（补之）为北宋人，去唐不远"，那么晁补之所见的母本为正格，这一点也是可以推定的。

此外，杨缵也是精通音律的著名音乐家，杨词会在三十一字中补上一个主韵，这也无非两种可能：或是他所依的母本如此，或是他知道杜词不合韵律而有意追补,无疑同属有意为之。但是杨词的韵脚位置与晁词不同,则后一种可能性更大。

现在的问题是,我们根据前面的逻辑分析,认为这个词调的"初始格"必然不是杜牧式的,而应该是晁补之式的或杨缵式的,而晁、杨都是宋人,按照秦巘所谓的"叙列时代",显然不应该以之为正,这就形成了一个矛盾:或将错就错,将杜牧的明显有误的体式作为"初始格"甚至"创调格",将其扶正,或以晁、杨的体式为正体,为后人提供一个正确的范式,但同时就得否定"叙列时代"是一种可行的词谱编辑依据。

不可否认,"叙列时代"固然有一定的道理,但叙列时代须以律理为基本依据,而不应该纯自然认知,若以为先出的词必得为范,先出的词必属正体,那么就是机械的本本主义了,这样的见解显然是不能被认同的,哪怕只是一种潜意识里的不自觉的认识。

61. 字音的改变,要有律理依据

晓朦胧。前溪百鸟啼匆匆。啼匆匆。凌波人去,拜月楼空。　　去年今日东门东。鲜妆辉映桃花红。桃花红。吹开吹落,一任东风。

贺铸的这首《忆秦娥》,秦巘特意在后段结拍中注明:"一"字去声。他之所以要作如是注,显然是因为他在正例的李白词下说过"'灞''汉'二字,必用去声"的缘故,因此在此必须自圆其说,但是,李白词以及前面其他几首词都是仄韵体,而本词属于相反的平韵体,何以在已经变体之后的平韵体中也要遵循这一法则,秦巘并没有作任何理由的阐述,而平韵体和仄韵体毕竟已经是两种完全不同的词体了。

此外,即便是以仄韵体为例,在赵雍的"春寂寂"词里,其后段结句"清明寒食",第一字用的也是平声字,秦巘却并没有特别注明"清"字也必须要"作去",或者阐述"清"字何以就可以不用去声的理由,这就必然会给人一种在谱书中不应该有的随心所欲的印象了。

字音的改变,在词律时代的谱书中是一个重要的变化形式,可以这么说,所有的字音当需要改变读法的时候,必然是有一定的律理上的原因的,所以,一旦不作律理上的分析,不指出这个字音的改变是基于哪一种律理现象,那么,所有的字音改变就只能是一种没有道理的自说自话。

62. 指出谱式上的正和误,一定要有律理依据

史达祖仄韵体的《三姝媚》,秦巘的点读是这样的:

烟光摇缥瓦。望**晴檐多风**，柳花如洒。锦瑟横床，想泪痕尘影，凤弦常下。倦出犀帷，频梦见、王孙骄马。讳道相思，偷理绡裙，自惊腰衩。　　惆怅南楼遥夜。记翠箔张灯，枕肩歌罢。又入铜驼，遍旧家门巷，首询声价。可惜东风，将恨与、闲花俱谢。记取崔徽模样，归来**暗写**。

在该词的疏解中，秦巘有这样一个说明："'晴檐多风'四字必平声，尾句'暗写'用去上，各家同。惟张炎于次句用仄仄仄平平。簷正①于末用'烟雨'二字，不可从。"

这种"古人如此，便必定如此"的脚注，是传统词谱家通常的"理论"依据，只看现象，不问实质，基本上不会去研究其"为何如此"的依据与律理。窃以为就律理的角度分析，前段起处"望"字下九字，原本的样貌应该是●○○　○○●●○●。而"暗写"，秦巘以为不可从的詹玉词的"烟雨"，其实是现存诸词中韵律最谐和、体式最接近原貌的一首，其前起和后结，就是按照这样的韵律填的："一篷儿别苦。是谁家、花天月地儿女。……载取断云何处。江南烟雨。"

至于何以也有人和史达祖一样，只能从"填词"的"填"字上寻求答案了，詹玉填词所依据的母本是对的，所以填出来的也是对的，史达祖所依据的母本有误了，所以填出来的也是不对的。毕竟律理是死的，句式如此就是如此，而且对应后段也可以证明，如果要填成一五一四的结构，也并不是不可以，但是读破句法后的句式是需要有一个微调的，微调的目的仍然是为了谐和韵律，例如张炎前段填为"乍卸却单衣，茜罗重护""正雪窦高寒，水声东去"，周密前段填为"正潮过西陵，短亭逢雁"，都微调为●●●○○　○○○●，这就是所谓的韵律和谐。因此，如詹玉、薛梦桂、周密、张炎等等在这里都摒弃四平，而采用律句演绎，也足以说明史词此处其实就是循误而填的败笔而已。

最后，我们说詹玉的"烟雨"也是和谐的，是因为这个词调我们通体来看，有一个韵律上的共同点，那就是他们的主韵都是○●收束，如史达祖前段的"如洒""常下""骄马""腰衩"和后段的"歌罢""声价""俱谢"都是如此，独独结尾处用个"暗写"，以●●收束，这是一种模式，而詹玉则依旧采用○●收束，"烟雨"使其通篇一致，韵律上显然走的是另一个路子。

63. 词体韵律学中现象的揭示，须有律理依托

辛弃疾的《醉太平》在秦巘的眼里是一个韵律特殊的小令，词是这样的：

---

① 簷正，无此人，应是"詹玉"之误。

态浓**意远**。鬈轻**笑浅**。薄罗衣窄**絮风软**。鬓云欹**翠卷**。南园花树春暖。香径里、榆钱**正满**。欲上秋千**又惊懒**。且归休**怕晚**。

秦巘特别指出这个词调有一个特征:"'意远''笑浅''絮软''翠卷''正满''又懒''怕晚'等字,皆用去上。"同样的观点在《词系》中极多,不仅只在这首词中,看上去是对一个很有规律的现象的揭示。但是,本质上这一类的"揭示"只是一种表象的罗列而已,谈不上涉及"规律"的问题,因为这类"揭示"从无律上的依托,无法回答为什么偏偏在这个位置上要用"去上",所以本质上是一种臆说,经不起推敲,一旦追究其内在的原委,就势必会无法自圆其说。

比如,"意远""笑浅""翠卷"可相连使用,为什么"絮软""又懒"却要隔一个字使用?为什么"絮软""又懒"的模式可以,过片的"树暖"却不可以?隔一个字的"絮软""又懒"可以,隔三个字的"鬓卷"、隔四个字的"上懒"为什么不可以?窃以为,只有在可以回答这些问题的情况下,这样的"揭示"才是体现律理的,才是有意义的。

自万树起,还从未有人可以就律理的角度对这些"揭示"略说一二,见得最多的是一些诸如"吃紧""起调"之类的玄之又玄、无法说清的说辞,纵知其然,也不能知其所以然。所以一般的说词,我们可以模仿前贤的口气编出这样一个典型例子:"在'欲上秋千又惊懒'一句中,第一个仄声顿与最后一个仄声呼应,构成一个'上懒'这样的去上之势,最为起调。妙。"至于"妙"在何处,如何"起调",则无须道明,毕竟词谱学一道,知者本来就极少,且不懂的怕露怯,懂的又怕示弱,所以数百年来,几乎无人质疑,自然就没有不妥之句了。

就秦巘所看到的这个问题,之所以断定他只看到了一个表象,而没有看到本质的问题,是因为秦巘显然并没有注意到,这首词的特殊性在于它是一个上声韵的词,上声韵的词当然句子的最后一个字必然是上声,但是其韵前字就未必一定是去声了,所以会有"风软""春暖""惊懒"之类的韵脚,这是其一。那么为什么"笑浅""翠卷""正满""怕晚"四个组合是"去上"而"风软""春暖""惊懒"是"平上"呢?那是因为这个词调的韵律,规范了其主韵都是"仄仄"收束的韵句,如是而已,如果非要追究为什么恰好主韵都是"去上",那也只有一个答案:凑巧而已。加之仄声中去声字相对最多,一句中有个去声字,本来就是在所难免的事,否则就无法解释别家为什么可以用入声韵,且结拍用"见了伏些弱"这样的"平入"结拍了。

这个词调只有一个值得我们关注的韵律问题,那就是它采用上声韵的填法,因为上声可作平声,与入声相同,是一个特殊的声调。当入声作韵脚的时候,不容其他仄声字羼入,上声大致也是如此,如本调本词,如《词系》中同一卷别调的《秋宵吟》等等。但是入声韵已经发育成熟,而上声韵则尚未成熟,所以我们见到的不是很多,加之平时没有这个概念,印象尤其少了。

64. 可平可仄的拟定要有律理依据

> 汴水流。泗水流。流到瓜洲古渡头。吴山点点愁。　　思悠悠。恨悠悠。恨到归时方始休。月明人倚楼。

在白居易这个《长相思》词的平仄拟定中,秦巘认为前段歇拍中的前一个"点"字宜平,又指出后段结拍的第三字"人"可仄,这两种说法都没有问题,宜平,虽然是"最好用平"的意思,但同样也是允许仄的意思。不过,在作为标准的谱书中就此而说可平可仄,只不过是一种就事论事而已,总归还是缺乏一点让人知其所以然的依据。就律理的原则来说说为什么,才是最重要的。

首先一点,就韵律和谐的基本条件来说,"吴山点点愁"和"月明人倚楼"应该是对应的句子,所以如果说前一个"点"字宜平,那么"人"字就应该说不宜仄。其次,更重要的是,这里两个结句中的第三字,孤立地说确实是可平可仄的,但是至少这个可仄是有条件的:它的前提是这个句子的第一字必须是个平声字,如果第一字是仄声字,那么第三字是绝对不可以"可仄"的,否则就是违律,这在律理上是一个不可通融的死规定。检宋词前后段结拍,第三字为仄读者,共计有四十三例,而这四十三例的首字均为平声字,此正是律理中所谓的"拗救"。

第三节　词 与 非 词

传统词谱中因为认识上的局限性,所以羼入了很多并非是"词"的"诗",这些作品如果今天编辑词谱,都是应该予以剔除的。而如何正确地认识词与非词的区别,是剔除非词,纯正词谱的必要条件。这一节通过八个实例,多角度地给予辨析。

65.《竹枝》诗与《竹枝》词

《竹枝》属于唐代杂曲歌辞类的声诗,《全唐诗》在卷二十八的"杂曲歌辞"中有收录。此类声诗的写作,只要恪守每句的平仄,合乎律句规范即可,甚或用律化的古体诗来写,也属于正格,而不必追求每一首的字句平仄都与范例一样。

> 白帝城头春草生。白盐山下蜀江清。南人上来歌一曲,北人莫上动乡情。

秦巘所收的这个正例是刘禹锡的作品,但这一首恰恰不是词,而是《竹枝》诗。《竹枝》诗与《竹枝》词并不是一回事,是有明显的区别的,但因为《竹枝》诗历来占主流,而极少有人创作《竹枝》词,加之《竹枝》诗往往是以"词"字名,因此今人对于《竹枝》诗和《竹枝》词更加不知如何分辨,一直混淆不清,张冠李戴。

其实《竹枝》"诗"和"词"的区别,万树在《词律》中已经说得非常清楚了:《竹枝》词"所用'竹枝''女儿',乃歌时群相随和之声……他人集中作诗,故未注此四字,此作词体,故加入也。"

由此可知,两者的区分是很明显的:只有在作品中加入了和声,作品才可以被视为是"词",否则便是"诗"。至于后世文人创作《竹枝》,则大抵分为两种:一种为雅化诗,与七绝无异,"竹枝"二字仅是由头而已;一种为俗化诗,口语化色彩浓郁,但依然不属于民歌。据此也可知,秦巘说"元人用作北双角曲,易名《石竹子》"的说法也是不对的,秦巘持此观点,应该也只是因为《石竹子》是七言四句的体式,与《竹枝》诗在形式上是相似的,但是说《石竹子》与《竹枝》诗有承继关系还有点道理,《石竹子》与《竹枝》词之间则应该并不存在承继关系,尤其和声特色,前人每每忽略。

66. 刘禹锡的《潇湘神》亦是乐府声诗

> 斑竹枝。斑竹枝。泪痕点点寄相思。楚客欲听瑶瑟怨,潇湘深夜月明时。

刘禹锡的这首《潇湘神》也是乐府声诗,所以也被收入《乐府诗集》及《全唐诗》的杂曲歌辞中,与《竹枝》词同属唐代杂曲歌辞,与《章台柳》形同而韵不同。清人毛奇龄曾引僧开的话说:"古诗异近体,近体限句字,古诗不限句字也。词异诗,诗句字不限声,词限声也。夫词限声,而可不审声乎?虽然,诗亦限声矣。古诗之限声者,梁武之《采莲》《龙笛》,徐勉之《迎客》《送客》是也。近诗之限声,则王维之《青雀词》、李贺之《休洗红》、韩偓之《懒卸头》、刘禹锡之《潇湘神》是也。"毛奇龄认同将《潇湘神》归属为类似于词而"限声"的诗,说:"诗限声而无谱以纪之,故失声;词限声而无谱以纪之,不几并失词乎?"①毛奇龄的这番话很好地道出了声诗之所以入词,且常常被后人误作词的原委。

67. 声诗与词的重要差异在是否有调名

《秋风清》属于声诗,所列者其实都是诗体,而非词。其正例在《李太白文集》中入"歌诗",即可见其属性,不可以因其句式长短不齐,而阑入词中,但明清词谱家于此往往都混淆不清。

我们就该"词"的"调名"来看,最能说明问题:李白诗题为《三五七言》(也有称《三五七格》的),寇准诗题为《江南春》,刘长卿诗题为《新安送凌漕归江阴》,邓深诗题为《中秋无月肯堂邀小酌赋三五七言》,这就可以很清晰地看出它的"诗"的属性。实际上,在唐宋元诸朝中,也未尝有以"秋风清"为题的作品发现。可见李白诗之《秋风清》、寇准诗之《江南春》、刘长卿诗之《新安路》,以及所谓的《秋风词》,其实就是后世好事者为其定制的名称。

68.《两头纤纤》非词,是乐府古诗

至于另外还有一类古乐府,也有类似调名的乐府名,如《将进酒》《静夜思》等等,名称统一,但是诗的内容则往往各有不同,如《将进酒》有三言短歌,也有三言长歌,有五言绝句,也有七言长调,更有杂言体式,所以,极易辨识。

秦巘的《词系》中也收录了一些乐府古诗,《两头纤纤》便是其中一例。它本是古诗,早在汉代就有无名氏的《古两头纤纤》诗:"两头纤纤月初生。半白半黑眼中睛。腷腷膊膊鸡初鸣。磊磊落落向曙星。"至南北朝又有王融作"两头纤纤绮上纹。半白半黑鶒翔群。腷腷膊膊乌迷曛。磊磊落落玉石分"。至唐,演化为仄韵的绝句体,如王建《两头纤纤》:"两头纤纤青玉玦,半白半黑头上发。偪偪仆仆春冰裂,磊磊落落桃花结。"因此,范成大的这一首诗,显然只是依托乃至模仿古诗,并沿用王诗的仄韵而来。

《两头纤纤》的一个显著特色是体式确实如词,极为固定,都是七言四句,直至清末都未曾改变。但是它的形式过于稳定了,以至于每一个句子都有特定的规定,都是用"两头纤纤●●●。半白半黑●●●。腷腷膊膊●●●。磊磊落落●●●。"这样的格式,其中的●●●都无须规定平仄,这就演变成了一种"机巧诗",属于杂体诗的一种了。

---

① 均见毛奇龄《西河集》卷一百十七,"诗余谱说"条下。

69. 体式决定平仄律

诗。绮美，瑰奇。明月夜，落花时。能助欢笑，亦伤别离。调清金石怨，吟苦鬼神悲。天下只应我爱，世间唯有君知。自从都尉别苏句，便到司空送白辞。

白居易的这首《一七令》本是长短句的诗，而并非是词，甚至也不是声诗，只是一种游戏之笔的"机巧诗"而已。所以唐宋诸诗从未见有以"一七令"作为其作品名的，现在留存下来的大多名之为"一字至七字诗"，也有直接名之为"赋某"等等的。"一七令"之名，或肇始于明儒杨慎，因着其长短句的体式而充作词，所以万树以为"用以入词，殊属牵强"，而将其剔除在了《词律》之外，这是万树的高明之处。《钦定词谱》说"后遂沿为词调"，这个"后"也只是明人而已，宋元时期并未将其作词看待。

将其确定为"诗"，则可以进一步确定它属于"古体诗"，或者说是受近体影响的律古。作为古体诗，自然就不存在平仄律的问题，《钦定词谱》煞有介事地在给这个"令"拟平仄谱的时候，几乎一半都是可平可仄，两个四字句中五个可平可仄，两个七字句中十一个可平可仄，这样的谱，其实不拟也罢。

单就两个四字句来说，它们都是大拗句式，无格律可以扪寻，显然是白氏的信手之作，但这两句在其余名家笔下，则都是合律的句法，如刘禹锡诗中作"利人利物，时行时止""始逢南陌，复集东城"，元稹作"碾雕白玉，罗织红纱"，张籍作"能回游骑，每驻行车"，等等，因此，今天填这四字，固然也可以采用古体作法，若要韵律谐和，则第二或第四字的平仄均须变换为宜。

70. 声诗之间的差别在当时的旋律

《赤枣子》与《捣练子》《桂殿秋》《解红》《潇湘神》等，也是形式上几乎一致，但韵律上当时一定是大有差别的，所以秦巘说，它们"只在声调间辨别。《词律》沾沾于平仄分别之，自谓谛当，失之远矣"。

"自谓谛当，失之远矣"的评论十分准确。《赤枣子》原为声诗，想来当时的演唱曲调与《捣练子》之类必然有异，就如绝句体的《浪淘沙》与《欸乃曲》《杨柳枝》之类，这些小曲子之间的差异并不关乎平仄、句法，也不关乎声调，而只在当时各个曲子之间旋律的不同。后世旋律既失，今天只有一个外壳，自然就无法有一个辨别的切入点了。为什么今天七言绝句体的小曲子，能存活下来的只有《竹枝》一种，而罕见其余别种，其原因也在这里，因为有一足矣。

71.《嵇康曲》是残诗,更无收录的必要

《嵇康曲》在《词律》《钦定词谱》中都没有收录,检《侍儿小名录补》,本诗为宋人钱易所作,原诗共计十六句,与《词系》中七言八句的样貌不同,诗云:

> 薛九三十侍中郎,兰香花态生春堂。龙盘王气变秋雾,淮声哭月浮秋霜。宜城酒烟湿羁腹,与君强舞当时曲。玉树遗辞莫重听,黄尘染鬓无前绿。我闻襄阳白铜鞮,荒情古艳传幽悲。凄凉不抵亡国恨,尘中苦泪飞柔丝。洛阳公子擎银筯,跪奴和曲生辉光。茂陵旅梦无春草,彤管含羞裁短章。

可见,《词系》所取的只是原诗的前八句而已,而《词律》《钦定词谱》之所以不收录,最大的原因料就是因为所见的是其十六句的原诗,与词的样貌差距太大了。

72.《抛球乐》是个由声诗成功转化为词的代表性词调

霜积秋山万树红。倚岩楼上挂朱栊。白云天远重重恨,黄叶烟深淅淅风。髣髴凉州曲,吹在谁家玉笛中。

冯延巳的这首词与刘禹锡、皇甫松的五言六句体式完全不同,冯作属于长短句,刘作、皇甫作则属于小律,所以《全唐诗》是将冯延巳词收录于卷八九八的词类中的。但是本词是由诗变化而来的长短句则可以认定,虽然变化简单,但可以归属于词类,因此,两者不可以纠缠在一起进行讨论和研究。

认为冯作是词,不仅仅是就其形式而言,更因为是它已经具备了词的一个重要条件,我们从敦煌词到唐五代词再到宋词,每个词家所写的这个词调,每一句的韵律都是完全一样的。也就是说,声诗那种句法自由化的典型色彩,在这个词调中并未出现,韵律色彩在该词调中完全符合"词"那种"每一句的句法都趋于一致"的特征,因此,可以认定,这应该是一个由声诗成功转化为词的代表性词调。

第三章　词调的调名

调名的混乱,在传统词谱中向来是一个痼疾,但在《词系》中则更有一个突出、集中的表现,秦巘在凡例中宣称自己的《词系》是"首列宫调,次考调名",其重视程度不言而喻。可惜的是,由于秦巘基本理念上是有偏差的,所以不考犹可,一考就错误更多了。

相比较而言,万树的《词律》在这个方面又是做得最好的,遗憾的是,当万树摒弃了很多被其他词学家视之为"别名"的非调名后,反而被秦巘批评"调名遗漏甚多",属于"四缺"之一。更遗憾的是,至今为止还有很多词学学者赞同秦巘的这一观点。

第一节　调名及相关

本节主要围绕调名相关的一些问题进行辨析,包括认定词调名分合的依据、如何看待孤调的调名,以及调名中的一些特殊符号,如"曲、歌、子、乐、影、犯"等等术语的理解。

73. 孤调的调名未必就是创调名

秦巘在遇到孤调的时候,往往喜欢下结论,说"想亦自度曲"之类的断语,比如在吴文英的《高山流水》一调中,就有"此调无他作可证,自属创格"云云,在施岳的《曲游春》下,则说得更加直接,"前无作者,想是创制"等等,这样一来,等于这些词调的调名就都是"创调名"了,这样的判断,显然是经不住推敲的。

梳理秦巘的这种理念,可以感到那是一个极为怪异的判断,不仅仅是缺乏逻辑的问题,而更是基本事理不通的问题。因为前无作者,无非是两种原因,或其调不传,或其调未创,只有后面这种情况才可以说是"想是创制"。而作为孤调,其创调词有所佚失,本来也是一种正常的情况,岂有但凡是创调词就一定不会佚失的道理？例如吴文英的《梦行云》词也是孤调,幸好梦窗注明是用的前人韵,否则恐怕又会"想亦自度曲"了。

74. 因词句而拟调名,抑或将调名写入句中,须厘清

> 晴野鹭鸶飞一只。水荭花发秋江碧。刘郎此日别天仙,登绮席。泪珠滴。十二晚峰青历历。

秦巘将皇甫松的这首《天仙子》词列为正例,并认为:"原词以第三句得名。"这种判断如果仅仅局限于判断本身,并没有多大的影响,但是由于其暗含的意思已经包含了"这首词是某某人创制的"这样一种潜台词,这就显得"兹事体大"了,而清代词谱家笔下,这种说法是很多的。

调名是否出于某一个词句,窃以为仅仅具备如下几个条件中的一项是不够的,至少应该具备二至三项才可以:其一,大前提是认定该词确实前无古人了;其二,这个句子是作者比较满意的句子;其三,这个句子是能够表达作品主旨的;其四,这个句子是整个词体结构中的重要句子,如起句、过片、歇拍、结拍等。

以上述条件来衡量,以为本调调名源自本词第三拍,就没有道理了,它既不是四,也不是三,句子本身也只是平平而已,毫无趣处,并非佳句,想来不会是该词中作者最满意的,所以,如果仅仅只有第一条符合的话,以此为题就令人觉得不太有道理。再看皇甫松的另一首《天仙子》,其后段结拍作"懊恼天仙应有以",比较而言,符合前述第四个条件,所以,认为该句才是调名出处,虽然也不能断然确定,但显然远比因"刘郎此日别天仙"而得名,要更有理由。

不过,这两个句子对第一个条件都还没有很过硬的证据,以我所见,它们都不是"因句得名"的依据,因为唐朝的朱崖李太尉,也就是李德裕,其生平与皇甫松之父皇甫湜同时代,秦巘自己也说了:"段安节《乐府杂录》云:《万斯年曲》,是朱崖李太尉进,此曲名即《天仙子》是也,属龟兹部舞曲。"那么李德裕既已进《天仙子》曲,则岂有取后代人词句中的几个字作为调名的道理？因此,《天仙子》词的调名,显然和很多别的词一样,或是先有乐曲名,后人依乐填词,或是后人以古曲名命新声,如此而来。

75. 秦巘的调名符号起始观

《清平乐》这个词调,《词系》中的正名是李白的《清平乐令》,秦巘以为,"词之以'令'名者,始此,以'乐'名者,亦始此",诸如此类的判断,已经成为

《词系》的一个体例,如后文《渔歌子》之"子"、《转应曲》之"曲"、《渔父引》之"引"等等,都有同一类的"始于此"的论断。

但是,这种判断都只不过是以所可见者为依据,而且都缺乏韵律及律理方面的支撑,因此断言其"始此",虽然看似无可辩驳,却也只是就事论事的一种主观判断而已。且明清词谱家都不知所有词的小令,都可以称之为"某某令","令"字原本只是一个符号或标识而已,这一点,我们已经在第一章第七节中有过讨论。换言之,所有古词小令中有"某某令"的,"令"字本身也都可以略去。而一个相同的词调名中分用"令、引、近、慢"不同标签的情况,应该是进入了宋代之后才有的事,无非是因为同名日多,调式迥异,用之以区别不同的体式。因为这样的原因,本词的"令"字,我的主观判断,在李白的时代肯定还没有为区别词体而产生"令引近慢",所以这个"令"字必是后人所添,而非原版,如果确凿首见词中已经有了"令"字,那么倒是可以提供一个这首词本身竟就是伪作的证据了。

76.《四犯剪梅花》调名解

什么是"四犯"?至今没有一个令人信服的定论,窃以为各种说法都存在可以商榷的地方。秦巘的观点是:"此调两用《醉蓬莱》,合《解连环》《雪狮儿》,故曰《四犯剪梅花》。"万树则认为:"采各曲句合成。前后各四段,故曰'四犯'。"但这两种说法无疑都只是就现象而作出的一种为解而解。如果以此计数,那么岂不是都应该将其称之为"八犯"了?哪有以半截词来给词调命名的道理?

窃以为所谓"四犯"者,指的是本调本来是以《解连环》为本,其所犯宫调者,两处犯《醉蓬莱》调,两处犯《雪狮儿》调,所以全篇总计为"四犯",调名便是由此而来。而别名又称为"三犯锦园春",则是《解连环》《雪狮儿》《醉蓬莱》三调相犯,两者的着眼点不同,所以有"四犯""三犯"这样不同的说法。

至于"剪梅花",秦巘认为是"梅花本五瓣,而剪去其一耳",同样也是非常牵强的,梅花本是野外之物,如果有"去其一"的行为,则势必是用"摘"字,哪有赏梅的游人还随身带个剪刀的?再说,如果是剪梅花瓣,何以就一定只是剪去其一,而不是剪去其二其三呢?这个"剪"字,窃以为其实并非是"剪切"的"剪",而是"一剪梅"的"剪"。"一剪梅",就是"一束梅花"的意思。

77. 词调名中"影"字的含义和意义

《虞美人影》在《词律》《钦定词谱》中都是以《桃源忆故人》为正名的,

这样不至于与《虞美人》相混淆，可取。张先的《转声虞美人》实际上就是《虞美人影》的具体称说，因为所谓的"影"就是"摹拟、类似"的意思，当然，这个摹拟或者类似，不是文体上的模拟或类似，而是旋律上的摹拟或类似。作为音乐文化，由此我们可以想见《贺圣朝影》《虞美人影》《瑞鹤仙影》等词调之间的词乐有其相似点；赵鼎词称之为《醉桃源》，应该是调名误植，而并非是别名；韩淲的《杏花风》仅仅是个词名，也不是调名，所以不会有另一个词人使用；至于《桃园忆故人》和《桃源逢故人》，也无非就是《桃源忆故人》一时的笔误而已，整个宋元时代找不出第二个，就是证明。

78.《玉楼春》与《木兰花》定名之陋见

秦巘一直纠结是谁人创制了《玉楼春》，自然与他的写作宗旨有关，他的写作目的就是为了梳理全部唐宋元词的来龙去脉，这是一个非常有意义、有价值的工作，但也是一个非常吃力不讨好的工作。以《玉楼春》为例，秦巘的思路错了，所以纠结。因为无论是顾夐还是欧阳炯，他们原作的调名其实都是《木兰花》，那么，如我们前面所说，为什么不可以是因为顾夐的词中多次出现"玉楼春"字样，而被人另外立别名为《玉楼春》的呢？事实上，受《钦定词谱》影响而认定的七言八句的《玉楼春》样式，在五代基本上都称为"木兰花"，只有魏承班二首名为"玉楼春"。

更重要的是，也只有魏承班是既填过《玉楼春》又填过今天意义上的有六字折腰句的《木兰花》的。换言之，只有魏承班一人自觉地将七言八句体式的《木兰花》称为《玉楼春》，而词中有折腰式六字句的，他才称之为《木兰花》。我们根据这样一个基本的事实，可以初步得出这样的结论：《玉楼春》原即《木兰花》，其中七言八句式因顾夐词两次起拍用"玉楼春"，被魏承班又名为《玉楼春》以专指，而词中有六字折腰句的体式，则仍被称为《木兰花》。

这两个调名的其他有关问题，我们将在第五节中继续讨论。

第二节 正调名和初始名

每个词都有其最初始的调名，也有虽非初始名，却在长期的流传中被普遍接受的正式调名，这些名大都没有异议，但也有一些特殊的例子是值得我们研究、确定的，这一节我们选择五个典型案例加以讨论。

79.《如梦令》的正名可能是《宴桃源》

前度小花静院。不比寻常时见。见时又还休，愁却等闲分散。肠断。肠断。记取钗横鬓乱。

现可见最早的《如梦令》，是白居易的三首《宴桃源》，这是其中之一，秦巘取为正例，就这一点而论，本调的最初始的正名或是"宴桃源"，后来因为《如梦令》被一致认可，就把这个本来是别名的"如梦令"扶正了，这当然不会是以"溯源"为使命的秦巘的想法，他没有以之为正调名，大概率是其所见并非《宴桃源》。

《全唐五代词》以为，"宴桃源"这个调名取自唐庄宗"曾宴桃源深洞"句，则"中唐之白居易何以能用后唐庄宗所制调填词？殊可怀疑"。窃以为这是一种刻板的见解，混淆了"用词句作创调名"和"用调名入词句"两种形式上是一致的但是性质完全不同的行为。因为前人填词的时候取调名入词的事例很多，仅以《千秋岁》词为例，无名氏有"似恁地。长恁地。千秋岁"，李渭有"觞再举，清歌共饮千秋岁"，黄公度有"椒觞举，人人尽祝千秋岁"，而明代的俞彦亦有"千秋岁，先生始把尘寰舍。"，如果因为俞彦的词有"千秋岁"三字，便认定宋词就都不可以用"千秋岁"作为词调名，谓"宋朝之张先何以能用明人俞彦的调名填词？殊可怀疑"，岂不大谬？

初名是什么，有两种可能。或是在白居易填词的时候，该词调已经叫做"宴桃源"了，唐庄宗的"曾宴桃源深洞"则只是"用调名入词句"而已。但是，也有这样的可能，白居易填词的时候本调可能就叫"肠断令"，后来因为唐庄宗的"曾宴桃源深洞"词句而又名为"宴桃源"。所以，我们说本调的正名**或是**"宴桃源"，没有其他的佐证，初名这个问题不能确定，也无法否定。

至于这种将"用词句作创调名"和"用调名入词句"混为一谈的错误，则始于清儒。

80.《江城子》的词调名始于何人

调名何来，是词谱家研究的一个重要问题。《江城子》的调名从何而来？由谁而起？秦巘引用《词名集解》的话说是"名始于欧阳炯，因末句名"，然后分析说："愚按：韦庄作在前，不知何人创始。玩牛词是江神庙作，或欧为《江城子》，牛为《江神子》欤？"这段话比较费解，合理地理解，表达着这样几层意思：一、韦庄词是目前所见最早的；二、但韦词并非创调词，何人创调未知；三、因欧阳词的创作才有了"江城子"一名；四、"江神子"一名为牛峤所创。

这里有几个问题需要澄清。

首先,韦庄与牛峤其实就只差了十来岁,说一个三四十岁的人写一首词,必须等一个四五十岁的人先写好了才能写,没有比这更经不住推敲的逻辑了。在缺乏足够充分的书证下,认定某一个词调一定是早生十来年的韦庄词"在前",是极不负责任的断语。古人二十几岁乃至十几岁就写出名作的实例很多,三五十岁甚至六七十岁的人从而和之或者倚其声而填,那都是很正常的事,这也是我认为秦巘"以时代为序"是一个不可能完成的任务的一个重要依据,尽管从夏承焘先生开始,学界对此一致认可和赞许。

其次,牛峤过世后若干年欧阳炯才出生,欧阳出生后四年韦庄又过世,所以欧阳是后一辈人物无疑,那么在欧阳的"江城子"创名问世之前,该调之名是什么?是"江神子"吗?有什么证据可以证明?同时,既然"江城子"一名是由晚辈欧阳炯创立的,那它就应该只是一个别名,秦巘一直强调"以时代为序"的《词系》中,何以不用至少明确早于它的"江神子"为该调正名呢?

最后,用一首词中的某几个字来拟作调名,是创调词取名的一个重要方式,但明清词谱家往往喜欢倒过来研究,用这一点来判断该词是否为创调之作,就未免不合实际。这是一个"母鹿是鹿",但不等于"鹿即母鹿"的关系。《词名集解》的毛病就在于僵化机械地看待两者的关系,犯了"鹿即母鹿"的错误,韦庄早欧阳炯六十岁,虽然未必韦庄就是本调调名的创制人,但这六十年没有"江城子"这个调名,却是需要有证据证实的,至少,在他之前的韦庄、牛峤,和他同时代的和凝,这些人的词调名原貌究竟是什么,总应该搞清楚。

而如果这些问题都成了历史悬案,无法搞清,那么至少有这样两点是清楚的:其一,如果我们认定"江城子"为初始名,则欧阳炯必定不是调名创制人;其二,如果"江城子"是欧阳炯创制的,那么它必定只是一个别名。

81. 和凝的《长命女》词,调名作"薄命女"为是

天欲晓。宫漏穿花声缭绕。窗里星光少。　　冷霞寒侵帐额,残月光沉树杪。梦断锦帏空悄悄。强起愁眉小。

和凝的这首词,三十九字,《词系》将其名之为《长命女》,并读为前三后四两段。但是该词在各词集中都被称为《薄命女》,唯独《词律》名之为《长命女》,然后《钦定词谱》《词系》也都承其名谓《长命女》,或误。

《全唐五代词》认为:"《长命女》,唐教坊曲,乃五言四句之声诗(见《乐

府诗集》卷八〇），与五代杂言体无关。"①这种声诗例如岑参的"雪送关西雨，风传渭北秋。孤灯然客梦，寒杵捣乡愁"，大抵如此。且秦巘自己也知道，在《碧鸡漫志》中有云："近世有《长命女令》前七拍，后九拍。"计有十六拍，显然与和凝词的词体形态完全是风马牛不相及的，当然，我们可以认为和凝的词是以旧名度新声，但这也就同样说明，就其词而言，两者已不是一回事了。

因此，本调的调名还是用"薄命女"更好。

82. 六言式《河满子》，调名是以旧名题新声

本调敦煌词尚存四首，都是七言绝句体式的声诗。《碧鸡漫志》卷四又有薛逢一首，为"系马宫槐老，持杯店菊黄。故交今不见，流恨满川光"，是五言绝句。因此，现在通常所见的六言式词体，应该也是属于一种用旧名题新声的作品，与那些绝句体的唐代作品毫无关系。单段式词，可以以和凝的六言六句体式为正，但是单段式的填法，入宋后就已经被淘汰了，因此并无摹拟的价值和意义，秦巘于和凝词详加可平可仄的旁注，不知其用意何在。

83.《醉梅花》一名因谁而起

《鹧鸪天》有一别名叫"醉梅花"，秦巘根据《钦定词谱》的说法，认为是因为卢祖皋词有"人醉梅花卧未醒"句故名，这一认知有误。

"醉梅花"并非肇始于卢祖皋，而是朱敦儒。朱敦儒有多首《鹧鸪天》写到"醉梅花"，如"纸帐梅花醉梦间""曾为梅花醉不归""且插梅花醉洛阳"，其后多人响应，如管鉴有"年年一为梅花醉"，卢炳有"且把梅花醉一舸"，吕胜己有"且醉梅花作地仙"。因为有这样一个铺垫在，所以卢祖皋才说"赋醉梅花一首"为人贺寿，而卢祖皋该词本身在内容上并没有涉及"醉梅花"，所以这种口吻显然是撷用现成的名字。卢祖皋晚朱敦儒近百年，《钦定词谱》的"人醉梅花卧未醒"一句，今已不能证明出自卢祖皋之手，甚至也不知何人所写，所以秦巘之说必误。

第三节　"无中生有"的调名

在传统词谱专著中，除了万树的《词律》，《钦定词谱》《词系》中都收录了大量的所谓词调别名，这些被万树摒弃的种种"名"，大抵有词名、指代名

---

①　见曾昭岷等《全唐五代词》，中华书局1999年版，第473页。

两大类。

　　除了这两类名称,本节还讨论了一些被长期张冠李戴、无中生有的所谓"调名"。

84. 大部分所谓的词调别名,其实只是"词名"

　　在《祝英台近》下秦巘指出:"韩琥词有'燕莺语'句,名《燕莺语》。又有'却又在他乡寒食'句,名《寒食词》。张辑词有'趁月底重修箫谱'句,名《月底修箫谱》。周密词名《英台近》。"这就是秦巘批评万树"调名遗漏甚多"的"四缺"之一。而事实证明这恰恰是秦巘画虎不成反类犬的一个失误,也可以看出万树的高明之处。

　　这里的"燕莺语""寒食词""月底修箫谱"之类并非调名,是一种特殊的名称,我们将其称为"词名"。词名与调名是两个完全不同的概念,两者的区别,在前者仅仅对应某一首具体的词作,而后者一般可以对应整个词调的所有词作,可以适用于所有不同体格的词作。当然,"词名"也并不就是该词的题目,而是用来指代特定词作的某种单一性的"标签",正因为有这样的特性,所以两者之间也有可以转化的基础,当一个词名被时人普遍接受之后,即成为通用的调名,而"燕莺语""寒食词"乃至"月底修箫谱",从今天能勘察到的唐宋元词中可以看出,它们除了就那么一次之后,都没有被宋元人再次袭用,因此只能算是对应某一首具体词作的"词名",其中"月底修箫谱"虽然在清代被一些词人使用,但在词体韵律学惯例中,明清词例均不可以作为书证引用,来证明各种词学上的观点。

　　词名还有一个特征,词名由作者自拟,专用来称某一首特定的词,因为只是单指,所以如果是一调多首的,则必有多个词名,而不是只用一个名称就可以拿来称代作者的多首同调的词。例如贺铸的《诉衷情》三首,其词名就必须分别用三个来替代,分别为"画楼空""偶相逢""步花间",而绝不会只用一个"画楼空"就可以来统称三首,甚至连联章体都是如此,如贺铸有《更漏子》联章三首,则分别称之为《独倚楼》《翻翠袖》《付金钗》,这就是明证。

　　我们拟定"词名"这个概念,虽然前人未见提出,但是从实践中可以看出,宋元词人对此是认可的,也是遵循两者的使用规范的。宋元词人对词名与调名的分辨非常清晰,所以,即便负盛名如苏轼者,他创作的《越江吟》,将其词名取为"瑶池燕",天下词人也都不买账,依然未见有人跟着他沿用这个名字。

85. 词中另有很多所谓"别名",只是指代名

　　毛文锡《诉衷情》词,一名《桃花水》,传统词谱都将这类名称之为"别

名",但其实词并没有那么多的别名。

"桃花水"并非调名,我们将这一类所谓的"别名"称之为"指代名",这或是最合乎实际的一个名称。所谓"指代名",每每用于忘却调名、强调歌词、赞赏佳句等情况下。指代名是当时人的特定代称,与我们前面定义的"词名"一样,其出现时也是仅仅指某一词调的某一特定词作,而不可作为正式别名泛指这个词调的其他各词。

这种方式古今都一样,例如今人如果说"你唱个'自你离开以后'",通常我们熟悉歌曲的人就都知道,他即指的是《西海情歌》,"自你离开以后"就是指代名,用在猛地记不起正名"西海情歌"的时候。正因为如此,我们可以发现这一类指代名的取用,或者是该名处于特殊位置,如首句、尾句,或者是该词中最为人称道的句子或词语,自古至今,莫不如此。清儒谱书中有不少所谓的"别名",实际都只是"指代名"而已,不可列入词谱的正式别名中。

指代名的出现,有一个很重要的原因,是其时文人填完词后,或者引录完词后,经常会有不着调名的情况,因此调名容易被忘却。与"词名"一样,指代名纵是名家名作或名句,在唐宋金元人中也依然不会被认可,所以,如《钦定词谱》中所出现的绝大部分所谓的别名,我们考察唐宋金元,往往都是无人袭用的,无人袭用,便不可能进化为正式的别名,如"桃花水"一名,直到有词谱标为别名后,方才有人袭用,便不可认定为别名。但指代名也可以转化为词调的别名,其实现转化的标志同样只有一个,那就是唐宋金元时存在有人袭用的例子。

86. "渔父家风"也是指代名

张元幹《诉衷情》词,秦巘以"渔父家风"为题,并注云:"《词律》以句法与《诉衷情》相合,疑是一调,并以'新'字为衍文。考《乐府雅词》所载俞紫芝《阮郎归》一阕,确是《诉衷情》,误写调名。词内有'渔父家风'句,故苏庠《诉衷情》二阕注云:'渔父家风,醉中赠韦道士。'"

所谓苏庠"注云",实际上就是挑明了它并非是调名。"渔父家风"在张元幹之前,既不是调名,也不是词名,而只是指代名而已,涉及的词人也不唯苏庠,黄庭坚也有一首《诉衷情》,其词的题序云:"在戎州登临胜景,未尝不歌渔父家风,以谢江山。门生请问:先生家风如何?为拟金华道人作此章。"金华道人即俞紫芝,提及作者与指代名,却并不以之为调名,这种非常严格的区别,就这个书证可见一斑,所以,今能看到冠以此名的,就只有张词一首了。

87．"忆余杭"原非调名

秦巘引《湘山野录》云："潘阆自度曲，因忆西湖诸胜，故名《忆余杭》。"这里秦氏所引的并非原文，而只是引述而已，这也是古人引述时的惯例，其中明显加入了自己的理解。《湘山野录》的原文为："阆有清才，尝作'忆余杭'一阕。"这句原话中并没有将"忆余杭"视为调名的意思，且南宋都杭州，却至今也未见有别首同调名的词作可以用来印证，也是十分可疑的。所以，所谓"忆余杭"者，最多就是词的题序而已。各本本调皆作"酒泉子"，《词律》也是如此，还是依照各本的调名为是。

88．"渔父"的调名已误了千年

张志和"西塞山边白鹭飞，桃花流水鳜鱼肥。青箬笠，绿蓑衣。斜风细雨不须归"一词的调名，自宋末以来一直被人误拟为"渔歌子"，这是一个极大的错误。据《新唐书·张志和传》的记载："（志和）善图山水，酒酣，或击鼓吹笛，舐笔辄成。尝撰《渔歌》，宪宗图真求其歌，不能致。"由此可知本调唐人名其为"渔歌"，又名为"渔父"，至于所谓《渔父歌》《渔父词》者，只不过是"《渔父》词"、"《渔父》歌"的标点错误而已。德诚另有三十九首传世，其名曰《拨棹》歌，也从未见有名《渔歌子》的。

进入宋朝之后，本调作者多称之为《渔父》词，也偶有题作"渔父乐"的，其实也是"《渔父》乐（yuè）"的意思，其意与"歌""词"相类。《渔父》本是声诗而非词，因此被人曰"歌"、曰"词"、曰"乐"，而绝不见有人将其名之为有词调特征的"子"。直至宋末，张玉田有十首单调体词，误将其名标为"渔歌子"，张冠李戴才由此形成，也可见在当时这个二十七字的单段式已经被混同于词了，所以才有添"子"字误植调名的情况，但张玉田这组词也不足为据。

重要的是，张炎的《渔歌子》还不仅仅只是一个张冠李戴的问题，更是个鸠占鹊巢的问题，因为《渔歌子》别有词调存在，本属于唐词，其体式为双段式的小令结构，可以以顾敻的词为标准体式：

晚风清、幽沼绿。倚阑凝望珍禽浴。画帘垂、翠屏曲。满袖荷香馥郁。好撍怀、堪寓目。身闲心静平生足。酒杯深、光影促。名利无心较逐。

真正的《渔歌子》仅此一体，一望而知是与《渔父》这种单段式结构毫无关系的。而《词系》中由此引发的所有相关解释，如起句减一字、《渔歌子》加一叠、第五句加一韵等等的阐述，自然也都是无中生有的论述了。

又及,顾夐的《渔歌子》词下秦巘注云"一名《渔父》《渔父乐》",也是错误的,就和《渔父》在唐五代从未被称为《渔歌子》一样,《渔歌子》在唐五代也从来没有被标为《渔父》或者《渔父乐》。

89. 顾况《渔父》调名无"引"字

新妇几边月明。女儿浦口潮平。沙头鹭宿鱼惊。

这首顾况的作品,今所见的各本其题多作"渔父",从宋人的著作中开始,就未出现过"引"字,如著名的《能改斋漫录》所引,就是《渔父词》,另一本《野客丛书》也是如此。只有在《钦定词谱》中将其名为"渔父引",并谓"见《乐府雅词》注",但《乐府雅词》卷中所注的原文则是"顾况《渔父》词云",并无"引"字。不知《钦定词谱》所据何本。

90. "歌头"是词调的名称吗

什么是"歌头"?秦巘在《词系》中是这么理解的:"凡大曲皆有歌头,裁截其曲首数句,另创新腔,故曰'歌头'。大曲皆十余遍,歌头者第一遍也,乃曲之始音。如《六州歌头》《水调歌头》《氏州第一》之类。此词单名'歌头',必是遗写调名。五代以前小令居多,此为长调之祖,词之以'歌头'名者始此。"似乎有点道理,但还是有商榷的余地。

有一点是很明确的,"歌头"是大曲的一个部分,类似文章中的导语、引言之类,所以但凡创作大曲,就一定先写"歌头"。但是,如果某次大曲的创作,在写完"歌头"之后因故搁笔,不再继续,那么,我们就只能见到"歌头"本身,而无大曲了,这就是为什么这个歌头没有调名的缘故,因此,这个"歌头"实际上只是一个我们通常所说的"未竟稿",所以本无调名,自然就不是什么"遗写"。按常理,如果这是一个完整的独立作品,要么整个调名都"遗写",这种在后世被视为"失调名"的情况本来很多,而不会只写后面两字,秦巘的这一判断不合事理。

第四节　多调误合为一

两个本来毫无瓜葛的调名,因为某种机缘凑巧,被强按在一起,从此长期以来被视为"一家",是词体调名错误中很常见的一种情况。这一节我们举九个例子讨论。

91.《蝴蝶儿》与《玉蝴蝶》并非一调

秋风凄切伤离。行客未归时。塞外草先衰。江南雁到迟。　　芙蓉凋嫩脸，杨柳堕新眉。摇落使人悲。断肠谁得知。

《玉蝴蝶》秦巘选了温庭筠的这首词为正例，词下秦巘注云："《词律》谓与《蝴蝶儿》相近，不知前段第三句少二字，后段三句多二字，决非一调，故分列。"《蝴蝶儿》与《玉蝴蝶》并非同一词调，秦巘的说法是对的，但是在具体的解析中，则存在瑕疵，我们先引张泌的《蝴蝶儿》词，来稍作分析：

胡蝶儿。晚春时。阿娇初着淡黄衣。倚窗学画伊。　　还似花间见，双双对对飞。无端和泪拭燕脂。惹教双翅垂。

两相比较可知，秦巘所说的应该是"前段三句《玉蝴蝶》多三字，后段第三句《玉蝴蝶》少二字"，按现在的说法，表达比较混乱。两个词调的不同，并不在"句式"是否不同、字数是否有多少，而是在"章法"、韵律是否有不同，因为同一个词调的句式可以微调，字数可以增减，这个凭唐宋三万首词中的无数"又一体"足以证明。

这两首词形式上虽然有差异，但是在韵律上有几个重要的关键点是一致的：一、前段句句押韵；二、过片都不押韵；三、前后段第三句一般都不押韵的，但他们都押韵了；四、两词的结拍均用律拗句式。有这些重要的相同点存在，从而认为两者"相近"，显然是没有问题的。但是，《蝴蝶儿》前后段第三句都是七字句，《玉蝴蝶》则基本通篇五字，五字七字直接转化，这样的句式变化在词中不太多见。而前面的两个三字句，未必原貌就是如此，因为也可能是有文字的脱落，就目前的语境来看，从"蝴蝶"到"阿娇"，前段达意上是有断裂的，也许原本是"胡蝶儿。●●晚春时"，有一个"蝴蝶"的动作丢失了，也未可知。

是否认同两者为一调，表现了一个人词体韵律上的认知，万树和秦巘的重要差异，在于万树敢于认定：只要两个词"相近"，就可以判断它们"决是一调，故类聚"[1]在一起，至于为什么只是相近就可以判断为同一个词调，中间必定还有一些对"同"的考量，遗憾的是万树没有讲明。而秦巘则没有这样的认知，反而是只能停留在扳手指数数的程度上，仅仅因为字数上有参差

---

[1]　万树《词律》卷三，页十，《玉蝴蝶》下。清康熙二十六年堆絮园刻本。

这样的表象，就得出"决非一调"的结论，姑且不论孰是孰非，在两人的思维深度、判断模式、韵律理念上，就可以看出高低了。

92. 张元幹的《喜迁莺》是别调，充其量是同名而已

张元幹的"雁塔题名"词，《词律》也收录于《喜迁莺》下，只是《钦定词谱》因为该词"字多脱误，无从校对"，所以删而未收。

这一首张词，除前后段第二韵段与《喜迁莺》同，其余各韵段不但句法迥异，韵律也迥异，显然应该是分属不同的词调，如果其原本确实被称为《喜迁莺》，也只不过是个同名异调而已。但是详析该词韵律结构，前后段基本整齐，只是后段第二第三韵段必有阙字而已，并没有《钦定词谱》所说的那么"字多脱误，无从校对"。

前后段的第一第二韵段(夺字符《词系》原有两个)：

> 雁塔题名，宝津盼宴，盛事簪缨常说。文物昭融，圣代搜罗，千里争趋丹阙。
> 豪杰。姓标红纸，帖报泥金，喜信归来俱捷。骄马芦鞭，醉垂蓝绶，吹雪芳○○●。

前后段的第三第四韵段：

> 元侯劝驾，乡老献书，发仞龟前列。山川秀，圜观众多，无如闽越。
> □月素娥，情厚桂花，一任郎君折。须满引，南台又是，合沙时节。

注：双照楼本的《芦川词》，"豪杰"二字属前段，词中没有脱字符，这两点显然都是错误的。而四库本的《芦川词》，后段第二第三两个韵段为"骄马芦鞭醉垂蓝绶吹雪芳(阙)月素娥情厚桂花一任郎君折"，按照四库本的书写习惯，凡是有"阙"字的地方，只代表该处有夺字而不表示夺几个字，所以根据韵律校对，这里所缺的应当是四字，这样才能与前段相合。

根据这个体式，比照通常的《喜迁莺》慢词，可知张元幹这个词绝非《喜迁莺》慢词，调名也很可能并不是《喜迁莺》，因为如此熟络的调名，竟然仅此一首，有点不合事理。

93. 黄庭坚的《留春令》是同名异调

黄庭坚的《留春令》词与晏几道的《留春令》正例正格，前后段的第一韵

段无论是字数、句法还是韵律都完全不同。有些词的字数、句法不同,是可以追溯到一个共同的源头的,但是像以下两句:

黄庭坚:江南一雁横秋水。叹咫尺、断行千里。
晏几道:画屏天畔,梦回依约,十洲云水。

这样的词句之间,就完全找不到互相衍变的痕迹,这不仅仅是字数不同的问题,黄的七字句可以衍化为四字二句,但衍化后的这一韵段就应该是四四六结构,而不会无缘无故少了二字,后段第一韵段也是如此,多字少字不是不可以,但是要符合韵律变化的逻辑。

仔细扪摸黄庭坚的词,可以发现它的韵律特征实际上就是李清照的《怨王孙》,试比较两首词如下:

李清照《怨王孙》:

湖上风来波浩渺。秋已暮、红稀香少。水光山色与人亲,说不尽、无穷好。
莲子已成荷叶老。清露洗、苹花汀草。眠沙鸥鹭不回头,似也恨、人归早。

黄庭坚《留春令》:

江南一雁横秋水。叹咫尺、断行千里。回文机上字纵横,欲寄远、凭谁是。
谢客池塘春都未。微微动、短墙桃李。半阴才暖却清寒,是瘦损、人天气。

这两首词除了第一句一平起、一仄起有所不同外,其余完全相同,黄词的后段结拍或许读为一五式更好,但是三三式六字折腰句,只要是单起式的,往往就是一五结构,就如李清照的是"也恨人归早"加一领字一样。

94. 曹勋与周邦彦的《红窗迥》是同名异调

曹勋①的《红窗迥》作为正例,秦巘全词未作点读,这在《词系》中是绝无仅有的。断句后其整体结构所呈现的,基本上是一个引词的样式,由于前段第二韵段已成了孤拍,所以可以断定,如果根据标准的引词规则"验收",那么"懊恼"一句前显然是脱了四字一句,以致后段"穿对朝靴"一句无所对应。

---

① 《词系》原文是曹组,秦巘所据版本有误。

曹豳的这首词是一个孤调,宋元词中无一与此相似,所有其他的宋词《红窗迥》所遵循的体式,都是柳永"小园东、花共柳"模式的令词,其中周邦彦的词最为工稳,试将《词系》中的曹词标点后,与周词作一比较:

曹词:

春闹期近也,望帝乡迢迢,犹在天际。懊恼这一双脚底。一日厮赶上,五六十里。 争气。扶持我,去博得官归,那时赏你。穿对朝靴,安排你在轿儿里。更选对、宫样鞋儿,夜间伴你。

周词:

几日来、真个醉。早窗外乱红、已深半指。花影被风摇碎。拥春醒未起。有个人人生济楚,向耳边问道、今朝醒未。情性慢腾腾地。恼得人越醉。

两相对比后可见,两首词虽然都叫《红窗迥》,但实际上体式迥异,无疑是同名不同调,周邦彦的是令词,而曹词至少后段已经很清晰地表明不是令词,是一首"近词"。现在的问题是,曹词的前段应该是脱了与后段"穿对朝靴"对应的四字一句,所脱的是什么呢?

我们通过研究发现,曹词的来源,是仿写了宋孝宗时人俞良的《瑞鹤仙》。俞良《瑞鹤仙》的前段云:"春闹期近也,望帝京迢递,犹在天际。懊恨这双脚底。不惯行程,如今怎免得,拖泥带水。痛难禁、芒鞋五耳。倦行时、着意温存,笑语甜言安慰。"两者的衍生关系应该非常清晰,因此,该四字可能就是"不惯行程"。

现在来看曹词前后段的第一第二韵段:

春闹 期近也,望帝乡迢迢,犹在天际。不惯行程,懊恼这、一双脚底。争气。扶持我,去博得官归,那时赏你。穿对朝靴,安排你、在轿儿里。

补足这四字一句后,前后对应十分工稳,而后一句为什么会"懊恼"的原因也就有根可循了。此外,《词苑萃编》前段末一韵段与秦巘原谱同,作"一日赶不上五六十里",疑即据"懊恼"句而改,该韵段唐先生据《老学丛谈》,读为"一日厮、赶上五六十里",应是本貌,只是读法稍有不谐。但是《词苑萃编》所改的看似词意通达,却将二三韵段合二为一,与全篇总体上的律理并不合。所以,该词调的基本旋律原本就应该是如此的。

95.《春光好》应与《愁倚阑》分列为两调

两个原本毫无关系的词,之所以会被硬生生捆绑在一起,一个重要的原因是其中一首的别名(或者词名、指代名)与另一首的正名相同。《春光好》是一个典型的例子。

《春光好》一调,《词系》所收录的实际上是两个词调,一为《春光好》,一为《愁倚阑》,前者仅收录无名氏词一首,后者则可以以欧阳炯词为代表,二词为:

> 看看腊尽春回。消息到、江南早梅。昨夜前村深雪里,一朵花开。
> 盈盈玉蕊如裁。更风细、清香暗来。空使行人肠欲断,驻马徘徊。
> (无名氏词)
> 　　花滴露,柳摇烟。艳阳天。雨霁山樱红欲烂,谷莺迁。
> 饮处交飞玉斝,游时倒把金鞭。风飐九衢榆叶动,簇青钱。(欧阳炯词)

毫无疑问,这两首词除了调名相同,其他无一存在相似点,应该是同名异调无疑。欧阳炯这一词体秦巘共收录五首,其实都属于《愁倚阑》,只是因为后者也有大量作品名之为"春光好"。检唐宋元诸家词,同无名氏词体式的作品,仅葛立方二首,均名为"春光好",因此,后人如果修编词谱,建议前一种定名为"春光好",词例选用葛立方词为宜,后一种则可遵晏几道词,以"愁倚阑"为词调的正名。否则继续沿着《词律》《钦定词谱》《词系》的路子,秉承"此变体也"(秦巘语)的理念,将两种完全不同的体式混为一种,只会增加谱书的混乱而已。

此类问题也没有必要从字句和韵律入手进行分析,因为无名氏词与《愁倚阑》本不是同一体格,是同名异调,而非变体。因此,两者之间并没有什么可比性,比较这两个不同的词调,就和拿无名氏词比较《鹧鸪天》一样没有区别,毫无意义。所以,词调与词调之间的差异,并不在其是否同一调名,而在两者之间的声响、韵律。这似乎是一个清人其实都明白的道理,但是在遇到此类《春光好》和《愁倚阑》、《渔父》和《渔歌子》,以及《浪淘沙令》《浪淘沙慢》之类的词调的时候,前贤们却总是迷糊,遗憾的是,这种迷糊往往是很容易遗传的。

96.《恋芳春慢》与《万年欢》是否同一词调

《万年欢》是秦巘非常关注的一个词调,他在《词系》中曾多次提到这个词调,如在《满朝欢》中说"此调名《满朝欢》,与胡作全合,实《万年欢》之别名";在《胜胜慢》中说"此体与《万年欢》相仿,只前起及两结不同。可见词调重在起调、毕曲"。《恋芳春慢》与《万年欢》是否为同调异名? 秦巘也觉得挠头,说:"此调与《万年欢》字句相同,《词律》未收,不知是一调否。"我们不妨以《词系》所收录的正例来作一个比较和分析,《恋芳春慢》为万俟咏词,万年欢为王安礼词,为方便比较,以韵段为单位分成四组:

万俟咏《恋芳春慢》前段第一第二韵段:

蜂蕊分香、燕泥破润,暂寒天气清新。帝里繁华,昨夜细雨初匀。

王安礼《万年欢》前段第一第二韵段:

雅出群芳。占春前信息、腊后风光。野岸邮亭,繁似万点轻霜。

前两韵段的不同在第一韵段,前者是八字起、六字收,后者是四字起、九字收,两者的韵律可谓是"迥异"。第二韵段全同,尤其是六字句都是仄起式的律拗句法。

万俟咏《恋芳春慢》前段第三第四韵段:

万品花藏西苑,望一带、柳接重津。寒食近,蹴鞠秋千,又是无限游人。

王安礼《万年欢》前段第三第四韵段:

清浅溪流倒影,更黯淡、月色笼香。浑疑是、姑射冰姿,寿阳粉面初妆。

第三韵段两词完全一致,都是六起七收,第四韵段也是基本一致,尤其是两个三字逗都采用比较少见的平起式的句法,这是一个韵律关键点。唯一的不同是两个六字句一是仄起,一是平起,但是,这种变异,并不违背基本韵律,在允许的微调范围内。

万俟咏《恋芳春慢》后段第一第二韵段:

红妆趁戏、绮罗夹道,青帘卖酒、台榭侵云。处处笙歌,不负治世良辰。

王安礼《万年欢》后段第一第二韵段:

多情对景易感，况淮天庾岭、迢递相望。愁听龙吟，凄绝画角悲凉。

后段，依然是第一韵段迥异，前者八字起、八字收，后者六字起、九字收，与前段的第一韵段相仿佛，两者都是添头式的结构。第二韵段又是全同，尤其是六字句都是仄起式的律拗句法。

万俟咏《恋芳春慢》后段第三第四韵段：

共见西城路好，翠华定、将出严宸。谁知道、人主祈祥，为民非事行春。

王安礼《万年欢》后段第三第四韵段：

念昔因谁醉赏，向此际、空恼危肠。终须待结实，恁时佳味堪尝。

最后两韵段，第三韵段两者完全一致，末一韵段则有所不同，前者是七字起、六字收，后者是五字起、六字收。

从上面的比较中可以看出，这两个词调，虽然第二、第三、第四、第六和第七韵段共达五韵段词基本上如出一辙，但是最重要的起调毕曲属于词中的关键部分，是词乐变化、韵律变化的最具个性化的部位，两者则基本上属于"南腔北调"，完全不同，由此可以认定：这两个词调不可能是同一个调子。

97. 黄同武《虞美人》词近似《临江仙》的原因

卷帘人出身如燕。烛底粉妆明艳。羯鼓初催按六幺。无限春娇，都上舞裙腰。　画堂深窈亲曾见。宛转楚波如怨。小立花心曲未终。一把柳丝，无力倚东风。

黄同武的这首词，因为前后段第二句都是六字句，因此秦巘认为"此词与《临江仙》句法全同"，其实这没有值得特意指出的必要，只不过是偶合而已。这种偶合有先天的因素，因为唐词多是从七言八句的近体诗中化来，所以句法便容易相合，但是《临江仙》从无仄韵体的词例，也从无平仄换韵的体式，与之无关便很明了。此外，清代词谱家分不清句式和句法的差异，总是笼而统之，将两者混为一谈，也是一个原因，所以甚至可以见到，同一个句子平仄有一点不同，也会被视为"又一体"，这是很缺乏律理常识的。

98.《洞中仙》未必就是《洞仙歌》

清儒有一个见解,认为《宋史·乐志》中的《洞中仙》就是《洞仙歌》,不仅《词系》说"《宋史·乐志》名《洞中仙》",《钦定词谱》也说"《宋史·乐志》名《洞中仙》"。而《洞中仙》是否就是《洞仙歌》,其实只是一种猜测而已,毕竟《洞中仙》在整个《宋史》中仅出现这么一次,现存的唐宋词中,也未见有一首类似《洞仙歌》的词,用的是《洞中仙》的调名。

将两者混为一谈,起因或是与陈旸的《乐书》有关,它的原文是:"《洞中仙》:林钟商;《望行宫》:林钟商;《洞仙歌》:歇指调。"《宋史·乐志》也有相同的记载:"因旧曲造新声者五十八:……林钟商:《倾杯乐》《洞中仙》……歇指调:《倾杯乐》《洞仙歌》。"也就是说两者本身宫调都不是同一个。而清儒认为两者是一回事,也许就只是因为有两个字相同的缘故吧。所以,如果非要怀疑两者是一回事,严谨地表述,应该是:"《宋史·乐志》有《洞中仙》,疑即《洞仙歌》。"

99.《怨王孙》邪,《河传》邪

《怨王孙》本调与《河传》历来混淆不清,如被秦巘列为正例的韦庄"锦里。蚕市"一词,在《尊前集》中被题作"怨王孙",而韦庄的另一首"锦浦。春女"词,平仄、句读、声响与"锦里。蚕市"完全一致,但是在《花间集》中却被标为《河传》。所以这两个词调的纠缠不清,是源自某些具体词作在唐五代的调名紊乱,而它们本身并非正名与别名的关系,则是应该予以肯定的。

《钦定词谱》认为二者为一体,也因承《词律》有"《河传》与《怨王孙》正同也"的说法,就是因为调名中有张冠李戴的情况存在的缘故。而秦巘认为"然《碧鸡漫志》所论,已分宫调,宋人各立调名,当分列",也有他的道理。这里有必要细加区别,厘清这两者之间的千年误会。

首先,两者的前段,多以四字三句起,首拍又多用句中韵,作二字两顿起调,这是一个相同点。但是,《河传》的第二句是可韵可不韵的,而《怨王孙》则必定是押韵的,这种创作上的差异,或有关于词乐的影响,是第一点异处,不过这个异处很难断定为关键性异处;前段第三句,《河传》以仍押前韵为正体,且必定押韵,而《怨王孙》则以换押平韵为正体,只是偶尔也有不押韵的情况,这是第二点异处;后段的第一韵段,即前三个句拍两调相同。但第二韵段中,《河传》则是从两个七字句转换而来,常见的格式为六字折腰一句、二字逗领五字一句,其中前一句第三字、后一句第二句都用句中短韵修饰,连续四个韵脚。但是《怨王孙》则是一四一六一三,或一六一四一三式的读法,仅为三个句拍,且第一个句拍例不叶韵,这是第三点异同。

前述的异同是这两个词调常用体式中的差异,可以看出前后段的第二韵段两者迥异,而毕曲处的差异是一个重要的区别,加之宫调不同也可以作为辅助参考(但宫调问题也不是主要的),可见两者绝非同一词调。而两者鉴别的关键,在于前后段的第二韵段。至于偶有一些非正格的词,如徐昌图的《河传》在结拍处添一字作六字折腰式,温庭筠的前段第一韵段添一字,读破为三字一句、六字一句,李珣的《怨王孙》前段结拍添二字,以及宋词后段第二个句拍添一字,作四字一句,等等,则都只是偶尔的微调,其基本的体式概貌是仍然可以从中看出来的。

第五节　一调误分多调

与前一节恰好相反,本节讨论的是一个原本是同一词调的作品,因为使用了两个不同的调名,被人为不恰当地拆分成了两个词调,硬性"分家",这也是词体调名错误中很常见的一种情况。这一节我们举十一个例子讨论。

100.《乌夜啼》《圣无忧》《锦堂春》三者本为一体

《乌夜啼》《圣无忧》《锦堂春》三者本为一体,而《乌夜啼》一名为先,这一点秦巘所言已明,但秦巘纠缠于这几个调名孰先孰后,必欲分而为三,就很无谓,所谓"相传已久"的,毕竟不是这个词调本身,而仅仅是一个调名而已。细究起来,徐陵的《乌夜啼》乐府与本词词调风马牛不相及,秦巘本质上只是在偷换概念。如果以《乌夜啼》为先、为正,而以《圣无忧》《锦堂春》为其别名,难道就不能成立? 这是一个非常简单的问题,秦巘的思路却不在此,这是很遗憾的。

再则,如果以起调五字六字而判两者的不同,则欧阳修词前段为六字起句,也称之为《圣无忧》,权无染词五字起,也称之为《乌夜啼》,又有什么可怀疑的? 因为一调多名是一个古来常见的现象,本身就没有什么规则可言,如果非要认定:五字起者名《圣无忧》,六字起者名《锦堂春》,确实如此泾渭分明,那么两者就不是同一个词调,而必然是两个不同的词调了,这是毋庸置疑的。

101.《思归乐》《步蟾宫》乃至《柳摇金》《惜芳时》都是同调异名

柳永的《思归乐》是一个典型的小令,秦巘认为,该调"与《步蟾宫》亦相似,但两起句、两三句,平仄皆不同,且不叶韵,皆不得以字数同而归并也"。《步蟾宫》,《词系》收于第十五卷汪存名下,现将二词录于此,以作比较:

柳永·思归乐

天幕清和堪宴聚。相对尽、高阳俦侣。皓齿善歌长袖舞。渐引入、醉乡深处。晚岁光阴能几许。这巧宦、不须多取。把酒共君听杜宇。解再三、劝人归去。

汪存·步蟾宫

玉京此日春犹浅。正雪絮、马头零乱。姮娥剪就绿云裳,待来步、蟾宫与换。明年二月桃花岸。棹双浆、浪平烟暖。扬州十里小红楼,尽卷上、珠帘一半。

秦巘谓"不得以字数同而归并",是其理念如此,因此《词系》中有大量同调异名者,都以"又一体"录存,窃以为谬。唐宋词中同调而句法相左者,不可胜数。所以,窃以为不但《思归乐》与《步蟾宫》是同调异名,而且欧阳修词调名"惜芳时"的、张继先词调名"惜时芳"(疑即"惜芳时"之讹)的、沈蔚词调名"柳摇金"的,其实与本词都可以视为同调异名。尤其是在完全文字化的词律时代,这几种词在现有的词谱中都别作一调,殊属多余,完全是可以将它们归并在一起的,此所谓有所为、有所不为者也。

因为在宋词中后段首句、一韵段中的起拍,或入韵或不入韵的情况极多,只是别格而已,体式未变,这也是唐宋词中的常态,例不胜举。正如《钦定词谱》在《茶瓶儿》谱中所云:"不知前句不押韵,后句押韵者,词中尽多,若在换头、后结更多,盖词以韵为拍,过变曲终,不妨多加拍也。"反之,过变曲终,不妨减拍也。

102.《惜余妍》就是《惜秋华》

综合分析,可知曹邍的《惜余妍》就是吴文英的《惜秋华》。秦巘认为,两词相较"前结不同。换头句六字不叶韵,比吴作多一字,'晴昼'二字不叶,平仄微异,恐非一调,仍另列"。这种实例分析,有助于我们在词谱拟定、词调辨析方面获得一些正确的认知,所以有专门列出比较的意义:

吴文英《惜秋华》:

细响残蛩,傍灯前,似说深秋怀抱。怕上翠微,伤心乱烟残照。西湖镜掩尘沙,翳晓影、秦鬟云扰。新鸿唤凄凉,渐入红莢乌帽。　　江上故人老。视东蓠秀色,依然娟好。晚梦趁、邻杵断,乍将愁到。秋娘泪湿黄昏,又满城、雨轻风小。闲了。看芙蓉、画船多少。

曹邍《惜余妍》:

同根异色，看镂玉雕檀，芳艳如簇。秀叶玲珑，嫩条下垂修绿。禁苑深锁清妍，香满架、风梳露浴。轻阴便似，觉酝酿格调粗俗。　　蜂黄间涂蝶粉，疑旧日二乔，各样妆束。费却春工，斗合靓芳秾馥。翠华临槛清赏，飞凤骘、休辞醉玉。晴昼，锁贮瑶台金屋。

秦巘所谓的前结不同，并不是词体本身有差异，而是秦巘的点读认知上有偏差，忽略或者说缺乏"律读"的认识形成了句读的参差。

就吴词来说，"新鸿唤凄凉"的读法，其韵律显然是有瑕疵的，以律读的角度，该词前段末一韵段就应该读为"新鸿唤、凄凉渐入，红黄乌帽"，或者读为"新鸿，唤凄凉、渐入红黄乌帽"，如果参校吴词别首有"清浅。瞰沧波、静衔秋痕一线"这样的二字韵句，且后段末一韵段多在二字后用韵，读为"闲了。看芙蓉、画船多少"，那么无疑就应该将"新鸿"读断，因为按照韵律，这里应该有一个读住。

同样的道理，曹邍的《惜余妍》前段也应该是读为"轻阴，便似觉、酝酿格调粗俗"，这样两词就不存在"前结不同"的问题了，比较后段，实际上就是后段减去一个一字逗而已。

其次，"晴昼"本为句中短韵，叶或不叶都非关键，就像前段"轻阴""新鸿"也都不叶韵一样，只要句子依循本有的韵律即可，无须死守成词。同理，换头处不叶，也是这个道理，我们在宋词中可以找到很多换头或叶或不叶的例子，就是证明。再次，换头添字减字，更是词中常见的变化，认为它属于变格即可，认为它属于变调就不合事理了。所以本词不必作新调另列，应与《惜秋华》合编在一起。

103.《厅前柳》和《亭前柳》应该是同一词调

《厅前柳》和《亭前柳》是否同一词调？万树在《词律·厅前柳》下云："查金谷《亭前柳》一词，虽多两字，定与此是一调。"又在《亭前柳》下详细说明："或曰：'此起结处与前不同，何不另列一体？'余曰：'首起处必有讹错，"新冤家"以下，与前词字句彷佛，后起两句亦同，其后亦必有讹错，岂可另列一体以误人？且题中"亭"字与"厅"字音本相近，是决一调，而传写各异耳。'本谱崇真尚实，不欲多列新奇，以夸详博也。"我们且引二词，一看究竟：
朱雍《亭前柳》:

拜月南楼上，面婵娟、恰对新妆。　谁凭阑干处，笛声长。追往事，遍凄凉。

看素质临风销瘦尽，粉痕轻、依旧真香。　潇洒春尘境，过横塘。度清影，在回廊。

赵师侠《厅前柳》：

景清佳。**正倦客**，凝秋思，**浩无涯**。**递十里**、**香芬馥**，桂初华。向碧叶、露芳葩。

为粟粒鹅儿情淡薄，倩西风、染就丹砂。　不比黄金雨，灿余霞。送幽梦、到仙家。

两相比较，其差异只有两处：赵词前段起拍处是一个添字添韵的笔法，这并不是一个很严重的变异；"递"字是一个读破后融后的笔法，该字如果移到前一句，两者就一般无二了，而从"十里香芬馥"正对"不比黄金雨"来看，更大的可能也不是读破，而是后人的抄误，尤其是这种抄误影响到了整个前段的韵律，就目前的态势而言，前段从头到尾都形成了一个"三字经"的模式，这样的韵律既不符合一般常理，更与后段形不成一个回环，所以，抄误的判断是可以成立的。我们再从前后段的收束都是三字三句，后段的过片处，两首词的字句韵律也并没有任何的变异来看，这些词调的关键点都一致说明，两词最多只是同调变格。

至于秦巘"宫调各别，宜分列"的理由，也是传统观念中过于强调宫调因素，在词乐佚亡的情况下，对一个其实并不熟悉的概念特别敬畏，是可以理解的，但宫调只是与该词的唱腔有关，并不关乎词的文字和句法，当然就不可以将乐词混同于文词了，它们完全属于两个不同的领域范畴，这一点传统的理念中每每理不清，不知道今日之"词"，是文词，非乐词，今日之词谱，是文字之谱，非音乐之谱，所以在词律时代的今日研究词谱，自然是应当以字句的特性为基本特性，总是在宫调已经亡佚之后，哓哓于宫调，似乎有理而其实些无道理。

其实，就现存的宋词来说，也足以说明"宫调如何，与文字无涉"这个本应明白却总是不被人明白的基本道理，如果今日仍然需要处处以宫调为准绳，那么同一个《菩萨蛮》一会儿中吕宫一会儿正宫，是否需要分为两调？同是柳永仙吕调的《迷神引》，与中吕调的《迷神引》，是不是也应该予以区别，将其视为两个不同的词调呢？

104.《醉高春》就是《最高楼》，并非异调

秦巘在《醉高春》的疏解中说，《钦定词谱》将其"与《最高楼》并为一调，但两起句不同，恐非别名。仍分列"。能坚持自己的观点，不赞同钦定的词谱，这是需要一点勇气的。但是，不赞同一个观点，仅仅靠勇气是不够的，更重要的是要有充足的理由，其实《钦定词谱》的观点也是来自《词律》，万树因为该词载于明代冯梦龙的小说《情史》，所以认为作者可能就是明人而不予收录，这是一个值得肯定的做法。但是秦巘认为："《情史》虽系小说，其事必有所本，断非凭虚臆造。但不注引据何书，致令后人滋惑。明代著书每蹈此弊。考宋以洛阳为东都，南渡时失其地。既称东都，其为北宋人无疑，故附北宋末。"这就是缺乏基本文学常识了。

至于秦巘以两段的起拍与《最高楼》不一样，而分列为别调，需要看这种差异的程度，如果是小异，那么这个肯定是站不住脚的。所以，我们不妨先来看看"两起句不同"严重到什么程度。

《词系·醉高春》正例柳富词：

> 人间最苦，最苦是分离。伊爱我，我怜伊。
> 后会　也知俱有愿，未知　何日是佳期。心下事，乱如丝。

《词系·最高楼》正例毛滂词：

> 微雨过，深院芰荷中。香冉冉，绣重重。
> 分散去、轻如云与雪。剩下了、许多风与月。侵枕簟，冷帘栊。

可见，所谓的"不同"，都在合理的增减字范围内，只是《醉高春》前段添一字，后段两八字句各减一字而已，假如这种微调都应该在"分列"中，那么大量因为增减字而形成的"又一体"，就也可以"分列"为另一个词调了，例如柳永将两个七字句填成八字句的《满江红》，而这显然是不能被接受的。

更重要的是，我们也找到了《最高楼》本身就可以增减字的例子，尤其是前段起句，有20%的比例是四字一句起的，如向子諲的"无双亭下，琼树正花敷"、史浩的"当年尚父，一个便兴周"、程垓的"旧时心事，说着两眉羞"等等，莫不与柳富的词相同。而后段两句各减一字作七字句的，有两种模式。一种是后五字结构减一字，如向子諲的"比碧桃、也无二朵，算丹桂、止是一株"、无名氏的"比吕望、数犹欠七。问师旷、恰符绛一"。一种是前三字减

一字,如徐架阁的"闻道生辰当月吉,万福千祥降自天"、无名氏的"岭上故人千里外。寄去一枝君要会",这种就和柳富的词完全一样了。而徐架阁的词,前后段跟柳富都一样,但是调名依旧是"最高楼",可见柳富词无非就是增字减字的微调,体式本同,变格而已。

105.《玉楼春》与《木兰花》是同调双名还是异调异名

我们在第一节中讨论过这两个调名的定名问题,这里继续讨论两者之间的异同。《玉楼春》与《木兰花》,究竟是同调双名,还是异调异名,其分歧由来已久,在两大主要词谱中,《词律》剔除了《玉楼春》,认为两者本为一体;在《钦定词谱》中则分列细述,认为两者各为一体。

各家的说法虽则都是振振有辞,但这种问题不可能两可,无疑必有一误。

秦巘是倾向于认为两者各为一体的,其中一个重要的理由是因为:韦庄词的"首句有'玉楼'二字,①或因此取名。顾(夐)作二首亦然,究不知昉自何人"。这里的"或"并不是意谓"或取于此或不取于此",而是"或是韦庄或是顾夐"的意思,也就是说秦巘是认定了这个词调名的由来是因为有人的作品里有"玉楼"的缘故。

总是用"母鹿是鹿"的侥幸去追索创调词,就必然会掉进"鹿是母鹿"的泥淖中。为什么《玉楼春》的创调词中就一定有"玉楼"二字呢? 而就词学的角度而言,研究词调名的时候,"哪个人"应该不是一个主要问题,"哪一首"才是一个主要问题,这才是符合基本逻辑的。顾夐和欧阳炯(秦巘误作韦庄)为同时代人,假定二者之一是创调人,那么本调就是创制于 8 世纪初的,这个推论本身没有问题。但是,调名的产生,通常还有一个情况是:因词中有某几个文字而另立一个别名,后人因为欧阳炯或者顾夐几次在《木兰花》词中用到"玉楼春"三字,所以将这个词调别名为《玉楼春》,此后该名被常用,与其本名不分伯仲了,这种可能也是同样存在的。

还有一个问题是,欧阳炯词中有"玉楼",顾夐词中也有"玉楼",这个事实除了可以拿来为"调名出自该词"佐证,还可以拿来为"该词用调名入词"佐证。而能够证明"调名出自该词"的,则不仅至少必有一个为假,还很可能两个都假,但是,"该词用调名入词"则至少必有一个为真,甚至很可能两个都是真。由此可见,"调名出自该词"的可靠性极低。

---

① 韦庄词中并无"玉楼",秦巘这么说,是因为他将欧阳炯"日照玉楼花似锦"词误以为是韦庄所作的缘故。

最后,假定这个《玉楼春》的调名是因为顾夐和欧阳炯的词而产生,姑不论是"调名出自该词"还是"该词用调名入词",早于二人的牛峤词及敦煌词中都有同样体式的词出现,但是调名都用的是《木兰花》,是否可以证明前面第一节的问题——这两个调名本为一体,《木兰花》更早使用而已呢?

106.《甘州子》就是《甘州曲》

秦巘在《词系》中将两者列为不同词调的理由,没有将顾夐"红炉深夜"词视为与王衍"画罗裙"词同调,固然是一个原因,没厘清《甘州子》和《甘州曲》两个调名之间的关系,或更是根子上的一个原因。

顾夐词名《甘州子》,所谓《甘州子》,顾名思义就是《甘州曲子》的简略说法;王衍词名《甘州曲》,所谓《甘州曲》,顾名思义也就是《甘州曲子》的简略说法。两者都是省文,其他的词调也都是一样,《采桑子》就是《采桑曲子》的简略说法,《捣练子》就是《捣练曲子》的简略说法,《南乡子》就是《南乡曲子》的简略说法,《江城子》就是《江城曲子》的简略说法,而《寿阳曲》就是《寿阳曲子》的简略说法,《阳关曲》就是《阳关曲子》的简略说法,《西吴曲》就是《西吴曲子》的简略说法。

所以,《甘州子》和《甘州曲》其实就是同一调子的不同说法而已。秦巘将其分而述之,是不知其中的这些其实很常识的问题。有点奇怪的是,《钦定词谱》本已经将两者糅为一体了,何以秦巘还要随万树将其分列,并强调说《甘州子》"比《甘州曲》多四字,自是一调"?

107.《芳草渡》就是《系裙腰》

《芳草渡》与各谱所载的《系裙腰》,其实就是同一词调。所以魏夫人"灯花耿耿漏迟迟"一词,《花草粹编》中题作"系裙腰",《古今词统》中题作"芳草渡"。我们且摘录《词系》中的正例,以便作一分析,词是冯延巳的:

> 梧桐落、寥花秋。烟初冷、雨才收。萧条风物正堪愁。人去后、多少恨,在心头。 燕鸿远。羌笛怨。渺渺澄波一片。山如黛、月如钩。笙歌散。魂梦断。倚高楼。

这首词的前后段两起句处,都是六字折腰一句(秦巘读为三字两句,误),从宋人作品的实际来看,如果后段起句仍为六字折腰的,则多称之为《芳草渡》,如果后段起句为七字一句的,则必称之为《系裙腰》,如此区别而已。而六字折腰句添一字作七字一句,或七字句减一字作折腰式六字句,则是宋词变化的基本手法，如冯延巳这首词的前段"梧桐落、蓼花秋"及后段"山如黛、月如钩"，到了北宋张先那里则已经变为"双门晓锁响朱扉""宋王台上为相思"的七字一句，就是一个很好的例证。

其实这种变化并不局限于《芳草渡》或《系裙腰》，别的词调也都是如此，比如唐人的《渔父》词，第一拍例作七字一句，而到了宋人苏轼那里，则该句都化为六字折腰句法，与此相反，第三拍例作六字折腰句法，而苏轼笔下该句都化为七字一句了。如此种种，不胜枚举。

108.《小阑干》《少年游》《眼儿媚》本为同一词调

卢祖皋的《小阑干》，秦巘认为"两结各四字，与周密作后段同。萨都剌词亦名《小阑干》，全与周同。自是一调，与《眼儿媚》别名《小阑干》不同"。其词为：

> 露华深酿古香醲。一树出云丛。窗间试与，闲培秋事，聊寄幽悰。
> 钩帘静对西风晚，尘外小房栊。轻阴澹日，浅寒清月，想见山中。

这首词其实与晏殊《少年游》的"芙蓉花发"词基本相似，所不同的只是"两结各四字"而已。而这里的五字减一字成为四字句，本为诗词句子衍化的一种基本方式。所以，它是《少年游》的别格无疑。

另一方面，如果我们详析《眼儿媚》的韵律，就可以知道，实际上它就是《少年游》中的一个特定体式，其固定格式为每段都是七五四四四句式，如周密的《眼儿媚》：

> 帘消宝篆卷宫罗。蜂蝶扑飞梭。一样东风，燕梁莺院，那处春多。
> 晓妆日日随香辇，多在牡丹坡。花深深处，柳阴阴处，一片笙歌。

比较前面的《小阑干》，一望而知两者是同一个词调，所以说《眼儿媚》就是《少年游》的一个体式，当然，就其体式的固定性来说，将它视为一个独立的词体也未尝不可，但这个词体也只能是《少年游》的别体，而不是互不相关的两个不同的词调。而秦巘在周密《少年游》词下也说"草窗二首皆然"，另一首就是上面这首《眼儿媚》，与卢词体式相同，两结都是四字句。

因此，总结其间的逻辑关系是：七五四四四式的《少年游》即《眼儿媚》，《少年游》的别名《小阑干》，也可以是《眼儿媚》的别名，因此，不存在秦巘所说的此《小阑干》与彼《小阑干》不同的问题。

109.《夜行船》与《雨中花》应属同调异名

万树在《词律》中将《雨中花》和《夜行船》合二为一，而《钦定词谱》则认为"以两结句五字者，为《雨中花》，两结句六字、七字者，为《夜行船》"，这种说法，如果是基于甲是乙的一种特殊形式，未尝不可，就如同我们前面说的《少年游》和《眼儿媚》一样，但秦巘因为"字句互异"的理由，认为两者绝非一调："考各家分列两名，字句互异，决非一调，仍分列。"这种说法就很值得商榷了。这种极为原始的扳手指数数就强为分体的说法，非要将之视为两种完全没有关系的别调，毫无韵律上的依据。

我们细究二者的全部词作发现，二者只不过是存在一二字的增减而已，而词之增减一字，原本是一个极为常见的微调方式，如果仅仅因为增减一字就成了别调，那么词调就有不可胜数的样式了。而在词作的实际情况中，《夜行船》历来与《雨中花》混淆不清，这里且以赵长卿的《夜行船》和扬无咎的《雨中花》为例，对两个词调作一个详细的异同分析。

赵长卿的《夜行船》：

绿锁窗纱梧叶底。麦秋时、晓寒慵起。宿酒恹恹、残香冉冉，浑似那时天气。别日不堪频屈指。回头早、一年不啻。搔首无言、阑干十二，倚了又还重倚。

扬无咎的《雨中花》：

惆怅红尘千里。恨死拨、浮名浮利。欠我温存、少伊撋就，两处悬悬地。拟待归来伏不是。更与问、孤眠子细。月照纱窗、晓灯残梦，可曒恶姿味。

分析如下。一、两者前后段各由四拍构成，其中前后段首拍都叶韵，前段首拍都可或六言、或七言不拘，后段首拍都以七言仄起仄收式句法为正。但是，《雨中花》后段首拍有李之仪二例六字、贺铸一例添一领字，当属偶例。二、第二拍都以折腰式七字句为正，唯《雨中花》有减一字作六字句者，占四分之一，《夜行船》有二例添一字者，也是偶例。三、第三拍都可添一字，作四字两拍，且以四字两拍为正格，此二拍又均以仄平、平仄顿为正格。四、只有《雨中花》的尾拍以五字句为正格，仅二例添一字，作折腰式六字句，《夜行船》则仄起仄收式六字律句为正，另有三成添一字，作折腰式七字句，及偶有折腰式六字句者。五、有些词所存在的调名互用情况，也可以证明二者实为一体，如秦巘所录的刘一止词，调名是"雨中花"，相信这不是秦巘自己命名的，而是根据其他的版本,但是彊村丛书本《苕溪词》中,则名为"夜行船",无疑是同调异名。

综上五点可见,两者若有差异,也只是在结拍一句,但是六字句减一字作五字句,或五字句添一字作六字句,本来就是词的基本微调形式,相同的例子不胜枚举,称不上是什么重要的差异。因此,万树提出的观点认为"《夜行船》亦即《雨中花令》",应该说是颇有见地的。但是之后的《钦定词谱》,却仅仅因为一字之差,而将其判为异调,直至贻误至今,识见远在万树之下。如果因此而异调之说成立,那么李之仪词的两个结句前五后六、无名氏词的两个结句前六后五,或许应该依据同样的理由而称其为《雨中夜行船》了,赵长卿另有两首《夜行船》,前后都五字结,则此船更不知如何行法。

110.《苏武慢》《惜余春慢》《选冠子》之辨

《苏武慢》《惜余春慢》《选冠子》等调名是否本为同一词调,一直有辩论,秦巘总结说:"此调各说不同。旧《草堂》只分《过秦楼》《惜余春慢》二调,《啸余谱》仍之。沈际飞辨之,合而为一。《词律》断之,曰:李甲词当名《过秦楼》。以其止有一百九字,而平声迥异,且有此三字在末也。周、鲁等词当名曰'惜余春慢'。吕词止一百七字当名曰'苏武慢'。蔡同于周,陆同于鲁,则各附之。至'选冠子'之名,则竟以别号置之,庶几归于画一耳。余谓:所分调名,类列尚属允协。惟《选冠子》为张景修作,乃治平时人,在周、吕诸人之前。谓诸家改易张作调名则可,断无张袭诸家调名之理。何得以别号置之,独遗张作?诵诗读书,不可以不论其世也。今列张景修《选冠子》名,以周、侯诸作附之。其余详核体制,各调分列订正。"

但是,《苏武慢》《选冠子》《惜余春慢》诸调,研究它们的字句韵律,可知实为一体,我们这里将三者胪列在一起,用粗体字标明句子的不同,即可明了。如果这种词调也是异名异调的话,则所有的别名都可以拿来另立一体了。

周邦彦《选冠子》:

水浴清蟾, 叶喧凉吹, 巷陌雨声初断。闻敧露井, 笑扑流萤, 惹破画罗轻扇。**人静夜久凭阑, 愁不归眠**, 立残更箭。叹年华一瞬, 人今千里, 梦沉书远。　　空见说、鬓怯琼梳, 容销金镜, 渐懒趁时匀染。梅风地湿, 虹雨苔滋, 一架舞红都变。**谁信无聊为伊, 才减江淹**, 神伤荀倩。**但明河影下, 还看**稀星数点。

蔡伸《苏武慢》:

雁落平沙，烟笼寒水，古垒鸣笳声断。青山隐隐，败叶萧萧，天际暝鸦零乱。**楼上黄昏，片帆千里归程**，年华将晚。望碧云空暮，佳人何处，梦魂俱远。　　忆旧游、邃馆朱扉，小园香径，尚想桃花人面。书盈锦轴，恨满金徽，难写寸心幽怨。**两地离愁，一樽芳酒凄凉**，危阑倚遍。**尽迟留、凭仗西风**，吹干泪眼。

鲁逸仲《惜余春慢》：

弄月余花，团风轻絮，露湿池塘春草。莺莺恋友，燕燕将雏，惆怅睡残清晓。**还似初相见时，携手旗亭**，酒香梅小。向登临长是，伤春滋味，泪弹多少。　　因甚却、轻许风流，终非长久，又说分飞烦恼。罗衣瘦损，绣被香消，那更乱红如扫。**门外无穷路歧，天若有情**，和天须老。**念高唐归梦，凄凉何处**，水流云绕。

《选冠子》有两种体式：其一为十一字一韵段收束，如周邦彦词；其二为十三字一韵段收束，形式与鲁逸仲《惜余春慢》后结一样，其余各词都是如此。只是《苏武慢》的创调词现在不清楚，所以孰先孰后，添字减字，都只能不甚了了，也就是说这几个词实在并没有正格变格的区别，我们因为秦巘列张景修的《选冠子》词在前，姑以为正例、正格，以十三字为添字的变格，也仅仅是为了指说方便而已。

至于读破与否，其实与律法并无关系，只是根据文法而已，句读或许可以有所不同，但其韵律则并没有什么不同。词乐时代但合词乐，而不意文法，词律时代的今天，也还是如此，随意选唱一曲流行歌曲，都可以明白这个道理。

可见，《选冠子》即《苏武慢》，只是别名而已。除非有确证证明《苏武慢》乃蔡伸等后世人首创。秦巘之迁，在必死守生于前则必为前一体，生于后则必为后一体，生于前则调名必前，生于后则调名必后。按此逻辑，则后世之人，就不可以用前人调名、前人体式了。就词的体格来说，张景修词的词格，也就是元人虞集《苏武慢》的"放棹沧浪"词，唯后段第三第四韵段读破，如此不同而已。

第六节　误植调名

与调名错误地一分为二和错误地合二为一类似的情况，还有一种很常见的调名错误类型,是完全张冠李戴式的误植调名。误植调名我有一个非常深刻的印象是,某硕士论文写的是《满江红》新发现的词调特征,该论文梳理了五六条,确实是从未见过的,但我看了那个词才明白,原来他所研究的对象,其实是一首《念奴娇》,误植调名而已。

对于这种很熟的词调误植调名,是不可原谅的,但确实也有一些不是熟调甚至是僻调的被李戴,特别是历史上长久以来一直被误解的,有时候还真是个需要花精力辨别的问题。这种问题原本就像是扬无咎不应该是扬无咎,更不应该是杨無咎一样,可能只是个文字问题,但是因为错的人太多,尤其是涉及了一个具体的词调,就成了词学问题了。

111. 正例无名氏“白露点”词并非《贺圣朝》

白露点、晓星明灭。秋风落叶。故址颓垣,冷烟衰草,前朝宫阙。
长安道上行客。依旧利深名切。改变容颜,消磨今古,陇头残月。

《贺圣朝》的起拍例作平起仄收式的七言律句,唐宋诸家的体式,无不如此,只有这首无名氏的词是用一个折腰式的句法开篇,其第一韵段的韵律与正格大不相同,窃以为其中或有舛误。

考《全唐诗》卷八九九所录的这首无名氏之作,与《词系》的字句皆同,《历代诗余》也与其相同,或许秦巘就是录自《全唐诗》或者《历代诗余》。按,宋王明清《投辖录》据张仲益所云:己未岁,大将张中孚、中彦兄弟于洛阳连昌宫故基之侧,与二三将士张烛夜饮于邮亭。忽有妇人衣服奇古,而姿色绝妙,执役来歌于尊前,曰:“晓星明灭。白露点、秋风落叶。故址颓垣,荒烟衰草,溪前宫阙。　　长安道上行客。念依旧、名深利切。改变容颜,销磨今古,陇头残月。”中孚兄弟大惊异,诘其所自,不应而去。

《投辖录》的这段记载虽然没有说明这首词的调名,但是我们分析该词的字句,则不难看出这就是一首《柳梢青》。就事理而论,白露点晓星自然是不通的,要说点落叶才对。另据《陕西通志》卷九八引《闲居笔记》云:骊山下逍遥别业,盖韦嗣立所建,赋诗勒石在焉。一夕忽失碑字,换墨题云(略)。唯该词后段前二句作“长安道上行客。依旧名利深切”,与秦巘《词系》中的原词相同,都是十二字。不过,《柳梢青》的后段第二拍,虽然是以折腰式的七字句为正格,但是也有六字一句的填法,如张孝祥的“争如对酒当歌。人是人非恁么”、张任国的“当初合下安排。又不豪门买呆”、蔡伸的“阴阴柳下人家,人面桃花似旧”、无名氏的“他时佳婿成双,红丝应牵第三”等等,都是如此填法,显然只是一种减字法而已,其中当然也可能有文字脱落的情况,如蔡伸词,《钦定词谱》就不是六字句了:"阴阴柳下人家,人面似、桃花似旧",所以,六字还是七字,并不构成对《柳梢青》的否定,尽管《钦定词谱》的两个"似"字很可疑。

有鉴于此,窃以为秦巘所据的原文显然是误从了《全唐诗》或者《历代诗余》的相关版本,应该以宋人《投辖录》为据,断其为前段起拍有错简的舛误,而本词实为伪体,应归为《柳梢青》研究才对,本调则应该以张泌"金丝帐暖"词为正例。

112. 毛文锡的《醉花间》是调名李戴

这是一桩唐五代的笔墨官司,我们先录毛词和冯延巳的《醉花间》及《词系·生查子》正例词如下:

冯延巳《醉花间》词:

林鹤归栖撩乱语。阶前还日暮。屏掩画堂深,帘卷潇潇雨。
玉人何处去。鹊喜浑无据。双眉愁几许。漏声看却夜将阑,点寒灯,扃绣户。

毛文锡《醉花间》词:

深相忆。莫相忆。相忆情难极。银汉是红墙,一带遥相隔。
　金盘珠露滴。两岸榆花白。风摇玉佩清,今夕为何夕。

韩偓的《生查子》词:

　侍女动妆奁,故故惊人睡。那知本未眠,背面偷垂泪。
　懒卸凤凰钗,羞入鸳鸯被。时复见残灯,和烟坠金穗。

首先我们来看前面两首《醉花间》,细察其韵律,不但字句不同,冯词后段还凭空多出一句,连歌拍都大相径庭了,又如何同腔? 作为词,最重要的在于它的起调结拍,如果不考虑这一点,那么唐词就会有很多相同的体式了,所以两者必定不是同一个词调。

然后我们再看后面两首,毛文锡的《醉花间》与韩偓的《生查子》两词,对比后可以很清晰地看出两者的体式极为近似,唯一的差异只是前者首句多了一字。《啸余谱》早已指出:"《生查子》与《醉花间》相近。"而万树虽然在《词律》中说《生查子》正体前后皆五字起,间有用六字两句者,《醉花间》

正体则前必六字,后必五字也",但是,万氏在《生查子》第二体后,针对《词统》将六字句删为五字句的时候又说:"岂以《生查子》必五字起耶?"显然,"《生查子》也是可以六字折腰起的"这一概念,万树是十分清晰的。因为《生查子》有这样的体式:

张泌词:

> 相见稀,喜相见。相见还相远。檀画荔枝红,金蔓蜻蜓软。
> 鱼雁疏,芳信断。花落庭阴晚。可惜玉肌肤,销瘦成慵懒。

孙光宪词:

> 寂寞掩朱门,正是天将暮。暗淡小庭中,滴滴梧桐雨。
> 绣工夫,牵心绪。配尽鸳鸯缕。待得没人时,偎倚论私语。

这就是万树说的"间有用六字两句者",而从孙词来看,六字折腰也可以仅出现于后段,则同理,六字折腰也可以仅出现于前段,例如前面毛文锡的词。

所以,毛文锡《醉花间》就可以认定是《生查子》,只不过是用错了调名,张冠李戴了。这么判断的更多理由是:其一,《生查子》与《醉花间》的宫调相同,都是双调;其二,五字句添一字而成为六字折腰句式,本属于词中很常见的一种变式,实例不胜枚举。最后,"深相忆。莫相忆"就是"莫作深相忆"的一种修辞上的强化,是一种作法范畴的变化,而与律法无关。

113. 张先的《感皇恩》实际上是《小重山》

《感皇恩》这个词调,秦巘收录了张先的"廊庙当时"词作为正例,这个词确实至今在一些词集中都仍然名为"感皇恩",例如《全宋词》,《全宋词》甚至还有这样一个备注:"此首调名,原从黄校作'小重山',今改正。"想来唐先生所依据的本子,是和秦巘所依据的本子相同或同系的,然后根据自己的判断,认定本词是《感皇恩》。只是,这首词的正身应该还是《小重山》,这个问题发现有点难,但是要辨清则比较容易,我们将《词系》中的张先词和《小重山》正例韦庄词,以及《钦定词谱》中的《感皇恩》正例放在下面,可以说是一望而知的。

张先词:

廊庙当时共代工。睢陵千里约，远相从。欲知宾主与谁同。宗枝内，黄阁旧，有三公。

　　广乐起云中。湖山看画轴，两仙翁。武林佳话几时穷。元丰际，德星聚，照江东。

韦庄《小重山》：

一闭昭阳春又春。夜寒宫漏永，梦君恩。卧思陈事暗消魂。罗衣湿，红袂有啼痕。

　　歌吹隔重阍。绕庭芳草绿，倚长门。万般惆怅向谁论。凝情立，宫殿欲黄昏。

《钦定词谱·感皇恩》：

　　绿水小河亭，朱阑碧甃。江月娟娟上高柳。画楼缥缈，尽挂窗纱帘绣。月明知我意，来相就。

　　银字吹笙，金貂取酒。小小微风弄襟袖。宝熏浓燕，人共博山烟瘦。露凉钗燕冷，更深后。

　　三首词放在一起，稍加比较就可以知道张先词的归属：首先《感皇恩》是一个仄韵词，没有平韵体，而《小重山》就是平韵词；其次，张先词与《小重山》的韵法完全相同，除了前段起句，全词均以两平声收韵，区别仅在张先词的两个尾句，是在五字句的基础上添一字而成；其三，张先词与《感皇恩》，除了两段均以三字收束外，无一句可以对应。有此三者，孰是孰非应该是一目了然，无须赘言的，张先这首词就是《小重山》的添字格而已。

114. 赵以夫的《双瑞莲》就是《玉漏迟》

　　赵以夫的《双瑞莲》从万树开始，就疑似《玉漏迟》，但是因为"终以多一字、颠倒四字，不敢确信同调"[1]，之后的《钦定词谱》《词系》都唯万树为瞻，不敢合二为一。但我们认为赵词就是《玉漏迟》。

　　赵以夫的《双瑞莲》：

---

[1]　见清万树《词律》卷十四《双瑞莲》条下。

千机云锦里。**看并蒂新房**，骈头芳蕊。**清标艳态**，两两翠裳霞袂。似是商量心事，倚绿盖、无言相对。天蘸水。彩舟过处，鸳鸯惊起。

缥缈漾影摇香，想刘阮风流，双仙姝丽。**闲情未断**，犹恋人间欢会。莫待西风吹老，荐玉醴、碧筒拼醉。清露底。月照一襟归思。

《词系·玉漏迟》正例宋祁词：

杏香消散尽，**须知自昔**，都门春早。**燕子来时**，绣陌乱铺芳草。蕙圃妖桃过雨，弄笑脸、红筛碧沼。深院悄。绿杨巷陌，莺声弄巧。

早是赋得多情，更遇酒临花，镇喜欢笑。**数曲阑干**，故国漫劳凝眺。汉外微云尽处，乱峰锁、一竿残照。问琅玕，东风泪零多少。

其依据有三：过片句为词中紧要处，而两词俱以仄起平收式律拗句法，这是一个极为典型的韵律特征。律拗句法本身并非是一种常用的句法，如果这是偶合，则太过巧合了，此其一；前后段两个末一韵段，也是词的紧要处，除"问琅玕"外，其余三字起拍都是平仄仄的韵句，而"问琅玕"不能与"深院悄"对应，极疑有误。词中向来有这样末一韵段中三字起韵的填法，但也不是常见的手法，如果这是偶合，则也太过巧合了，此其二；后段结拍，显然是前段结拍减二字而形成，我们将其称为"剪尾"，这与《玉漏迟》的演化方式也是完全一致的，所不同的只是《玉漏迟》所减的是一个仄顿，《双瑞莲》则减去了一个平顿而已，此其三。

而两者之所以会有所不同的原因有两个。其一是前段第二拍，宋祁词为四字句，而赵以夫词则多一领字。但考察后段可知，该句原来就是一个五字句，宋祁的《玉漏迟》是为韵律变化而省略了一个领字，这一点，我们可以从《玉漏迟》本身也有不省略的填法中看出，如何梦桂就有两首是"对风霜倚遍、危楼孤啸""向天寒、独倚孤篁吟啸"，刘子寰也有"雨凄清，顿觉今年秋早"这样的九字读破，赵以夫作为后人，只是还原而已，所以并非是可以形成"异调"的理由。

其二，是前后段第二韵段的起拍，宋祁是"燕子来时""数曲阑干"这样的仄起式句式，而赵以夫是"清标艳态""闲情未断"这样的平起式句式，以致形成了所谓"颠倒四字"的现象，但句式的不同在词中本是一种常见问题，这个在前面第一章第一节"词体的变化与句式无关"下我们有详细论述，白朴的《秋色横空》也有实例证明（详参第十章第一节），一个句子的平仄律是可以进行微调而不影响体式的，这类例子极多，可参见，这里不再赘叙。

115. 扬无咎的"水寒江静"是《品令》吗

　　　　水寒江静。浸一抹、青山倒影。楼外指点渔村近。笛声谁喷。
惊起宾鸿阵。
往事总归眉际恨。这相思、情味谁问。泪痕空把罗襟印。泪应啼尽。
争奈情无尽。

　　这是一首扬无咎的词,被秦巘收录于《一斛珠》词调下,在该词的疏解
中,秦巘引汲古《逃禅词》注云"或误作《品令》","周(邦彦)作与《品令》各
家体皆不同,亦是误写调名,均当归入《一斛珠》内"。这或是秦巘要说的关
键所在,因此有必要再引周邦彦词:

　　　　夜阑人静。月痕寄、梅梢疏影。帘外曲角栏干近。旧携手处,
花发雾寒成阵。
　　　　应是不禁愁与恨。纵相逢难问。黛眉曾把春衫印。后期无定。
断肠香销尽。

　　扬无咎词是和周的步韵之作,则词调必与周邦彦的词相同,也是《品
令》,或者按秦巘所说,都是《一斛珠》,这一点是大前提。和周的差异主要
有两点:一为"笛声谁喷"句的添韵,这种辅韵的增减,尤其是在起结过变处
的添韵,本属正常;一为"这相思、情味谁问"句的添字,扬无咎的添字,应该
是有谐和音律的考虑,添字后,前后段第二个句拍便对应一致,无疑更加谐
美,而添字,在宋词的创作中本是一个极为常见的手法,至多只是变格而已,
绝不会影响到词调的变化。所以,尽管方千里、陈允平、杨泽民等人的和词
都是五字,本词也并非就是衍多二字,只是毛校本《逃禅词》原无"情味"二
字,而是两脱字符"□□"而已(周词的这个五字句,我们认为存在文字脱落
的情况,这个问题我们将在第四章的第一节中继续讨论)。
　　由此可以认定,扬无咎的词,就是周邦彦词体的变格而已。
　　至于周邦彦词,《片玉集》卷八所收录的调名虽然是《品令》,但是其字
句、韵律则与《一斛珠》极其相近,比较将周词视为《品令》的《钦定词谱》,其
录的正格李煜《一斛珠》为:

晚妆初过。沈檀轻注些儿个。向人微露丁香颗。一曲清歌,暂引樱
桃破。

罗袖裛残殷色可。杯深旋被香醪涴。绣床斜凭娇无那。烂嚼红茸，笑向檀郎唾。

两者的差异只是前后段第二句，李为平起式律句，扬为折腰七字句，应该说这两个句法因为韵律迥异，通常罕有可以变异的词例，但我们从周邦彦填别首《一斛珠》中扪摸到了他这种有意变句的线索，周邦彦的别首《一斛珠》所呈现的就是前段折腰、后段律句，这应该是从律句到折腰句的演变痕迹，由此可以基本确定，秦巘的说法是对的，周词属于"误写调名"。

不过是否属于误调名的问题，秦巘的本意应该其实并不在扬词，而在周词，打丫头的目的是骂小姐，因为小姐是"钦定"为《品令》的，载于《钦定词谱·品令》的第三体，因此，这一段很可能也是一个春秋笔法。

第四章　词体结构

这一章与下一章其实本为一体,因为内容较多,所以将相对宏观的内容放在本章进行讨论,一些具体的问题放到下一章。

词体结构是词体研究中的主体,但是在传统词谱专著中,对"词体结构"本身的重视和研究,往往被"词体"和"句式"所替代,即便是对句式的研究,也因为均拍概念的缺失,往往只是着眼于孤立的句子,而没有韵段、读破等等的关照。

第一节　残词不得入谱

明清词谱家由于时代造成的视野欠缺,或者由于认知上的局限性,有时候会很难对一首词的残缺与否作出正确的判断,因此,几乎在每一种谱书中都会出现各种各样的文字残缺问题。

今存古词的残缺分两种情况,一种是已经被标注的残缺,通常会用夺字符或文字如"阙"等标明,另一种则是未标注的残缺,这种残缺需要编书人或者句读人重新判断、认识,由于词不同于齐言的诗,加之汉语特有的模糊、朦胧的实际特征,所以没有词体韵律学的辅助,想要看出有残缺的句子通常有较大的难度。

116. 施岳《清平乐》词为残词

水边花暝。隔岸炊烟冷。十里垂杨摇嫩影。宿酒如愁都醒。

施岳的这首"词"仅仅只有四句,秦巘认为是"此半调也",这个"半调"可以有两种理解:一、是指的截半首而成的词调,即认可它是一个"成品",如果这个说法可以成立,自然是名正言顺的"又一体";二、指的是"残词"。但从秦巘将其列入书中,与其他的"成品"同伍,可见秦巘的观念中这是一个完整的"又一体"作品,因为即便是出于梳理词调的来龙去脉,也没有理由引入一个残缺一半的词。

但窃以为这四句必定是一个脱落后段的残词。我们根据词的发展可知,但见有单段词扩展为双段词的情况,而未见有双段词缩为单段词的例子,在双段式词体已经非常成熟的南宋末,尤其如此。且双段式词,谱式已在,却要取其一半别为全词的作法,从一般的创作原理上来说,也不合情理。当然,现实中确实存在有写成半阕的情况,但那也只不过是"未就稿"而已,不能就因而将其视为"成品"。尤其重要的是,《绝妙好词》在收录本词的时候,编者已经注明了"原本云:此下缺六首",这个所缺的文字中,无疑应该也包括了本词的后段,用更准确的说法,是"此下缺五首半"或"此下缺六首半"。

117.《锦园春》是一首残词

秦巘在《锦园春》一调中收录的是张孝祥四十五字的"醉痕潮玉"词,这首词实际上是卢祖皋的《锦园春三犯》中的一部分,也就是说,秦巘提供的只是一个残词。卢祖皋的《锦园春三犯》有两首,一赋牡丹,一赋海棠,秦巘所引的是其中的海棠词,全词双段,九十二字,秦巘仅录了原词的前段,所以,虽然秦巘将其分为前后两段,但是只有"绝艳惊春"和"杜老情疏"可以对应起来,其他的完全是杂乱无章的。卢氏全词如下,秦巘所引的是其中的前段半首:

> 醉痕潮玉。爱柔英未吐,露丛如簇。绝艳矜春,分流芳金谷。风梳雨沐。耿空抱、夜阑清淑。杜老情疏,黄州赋冷,谁怜幽独。　　玉环睡醒未足。记传榆试火,高照宫烛。锦幄风翻,渺春容难续。迷红怨绿。漫惟有、旧愁相触。一舸东游,何时更约,西飞鸿鹄。

118.《八拍蛮》是一个残篇

词以句为拍,所以十句的词《破阵子》,又称为《十拍子》。又如《碧鸡漫志》卷四云:"今越调《兰陵王》,凡三段、二十四拍,或曰遗声也。"检今天尚存的宋词《兰陵王》,恰为二十四拍。因此,所谓"八拍"者,就应该是由四个韵段八句组成的才对。

但是,今天我们所见到的所有的本子,无论是否词谱,实际上所呈现的《八拍蛮》都只是四拍而已,即秦巘所说的"七言绝句体",如秦巘收录为正例的阎选的"云锁嫩黄烟柳细,风吹红蒂雪梅残。光景不胜闺阁恨,行行坐坐黛眉攒",词体相对于调名,显然存在脱落四拍的情况。

　　《花间集》收录阎选的词共计有二首,除了前述四句外,另有"愁琐黛眉烟易惨,泪飘红脸粉难匀。憔悴不知缘底事,遇人推道不宜春"四句,历来都将这八句视为两首,但根据调名来看,实际上应该只是一首而已。阎词或是前后段换韵的体格,或是循古韵,以十一真、十四寒互押的形式为词,如果以清儒的词韵为标准,则是词韵第六、第七两部混押的体格。这两部词韵混押的情况,在唐宋人词韵本不固定的时候,是一种正常的用韵方式,所以,存在其他相同的词例很正常,如第六第七部混押的同类词例,可以晏几道的《两同心》为例:"楚乡春晚,似入仙源。拾翠处、闲随流水,踏青路、暗惹香尘。"《八拍蛮》之所以被人忽略,只不过是阎氏前后段恰好各循一部,以致后人错为两首,贻误至今。因此,本词词体标准应当是双段五十六字,前后段各四句两平韵。

119. 作品有衍夺,不宜作为"又一体"供后人摹拟

　　玉阑干、金甃井。月照碧梧桐影。独自个、立多时。露华浓湿衣。
　　一晌。凝情望。待得不成模样。虽叵耐、又寻思。怎生嗔得伊。

　　温庭筠这首《更漏子》的后段,各种词谱著作中都因为"后起少一字"而将其拟定为又一体,《词律》如此,《钦定词谱》也是如此。但是,遍观全唐宋金元所有的《更漏子》,只有这一首后起是五字的,窃以为极可能该词本为"一"字上脱一字。这一疑点固然是没有别的词可证的,就如认为本词是"换头句减一字"①而成二字句的说法,同样也是无词可证一样。不过,就今存的明清、近代诸词来看,寸光之中也只有清代姜文载的一首作"美满。更初转"这样的填法,说明谱书中所谓的五字句换头的说法,也是基本不被人认可的。

　　此类很可能是因为衍夺而造成的作品,放在专著中探究是应该的,但是放在一个词谱中,将其作为一个给后世百代作标准的圭臬,其实是一种拟谱人缺乏判断力、决断力的表现,也是词谱编纂中的一种草率的做法,此类词例的选择,应该本着宁缺毋滥的原则予以摒弃为好,当然在相关的题解、疏解中则应该提及。

120.《卜算子慢》的正格应有两个二字句

　　溪山别意,烟树去程,日落采苹春晚。欲上征鞍,更掩翠帘回面。相

---

　　①　见《钦定词谱》卷六,页二,该词作者为欧阳炯。康熙五十四年内府刊朱墨套印本。

盼。惜湾湾浅黛长长眼。奈画阁欢游，也学狂花乱絮轻散。　　水影横池馆。对静夜无人，月高云远。一晌凝思，两袖泪痕还满。难遣。恨私书又逐东风断。纵梦泽，层楼万丈，望湖城那见。

秦巘所录的《卜算子慢》正例，是张先这首"溪山别意"词，其中前后段的第三韵段分别为：

相盼。惜湾湾浅黛长长眼。
难遣。恨私书又逐东风断。

这个词调现存仅四首，除本词外，其余三首均无二字句，检彊村丛书本《张子野词》，本词也没有两二字句，似乎这两个二字句应该删去才是正格。

但是就韵律的角度来看，如果删去这两个二字句，那么正格词调的结构就大乱，第三韵段只剩下了一个孤拍，不符合慢词的基本规模。应该可以肯定，彊村丛书本《张子野词》所依据的本子，已经误失了四字，而其余的三首，或误从此格，或同样被后人误删，以至于以讹传讹。因此填本调，应当以《词系》中的本词为正。

121. 周邦彦《一斛珠·夜阑人静》词下有二字脱落

夜阑人静。月痕寄、梅梢疏影。帘外曲角阑干近。旧携手处，花雾寒成阵。应是不禁愁与恨。**纵相逢难问**。黛眉曾把春衫印。后期无定，肠断香销尽。

周邦彦的这首《一斛珠》词下，秦巘云该词"《汲古》原名《品令》"，"定系《片玉集》误写调名，宜归《一斛珠》下。但方千里、陈允平和词亦名《品令》，后段次句亦五字，想当宋时讹传已久，毋怪后人之难辨也"。

按，本词调名《品令》，并非出于汲古阁本，早在《乐府雅词》中已经这样称说。雅词为宋人曾慥所编，应有一定的可信度，毕竟这首词与《一斛珠》也有一定的差异。本词与《一斛珠》的最大区别，在后段第二个句拍，《一斛珠》在宋词中未见有五字一句者，就算是周邦彦自己写的也是如此：

茸金细弱。秋风嫩、桂花初著。蕊珠宫里人难学。花染娇黄，羞映翠云幄。
清香不与兰苏约。**一枝云鬟巧梳掠**。夜凉轻撼蔷薇萼。香满衣襟，月在凤凰阁。

所以,这里存在两种可能:要么这是一个脱了二字的七字句,要么这是另外窜入的半首。两相权衡,既然宋代已经有多人步韵,别调窜入的可能性应该是几乎为零的,脱落二字应该是一个正确的判断,当然这二字早在宋朝已经脱落了,所以和清真词的诸家都是五字。

122. 以前后段对校为手段,判断文字的脱落

对于前述第二种情况的文字脱落,有一种前后段对校的方式,可以辅助识别,万树在《词律》中经常采用这一手段,判析了不少夺字,证明该方式极为有效。这里以《彩云归》为例简单介绍。

蘅皋向晚舣轻航。卸云帆、水驿鱼乡。**当暮天、霁色如晴昼,江练静、皎月飞光**。那堪听、远村羌管,引离人断肠。此际恨、浪萍风梗,度岁茫茫。堪伤。朝欢暮散,被多情、赋与凄凉。**别来最苦,襟袖依约,尚有余香**。算得伊、鸳衾凤枕,夜永争不思量。牵情处、唯有临歧,一句难忘。

柳永这首《彩云归》的前段"当暮天、霁色如晴昼,江练静、皎月飞光"两句,对应的应该是后段的"别来最苦,襟袖依约,尚有余香",但是,显然"依约"后有三字脱落。万树于此最为纠结,所以"别来"下十二字,干脆就不作标点,囫囵一句。

以词意理解,自"别来最苦"如何,说到"有余香",其中间必有一个表示转折的词语脱落,而比较前段,"尚有余香"前应该有三字帮助转折是无疑的。而"别来"八字,语意上则是断裂的,并不通达。笔者有个很极端的想法,后段应该是:"○别来、最苦○襟袖,依约●、尚有余香。"

第二节 两 词 误 合

因为流传及版本上形成的错讹,唐宋词时有两个不同的词调被误合在一起的情况,这种误合后的"作品"本质上是伪词,在通常的词选集中予以指出即可,但是在词谱中则应该予以摒除,否则必然贻误后人。

123. 冯延巳"细雨泣秋风"词非双段体

秦巘在《南乡子》中收录了冯延巳的一首双段词,词为:

细雨泣秋风。金凤花残满地红。闲感黛眉慵不语。情绪。寂寞相思知几许。
玉枕拥孤衾。抱恨还同岁月深。帘卷曲房谁共醉。憔悴。惆怅秦楼弹粉泪。

这首词各本都是前后两段式词体，唯独《钦定词谱》只是录其前段，作单段式词体，并谓"《阳春集》冯词二首悉同"。就整个唐五代词来考察，各本所录的所谓双段式，应是一个错误的组合，理由如下。

《南歌子》的早期形式原为单段式词，双段式虽然在唐五代已经出现，尤其是极疑双段式为冯延巳所创制，但是并未见有平仄换韵的体式，此其一；双段式的词都是平韵一韵到底的体式，未见有换用仄韵的体式，如果出于创调人之手的双段式也有换韵体，凭《南乡子》这样的热调，后世应该有人拟制，此其二；单段式起拍或六字，或四字，究其本源，则都是从五字句增减而来，所以五字句后来成了双段式体格的特征，由此可以推论，单段式有五字起也是合乎韵律的，此其三。

有此三者，可以认为本词实际上是由两首单段词误合而成，所以应据《钦定词谱》拆作两首单段为是。

124.《转应曲》中所谓苏轼双段体实为两首误合

渔父。渔父。江上微风细雨。青蓑黄蒻裳衣。红酒白鱼暮归。归暮。归暮。长笛一声何处。　　归雁。归雁。饮啄江南南岸。将飞却下盘旋。塞外春来苦寒。寒苦。寒苦。藻荇欲生且住。

秦巘在书中收录了苏轼一首"双段体"词，例作又一体，与不少本子里的观点一致，秦巘还特为注明这首词"凡四换韵，后结仍叶前仄韵"。

词的衍变和发展，由单段而复叠成为双段体式，本是一个常见的变化方式，但是本词窃以为实在是两首词的误合，从前后段所写主题各异这一点来看，即可大概窥知。此外，宋傅干的《注坡词》中，本词正文虽然阙失未收，只有存目，但是就其所录的词题云"效韦应物体"来看，应该还是可以窥探出它们是属于二首词的一些信息的，因为这个词调在唐代并不存在有双段的体式，"韦应物体"所指的自然就是单段体了。再从其他版本的角度来看，这两首词又见收于苏辙的《栾城集》中，其题为"效韦苏州《调啸》词二首"，这就已经非常清楚地可以看出体式的从属了，因此本词无须将其视为一体。

不过，单段式复叠后作双段词，本属填词的常见手法，即便前人没有成作，今人也不妨如此填，而平仄则仍依韦应物的《转应曲》即可。当然，这属于另一话题，并不表示认可该词为双段。

125. 韦庄的《望远行》是一首拼合词

韦庄的《望远行》是一首与众不同的词,体格独此一首:

> 欲别无言倚画屏。含恨暗伤情。谢家庭树锦鸡鸣。残月落边城。
> 人欲别,马频嘶。绿槐千里长堤。出门芳草路萋萋。云雨别来易东西。不忍别君后,却入旧香闺。

这首词的前后段极为参差,以致前后段的用韵也疑似并非换韵,整首词毫无旋律上的谐和感。就词的结构而言,前段为小令结构,后段则端然又是引词结构。校之唐宋词各首,本词必是前后段两调误合而成,扪摸其韵律,则前段极似《武陵春》,后段从“绿槐”下又极似《临江仙》。

此外,从作词的角度来看,如果是一首完整的词,那么,一词之内竟用四“别”字,且前后段两个起拍又都是用“欲别”起句,文字上遣词造句之陋,绝非韦庄这样的里手所为,所以绝无可能为一词。这类作品,诚如杜文澜所说:“恐字数未确,既不足为律,不如删之。”

126.《后庭宴》体式或是一个“拼盘”

> 千里故乡,十年华屋。乱魂飞过屏山簇。眼重眉褪不胜春,菱花知我销香玉。　　双双燕子归来,应解笑人幽独。断歌零舞,遗恨清江曲。万树绿低迷,一庭红扑簌。

无名氏的这首《后庭宴》,其体式是比较怪异的:其前段只有二个韵段,后段则有三个韵段,且前后段之间韵律上毫无对应关系,整体不如说是一个单段式的章法。而扪其前段韵律,端然就是半个《踏莎行》,扪其后段,则与读破后的《破阵子》字句相合。因此,这个所谓的词调,窃以为就是一个“拼盘”,由《踏莎行》的一半与他词(《破阵子》?)的一半拼合而成。

再追究这个词调的来源,各本所记载的,都说是“掘地而得”,如原著所引的《庚溪诗话》就如此记载:“宋宣和中,掘地得石刻唐词,调名《后庭宴》。”但是这里有几个疑问,以今天所见的唐词来看,其典型的特征就是令词前后段多是字句整齐的结构,如此参差,甚至到了无一句可相对应的程度,极为罕见。加之两段各自也都没有章法可循,前段二个韵段后段三个韵段的唐词,尽管我们能找到类似的例证,如《洞仙歌》,但《洞仙歌》也是前后相应有致的,所以,根据这些在韵律上十分杂乱的现象来看,所谓的“掘地而得""唐人所作"云云,窃以为真的只是一个虚拟的故事而已。

当然,即便掘地得石刻是一件真事,那么其石刻或也并不是唐人所刻,宣和中去五代已一百六十余年,所得者很可能也就是一件宋初之作,因为《踏莎行》本为宋词,今所见最早者是宋初寇准的"春暮"词,但寇词显然并不是创调之作,无疑在宋初的时候,《踏莎行》已经在流行了。

前面说到《洞仙歌》,有必要再补充几句,宋赵闻礼《阳春白雪》有"蜀帅谢元明因开摩诃池,得古石刻,遂见全篇"的《洞仙歌》,与本词的来历原委同出一辙,而且其整体架构也是前段二韵段、后段三韵段,但我们说《洞仙歌》前后相应,它的后段第一二韵段与前段是相合的,所以显然不会是拼合词无疑,两相比较,《后庭宴》的可疑之处就很难解释了。

127. 顾夐《虞美人·少年艳质》词应是两首残词误合

少年艳质胜琼英。早晚别三清。莲冠稳篸钿篦横。飘飘罗袖碧云轻。画难成。　　迟迟少转腰身袅。翠靥眉心小。醮坛风急杏枝香。此时恨不驾鸾凰。访刘郎。

顾夐的这一首《虞美人》在韵律上独具一格,其特异处在前段是平韵一韵到底,而非平仄换韵式,后段却恢复了正格的平仄换韵模式。

该词在唐宋词中仅此一首,就一般的填词规律分析,一个词调的创制是没有这样的韵律逻辑的,将平仄换韵格转为平韵格的情况有,但不会只转半首,因为《虞美人》这种小令的前后段,等于是两个循环的乐段,只转半首便会形成韵律上的不谐。所以,窃以为这首词应该是两首残词的误合。

顾夐另有全词平韵体的填法,所以我们认为这首词的前段,应该就是平韵体的半首,而后段则是另一首正格《虞美人》的一半,由此凑合而成。此外,从词的主题表达来看,前后段中的两个主人公明显不是一个人,这也可以作为旁证,来佐证这种误合的可能性,有鉴于此,本词不足为"又一体"。

第三节　双段词的对应关系

万树在校词的时候,一个常用的法宝是"前后段对校",这是一个非常切合词体本质特征的方式,他在《词律》中解决了很多疑难杂症。但是这也是被秦嬲猛烈批评的一个重要方面,他在指出万树《词律》所谓的"四缺六失"中,将其列为一大罪状:"前后段字数,必欲比同,甚至改换字句以牵合,殊涉穿凿。"

我们以为,词的前后段可以对校,是因为它们存在一种对应关系,之所以存在对应关系,是因为词乐本有的旋律在双段式歌曲中必然有部分甚至全部的重合复沓,这种复沓在文字上留下的痕迹,就是字句的对应。所以,探摸这一对应关系,是词律时代对词乐最正确的认识。这一节我们专门举例阐述这种"对应关系"的相关问题、实际应用和重要意义。

128.《戚氏》的分句准确是梳理本调的基础

柳永的词可能是宋词中舛误最多的,因为当时就四处流行,四处流行就势必版本很多,然后错误也就很多。《戚氏》这样的长调慢词,没有错误自然是不可能的。秦巘是如此读柳永词的,为便于比照,我们将其分段排列,请特别注意加粗的文字:

> 晚秋天。一霎微雨洒庭轩。槛菊萧疏,井梧零乱 ,惹残烟。凄然。望乡关。飞云黯澹**夕阳间。当时宋玉悲感,向此临水与登山。远道迢递,行人凄楚,倦听陇水潺湲。**正蝉吟败叶,蛩响衰草,相应声喧。
>
> 　　孤馆度日如年。风露渐变,悄悄至更阑。长天净、绛河清浅 ,皓月婵娟。**思绵绵。夜永对景那堪。屈指暗 想从前。未名未禄,绮陌红楼,往往经岁迁延。**
>
> 帝里风光好,当年少日,暮宴朝欢。况有狂朋怪侣,遇当歌对酒竞留连。别来迅景如梭,旧游似梦,烟水程何限。念利名憔悴长萦绊。追往事、空惨愁颜。漏箭移、稍觉轻寒。听呜咽画角数声残。对闲窗畔,停灯向晓,抱影无眠。

这个词调中存在很多的问题,这些问题要厘清,最基本的是要将分句问题梳理好。就韵律而言,第一段从"夕阳间"到"潺湲"和第二段从"思绵绵"到"迁延"是具有"对应关系"的一节,这一节由两个韵段组成,由此可见三个问题。

其一,"屈指"句应该对应"向此"句,就句法、韵律和词意看,应该有两种可能:或者都是七字句,所以后段应该是"屈指暗暗想从前",但这样前后就都是一个不律的大拗句,所以应该读为"向此、临水与登山""屈指、暗暗想从前",从而两句的句法丝丝入扣;或者都是六字句,所以前段应该是"向此临水登山",是一个仄起式的律拗句法,与"屈指"句的句法也是丝丝入扣;两者比较,"临水登山"这样一个很完整的句子非要加上一个纯属多余的

"与"字,实在是败笔,所以我倾向于六字句。

其二,"倦听"对应第二段的"往往",又是一个仄起式的律拗句法,因此,秦巘认为"听"字平声,就是一个错误的判断,当然,连苏东坡都误读了,这个也可以理解。

其三,由这两个韵段继续延伸,前段的最后一个韵段"正蝉吟败叶,蛩响衰草,相应声喧"在第二段没有了相对应的字句了,而第三段的第一韵段"帝里风光好,当年少日,暮宴朝欢"却恰好相对应,因此有理由相信,第二段的划分,应该是截止在"朝欢"之后。

这个问题,我们已经在第一章的第二节中有所讨论,其余不再重复。

129. 徐伸《转调二郎神》词前段第三韵段必有舛误

徐伸《转调二郎神》的前后段第三韵段,秦巘是这样读的:

> 动是愁端如何向, 但怪得、新来多病。(前段)
> 雁足不来, 马蹄难去, 门掩一庭芳景。(后段)

前段的七字句词意既不通,"愁端如何"四平相连又是大违律处,并且我们在参校其他同调词的时候,也发现它与其他各词的句法都不合,由此可知该句必有错讹。

前人对于这类句子,往往因为缺乏书证而反过来强调其不律处为必须谨守处,更有甚者以其不律为词之佳处,此病自万树起,至今不绝。这固然是"祖宗之法不可违"的一种表现,总以为唐宋人都是对的,但也有清代词谱家缺乏系统的理论知识,往往只是在现象上打转的原因。

前段第三韵段校之后段的第三韵段,可知其本来的样貌应该是这样读才对:"动是愁端,如何向但,怪得新来多病",从而与各词便都相合,但是,"如何向但"显然不通,后二字必有错讹,也因此才被勉强读为七字一句。窃以为"但"字可能是"夜"字蚀笔之误。又,在七字句中,"如何"之"何",各家用平用仄不一,而用平者居多,然今人填此,总以仄声为正。

130. 小词以前后段字句对称为正格

晏几道的《风入松》共有两首,两首字句基本相同,只有一首的前段第四句作"水沈难复暖前香",与别首第四句及后段对应句完全句法不同,秦巘是这样读的:

柳阴庭院杏梢墙。依旧巫阳。凤箫已远青楼在，**水沈难复暖前香**。临镜舞鸾离照，倚筝飞雁辞行。　　坠鞭人意自凄凉。泪眼回肠。断云残雨当年事，**到如今、几处难忘**。两袖晓风花陌，一帘夜月兰堂。

前段第四句对应后段的"到如今、几处难忘"，而别首前后段第四句，也都是折腰式的七字句，推而广之，所有的本调前后段第四句都是"到如今、几处难忘"格式的或者衍变格式的，其衍变格式就是减一领字作六字一句，如张孝祥的"染成宫样鹅黄……郁金熏染浓香"，而绝无改变句法，填成平起平收式的律句。

此外，究之词意，"水沈难复暖前香"也实在是一个很难理解的句子，而通常句意不清本身就意味着句子存在舛误的可能。又，"难"字，彊村丛书本的《小山词》作"谁"，唐圭璋先生的《全宋词》读为"水沈谁、复暖前香"，但其句意仍然是晦涩的。其实，当一个句子的文字有多个版本存在的时候，本身就证明了该句有讹误的存在。

继续说这个第四句的另一个例子，也是前后段不对应。康与之的《风入松》，前后段是这样的："与谁同捻花枝……叹楼前、流水难西"，前段是一个六字句，属于减字格，但前后段不对称。秦巘对此有这样一番说法："《词律》云宜添'好'字，不应作六字。考宋人各体多有不同，何能拘泥？"

这里，万树的说法是合理的。就《风入松》第四句用六字句的情况而言，并不在秦巘所说的"多有不同"中，除了张孝祥的"染成宫样鹅黄……郁金薰染浓香"外，只有康与之、赵彦端两人，康词别首是"旧愁新恨重重……殢人休下帘栊"，也是前后对称的填法，符合这类小词的韵律基本规则。像这种极偶然出现的前七后六或前六后七，极可能是因为脱字而形成的。

131.《雪明鹁鸪夜》后段的两个韵律问题

万俟咏的《雪明鹁鸪夜》也是一个孤调，从古至今似乎没人填过，其词秦巘读为：

望五云多处，探春开阆苑，别就瑶岛。正梅雪韵清，桂月光皎。凤帐龙帘萦嫩风，御座深、翠金间绕。半天中，香泛千花，灯挂百宝。　　圣时观风重腊，有箫鼓沸空，锦绣匝道。竞呼卢气贯调欢笑。袖里金钱掷下，来侍宴、歌太平睿藻。愿年年此际，迎春不老。

秦巘在疏正本词时，指出后段存在一些问题，认为："'竞呼卢'下二十二字，疑有讹误。"这个感觉无疑是对的。但他又说，后段第三韵段"或于

'来'字句、'歌'字逗,与前段合,但'掷下来'三字欠妥"。

后段确有韵律上的讹误,其讹误有两处。首先,第二韵段前段是九字,以一领四字二句结构组成,因此,后段仅得八字一韵段,显然是存在舛误的。"竞呼卢气贯调欢笑",这八字本为一个韵段,所以至少要构成一起一收,秦巘读为一个句拍,固然和他缺乏均拍理念有关,或许也和他轻视前后段比照有关,所以他居然未能看出后段这一韵段脱落了一字。依照律理,后段第二韵段应该是"竞呼卢气贯,●调欢笑",其中"调"字读平声,两拍构成,这是硬道理,现在后段被读成八字一句,那么第二韵段就成了孤拍。所以说,对应前段第二韵段,这里应该也是五字一句、四字一句,原谱夺一字无疑。

其次,前段"御座深、翠金间绕"是一个仄声的双起式句法,因此,"御座深"所对应的三字逗便不应该是秦巘所读的"来侍宴"这样平声的单起式句法,韵律完全拧了。后段只有读为"侍宴歌、太平睿藻",才是准确的原句,与前段的韵律高度吻合。由此可知,"来"字应该属上,"歌"字处逗,秦巘这个读法是正确的。而"袖里金钱掷下来"的句法,仄起平收,与前段的"凤帐龙帘萦嫩风"相对应,秦巘却以为"欠妥",便误,想来是他觉得"掷下来"造语过于俚俗的缘故,不知宋词中这样的用法并非仅见,如同时代辛弃疾的《鹧鸪天》就有"时把琼瑶蹴下来",冯取洽的《沁园春》也有"风力微时稳下来"之语,不知秦巘以为"蹴下来""稳下来"是否也是"欠妥"? 所以,后段第三韵段的一起一收两句并无文字错讹,丝丝入扣,极为整齐,正是本词调的一般样貌:

正梅雪韵清, 桂月光皎。凤帐龙帘萦嫩风, 御座深、翠金间绕。
竞呼卢气贯, ●调欢笑。袖里金钱掷下来, 侍宴歌、太平睿藻。

132. 试探《帝台春》的原貌

《帝台春》今宋词存仅李甲一首,该词久不流传,结构上极为怪异或也是一个因素,因为结构怪异,意味着该词的旋律必然杂乱,也就不能给人以美感,从而激发创作欲望。

本词的前后段,尤其是第一第二韵段对称性极差,有文字衍夺的存在是一个毋庸置疑的事。细玩结构,其主要参差出现在第二韵段中。李甲词前后段的第二韵段分别是:

暖絮乱红, 也知人、春愁无力。
谩遍倚危阑、尽黄昏, 也只是、暮云凝碧。

这种词体结构是极为罕见的,如果我们对齐收拍,那么起拍就应该是"●暖絮乱红、●○○,也知人、春愁无力",夺四字。但《钦定词谱》这里作"暖絮乱红,也似知人、春愁无力",则前段大概率应该是"●暖絮乱红、也○○,似知人、春愁无力",这个我们从元末的刘基词中,可以得到一点印证,刘基是"门对远山,山带斜阳,葱茏相属",两者的母词应该是同源的,那么也可以补足为"●门对远山、●○山,带斜阳、葱茏相属"。这样,二词该韵段就形成一个很和谐的旋律回环,应该是合乎该调韵律的:

李词:

●暖絮乱红、也○○,似知人、春愁无力。
谩遍倚危阑、尽黄昏,也只是、暮云凝碧。

刘词:

●门对远山、●○山,带斜阳、葱茏相属。
镜掩懒重开,纵春风,也不解、染黄成绿。("镜"字误填)

133.《阳台路》的字句原貌探索

《阳台路》也是一个孤调,至今未见有明之前的其他作品,为方便分析,我们将秦巘所读的词分四韵段抄录,每韵段用/号分隔:

楚天晚。坠冷枫败叶,疏红零乱。/冒征尘、匹马驱驱,愁见水遥山远。(前段前)
此际空劳回首,望帝里、难收泪眼。/暮烟衰草,算暗锁、路歧无限。(后段前)
追念少年时,正恁凤帏,倚香偎暖。/嬉游惯。又岂知、前欢云雨分散。(前段后)
今宵又、依前寄宿,甚处苇村山馆。/寒灯半、夜厌厌,凭何消遣。(后段后)

这个版本无疑并非原作应有的样貌,尤其是前半部分,显然有很多错讹。两段的后半部分秦巘失记一个韵脚,根据前段的"惯"字可知,"半"应该也是韵脚。补足这个韵脚,同时"今宵"下十三字改读为"今宵又依前,寄宿甚处,苇村山馆",则本词的后半部分基本上是谐和的。

　　问题在两段的前半部分,或者说主要在前后段的第二韵段,因为第一韵段中的"疏红零乱"和"难收泪眼"已经暗示了第二韵段应该是对应整齐的两个单位。

　　首先,前段"冒征尘、匹马驱驱"七字不可能对应"暮烟衰草,算暗锁"。其次,字数上后段也少二字,最合乎韵律的可能,应该是"愁见水遥山远"对应"算暗锁、路歧无限",这样有两种可能:一种是"算"字或是其他两平声字的误合,而起拍则夺一领字,原文或为"●暮烟、衰草○○,暗锁路歧无限",这样后段第二韵段的旋律就与前段的"冒征尘、匹马驱驱,愁见水遥山远"完全一致,其字句、平仄在韵律上都很吻合;另一种可能是"暮烟衰草"前后仍夺三字,但"愁见"前也夺一字,应为"●愁见、水遥山远"。

134. 柳词两首《祭天神》,大致还是有对应关系的,未必迥异

　　针对柳永的"忆绣衾"词,秦嬴说"此与前调迥异,换头句恐有讹误",但细加分析,本词未必就和前一首迥异,这里且从头开始作一个"复盘",先看词:

> 叹笑筵歌席轻抛亸。背孤城、几舍烟村**停画舸**。更深钓叟归来,数点残灯火。被连绵、宿酒醺醺,**愁无那**。寂寞拥、重衾卧。　　**又闻得、行客扁舟过**。蓬窗近,兰桡急,好梦还惊破。**念平生、单栖踪迹**,多感情怀,到此厌厌,向晓披衣坐。
>
> 忆绣衾相向轻轻语。屏山掩、红蜡长明,**金兽盛熏兰炷**。何期到此,酒态花情顿辜负。柔肠断、还是黄昏,**那更满庭风雨**。　　**听空阶和漏,碎声斗滴愁眉聚**。算伊还共谁人,争知此冤苦。**念千里烟波**,迢迢前约,旧欢慵省,一向无心绪。

　　这里,"忆绣衾相向轻轻语。屏山掩、红蜡长明"对应的是前一首的"叹笑筵歌席轻抛亸。背孤城、几舍烟村",不对应的只有"金兽盛熏兰炷"与"停画舸",或是本词衍文,或是前一首夺字;本词第二韵段"何期到此,酒态花情顿辜负"对应前一首"更深钓叟归来,数点残灯火",只是读破而已,也属正常;第三韵段"柔肠断、还是黄昏,那更满庭风雨"对应前一首"被连绵、宿酒醺醺,愁无那",应该是前一首有夺字。

　　后段我们也认为"换头句恐有讹误",第一韵段或者是"听空阶、和○●。漏碎声、斗滴愁眉聚",补足后正对应前一首的"寂寞拥、重衾卧。又闻得、行客扁舟过"(这也说明"寂寞拥、重衾卧"六字应该是后段起拍);第二

韵段"算伊还、共谁人，争知此冤苦"对应前一首"蓬窗近、兰桡急，好梦还惊破"；第三韵段秦蟫读"迢迢前约"肯定不合，因为"迢迢"不可修饰盟约，所以应该读为"念千里、烟波迢迢，前约旧欢"，对应前一首的"念平生、单栖踪迹，多感情怀"，剩下的参差二字，我们以为是本词夺二字，补足后为"慵省〇〇，一向无心绪"，正好对应前一首的"到此厌厌，向晓披衣坐"。

总结一下这两首词，其差异仅在四处：本词第三句拍多三字，前词前结夺三字，本词后起夺二字、后结夺二字。而大致的结构是对应整齐的，只是因为柳词在当时被广为传抄，所以错讹特别多，有衍夺而已，它们总体上的框架还是一致的。至于这两首词的宫调不同，与字句是否参差无关，因为属于两个完全不同的领域，任何一个宫调下都可以填入各种不同的句子，除非你认为歇指调后段末一韵段的收煞必须是十八个字的。虽然我相信谁都不敢说这句话，但是任何提出宫调与词的字句有关联的人，其实都陷在这句话的泥沼中。

第四节　起结过变中的韵律结构

起结过变，是词体结构中的重要环节，包括了起调、歇拍、过片、结拍，在以双调为主流形态的词文学中，"对应关系"常常在起结过变中可以不予遵守，其原因就是因为这几个部分，往往音乐的旋律需要有一些变化。正因为如此，起结过变中的韵律结构，就有其独特的样貌和性质。

这一节在词体结构中比较重要，我们通过六条札记来解析不同的一些韵律形态。

135. 词的起结过变中，常常有一修饰韵

阆苑高寒。金枢动，冰宫桂树年年。剪秋一半，难破万户连环。织锦相思楼影下，钿钗暗约小帘间。共无眠素娥惯得，西坠阑干。　　谁知壶中自乐，正醉围夜玉，浅斗婵娟。雁风自劲，云气不上凉天。红牙润沾素手，听一曲清歌双雾鬟。徐郎老，恨断肠声在，离镜孤鸾。

吴文英的这首词，秦蟫是如此读的，其中在前结中的"共无眠素娥惯得"一句，脱落了一个韵脚。

这个韵段我们对照后段可知，后段有"徐郎老"一个三字结构，那么扪其韵律可知，前段一般也会有这样一个对应的结构，而"共无眠"则是很天然的

一个对应,只不过这个三字结构因为入韵,所以其平仄有所不同而已。

那么,为什么非要认定这里的"眠"字是一个韵脚呢? 这就是起结过变中的问题了,《钦定词谱》在《荼瓶儿》下云:"前句不押韵,后句押韵者,尽多。若在换头后结,更多。盖词以韵为拍,过变曲终,不妨多加拍也。"它说的是前段不押后段押,同样的道理,自然也可以是如本词一样的前段押韵后段不押,原理是一样的,都是为了通过加减拍而形成旋律上的一种变化。无论是前段单押还是后段单押,或者是两段都押,都是要在过变曲终的地方将词的旋律制造出一个变化来,所以,这种韵脚我们称其为"修饰韵",在乐词中,是旋律上的修饰,而到了词律时代,则是在文词中,转化为对词的韵律上的一种修饰。

上面说的是纯理论的依据,下面我们看看其他词人是否也有同样的"修饰韵"。张炎本调有两首,其前段的最后一个韵段分别为:

忆芳时。翠微唤酒,江雁初飞。(其一之前段末一韵段)
任风飘。夜来酒醒,何处江皋。(其二之前段末一韵段)

这样,我们就可以证明前述的理论是站得住脚的了,吴文英的前段最后一个韵段就应该是:"共无眠。素娥惯得,西坠阑干。"

这种因为不太注重"修饰韵",因而忽略或者将其视为偶叶而舍弃的情况,在传统词谱中是很多的,《词系》中我们还可以举一个例子来说明,这种"修饰韵"所处的位置,也往往是不固定的,只要处于这个韵段中就可以,如高观国的《八归》,其前后段的末一韵段为:

料恨满、幽苑离宫,正愁黯文通。
两凝伫、壮怀无奈,立尽微云斜照中。

秦巘说前段末一韵段中的"'宫'字是偶合,此处不应叶",这种理由仍然是毫无律理根据的,事实是,词的起结过变处常有添韵的作法,这就是"此处应叶"的依据,我们在前一个词例中已经有过详细的解说。秦巘的说法,无疑又是因为后段的对应句中的"奈"字未韵,不知前后结中单边叶韵是一种常见的方式而已,就是《钦定词谱》的"词以韵为拍,起结过变,不妨多加拍也"。

修饰韵,是起调毕曲中的特有现象,因此当然就不仅仅局限于词的末一韵段,也可以出于第一韵段中,如吴文英的《梦行云》词,秦巘如此标点:

簟波皱纤縠。**朝炊熟**，眠未足。青奴细腻，未拼真珠斛。素莲幽怨风前影，搔首斜坠玉。　　画阑枕水，垂杨梳雨，青丝乱，如乍沐。娇笙微韵，晚蝉理秋曲。翠阴明月胜花夜，那愁春去速。

其中前段第二拍的"熟"字，秦巘特别说明"是偶合，非叶"，鉴于本调仅此一首，所以可以推断秦巘的依据有两个：一是因为后段的对应句中"乱"字不叶的缘故；二是因为"朝炊熟，眠未足"是一个六字句（尽管秦巘没有读为三三式折腰结构，但他对这一结构的标点一贯是不清晰的），下意识中有中间不能用韵的概念。

但是秦巘忽略了另一个要素，这一句正处于第一韵段之中，是一首词中音律变化最大的地方之一，前后段不相对应，也是一种极为正常的现象，词中很多，就如前段的"縠"也并没有对应的韵字一样。所以既然无以确证它是否为偶叶，那么也不妨认为是梦窗有意为之，所谓"不妨多加拍也"。这种前后不相呼应的用韵方式，在描摹谱式的时候应该是宁守勿阙，更何况，毕竟"縠、熟、足"三字合韵是一个客观存在，我们至少应该认为吴文英在韵律的考量上是有意为之的。至于今天的填词者，则因为它本属可叶可不叶的辅韵，如何拿捏，就完全可以有一个更大的自由度了。

至于在六字折腰句中是否可以有一个韵脚，答案自然是肯定的，我们可以将其视为句中短韵，这种韵脚的作用纯粹在于调节韵律，而与词的文意毫无关系。

又按，《钦定词谱》中是将"熟"字拟为叶韵的，可取，应从之。

136. 过片的句中短韵，也属于修饰韵

词调的过片中加入一个句中短韵，这个韵律特征，也很能表示"修饰韵"的特征，很多慢词都有这种特色，例如《木兰花慢》《望南云慢》《念奴娇》《定风波慢》等等，我们甚至可以这么说，所有的慢词都可以在过片中加入一个句中韵，即便我们现存的古词中并未见到。《满庭芳》是最能代表添加句中短韵这一个过片特色的慢词，我们且以秦观的词为例，其后段是这样的：

消魂。当此际，香囊暗解，罗带轻分。谩赢得青楼，薄幸名存。此去何时见也，襟袖上、空染啼痕。伤情处、高城望断，灯火已黄昏。

这里的"消魂当此际"本为一句，为了丰富起结过变中的旋律，句中插入一个短韵，以形成变化，这种韵脚的增加，与前几例所说的添韵，作用和功能完全一致，且它们都属于辅韵中最活跃的部分，不仅仅可叶可不叶，甚至在

唱和、步韵中都常常被人丢弃,可步可不步。这可以以北宋董颖的《满庭芳·元礼席上用少游韵》为例,最为典型,董词的后段是这样的:

> 人生须快意,十分春事,才破三分。况点检年时,胜客都存。更把余欢卜夜,纵彻晓、蜡泪流痕。花阴昼,朱帘未卷,犹自醉昏昏。

其过片用"人生须快意",将秦观原来的句中韵"魂"字丢了。

137. 词体过片的几种模式

词体通常所见的形式是双段式,这是唐宋词的主流形态。双段式的词体其后段起拍的句子,通常称之为"过片",过片一般有如下几种形式,我们分别举例说明:

第一种模式,如张先《少年游慢》的前后段第一第二韵段:

> 春城三二月。禁柳飘绵未歇。仙籥生香,轻云凝紫临层阙。
> **昼刻三题彻**。梯汉同登蟾窟。玉殿初宣,银袍齐脱生仙骨。

这个词调的过片是"昼刻三题彻",其字数与前段起拍完全相同,所以被称为"齐头式"。齐头式除了这种完全式的齐头外,另有读破式齐头,如无名氏《折红梅》的前后段第一第二韵段:

> 睹南翔征雁。疏林败叶,凋霜零乱。独红梅、自守岁寒,天教最后开绽。
> **谁人宠眷。待金锁不开**,凭阑先看。曾飞落、寿阳粉额,妆成汉宫传遍。

毛滂《于飞乐》的前后段第一第二韵段:

> 水边山、云畔水,新出烟林。送秋来、双桧寒阴。桧堂寒、香雾碧,帘箔清深。
> **望西园　飞盖,夜月到清尊**。为诗翁、露冷风清。褪红裙、祛碧袖,花草争春。

这两个例子中,过片似乎与前段起拍都不合,但是"谁人宠眷。待金锁不开"与"睹南翔征雁。疏林败叶"的字数、"望西园飞盖,夜月到清尊"与"水边山、云畔水,新出烟林"的字数则是完全相同的,而我们说词实际上是一个"字本位"的样式,所以本质上它们也属于齐头式。

第二种模式,如朱淑真《绛都春》的前后段第一第二韵段:

> 寒阴渐晓。报驿使探春,南枝开早。粉蕊弄香,芳脸凝酥、琼枝小。
> **轻渺。盈盈笑靥**,称娇面、爱学宫妆新巧。几度醉吟,独倚阑干、黄昏后。

王观《十月桃》的前后段第一第二韵段:

> 东篱菊尽,遍园林败叶,满地寒荄。露井平明,破香笼粉初开。
> 问武陵溪上谁栽。分付与南园,舞榭歌台。恰似凝酥衬玉,点缀装裁。

朱词过片比前段起拍多二字,王词的过片比前段起拍多三字,这些多字的结构就叫"添头",意思是原本齐头的词体,添了二三字就改变结构了。添头理论上并不限定添几字,只要过片处字数比起拍处多即可,但通常所见的都是二三字。

词的过片当然不止这两种模式,但这两种是主要的,占多数。

138. 剪尾,一种常用的词体变化方式

与添头常常会配套使用的,是一种我们称之为"剪尾"的词句处理方式,我们试以宋祁的《玉漏迟》为例进行讨论:

> 杏香消散尽,须知自昔,都门春早。燕子来时,绣陌乱铺芳草。蕙圃
> 妖桃过雨,弄笑脸、红筛碧沼。**深院悄。绿杨巷陌,莺声弄巧。**
> 早是。赋得多情,更遇酒临花,镇辜欢笑。数曲阑干,故国漫劳凝
> 眺。汉外微云尽处,乱峰锁、一竿残照。**问琅玕,东风泪零多少。**

后段的结拍,实际上是由前段减字而成,也就是说,当"深院悄。绿杨巷陌,莺声弄巧"减去第六第七字的时候,就成了"问琅玕,东风泪零多少",这是本词后结的来历,而当减去第四第五字的时候,就成了程垓词的"魂梦切。不耐飞来蝴蝶"。"剪尾"这种变化也是词乐音乐变化的一种基本模式,很多词调都用这样的方式变化其韵律,所以我将这种规律性的词乐变化体现在文字上的减字称之为"剪尾"。但是前一种句法容易形成大拗句式,所以《玉漏迟》发展到元后,就抛弃了这一填法,而一概用后一种句法填,这也是词句韵律发展的一般规律,可详参元好问词。

"剪尾"也是慢词中很常见的一种结构模式,甚至可以说是宋人创作慢

词的主流体式,我们且以《江神子慢》这个词调为例,详细分析。如《词系》正例田不伐词的头尾:

　　　　玉台挂秋月。铅素浅、梅花傅香雪。……此恨对语犹难,那堪更、寄书说。
　　教人红绡翠减,觉衣宽金缕,都为轻别。……恨伊不似,余香惹、鸳鸯结。

而校之吕渭老词及蔡松年词,后段结处都是九字。
吕渭老词:

　　新枝媚斜日。　花径霁晚,碧泛红滴。……燕子又语斜檐,行云自没消息。
　　当时乌丝夜语,约桃花时候,同醉瑶瑟。……想伊不整啼妆,影帘侧。

蔡松年词:

　　　　紫云点枫叶。岩树小、婆娑岁寒节。……小眠鼻观先通,庐山梦旧清绝。
　　萧闲平生淡泊。独芳温一念,犹未衰歇。……夜寒回施幽香,与愁客。

比田不伐词更少一字,便与基本格式不同,结拍共减去了三字,就显得有些异常了,窃以为这里应该是吕、蔡二人所依据的母本有夺字,这也是为什么其后的元词,后结都填成了这个样子:
姬翼词:

　　　　　莲塘雨初歇。波面倚、琼花照澄彻。……放开微蕊真光,尘沙界,尽朝彻。
　　　　一枝冥传亘古,向无声色里,出广长舌。……**再拈谁肯承当,付花梢月**。

王昌吉词:

　　　修真万缘撒。心地下、功夫要刚烈。……八关六腑三宫,总和畅,万神悦。
　　龟息玄通无间,得澄湛子母,团圆交结。……**放开性月辉辉,贯乾坤彻**。

因为六字一句、四字一句在旋律上是与田不伐相吻合的,这样才符合"过片添二字,结拍减二字"这个词调的总体韵律特征。

139.《玉漏迟》中起调毕曲的韵律差异是主要变化

宋祁的《玉漏迟》是早期的作品,该调的韵律变化主要表现在起结中,我们以秦巘的标点本为例作一分析:

杏香消散尽,须知自昔,都门春早。燕子来时,绣陌乱铺芳草。圃妖桃过雨,弄笑脸、红筛碧沼。深院悄。绿杨巷陌,莺声弄巧。　　早是赋得多情,更遇酒临花,镇辜欢笑。数曲阑干,故国漫劳眺。汉外微云尽处,乱峰锁、一竿残照。问琅玕,东风泪零多少。

这个起结中的变化,主要在起调毕曲时的用韵增减,呈现出多种不同的样式:如这个后结"问琅玕"的三字结构可叶韵可不叶韵,如后段起拍可添可不添一个句中短韵,如前段的起拍也是可叶韵可不叶韵。至于程垓词、史深词、滕宾词的字句有多有少,都是因为有文字脱落的缘故,并非增减字的体格。

当然,有的变化并非一定要有先例才可以,如"问琅玕"不叶韵,目前看来独此一首如此填,《草堂诗余》这里是"归路杳",在韵律上是丝丝入扣的,根据它改为叶韵应该更佳,填本词也以叶韵为好。

140. 添头可以帮助佐证版本的正伪

晁补之的《下水船》也是一首很典型的"添头式"结构,只是这首词中所添的不是二字,而是三字:

上客骊驹系。惊唤银屏睡起。(前段第一韵段)
半窥镜,向我横秋水。斜颔花枝交镜里。(后段第一韵段)

正因为如此,我们就可以确认,不是前段的"惊唤"句脱了一字,就是后段的"斜颔"句衍了一字。而我们旁校其他宋词后,可以发现晁词别首,以及贺铸、黄庭坚等词人在后段都是填为六字一句的。从不同的版本来看,这个句子在宋人吴曾的《能改斋漫录》中作"斜颔花枝交镜里",但是宋人胡仔的《苕溪渔隐丛话》中却是"斜颔花交镜里",六字句。只是,后来的《词综》《历代诗余》《词律》等等都是依据吴本,不知吴本本有舛误,衍多了一个"枝"字,所以,这一句拍必为六字一句,应删改。

第五章　词体结构的解析

　　这一章与前一章其实本为一体,因为内容较多,所以将相对微观的内容放在本章进行讨论,这些具体的问题主要围绕如何探摸一个词体的内在结构。

　　按照中国传统的词学理论,词体的结构是以"均拍"为单位来细分的,这两个概念至今仍然有效,只是在词律时代,我们应该尽可能脱离"词乐"的陷阱,站在现代的立场上来重新认识"均拍",并在"不逾矩"的基础上赋予其新的内涵,以便今人更好地认识"词"。

第一节　结构划分

　　研究词体、词谱,对词体内部的结构进行分析和解剖,是一个很基础的环节。这一节通过《词系》结构划分中存在的问题,作一些分析和探讨。

141. 李存勖《歌头》的文句或句读必有一误

《词系·歌头》的正例,选的是后唐庄宗李存勖的词,秦巘读为:

赏芳春,暖风飘箔。莺啼绿树,轻烟笼晚阁。杏桃红、开繁萼。灵和殿、禁柳千行,斜金丝络。夏云多、奇峰如削。纨扇动微凉,轻绡薄。梅雨霁,火云烁。临水槛、永日逃繁暑,泛觥酌。　　露华浓,冷高梧,凋万叶。一霎晚风,蝉声新雨歇。暗惜此光阴,如流水,东篱菊残时,叹萧索。繁阴积,岁时暮,景难留,不觉朱颜失却。好容光,旦旦须呼宾友,西园长宵,宴云谣,歌皓齿,且行乐。

　　这首词的前后段十分参差,其句读必有错讹,尤其是后段,万树也认为"必有讹处"。我读该词曾费数日时间,略有一些体会,兹逐一分析。

杜文澜在读《词律》中"禁柳千行,斜金丝络"这八个字的时候,认为"或谓以'斜'字属上,作五字一句、三字一句,意义较妥"。但万树之所以采用两个四字的读法,也有他韵律上的考虑,因为如果前面读为五字一句,那么"千行斜"三个平声,在韵律上确实也是很忌讳的。但是,"斜金丝络"这样的句子无疑是有瑕疵的,是不通的。我们从整体韵律上考虑,这八字应该对应后段的"东篱菊残时,叹萧索",但是,其韵律上的结构,却并非是"五字一句、三字一句",而实际上是一个二字逗领六字折腰句的结构,所以,"禁柳、千行斜,金丝络"不仅与"东篱、菊残时,叹萧索"对应十分和谐,而且韵律上也自然就不存在"三平尾"的犯忌问题了。

如果进一步对照后段研究,窃以为"灵和殿"都有错简的可能,原词第二韵段的样貌或应该是这样的:"灵和殿·杏桃红、开繁萼。禁柳·千行斜、金丝络。"我很难用现有的标点来表达这里的韵律,其关系为:三字逗领六字折腰一句,二字逗领六字折腰一句。"斜金丝络"确实不通,但是"禁柳千行斜"也不通,如果是"千行斜、金丝络"就通了,因为"斜"的是柳丝,而非柳树。而这八字所相对应的后段,则是"东篱·菊残时、叹萧索",这样,"东篱"五字也避免了被误读为一个大拗的五字句。

顺便说,词中绝大多数我们今天认定是拗句的,其实都有其内在的韵律关系,只不过是我们没有看明白而已,我始终认为:词是近体的,来源于近体诗,所以词句也就天然地都应该是律化的句子。

继续分析。再说"暗惜此光阴,如流水"八字。这八个字今天都依据万树所点,读为五字一句、三字一句,但万树自己对他的句读都很没信心,我们对校前段可以发现,这八字的原形应该是三字逗领六字折腰一句,但是从"光阴如流水"本来就是一个很完整的句子来看,这里的原本样貌应该是"○暗惜·此光阴、如流水",正合前段的"灵和殿·杏桃红、开繁萼"。万树作为词谱家,他对字句的直觉是相当敏锐的,很多他揣测的词句读法,在拥有更多资料的今天看,都是正确的,这里的夺字,正是构成他"必有讹处"之疑的一个因素。

"繁阴积"之后,对应的是前段的"夏云多、奇峰如削",所以,应该是"繁阴积、岁时暮景",而不是"岁时暮,景难留"。但其后的"难留不觉朱颜失却"八字,即便视为读破,也是费解的。

后段末一韵段中的"西园长宵"也是一个破绽,四字连平,必定是有蹊跷的,如果考虑前段歇拍为一八一三,则后段结拍也可以是"长宵宴、云谣歌皓齿,且行乐",所以,"西园长宵"实际上分属两句,为"旦旦须呼,宾友西园,长宵宴、云谣歌皓齿,且行乐",这样的韵律梳理,应该是更接近原本的样貌的。

142. 从一个错误探析秦巘分析词谱的思路历程

见好花颜色，争笑东风。双脸上，晚妆同。闭小楼深阁，春景重重。三五夜，偏有恨，月明中。　　情未已，信曾通。满衣犹自染檀红。恨不如双燕，飞舞帘栊。春欲暮，残絮尽，柳条空。

《献衷心》词是一个典型的引词词体，上面这首欧阳炯词较之顾夐的正例，扪其韵律有很多文字的脱落，后段的脱落尤其严重，秦巘认为"后段起处两三字句，多二字，第三句七字，比前少五字"，就是如此。但他的这个分析有瑕疵，我们试举相关的字句作一详析，思路依照秦巘，为更加直观，两词文字不足处用下划线的空格补足：

小炉__　__烟细，虚阁帘垂。几多心事，暗地思维。（顾夐词）
情未已，信曾通。_____　满衣犹自　__染檀红。（欧阳炯词）

我们认为秦巘这一分析是有错误的，且该错误的思维方式是可以追寻的，我们可以通过追寻探索出他原本的思路历程，找到前贤对事物认识的来龙去脉。

秦巘错误的根本原因，也是传统学术研究中的一般问题，由于缺乏缜密的逻辑思维，所以不能从现象抽象出原理，因而无法诞生科学，具体在词体韵律学中就在于他没有均拍理念，这样他就无法从宏观入手解剖词句，既然不能从全局看问题，就只能拘于每一个句子这样那样的细节展开，因此便不可避免地会因为局限于走一步看一步而走错路。

具体而言，秦巘的第一个错误是不明白这是一个引词结构的词，因此，就不明白"情未已，信曾通"是后段第一韵段的起拍，不明白"小炉烟细，虚阁帘垂"也是同样的起拍。第二个错误是秦巘因此而忽略了这两个起拍有一个共同的特点，它们都是"一个俪句"。在研究词体韵律的时候，一定要记住，一个俪句往往就是一个单位，所以两位词人虽然一六字、一八字，但都可能就是原貌，不衍不夺，也就是通常所说的"增减字"而已。所以，秦巘将"情未已，信曾通"对应"小炉烟细"，就变成了将整体对部分展开了研究，这样做，焉有不错之理？

秦巘在操作这个对应关系的时候出了差错，自然就会跟进又一个错误，不知道"几多心事，暗地思维"也属于一个单位，它的出现最大的可能是，原本它就是一个"几多心事暗思维"这样的七字句，其字数、韵律与"满衣犹自染檀红"一般无二,而无需去考虑它原本是一种七字句添字作四字两句的词句衍化模式,所以,判断出"比前少五字"的说法,是很没有律理概念和韵律常识的,也是缺乏词体的整体意识的。

所以,这两首词的后段比较应该是下面这样的,文字增多或减少处用下划线表示:

　　<u>小炉</u>烟细,<u>虚阁</u>帘垂。几多心事,暗地思维。(顾词添字格)
　　　情未已,　　信曾通。满衣犹自　染　檀红。(欧词减字格)

与前相较,这一组显然要干净得多了,而词体的结构越干净,其词句符合原本韵律的准确性也就越高。

最后必须指出,这种前后段互校的方法是一种行之有效的校谱手段,尽管秦巘将其视为万树《词律》的主要缺陷之一,但从本案例可以看出,他自己也不能不用。笔者甚至更认为:没有前后段互校,就没有词谱和词谱学。

143. 一字逗领三三式的实例

塞草烟光阔。渭水波声咽。春朝雨霁,轻尘敛,征鞍发。指青青杨柳,又是轻攀折。动黯然、知有后会甚时节。　　更尽一杯酒,歌一阕。叹人生里,难欢聚,易离别。且莫辞沉醉,听取阳关彻。念故人、千里自此共明月。

寇准《阳关引》词前段的"春朝雨霁,轻尘敛,征鞍发"十字,就韵律而言,是一个一字逗领九字的句法,但是这里的一字逗是个平声字,且是一个实字而不是虚字,所以很容易歧解为"春朝/雨霁",所以,"春"字疑是抄误,扪其韵律,这里应该是一个动字领三三三的句法,"朝雨、轻尘、征鞍"三者排列,本为一个句拍。这从其后段的对应句中最能看出:"叹人生里,难欢聚,易离别","叹"字是个虚字,很标准的领字。

当然,这个三三三结构,并非必须排比式,也可以是一二式、二一式,只要是为一字统领即可,这是填词的常法。所以晁补之词的前段是"空庭雨过,西风紧,飘黄叶",前四字的文意并不是"空庭/雨过",而是"空"字领二一结构,"庭雨过、西风紧"则为一对偶,而寇词后段和晁词的后段"有飞凫客,词珠玉、气冰雪",则都是一二式的结构,后二都是俪句。

144. 两种《六州歌头》的过片,必有一误

《六州歌头》的过变,可以贺铸词作为标准:

少年侠气，交结五都雄。肝胆洞。毛发耸。立谈中。死生同。一诺千金重。推翘勇。矜豪纵。轻盖拥。联飞鞚。斗城东。轰饮酒垆，春色浮寒瓮。吸海垂虹。间呼鹰嗾犬，白羽摘雕弓。**狡穴俄空。乐匆匆。**　　　**似黄粱梦。辞丹凤。**明月共。漾孤篷。官冗从。怀倥偬。落尘笼。簿书丛。鹖弁如云众。供鹿用。忽奇功。笳鼓动。渔阳弄。思悲翁。不请长缨，系取天骄种。剑吼西风。恨登山临水，手寄七弦桐。目送归鸿。

但是，袁去华词则作"采菊东篱。　　　正悠然、见南山处，无穷景"，误将"正悠然"三字属下了。

当然，这一错误也并非袁氏一人如此，细玩宋人诸词，大多都有这样的痕迹，例如贺铸的"乐匆匆"，必是"乐匆匆、似黄粱梦"，而非"狡穴俄空乐匆匆"，其原文分段如何，不得而知。也有人认为这三字依律应当属后，如果这样处理，那么辛弃疾的"白鹭振振，鼓咽咽"中的"振"、程珌"不识如今，几西风"中的"今"，都并不在韵脚上，同样也是无法解释的。

这种段落的混乱，无疑是因为一人错而又被多人误从所引起，今天我们能够确定的是，袁去华的这种体式是错误的，但这种情况除了人为指定某一个体式为正格，别无他法予以纠正。不过，无论怎样，这种段落的混乱，倒是能证明我们的一个判断：本调实际上就是一个文人的案头词，而并非是可以入乐演唱的，因为从文字可以见出词乐的旋律已经混乱，显然无法通过歌唱来融合两种完全不同的乐段了。

袁去华词下，秦巘如是说："袁词实误笔。本谱皆以创制为式，以诸名家为证，庶免疑义。"按照这里的具体语境来理解，当然不是仅仅指的"创调"而已，而是说所有在一个词调中有所革新体式的词作。我们从已经疏解过的内容看出，这种革新既包括了正革新，比如变调、摊破、减字及各种微调等，也包括了负革新，比如调名误写、同调异名、字句脱落等等，秦巘试图从这种种异同中探究一个完整的词调来龙去脉，而作为范式的词谱，则仅仅是包容在其中的一个顺带的功能而已。

但问题是，要真正厘清每一个词是否为某种确凿的"创制"，在数百上千年之后是一个极为困难的工作，尤其是在大量唐宋元词早已佚失的情况下，很多本源的内容已经很难追溯，甚至无法追溯了，只能做到一个"大概如此"的程度，以本调为例，只能假设袁去华之前没人如此填而已，那么这种情况下被结论的"创制"，就未免令人生疑了。

145. 张先的《雨中花令》该如何分段

近鬓彩钿云雁细。好容颜、花枝争媚。学双燕、同栖还并翅。我合著你难分离。这佛面、前生应布施。你更看蛾眉下秋水。似赛九底、他三五二。正闷里也须欢喜。

　　张先的这首词,在《词系》中没有给予分段,而《钦定词谱》是在"分离"后分段的,并认为:"前段结句'我'字、'你'字,后段起句'这'字,第二句'下'字,第三句'底'字,结句'正'字、'也'字,此皆衬字,若都减去,亦是此调正格,前后未尝不整齐也。"
　　但是,如果按照这个说法减去诸字,前段"学双燕"句,后段"似赛九"句依然不相吻合,且第三句"底"字不可删,而应该容后,形成这样的词体:

近鬓彩钿云雁细。好容颜、花枝争媚。学双燕、同栖还并翅。合著难分离。佛面前生应布施。你更看、蛾眉秋水。似赛九、底他三五二。闷里须欢喜。

这样才能使前后段对应整齐。
　　但是,《钦定词谱》所说要减去的是"衬字",这一说法是可以商榷的,因为如果我们认可这是"衬字",那就不存在需要减去的问题,因为"衬字"并无资格进入图谱,这个问题可以详参第二章第二节。

146. 柳永《浪淘沙慢》也是一个三段式慢词

　　《浪淘沙慢》在《词律》和《钦定词谱》中,是被规范为双段式词体的,但在《词系》中,秦巘不但将周邦彦的"晓阴重"词明确分成了三段,还在柳永"梦觉透窗"词和周邦彦别首"万叶战"词下,表示了"亦当分三段"的意见。这种见解固然可以认为是秦巘的一种慎重,没有贸然全都分为三段,但按照"晓阴重"的思路,既然已经撕开一个口子了,其实不妨将《浪淘沙慢》都一律判为三段式的词体。比如柳永词按照秦巘的读法为:

梦觉透窗风一线,寒灯吹息。那堪酒醒,又闻空阶,夜雨频滴。嗟因循、久作天涯客。负佳人、几许盟言,更忍把、从前欢会,陡顿翻成忧戚。　　愁极。再三追思,洞房深处,几度饮散歌阕。香暖鸳鸯被,岂暂时疏散,费伊心力。滞云尤雨,有万般千种,相怜相惜。恰到如今,天长漏永,无端自家疏隔。知何时、却拥秦云态,愿低帏昵枕,轻轻细说。与江乡，夜夜数、寒更思忆。

其中前段本应四韵段，"几许盟言"处，本是主韵所在，周邦彦词用"玉手亲折"，入韵，所以柳永词失落一主韵。第二段按照周词，则应该从"恰到如今"起分为第三段，则第二段有三个主韵，分别为"阕、力、惜"，第三段也是三个主韵，分别为"隔、说、忆"，"说"的位置或尚可商榷，但全词的总体结构，大致应该如此。然后我们会发现这是一个非常有意思的结构，其第二第三段是这样：

　　愁极。再三追思，洞房深处，几度饮散歌阕。○○●、香暖鸳鸯被，岂暂时疏散，费伊心力。滞云尤雨，有万般千种，相怜相惜。
　　　　恰到如今，天长漏永，无端自家疏隔。知何时、却拥秦云态，愿低帏昵枕，轻轻细说。●与江乡，夜夜数、寒更思忆。

这里的○○●是脱了三字，这三字就是周邦彦词中的"无人处""犹悲感"，是吴文英词中的"楼阁畔"。如果同意我们认为有四字脱落，可以这样补足的话，那么后两段除了第二段有一个添头"愁极"、第三段末了有一个剪尾之外，两段的对应是非常谐和工稳的，几乎可以称其为"双曳尾"了。

第二节　词的韵段

我们在前面已经多次涉及一个概念，即"韵段"，"韵段"是构成词体的一个基本单位，对应词乐时代的"乐句"，通常由两个句拍构成，一起拍、一收拍。如果用宋人的传统概念来诠释，那么和它对等的就是"均"（读如 yùn）。

这一节我们用七个实例来诠释"韵段"和韵段的基本面貌。

147. 杨缵《八六子》词的后段末一韵段分析

怨残红。夜来无赖，雨催春去匆匆。但暗水新流芳恨，蝶凄蜂惨，千林嫩绿迷空。　　那知国色还逢。柔弱华清扶倦，轻盈洛浦临风。细认得、凝妆点脂匀粉，露蝉耸翠，蕊金团玉、成丛。几许愁随笑解，一声歌转春融。**眼朦胧。凭阑干、半醒醉中。**

对杨缵这首词的后段"眼朦胧"十字，秦巘复述了万树的见解"'凭'字宜作平声;多一'干'字",然后批点说"谬甚"。

万树《词律》中原文为:"此恐原是'凭阑半醒醉中',误多一'干'字耳。'雨'字宜平,勿用去声。'凭'字宜作'凭',平声。"万树以为后结为"凭阑半醒醉中",是校之诸词而论,未必无理,而六字句中"凭"字宜作平声,更无不妥,至于秦巘以为应该是"凭栏干",说:"既用'凭阑干'三字,则'凭'字当仄,不可连用三平。"可见,秦巘的思路已经与万树完全不同了,韵境已然不同,变成了一个单起式的三字结构,与万树所说的双起式的句子,韵律已经迥异,自然不可作平了,所以,两人所说的虽是同一个字,但是在完全不同的韵律环境中,却已经并非是同一问题了,因此而批点万树的说法为"谬甚",实际上是在偷换概念或转移话题,自然就没有道理。且万树本来说的就是"二字",就更不存在"连用三平"的情况了。

此类交锋,最能见出高低。

148. 苏轼"赤壁怀古"词的第一韵段原貌探

苏轼名作"赤壁怀古"的前段,大众熟知的是"大江东去,浪淘尽、千古风流人物",秦巘所据的则是"大江东去,浪声沉,千古风流人物",何以会出现这样的两个版本,从韵律的角度分析,或可以有一个答案。

《念奴娇》前段的第一韵段,第二拍应是一单起式词句,比如苏轼别首作"凭高眺远,见长空万里",就是一个很好的证明,即第五字按照韵律,必须是一个单字节奏。在这样的韵律环境中,如果将"浪、声沉"理解为或者读为"浪声、沉",那就是违律思维。而如果我们将其作三字逗理解,"浪、声沉"便不成句,所以正确的句读应该是"浪,**声沉千古**,风流人物"。这个我们考察其余的宋词可知,都是如此读法。

至于"浪淘尽"的出现,应该是有人觉得双起式的"浪声、沉",其节奏有违本调的基本韵律了,所以改为"浪、淘尽",以和谐韵律。

149. 张先《劝金船》词第三韵段的准确读法

流泉宛转双开宝。带染轻沙皱。何人暗得金船酒。拥罗绮前后。绿定**见**花影,并照与、艳妆争秀。行尽曲名,休更再歌杨柳。　　光生飞动摇琼甃。隔障笙箫奏。须知短景欢无足,又还过清昼。翰阁迟归来,传骑恨、留住难久。异日凤凰池上,为谁思旧。

张先的这首《劝金船》词的前段第五句,秦巘认为"见"字"宜仄声",但是其律理上的依据是什么,无论怎么也找不出。由于后段的句式与此不同,而苏词本句又各为四字句,所以也都无从参校,独此一句,无疑只是凭感觉而已。这样来看,这个字"宜仄"的问题,其实很是多余,何谓"宜仄声"?"宜仄声"就是说最好是用仄声,实在不行也可以用平声,这等于没说。倒是近代的汪东先生,对本词的第三韵段有一个独到的见解,他虽然没有直接表述,但他的《劝金船》前后段第三韵段是这样的:

> 乐事趁、韶景未暮,赏数枝奇秀。……绣阁誓、同欢并笑,怅暌离偏久。

如果按照他这个思路,则张先词就应该是这样:

> 绿定见、花影并照,与艳妆争秀。……翰阁迟、归来传骑,恨留住难久。

汪东是步张先韵而填的,所以他对张词的韵律必定有一个深入的理解,按照这样的句读,文句并无不妥,重要的是,他这么读就规避了"翰阁迟归来"中的韵律瑕疵,因此,比较而言,取这一读法更好,当然,汪东这里也是律读,而不是意读。

150. 周密《忆旧游》的末一韵段添字,是基于韵律的变化

《忆旧游》的字句前后段基本一律,只是在换头处存在或添或不添句中短韵的差异,只有周密的"记移灯剪雨""记花阴映烛"二首,在后段结拍中添多一字,作四字两句,末一韵段分别填为"但梦绕西泠,空江冷月,魂断随潮""怅宝瑟无声,愁痕沁碧,江上孤峰",与其他诸家都不一样。

这种不同,窃以为是因为原唱的结句七字在周密看来过拗,音律不够谐和,所以他要添一平声字以谐和音律,由此而论,这一体式是值得今人摹写的。之所以我们认为这种变格比正格在韵律上更谐和,可以与前段作一比较:

> 依依故人情味,歌舞试春娇。对娉婉年芳,飘零身世,酒趁愁消。
> 疏花漫撩愁思,无句到寒梢。但梦绕西泠,空江冷月,魂断随潮。

这是一个典型的回环式的旋律,可见周密在处理这个词调的时候,更喜欢尾部和谐回复,而不喜欢正格的那种"剪尾"式变化的旋律。事实上,就文字的角度来看,这个变格比周邦彦的正格要更为规正,两结字句、平仄完全一致。

151. 晁补之《斗百花》后段第一韵段必夺一字

晁补之词的后段第一第二韵段，至今为止各家标点都是和秦巘一样的读法，但比较柳词则可知少了一字，这个少字必是夺字，而非减字，试比较：

与问阶上，簸钱时节，记微笑、但把纤腰，向人娇倚。（晁词）
远恨绵绵，淑景迟迟难度。年少傅粉，依前醉眠何处。（柳词）

这里柳词两韵段词的两个主韵都在，第一韵段的"度"和第二韵段的"处"，但是，晁词十九字却只有一个韵脚，第一韵段的主韵失落了，即便是较之于晁词的另外两首也是一样。

由此可知，这首晁词夺了一字，补足后的原貌应该是这样的：

与问阶上，簸钱时节〇记。微笑但把纤腰，向人娇倚。

可见"记"字是主韵，〇或是"犹、应、曾"等平声字，这样就与柳词词体相同了，否则不但韵律不谐，词意上也有残缺，"问"字没有了着落。当然，如果按照我们对柳永词的分析，本调后段第二韵段，宋词都是十字，但是柳词无疑是必有二字脱落的，那么晁词后二句也需添上两个仄声字，改为"微笑但把纤腰，●●向人娇倚"，这样就应该更加符合原貌。

至于秦巘认为这是"词中句法变化"，并说："《诉衷情》一五、一七改为三句四字，《人月圆》三句四字改为一七、一五，比比皆是。"这是将相同字数下的读破拿来比较，完全属于不同的韵律模式，自然不能拿来类比，更重要的是，清代词谱家没有均拍的理念，所以他们不知道，本词如果失落一个"记"字主韵，整个词就完全不符合最基本的韵律规则了。

152. 柳永《轮台子·雾敛澄江》词前段末一韵段应据补一字

柳永《轮台子·雾敛澄江》词，前段末一韵段是"感行客。翻思故国。因循阻隔。路久沉消息"。秦巘认为，《花草粹编》"因循"上多了一"恨"字。但是，《花草粹编》这个本子要比他的宋本可靠，秦巘过于信任宋本，比如他认为《花草粹编》"'岁岁'上多'念'字"，就是一个错误的判断，"念"字不应该被删去。柳永的词，因为在宋代广为传播，所以错讹很多，这些错讹在宋代已经形成，所以即便是宋本也未必可靠。

比较该词前后段末一韵段，一作"感行客。翻思故国。因循阻隔。路久沉消息",一作"伤魂魄。俗尘牵役。又争忍、把光景抛掷",两相比较,则"恨因循阻隔"显然更合乎韵律的一般规则。因为这样两个句子就都是单起式的句子了,而且词的后段末一韵段,通常通过"剪尾"的方式,减去二字来构成旋律上的变化,这种变化尤其在慢词中占了多数。

153.《倒犯》前段第三韵段韵律研究

周邦彦《倒犯》的韵律,最大的疑点在前段第三韵段:

> 霁景,对霜蟾乍升,素烟如扫。千林夜缟。徘徊处、渐移深窈。**何人正弄孤影,翩跹西窗悄**。冒露冷貂裘,玉瞥邀云表。共寒光,饮清醥。

这里的"翩跹西窗",四字连平,就是这个疑点的标记,秦巘说周邦彦词"方有和词,及吴文英作,字字相同,四声悉合,不可妄易",这种说法固然太过刻板,但从另一个角度来说,也可以认为用方千里、吴文英的词来佐证周邦彦词的韵律,是相对更为可靠的。而方千里的和词作:

> 尽日、任梧桐自飞,翠阶慵埽。闲云散缟。秋容莹、暮天清窈。**斜阳到地,楼阁参差帘栊悄**。嫩袖舞凉飔,拂拂生林表。荡尘襟,写名醥。

吴文英的和词作:

> 茂苑、共莺花醉吟,岁华如许。江湖夜雨。传书问、雁多幽阻。**清溪上,惯来往扁舟、轻如羽**。到兴懒归来,玉冷耕云圃。按琼箫,赋金缕。

我们先比较方词。如果方千里所理解的周词是和秦巘一样的,那么方词就要读为"斜阳到地楼阁,参差帘栊悄",这无疑是错误的,既然这样是错误的,那就证明方千里对周邦彦的词的理解,肯定不是"何人正弄孤影,翩跹西窗悄"。而方词实际上就是"斜阳到地,楼阁参差、帘栊悄"这样的一种三字托结构,由此及彼,周邦彦词也应该是"何人正弄,孤影翩跹、西窗悄",或者说,这就肯定是方千里所理解的周词样式,所以,这一样式显然要较秦巘所读更佳。这是因为"翩跹西窗悄"一句,不但韵律尽失,实际上在达意上都是有问题的,细玩其意就不成句。

我们再按照同样的思路来研究吴文英的词。如果吴文英的理解与秦巘一致,那么吴词就是"清溪上惯来往,扁舟轻如羽",也是个不通的韵段,《全宋词》读吴词为"清溪上,惯来往扁舟、轻如羽",句意晓达,可见吴文英理解的周词也应该是"何人正,弄孤影蹁跹、西窗悄",还是有一个三字托存在,而不是秦巘的"何人正弄孤影,蹁跹西窗悄"。

但是,如果我们从全词的角度入手,进一步研究这一韵段,那么扣其韵律,方千里、吴文英所看到的词,其实都已经有文字残缺了,这一韵段应该还有三个字可以补足,其原貌应是可以对应后段第三韵段的,两者或许是:

何人正、弄孤影,●蹁跹、●●西窗悄。(前段第三韵段)
爱秀色、初娟好。念漂浮、绵绵思远道。(后段第三韵段)

第三节 句法读破

词的体式变化依赖于三个手段:句法读破、增删文字、添减韵脚。如果词没有句法读破的功能,不过分地说,词也就不存在了。因为"句法读破"不仅仅是一个体式变化的重要方式,更是词发生发展过程中的重要手段。所以,研究词,必须精通句法读破的各种基本模式。

154. 最简单理解什么是读破

句法读破是极为常见的一种填词技巧,我们可以用李白的两首《连理枝》,来对这个概念作一个最简单的认识:

雪盖宫楼闭。罗幕昏金翠。斗压阑干,香心澹薄,梅梢轻倚。喷宝猊香烬,麝烟浓馥,红绡翠被。

读破格:

浅画云垂帔。点滴昭阳泪。咫尺宸居,君恩断绝,似遥千里。望水晶帘外竹枝寒,守羊车未至。

两词一比较,我们就可以很直观地看到彼此的差异在第三韵段。前者是一五二四的句子结构,后者则是一八一五的结构,从一个韵段通常以两个句子构成的角度来看,则是前一首作了读破的处理。这一组读破的关键点在变格的第二句,如果三字融前,一字融后,从而化三为二,那就是正格了。不过,这一韵段现在也有人读为"喷宝猊香烬麝烟浓,馥红绡翠被",即不作读破处理,但是,鉴于通常我们都是用动字来作领字的,而"馥"是一个静字,将其视为领字,就很别扭。

155. 一个韵段可以有多重读破

通常读破都发生在一个韵段中,至今为止我们还没有发现过有跨韵段的读破,同时,读破也并不是只有一种模式,一个韵段中的句子往往可以有多种读破的方式,我们可以以周邦彦的《解蹀躞》为例,来看看读破是如何丰富一个词调的表现形式的,为直观表达,我们采用分段并对齐的模式摘录《词系》中的三首词:

周邦彦《解蹀躞》:

> 候馆丹枫吹尽,面旋随风舞。夜寒霜月,飞来伴孤旅。还是独拥秋衾,**梦余酒困都醒,满怀离苦。**
> 甚情绪。深念凌波微步。幽房暗相遇。泪珠都作,秋宵枕前雨。此恨音驿难通,**待凭征雁归时,带将愁去。**

扬无咎《解蹀躞》:

> 金谷楼中人在,两点眉鬤绿。叫云穿月、横吹楚山竹。怨断忡忆因谁,**坐中有客,犹记在、平阳宿。**
> 泪盈目。百啭千声相续。停杯听难足。谩夸天风、海涛旧时曲。深夜烟惀云愁,**倩君沉醉,明日看、梅梢玉。**

方千里《解蹀躞》:

> 院宇无人晴昼,静看帘波舞。自怜春晚、漂流尚羁旅。那况泪湿征衣,**恨添客鬓,终日子规声苦。**
> 动离绪。谩徘徊愁步。何时再相遇。旧欢如昨,匆匆楚台雨。别后南北天涯,**梦魂犹记关山,屡随书去。**

这三首词的前面几个句子,字句都完全相同,读破只在第三韵段,严格地说,只在第三韵段的收拍中,周邦彦前后段都采用一六一四句法,所谓正格;扬无咎读破后,则两段都变为四字一句、六字折腰一句;方千里后段用正格,前段则读破为一四一六句法。而有的句子读破后,原来的平仄律未必也能符合读破后的句子,那就需要微调,例如方千里的词句读破后,如果仍然按照周邦彦那样,就成了○○●●　○○●○○●,六字句显然韵律失谐,所以需要作微调,成为○○●●　○●●○●,才能谐和韵律。这个问题非常重要,但是前贤每每忽略,所以我们将在下一节详解。

通过这个例子,我们可以得到这样几个重要的认识:其一,词中的读破,只发生于同一个韵段之中;其二,读破可以有很多种方式形成不同的组合;其三,有些读破后的句子,平仄律需要作一些微调。

156. 读破是一种韵律变化,必定涉及韵律调整

《解蹀躞》的前后段末一韵段是:

还是独拥秋衾,梦余酒困都醒,满怀离苦。
此恨音驿难通,待凭征雁归时,带将愁去。

秦巘认为:"结处十字一气,或上六下四,或上四下六不拘。"这一认识,仍然是停留在表象上的,并没有任何律理上的依据,所说无疑是肤浅的。所以,结处的十字,并非如秦巘所说的那样,可以或上六下四,或上四下六不拘,进行简单的分句,这种韵律情况在许多别的词调中也都是如此。

就以本词为例,依据基本的韵律规则可知,这里的后段就绝不可以读为"待凭征雁,归时带将愁去",虽然从意读的角度来看,这样读文意并没有什么不通顺的地方,但是,就律读的角度看,这样读出来的韵律却是不合律理的。所以,如果要将这两句构思为上四下六的句法,那么我们对第六字就必须进行微调,易平为仄,比如曹勋两首都是如此。方千里词最为典型:

方词前段为上四下六句法:恨添客鬓,终日子规声苦。
方词后段为上六下四句法:梦魂犹记关山,屡随书去。

前段因为已经变为一四一六了,所以就需要对句式进行微调,因此其中第六字"日"易平为仄,而后段还是周邦彦的韵律,所以第六字仍旧为平。这就是"读破"中的韵律要点。可见所谓读破,并不是简单地将标点换个位置即可,读破是一种韵律变化,因此必定涉及韵律的调整,而在词乐时代,这种微调很可能还涉及词乐旋律的某些变化,易平为仄就是这种变化的文字提

示,遗憾的是清儒多不知这种韵律的变化。

157. 词句的读破,属于微调

柳永的《望海潮》中有一个经典的"三字托"结构"市列珠玑,户盈罗绮、竞豪奢",但是柳词在后段并没有继续沿用这个结构,而是换作了"异日图将好景,归去凤池夸"这样的一六一五模式。这种变化无疑是因为词乐需要有一个变化而形成的。

但是秦观的《望海潮》"梅英疏淡"词,用的还是柳永的正体,只是后段末一韵段秦观采用了读破的方式,填作"无奈归心,暗随流水、到天涯",仍然回归到与前段一样的三字托结构,这是与柳词不同的地方,这样的变化必然是秦观的曲子拟定时,他认为他的这个曲子继续与前段回环旋律,而不采用变化的方式更佳。

秦观这种变化只是属于词内的微调而已,很难说是一种回归还是一种变异,其本身也并不影响词体的体式,因此,这种调整或者变化,不能称之为"又一体"。对于此类的句法微调,平仄也往往会随之作出微调,比如秦观的第六字"随"不可再与柳永的第六字"景"字一样用仄声,必须换用平声字。

但是,读破只是句式上的微调,它的句子节律不能改变,比如此类句法,若填为一字逗,便是败笔,所以秦巘认为无名氏词后结填为"但看芙蕖并蒂,他一日双双",换用一字领,就可以判断出其中必有舛误了(按,"他一日双双"应是"他日一双双"之倒误)。

158. 因读破而引起的不律句式,应据"循律"原则更正

宋人的《倦寻芳》多按潘元质的体式填。潘词格律谨严,多人填该调而平仄大抵与其相同。兹录秦巘所读体式如下:

兽镮半掩,鸳甃无尘,**庭院潇洒**。树色沉沉,春尽燕娇莺姹。梦草池塘青渐满,海棠轩槛红相亚。听箫声、记秦楼夜约,彩鸾齐跨。
渐迤逦、更催银箭,何处贪欢,**犹系骄马**。旋剪灯花,两点翠蛾谁画。香灭羞回空帐里,月高犹在重帘下。恨疏狂,待归来、碎捼花打。

这首《倦寻芳》词的前后段第三句,窃以为必以"平仄平仄"为正格,秦巘则因卢祖皋词的前段第三拍作"春晴寒浅",所以认为该句第二字也可以填为平声,其实"晴"字是"晦"字的舛误,宋词中这个字位用平声的,

只有张端义一首用"尚侵襟袖"，吴文英一首用"空闲孤燕"①，独此二首，偶例而已。

而后段卢祖皋作"牡丹开遍"，王质作"晚风猎猎"，"丹""风"字也是偶例，独此二首，这些偶例都不必据，不必从。该句与后段"犹系"句对应，都是不律的大拗句法，由于这个句子是第一韵段的主韵所在，关乎起调问题，当时必有讲究，只是在词律时代的今天，因为词乐不存而似乎不可解而已，所以须谨守。

当然，为什么这里会有这样两个不律的句子，从韵律入手，还是可以获得一些答案的，窃以为这实际上是因为我们所见的都是读破格，真正创调起始体式的原貌，应该是这样的："兽镮半掩鸳鸯，无尘庭院潇洒"、"渐迤逦、更催银箭何处，贪欢犹系骄马"，这里的两个六字结构，都是平起仄收式的标准律句，所以"潇"字和"骄"字都必须用平声。但是，在词律时代的今天，我们都采用了意读的方式，所以六字二句的形式就被忽略了。

159. 最小语意单位应以不读破为是

飞琼伴侣，偶别珠宫，未返神仙行缀。取次梳妆，寻常言语，有得几多姝丽。拟把名花比。恐傍人笑我，谈何容易。细思算、奇葩艳卉，**唯是深红，浅白而已**。争如这多情，占得人间，千娇百媚。　　须信画堂绣阁，皓月清风，忍把光阴轻弃。自古及今，佳人才子，少得当年双美。且恁相偎倚。未消得怜我，多才多艺。但愿取、兰心蕙性，枕前言下，表余深意。为盟誓。从今断不羞鸳被。

柳永这个《玉女摇仙佩》词中的"唯是"下八字，秦巘如此读，而《词律》读为"细思算、奇葩艳卉，唯是深红、浅白而已"，《钦定词谱》《全宋词》则后八字不读断，共有三种读法。不读断的理由或是因为"白"字不谐，万树认为是以入作平的手法，也是头痛医头而已。

其实这里的"深红浅白"本是一紧密单位，不可读断，即便是在词乐中，虽然我们已经无从证明，但也可以想见这四字在曲子中不会读破，所以，这八字应该是一个二字逗领六字的句法，就如别首朱雍的"更是、殷勤忍重回首"一样，八字总是需要一气而下才对。而后段原读为"枕前言下，表余深

---

① 万树在《词律》中云："'闲'字当是'阆'字之讹，盖此句即与后第三句同，其后云'衫袖湿遍'，'袖'字既用去声，则知其'闲'字必无用平之理，梦窗非率笔者流，其为误刻无疑。"但我以为这里应该是"闻"，"闻"字实际上就是"间"，古人常混用，间，这里是置身于其间的意思。

意"，像"枕前""言下"这样浅显的词，都会变得十分生涩，令人不能解"枕前言下"之意，同样也是句读不予读断的缘故。

第四节　句式微调

句式微调是一个频繁出现的作词技巧，通常在句法读破的情况下，根据基本的诗句韵律规则，会产生一些不符合基本律理的句子，导致一个乐句形成不应有的拗涩情况，在这种情况下，就需要对新产生的句子的平仄律，进行一个微调。

160. 词句异读后，需要根据韵律微调句式

孟昶的《洞仙歌》在《词系》中这样读：

冰肌玉骨，自清凉无汗。贝阙琳宫恨初远。玉阑干倚遍。怯尽朝寒，回首处、何必留连穆满。　　芙蓉开过也，楼阁香融，千片。红英泣波面。洞房深深锁，莫放轻舟，瑶台去、甘与尘寰路断。**更莫遣、流红到人间**，怕一似当时，误他刘阮。

"更莫遣、流红到人间"为八字一气，其律理同前一疏解完全相同，可以这样上三下五读，可以上一下七"更、莫遣流红到人间"读，也可以上五下三"更莫遣流红、到人间"读，完全可以根据具体的词意进行选择，就本句而言，显然"更莫遣流红、到人间"，在韵律上要比现在的"更莫遣、流红到人间"更为圆润通达谐和。如果照顾到其他的宋词，则本句当以上五下三为正，所以，虽然原谱及各选本中，本词都读为"更莫遣、流红到人间"，但从律读的角度来看显然是一种误读，因为这样的读断，后面的五字结构就韵律来说，就成了一个极不谐和的大拗句式了，即便从意读的角度看，也仍然是一种有瑕疵的读法。

当然，如果非要读成上三下五，也并非不可以，但是必须微调平仄律，将第五字改为仄声字，例如张玉田的"梦沈沈、不道不归来"、吴梦窗的"更老仙、添与笔端香"，或改第七字为仄声字，如蔡伸的"我只是、相思特特来"、刘克庄的"畴昔慕、乖崖老尚书"等，这样才合拍，这是一定之规，不仅本句如此，其他词调都是如此，否则，严格地说就是一种误读，是违律之句。

161. 掌握特殊的句式结构是微调句式的基础

《殢人娇》秦巘共录了四首,前段最后九字,秦巘四首都读为三字一逗、六字一句这样的句法,但这个六字结构实际上是有瑕疵的,而且也并不是主流填法。我们兹将四首的相关文字录出:

> 罗巾掩泪,任粉痕沾污。争奈向、千留万留不住。(晏殊词)
> 小晴未了,　　轻阴一饷。酒到处、恰如把春黏上。(毛滂词)
> 东风吹去,落谁家墙角。平白地、教人为他情恶。(王庭圭词)
> 花无长好,更光阴去骤。对景忆、良朋故应招手。(张方仲词)

在现存的《殢人娇》一调中,这个六字结构如果是平起式的,则第五字必用仄声字,所以晏殊用“不”,毛滂用“黏”①,苏轼用“这些个,千生万生只在”“方见了、管须低声说与”,毛滂别首用“风露冷、高楼误伊等望”,等等,这是因为这样的六字是一个特殊的句法结构,当第二第四字为平时,第五字必须用仄声救。这就是说,“千留万留不住”六字,本是律拗句法,第五字必仄,这一句法通常都被误解为是失律的大拗句法,以致至今为止几乎所有涉及韵律的分析都是错误的,在这一六字结构中,第五字用平的前提,是第二字或第四字必须改为仄声,这一规律,是从唐代近体诗中遗留下来的一个基本律法,只不过清人对六律未作研究和总结而已。所以,当秦巘认为“不”字应该是“作平”的时候,显然是因为觉得其他三首都是平声而被误导,却不知“不”字一“作平”就完全违反了该句的句法。

那么为什么王词、张词在第二第四字皆平的情况下,第五字还是选择了平声呢?这个问题就是后世谱家因为不了解句法、不了解读破而错误地点读了这个句子,王庭圭词正确的读法应该是“平白地教人,为他情恶”,张方仲词也应该是“对景忆良朋,故应招手”,再比如扬无咎的是“念八景园中,画谁能尽”,这就是我们前一节讲到的“句子读破后根据韵律需要必须微调句法”,反过来就是:如果句法有所不同了,这个句子就可能需要读破。

知道这一点很重要,举例来说,李清照这一句现在的标点本都点读为“清昼永、凭栏翠帘低卷”,但是根据前述韵律要求可知,这个句子应该是“清昼永凭栏,翠帘低卷”,体会一下两个句子的意思,根据句法就可知李清照本来想要表达的意思是哪一个,是不是跟上三下六式的表达完全不同?

---

① 毛滂词,黏,上声,《正韵》拟音为尼欠切。

换言之,原来的读法已经将李清照的本意曲解了。

此外,还有不少人则以仄起式填,也是一种微调的方式,如最早柳永的"昨夜里、**方把**旧欢重继",又如晏殊本调共有三首,另外两首是"嘉庆日、**多少世人良愿**""斟寿酒、**重唱妙声珠缀**",徐都尉是"莺误入、**蹴损海棠花片**"。秦巘在规范这个句子的时候说"两结或用平仄仄平平仄,或仄仄平平平仄,可不拘",指的就是这种句法。

162.《满江红》有一种结法至今不为人识

《满江红》前后段结尾处的两个韵段,今天我们只有一种划一的结构,即"莫等闲、白了少年头,空悲切"这样的八字一句、三字一句,八字句通常都读为三字逗领五字一句的句式,而实际上有些更宜读为八字一气,如吴渊词的后段末一韵段秦巘读为"把忧边、忧国许多愁,权抛掷"就是错的,应该读为"把忧边忧国许多愁,权抛掷",康与之的后段也应该读为"道不如归去不如归,伤情切"。而最早在宋初张昇、张先的词中就出现了的,一直存在于历代词家笔下的另一种极为常见的填法,却至今一直不为人所认识、创作,下面引《词系》的正例张昇①词为例:

> 无名无利,无荣无辱,无烦无恼。夜窗前、独歌独酌,独吟独笑。又值群山初雪后,又兼明月交光好。**便假饶、百岁拟如何,从他老。**
>
> 　知富贵,谁能保。知功业,何时了。　算箪瓢金玉,所争多少。一瞬光阴何足道,但思行乐终须早。**待春来、携酒殢东风,眠芳草。**

张昇的这首《满江红》,两个结尾的韵段虽然秦巘仍是按照通常的读法标点的(今人的现代标点本亦同),但是这种标点其实是错的,正确的读法应该是:

> 便假饶百岁,拟如何、从他老。
> 待春来携酒,殢东风、眠芳草。

后一韵段尤其明显,其中的"殢东风、眠芳草"就是一个对仗的结构,这种对仗也是该结构中常见的,例如李琳的"望赭袍霞佩,并云軿、游紫清"、黄裳的"谁共吟此景,竹林人、桃溪士"、叶梦得的"问何如两桨,下苕溪、吞云

---

① 秦巘误作杜衍词。

泽"等等等等。

这种一五一六的结构就韵律而言远比一八一三式要谐和得多,而且在创调之初就被大量使用,除了张昇词外,又如柳永的"遣行客当此,念回程、伤漂泊""独自个赢得,不成眠、成憔悴"、张先的"记画桥深处,水边亭、曾偷约",实际占比极高,不但很多三五三可以读为五三三,更有大量的只能读为五三三,如张先的词今人都读成"记画桥、深处水边亭,曾偷约","深处水边亭"其实是不通的。而赵鼎的"但修眉、一抹有无中,遥山色""便挽将、江水入尊罍,浇胸臆"应该是"但修眉一抹,有无中、遥山色""便挽将江水,入尊罍、浇胸臆",张元幹的"傍向来、沙嘴共停桡,伤漂泊"应该是"傍向来沙嘴,共停桡、伤漂泊",高观国的"任天河、落尽玉杯空,东方白"应该是"任天河落尽,玉杯空、东方白",等等。

有的韵段看似两读都可以,但细分析就知道并非如此,例如柳永"独自个赢得,不成眠、成憔悴"赢得的是不成眠之后的"憔悴",所以自然不能读成"独自个、赢得不成眠,成憔悴",李琳的并不是说"霞佩并云軿",黄裳的并不是说"此景竹林人",叶梦得的并不是说"两桨下苕溪",至于张先的"深处水边亭"、高观国的"落尽玉杯空",甚至都已经不成句了。

163.《剔银灯》两结的一种填法

沈子山《剔银灯》词,秦巘如此读:

一夜隋河风劲。霜混水天如镜。古柳堤长,寒烟不起,波上月无流影。那堪频听。疏星外、离鸿相应。　　须信道、情多是病。酒未到、愁肠还醒。数叠罗衾,余香未减,甚时鸳枕重并。教伊须更。将兰约、见时先定。

该词后秦巘特意重申:"订正:'教伊'句或于'须'字读,其实'更'字叶韵,此处略逗,正与前段合。"

但是这一"订正"窃以为还是订而不正,因为这里如果需要设置一个"逗"的话,那也应该是"教伊"二字略逗才对,而不是"教伊须"三字略逗,否则就不存在"正与前段合"的情况了,除非有人觉得前段"那堪频"也需要略逗。

如果本调的末一韵段需要设置一个"逗",就前段而言,很显然是一个"那堪、频听疏星外,离鸿相应"的结构,所以后段相应的就是"教伊、须更将兰约,见时先定",但这也可以看出,这里实质上就是由一个七字句、一个四字句构成的末一韵段，连"逗"都没有必要存在，而"听""更"只是句中短韵。这样的填法，我们可以比较范仲淹的结法：

> 屈指细寻思，争如共、刘伶一醉。……一品与千金，问白发、如何回避。
> 那堪频听　。疏星外，离鸿相应。……教伊须更　。将兰约，见时先定。

这样就可以一目了然地看出，它就是通过减字，将范仲淹式的五字一句、七字一句作了微调。词中的字句通常是如何衍变的，这个例子可以给我们一点启发。

164. 不恰当的"微调"本质上是一种误填

有些词中句式不能前后相对应，似乎是某一句作了微调，但很可能它本身就是一种错误的填法，或者是被后人错误地改易过了，聂冠卿的《多丽》中有一对七字句，前段与后段字句不一，就是这种典型例子：

> 想人生，美景良辰堪惜。向其间赏心乐事，古今难是并得。况东城、凤台沁苑，**泛晴波、浅照金碧**。露洗华桐，烟霏丝柳，绿阴摇曳荡春色。画堂迥、玉簪琼佩，高会尽词客。清欢久，重燃绛烛，别就瑶席。　　有飘若惊鸿体态，暮为行雨标格。逞朱唇、缓歌妖丽，**似听流莺乱花隔**。慢舞萦回，娇鬟低亸，腰肢纤细困无力。忍分散、彩云归后，何处更寻觅。休辞醉，明月好花，莫谩轻掷。

作为对应句，其韵律通常来说应该是一致的，《多丽》仄韵体今存仅二首，别首曹勋词前后段都是折腰句法，其后段为"腾紫府、香浓金兽"，可知聂词应是误填。而万树在《词律》中认为："凡词之平仄可两用者，其调本同，但叶字用仄耳。"言外之意是：平/仄韵的词，其韵律可以用来例证仄/平韵的词，所以不妨还可以用平韵词来参考，平韵体除了晁补之一首前后段都是律句外，其余全是折腰句法，也可从另一个方面佐证聂词的后段是一种误填，或是被后人刻误、抄误了。

由此可见，万树认为"泛晴波"七字应该是律句的说法固然不对，但其"前后应该对应一致"的思路是正确的，只不过是后段"似听"一句应该是个折腰句式却没有折腰。而这一句的原貌，很可能是"听流莺、语乱花隔"，如此，不但与前段韵律完全一致，而且词意的表达上也更加流畅准确。

165.《青玉案》的体式微调概说

《青玉案》的变化极为繁多,但是概括地看,归纳一下主要变化,无非下列这样两个方面所形成的微调。

其一,文字的增减方面,前后段的第二句,或七字,或减一字作六字折腰句法;后段的第二句,或七字,或添一字作一字逗领七字句句法。当然这只是一种就事论事的说法,准确地说,应该是"前后段第二句六字、七字、八字不拘"。

其二,韵脚的增减方面,前后段的两个四字句,或者全部叶韵,或者全部不叶韵,或仅前四字叶韵,或仅后四字叶韵。此外,这种叶韵虽然也有单边式的,但总体上还是以前后段同时相叶为正格。这一条,简言之就是"词中四字句均对称性可叶可不叶"。

以上这两大类的微调,如果交错运用,就可以产生出几十种不同的填法。但这些变化本质上都仅仅是词体内部的微调而已,总的体式仍旧如一,所以并不是因此就算有了数十种的"又一体"。

166. 了解古词的变化规则,对今天自度词有发蒙意义

雪遍梅花,素光都共奇绝。到窗前、认君时节。**下重帏香篆冷兰膏明灭**。梦悠扬,空绕断云残月。　　　　沈郎带宽,同心放开重结。褪罗衣、楚腰一捏。**正春风、新着摸,花花叶叶**。粉蝶儿,这回共花同活。

这是秦巘所收录的《粉蝶儿》正例,毛滂的词,从该词调中可以看出词体中一些基本的变化规律,了解这些规律,不但对我们今天的创作有所启发,对作好自度曲的创制,尤其有发蒙意义。

这个词调的变化,其一是在前后段四五两句,或各为五字一句,或读破后作两三字一四字,这种前后对应的参差,固然主要是因为有作者的本意,但是也常常会因为后人的读法不同,如本词的前段,该十字秦巘不读断,不读断是因为很难定夺采用哪种方式,是"下重帏香篆,冷兰膏明灭",还是"下重帏,香篆冷,兰膏明灭",在皆可皆不可的矛盾中。可见所谓"又一体"者,有时候仅仅是理解差异而已,而并非格律有差异。而填词的人,除最早的创调者外,本来也是读者,理解有差异,也在情理中,所以我们一直强调,这一类变化的词体体式并没有改易,只是微调而已。

本调的变化之二,是前后段的末一韵段部分,毛滂的"梦悠扬,空绕断云

残月"也可以添一字,填成史浩那样的"点妆成,分明是、粉须香翅",史浩三首中,有两首采用这一格式填,一首与毛滂同,这也说明它们也只是一种微调。

上面两种填法——五五式变化为三三四、六字句添字成折腰七字句,是填词中最基本的变化方式,这种变化方式对我们自度词的创作,最具指导意义,常可以看到今人有所谓的"自度词",但即便是出自名家之手,也大多毫无章法可言,一个重要的毛病,就是作者连基本的句子变化都不知道。

第六章　词句的句读

古词无标点,词律时代要读明白词,句读是必不可少的一个环节,这个环节的重要性,即便称之为"重生环节"也不为过。

但是,由于中国文字的特殊性,对于一个以长短句为基本特色的文体进行句读,绝非简单的读通即可,还必须要在与词体的韵律相吻合的前提下读通,有相当一部分词作今天之所以存在问题,就在于读通了,但没有在与词体韵律吻合的前提下读通。

第一节　词句的句读

词的句读有其他文体的句读所没有的特性,有自己的标准,它必须遵循两个统一:一个是同一个词调内各词的统一,一个是所有词调中相关韵律的统一,所以,有循律之读,有循意之读,而绝不是仅仅读通了即可。

167. 词句句读的上中下三种标准

对唐宋词的句读,一直缺乏一个符合唐宋词实际的标准,在研究实际中,我认为这个标准有循律、循意和律意兼循这样三种,循律为中,循意为下,能律意兼循自然就是上等佳读。窃以为今天句读的标准除了要尽可能律意兼循外,在无法平衡、可能有所掣肘的情况下,还是应该以韵律为主,兼顾词意,即在"读不害意"的基础上,以循律为主,读若害意,则应以意为主。而在编制词谱和词谱研究的语境中,当然应该有律读高于意读的意识,但是,传统词谱中忽略意读的情况还是很严重的。

就具体实践而言,我们以江汉的《喜迁莺》为例说明:

升平无际。庆八载相业,君臣鱼水。填抚风棱,调燮精神,合是圣朝房魏。**凤山政好,还被画毂,朱轮催起**。按锦辔。映玉带金鱼,都人争指。　　丹陛。常注意。追念裕陵，元佐今无几。绣衮香浓，鼎槐风细，荣耀满门朱紫。四方具瞻师表，尽道一夔足矣。运化笔。又管领年年，烘春桃李。

　　该词前段的第三韵段秦巘读为四字三句，但是，后八字"还被画毂，朱轮催起"显然就只注意了律读，而没有兼顾到意读，所以形成了不当读断的情况。这八字一旦读断便成了破句，《钦定词谱》注意到了这个问题，但它干脆笼而统之地处理为八字一句不读断，其实也不符合通常的句读习惯，所以，窃以为这里读为二字逗领六字的句法最为合适，也就是说，这个韵段的第六个字"被"，韵律上有一个读住存在，而这一点，后段该韵段第六字的"表"字读断，正是一个证明，说明当时的词乐在这个地方，其旋律是有一个延伸音拍的，前后段都是如此。

　　之所以会产生这样几种不同的读法，而不能用一个统一的标准，是因为词乐时代和词律时代词句的诠释原本就不一样，在词乐时代，作为唱词，两个句子之间是无所谓与今天的阅读有相同的停顿与否的，例如今天的《可可托海牧羊人》中，"可你不辞而别，还断绝了所有的消息"在非唱词的情况下，是这样的两个独立的句子，但作为唱词时，它就要遵循韵律，唱为"可你不辞而别还断绝了、所有的消息"，音乐或许古今有别，但乐句的演绎模式，或者说旋律的表达形式则应该是一样的。这两种不同的读法，"可你不辞而别，还断绝了所有的消息"就是循意的读法，而"可你不辞而别还断绝了、所有的消息"则属于循律的读法，而《喜迁莺》中的"还被"就相当于歌中的"断绝了"，有一个延长音。

168. 词例的句读，以统一为佳

春日游。杏花吹满头。陌上谁家年少，足风流。妾拟将身嫁与，一生休。总被无情弃，不能羞。

　　秦巘将韦庄这首《思帝乡》词的三四两句读为"陌上谁家年少，足风流"，与其前一首温庭筠的"罗袖画帘，肠断卓金车"和后一首韦庄别首的"髻坠钗垂，无力枕函欹"体例都不一致，而在作为一种讨论规范的专著中，词例的句读尤其应当以统一为佳，在前后二词既然都读为四字一句、五字一句的情况下，且很明显知道"陌上谁家年少"原本就不是"陌上谁家少年"的意思，那么细玩这九字，若要连读，读为"谁家少年"还算通顺，读为"谁家年少"的话，在这一语境中就并不通顺了，如此，则本词读为六三式结构就非常

无谓,秦巘将"年少"二字属上读,不但缺乏谱式的统一性,连这个句子的句意显然都并未深究。

169. 前后段对校是一个有效且合理的词谱句读方法

以词的前后段文字进行对校,进行文字上的正讹、衍夺,句法上的参差、差异等研究和校正,是万树创制的一种校谱方式,这种合乎词的韵律规则的研究方法,却遭到了秦巘等人的否定和批判,尽管他们自己也会用这种方式来进行校订,如第五章第一节"从一个错误探析秦巘分析词谱的思路历程"即为一例。诚然,这种方式有时候可能会产生一些失误,但问题是,这种错误的发生并**不是对校这个方法本身的错**,而是具体操作上校勘者主观上出了问题,操作错误当然不能等同于方法错误。

我们以实例来说明这种对校帮助句读词句的效果。秦巘在《恋芳春慢》一调中,将万俟咏词列为正例,其词前后段的后二个韵段秦巘是如此点读的:

> 万品花藏西苑,望一带、柳接重津。寒食近,蹴鞠秋千,又是无限游人。共见西城路好,翠华定、将出严宸。谁知道,人主祈祥,为民非事行春。

这样的读法,如果能将后一个三字逗也读出来,显然就会很谐和,例如在《钦定词谱》中就是另一种读法,比较一下就可知孰优孰劣:

> 万品花藏四苑, 望一带、柳接重津。**寒食近、蹴鞠秋千, 又是无限游人**。共见西城路好, 翠华定、将出严宸。**谁知道、仁主祈祥为民, 非事行春**。

很多人可能会觉得,词句的句读,只要读得通就可以,不必有太多讲究,这是错误地将"词"等同于"文"的观点。有一个很重要的认知是,将一段词读准确了,不但可以准确理解到词人的原意,还等于是扪摸到了这个词调的基本旋律。同时,两个不同的句读,有时候看起来似乎意思也差不多,但是如果细细品味,两者往往会有不同的词意在内,前面一节讲到的《满江红》中,很多例子都是如此,又如前一章第四节所讲的李清照《殢人娇》中"永凭栏",更是一个典型的例子,而准确句读后的词意才是作者的原意,这一点是一定的。

170.《小镇西》词两种句读的优劣分析

柳永《小镇西》词的后结,有两种读法,先录秦巘所读的词:

意中有个人，芳颜二八。天然俏、自来奸黠。最奇绝。是笑时媚靥。**深深百态千娇，再三偎着，再三香滑。**　　久离缺。夜来魂梦里，尤花滞雪。分明似、旧家时节。正欢悦。被鸡声唤起，**一场寂寞，无眠向晓，空有半窗残月**。

后结三句，另有万树的《词律》读为："一场寂寞无眠，向晓空有，半窗残月。"万树并解释说："'一场'以下十四字，若照前词（指柳词别首之"鸳锦啼妆，依然似旧。临风泪沾襟袖"），原可作'一场寂寞'一句、'无眠向晓'一句、'空有半窗残月'一句，但前段'是笑时'以下，不可如此分读，故注断句如右。"而秦巘则认为："末三句《词律》作一六两四字句，意与前段合，不知此等不碍宫调，改变者甚多，况后蔡作有此读法乎？何必拘泥如此？"显然秦巘的说法是对的，万树太过拘泥了。

但是秦巘的说法依然还是停留在"就事论事"的层面，并没有理论依据，因此，只能算是知其然而已。词的末一韵段为求韵律上的变化，避免雷同呆板，常常在后段的末一韵段中通过增字、减字、添韵、读破等手法刻意调整句拍，打破前后对应，造成参差，有时候看似前后文字相等，但句法已经通过文字字音的微调而作了读破处理。以本词这三句来说，他的变化有二：一是后段末一韵段在起拍中减去一韵，二是前段五字句后第八字"三"构成的是一个平顿，但后段"晓"所构成的则是一个仄顿，这一顿字音的改变，就决定了"向晓空有"不能成句，而应该读为一五二四一六。

171. 尹鹗《河满子》"云雨常陪"词的句读有误

《河满子》从初始的六言句词体衍变后，一个常见的模式是第三个句拍用七字，而没有在第四拍中也用七字句的，更不见有折腰式的句法，自唐而宋，莫不如此。因此，尹鹗词秦巘读为如下的体式：

云雨常陪胜会，笙歌惯逐闲游。锦里风光应占，玉鞭金勒骅骝。戴月潜穿深曲，和香醉脱轻裘。　　方喜正同鸳帐，又言将往皇州。**每忆良宵公子，伴梦魂、常挂红楼**。欲表伤离情味，丁香结在心头。

则其后段显然是有瑕疵的，其中的第二个韵段应该是"每忆良宵公子伴，梦魂常挂红楼"，秦巘原谱误读。

又按，前段第三个句拍通常例作仄收，因此前段"占"字应仄，但是本句为六字，则理应是作平读更恰，所以窃以为这里原本或是"应独占"之类，亦即本句也是一个七字句,则正与后段相合。考察唐宋诸家,也只有这一例这一句是前后参差不对应的,根据韵律合理的推论,这一句必有错讹。

172. 同调词相校,是词句句读校勘最传统的手法

黄裳的《陂塘柳》四首,与别的词都不相同,秦巘收录其中"红紫趁春阑"一首,其中有两处瑕疵。先看其词:

红紫趁春阑,独万簇琼英,犹未开罢。问谁共、绿幄宴群真,皓雪肌肤相亚。**华堂路,小桥边,向晴阴一架**。为香清、把作寒梅看,喜风来偏惹。　　**莫笑因缘,见景跨春空,荣称亭榭**。助巧笑、晓妆如画。有花钿堪借。新醅泛、寒冰几点,拼今日、醉犹飞斝。翠罗帏中,卧蟾光碎,何须待还舍。

其一,四首中前段第三韵段,另外三首分别是"红莲万斛,开尽处、长安一夜""红娇翠软,谁顿悟、天机此理""东君到此,缘费尽、天机亦老",据此分析,本词本韵段应该读为"华堂路小,桥边向、晴阴一架",才能与之韵律统一,合乎格律。

其二,后段第一韵段,其余三首分别是"因甚灵山在此,是何人、能运神化""当度仙家长日,向人间、闲看佳丽""莫道两都迥出,倩多才、吟看谁好",虽然词可以有读破,但本词比较后可知,还是以"莫笑因缘见景,跨春空、荣称亭榭"读为是,因为一则每一韵段中以两拍为佳,二则"见景"一词有专门意思,表示有某种迹象显露出来,那么"见景跨春空"连读在一起,这个句子就莫知其所谓了,这里的误读,或是不知"见景"为何义而导致的。

第二节　律读与意读

我们在上一节中提出词句句读的三种标准,实际上这也是判断词句句读优劣的一个标准,我们认为词句的句读"律意兼循为上,循律为中,循意为下"。在这个标准下,实际上是将词的句读分为两种:一种是依据韵律进行的"律读",一种是依据词意进行的"意读"。

173. 谱书的句读,应以韵律为准,不应以句意为准

破波光如镜,双翼轻舟。对雨余、重岩叠嶂,何妨影堕清流。望芙藻、渺然如海，张云锦、掩映汀洲。出水奇姿，凌波艳态，眼看一叶弄新秋。恍疑是、金沙池内，玉井认峰头。花深处，田田叶底，鱼戏龟游。　　　正微凉、西风初度，一弯斜月如钩。想天津、鹊桥将驾，看宝奁、蛛网初抽。晒腹何堪，穿针无绪，不如溪上少淹留。竞笑语追寻，惟有沉醉可忘忧。凭清唱，一声檀板，惊起沙鸥。

《词系》中葛立方的这首《多丽》，后段第八、九句作"竞笑语追寻，惟有沉醉可忘忧"，与主流填法的一七一五不同，但这只不过是句读不同而已，我们也可以依据律读原则，将其读为"竞笑语、追寻惟有，沈醉可忘忧"，则与正体同。

词谱中词句的句读，不同于散文，必须以韵律为主，辅之以词意的考量，很多人不知这一点，所以才会有大多数人对"小乔初嫁，了英姿勃发"这种律读不解的情况。

174. "循律"在词的句读中的重要意义

晏几道的《留春令》是宋代词人填这个词调的基本范式，宋人多依此体。秦巘将其列为正例，读为：

画屏天畔，梦回依约，十洲云水。**手捻红笺寄人书**，写无限、伤春事。
　　别浦高楼曾漫倚。对江南千里。**楼下分流水声中**，有当日、凭高泪。

但是这个词有两个七字句都是不律的大拗句法，即前段的"手捻红笺寄人书"和后段的"楼下分流水声中"，就近体词而言，这种句法显然是不合韵律的。窃以为这是由于我们理解前后段第二韵段的韵律有误而导致的一种误读，这两韵段词前后对应十分工稳，但是它们的韵律结构则不是七字一句、六字一句，而是四字一句之后，是一个三三式的结构，正确的读法应该是"手捻红笺，寄人书、写无限·伤春事""楼下分流，水声中、有当日·凭高泪"。这就是说，目前误读的七字句，就像是"怒发冲冠凭栏处"一样，按照韵律是不可以连读的。

李之仪词，就是在这个基础上将三三式读破后，变化为四字一句、五字一句，形成了"香阁深沈，红窗翠暗，莫羡颠狂絮"这样的结构，而这个结构之所以可以产生，就是基于后九字的三三式结构，而不是七字一句、六字一句，这也就是读破法的律理依据。

而细玩词意，本词读为"手捻红笺，寄人书、写无限·伤春事"和"楼下分流,水声中、有当日·凭高泪",应该更贴合词的本意,再读"手捻红笺寄人书""楼下分流水声中",其实词意未必通达。但是,目前的标点或者图谱都是二维的,有些韵律关系无法从标点或图谱中读出来,只能通过文字的备注才能说清楚,三三式是最典型的一个例子,我们在这里标点为"寄人书、写无限·伤春事",是想表示这九个字的关系就是"三字逗领六字折腰句式",但是,现有的标点和惯例无法表达。

175. 在循律的前提下尽可能完美地循意

在循律的前提下尽可能完美地循意,这应该是词句点读的最好追求,我们试举几例来讨论这个问题。

第一个例子,点读要着意前后段的对应,如晏几道的《庆春时》词,按秦巘所读如下:

倚天楼阁,升平风月,彩仗春移。鸾丝凤竹,长生调里,迎得翠舆归。
　　雕鞍游罢,何处还有心期。浓熏翠被,深停画烛,人约月西时。

后段的"何处还有心期"一句,虽然从循律的角度说,是一个六言律拗句法,但是,按照原读,既然已经说了"何处还有心期",那么又何来的"人约月西"之举呢? 窃以为这样的读法在循意上有不妥之处。正因"还有心期",所以才想约,这是合情合理的。所以,从韵律的角度来说,前句处理为平起仄收式六言律"雕鞍游罢何处",后句仄起平收四言律,则律意兼达。晏氏别首,如果也改读作"殷勤今夜凉月,还似眉弯",也会较之四字一句、六字一句更加畅达,庶几韵律无违。

而另一个更重要的理由是,后段的收拍改为"还有心期",更可以与前段的收拍"彩仗春移"相对应,所以,这个读法决计是最符合本调原意的。

第二个例子,不是所有的七字折腰都应该读为上三下四式的。如无名氏《太常引》的前后段第二韵段词,秦巘是这样读的:

不道久别离。这一度、清香为谁。(前段第二韵段)
留取两三枝。待和泪、封将寄伊。(后段第二韵段)

对于后面的两个四字结构,第二第四字都用平声,显然是有违词句的一般韵律规则的,所以,正确的句读应该是:

　　　不道久别离。这一度清香为谁。（前段第二韵段）

　　　留取两三枝。待和泪封将寄伊。（后段第二韵段）

　　而为了说明这种两顿连平的情况是合理的，秦巘特别作了备注，云："'为'字、'寄'字必去声，不可移易。"同样的例子，秦巘还在《望南云慢》中说："用平平去平，是此调着眼处，作者切勿臆改。"

　　至于为什么这里就是"此调着眼处"，原因应该只有一个，就是句子用了"必去声，不可移易"的平平去平，反过来，为什么其他地方都用律句，偏偏这里要用不律的句子，原因也只有一个：这里是"此调着眼处"。从万树开始，清代词谱家们就用这样一个"因为是着眼处，所以用去声""因为用去声，所以是着眼处"这样的循环证明，满足自己的见解，而为什么这是着眼处、为什么着眼处要用去声、为什么去声可以着眼，则从未见有律理上的说明。

　　这种一六读为三四的瑕疵，在词学家的笔底大量存在，究其原因，无非就是不明白句式的律理，无非就是不认识本句的句法，因而将其神化的老套套。而其真相也很简单，就律读的角度来说，这两个句子韵律上都不得读为上三下四式的句法，而应该读为一字逗领六字的句法，这个六字结构，就是一个标准的仄起平收式的律句模式，所以绝不能读断。就意读的角度来说，"一度"只是修饰"清香"，而不是"清香为谁"，"和泪"的也不是"封将寄伊"，而只是"封"这个动作，可见读错后，不但韵律尽失，词意也完全错了。

　　第三个例子，周邦彦《粉蝶儿慢》的前段末一韵段，秦巘如是读："数枝新，比昨朝又早，红稀香浅。"窃以为"比昨朝又早"五字达意或误，如果我们按照这样的句读，"早"字便太过于实，周词的原意，应该是要表示"已经如何"的意思，本是一种虚说。所以，如果按原来的句读，就字实而意不实，读者无法明白"早"者为何。因此，"又早"二字应属后，将这九字按照三字领六字的句法读断为"比昨朝、又早红稀香浅"，既没有违反韵律规则，又实现了词意畅达的循意目的。

　　又按，这一句从语感的角度来品悟，感觉"又"字应该是一个衍文，尤其是在后结也说"忍因循，一片花飞，又成春减"，已有一"又"字的情况下，以周邦彦之手，似乎也不应该在作法上有这样重出的陋笔。

176. 循律和循意并不矛盾，可以相互促进

　　循律和循意并不是一对矛盾体，而是可以相互促进的，这样的例子很多，我们略举几例说明。朱淑真的《月华清》换头后的第一韵段，秦巘如是读："长恨晓风飘泊。且莫遣香肌，瘦减如削。"其中的后九字读为五字一句、

四字一句,就是没有顾及韵律的因素,以至于四字结构成了两顿连仄,自然就于律不谐了。

这九个字以律理分析,应该是对应前段的第一韵段的,前段第一韵段以"揽衣还怯单薄"六字收拍,那么可知就韵律而言,应该是"香肌瘦减如削"这样的一个平起仄收式的六言律句,句法完全一致,而词调整体上,也正是这两个六字开始一个旋律的回环,直到乐段结束,词乐虽然佚亡,但形式依然存在,可以看出。以上是循律。循意来看,以词意分析,"莫遣"的也应该是后面六字,而并非是"香肌",所以改为"且莫遣、香肌瘦减如削",无疑要优于原来的一五一四。

如果需要读破,作五字一句、四字一句,则平仄就需要有一个微调,如洪瑹这一韵段的词句就是"正燕子新来,海棠微绽","海棠微绽"的"棠"字就需要改为平声。秦巘不能循律,在只能循意的情况下,无法解释为什么一个平声的地方偏偏用了仄声,就只能作出了错误的判断,就只能特别强调这个"'减'字必仄声",而不知是两者句法不同,不可同等看待的缘故,也更无法解释,为什么在"必仄"的地方,别人可以用平声来填。

再比如无名氏的《秋霁》①,其前段第一韵段秦巘是这样标点的:"虹影侵阶,乍雨歇长空,万里凝碧。"这样的读法,就形成了"万里凝碧"两音顿连仄,韵律失谐。这一类句子的点读,往往存在顾意而不顾律的情况,导致拗涩。

这九字正确的读法,扪其韵律,无疑应该是"乍雨歇、长空万里凝碧",但今天的标点本中,这类句子多被读为五字一句、四字一句,如在《全宋词》中,胡浩然词作"乍雨歇东郊,嫩草凝碧",吴文英词作"汉影隔游尘,净洗寒绿",吴潜词作"正竹外萧萧,雨骤风驶",陈允平词作"远送目斜阳,渐下林闉",等等,而正确的分句,都应该读为上三下六折腰句句法,我们即便不谈韵律,而仅仅是从词意的角度来看,也应该体会出"乍雨歇、长空万里凝碧"和"乍雨歇长空,万里凝碧"、"远送目、斜阳渐下林闉"和"远送目斜阳,渐下林闉"两者之间的差别,体会出词意上的孰是孰非,所以切实理解词意,往往可以为循律提供好的佐证。

当然,词有读破,任何句子都未必是一成不变的,《钦定词谱》中有那么多的"又一体",就证明了读破的广泛存在,所以这九字自然也可以读为一五

① 《词系》原作胡浩然词。该词出《草堂诗余·后集》卷下,作者应是无名氏,参见《全宋词》第五册,第3741页。唐先生专门指出:"此首别又作胡浩然,见沈际飞本《草堂诗余·正集》卷五,盖本杨慎《词品》卷二之说,出自臆测,亦不足据。"

一四,例如周密的一首,就必须读为"记芳园载酒,画船横笛",因为这后面的八字是一个俪句,因此绝不可以读为"记芳园、载酒画船横笛"。但是,周密词能读为一五一四,却并不影响到韵律,因为它已经将第七字微调为平声了,这反过来也证明,"乍雨歇长空万里凝碧"不可以读成前五后四的结构。

在具体操作时,有时候不妨一个韵段作两种读法,然后从句意上选择一个更切的,这也是一种很好的方式。例如黄庭坚《看花回》词,秦巘如是读:

夜永兰堂醮余,半倚颓玉。烂漫坠钿堕屦,是醉时风景,花暗残烛。欢意未阑,舞燕歌珠成断续。催茗饮,旋煮寒泉,露井瓶窦响飞瀑。　　纤指缓、连环动触。渐泛起、满瓯银粟。香引春风在手,似粤岭闽溪,初采盈掬。**暗想当时,探春连云寻篁竹**。怎归得、鬓将老,付与杯中绿。

这样起调,就形成了六字句和四字句都失律不谐的局面,本调首拍如果是六字一句,就应该用仄收的句式,后面的四字句则用平起式句式,如秦巘所收录的蔡伸词"夜久凉生庭院,漏声频促","院"字仄,"声"字平,韵律就谐和了。而如果第六字为平,那么就得以四字一句作为起拍,六字一句收拍,本词改读为"醮余半倚颓玉",正以"颓玉"状"醮余",这才是最切原意的。

后面的周邦彦词也是如此,秦巘读为"秀色芳容明眸,就中奇绝",就不符合原来作者说的"秀色芳容"中的"明眸就中奇绝"这一层意思,只有读为"秀色芳容,明眸就中奇绝",所以才有"细看艳波"如何如何,以"艳波"来状"明眸"。

同样的道理,后段的第三韵段也应该调整为"暗想当时探春,连云寻篁竹",否则不但后一句"探春连云"连平违律,词意也不够通达(本句"篁"字失替)。

177. 周邦彦《玲珑四犯》循律为上的改读

秦巘所读周邦彦《玲珑四犯》词是这样的:

秾李夭桃,是旧日潘郎,**亲试春艳**。自别河阳,长负露房烟脸。憔悴鬓点吴霜,细念想、梦魂飞乱。叹画阑、**玉砌都换**。才始有缘重见。　　夜深偷展。香罗荐。暗窗前、醉眠葱蒨。浮花浪蕊都相识,谁更曾抬眼。休问旧色旧香,但认取、芳心一点。又片时,**一阵风雨恶**,吹分散。

　　这首词中有"是旧日潘郎亲试春艳"九字，比较典型地说明读句应该循律为先的问题。这本是一个九字一气的句子，而非两句，可有多种读法，但根据韵律的一般规则，这里读为上三下六式是最合乎律理的，秦巘不了解这一点，读成上五下四，所以就出现了一个后四字两顿连仄的瑕疵，导致这里韵律不谐。

　　此外，这个第一韵段本是由七字一句、六字一句而来的，我们仅以《词系》所收的八首词来考察，就可以获得这个认识，如高观国的"水外轻阴做弄得，飞云吹断晴絮"、史达祖的"雨入愁边翠树晚，无人风叶如剪"、刘之才的"几叠云山隔不断，阑干天外凝眺"、翁元龙的"窗外晓莺报数日，西园花事都空"，实际上都是如此。即便我们不读为一七一六也会有一个类似的读住，比如高观国的可以读为"水外轻阴，做弄得、飞云吹断晴絮"，所以，这种句读可以证明，**在第七字之后应该有一个读住**，这是我们疏通本调第一韵段的一个韵律上的基本点。基于这个基本点，就是基于韵律，这样我们就可以知道，周邦彦的第一韵段正确的句读，应该是"秾李夭桃，是旧日、潘郎亲试春艳"，"潘郎亲试春艳"是一个标准的平起仄收式律句，自然就规避了秦巘"亲试春艳"的韵律缺陷了。

　　如果我们举一反三，那么词中的"叹画阑、玉砌都换"，也不应该被视为一个上三下四的折腰句法而予以读断，这一方面固然是因为"玉砌都换"四字与"亲试春艳"一样，出现了两顿连仄的瑕疵，导致这里韵律不谐，其次，在循律的时候最好也能够照顾到"循意"，按照上三下四的读法，不但"画阑玉砌"这个完整的结构被读破了，而且"叹"的是"换"这层意思也被抹杀了。所以，在并不违逆韵律的前提下，同时也照顾到循意的问题，将这个句子处理为一六式折腰句读，即读为"叹、画阑玉砌都换"，是最好的选择。《词系》后面所选曹邍的"看、翠蛟白凤飞舞"、高观国的"恨、燕莺不识闲情"、刘之才的"问、愁根当年谁种"等等都是如此，只是一字逗在行文中不必点出而已。

　　最后一个例子，是本词的末一韵段，秦巘原读为"又片时，一阵风雨恶，吹分散"，五字句失律不谐。比较周密词，这一韵段读作"倚画阑无语，春恨远，频回首"，可见，与其他清代词谱家一样，秦巘句读词句都是依据意读，而基本不从律读的角度作进一步的考虑，"又片时一阵"实际上就是周密词的"倚画阑无语"，如果我们视"一"字为以入作平，那么两个句子无论是从句式还是韵律看，都是完全一致的，是一个一领四的●　●○○●，这种句式，陈允平的"奈翠屏一枕，云雨梦、谁惊散"、方千里的"仗梦魂一到，花月底、休飘散"等等都是如此，所以，在点读周邦彦这一韵段词的时候，无需深入韵律思考，只要参校一下陈、方二词，就可以确定出正确的读法了。

178. 文意不符合韵律一例

有一点必须指出,并不是所有的循律就一定也同时会循意的,有时候也会出现不能两全的情况。例如张先的《喜朝天》,秦巘谱中读为:

晓云开。睨仙馆凌虚,步入蓬莱。玉宇琼甃,对青林近,归鸟徘徊。风月顿消清暑,**野色对江山、助诗才**。箫鼓宴,璇题宝字,浮动持杯。　　人多送目天际,识渡舟帆小,时见潮回。故国千里,共十万室,日日春台。睨社朝京非远,**正和羹、民□渴盐梅**。佳景在,吴侬还望,分闱重来。

前段第三韵段,秦巘在笺疏中的读法与此不同,是"对江山野色助诗才",这种罕见的前后牴牾,窃以为并不是笔误,而是反映出秦巘在这八个字韵律的拿捏上,是犹疑不定,极为纠结的,所以与后段对比,也是参差的。就文法来说,今存的三首词基本上都是合乎上三下五式读断的,如秦巘所录的晁补之词作"采熏笼、仙衣覆斑斓",但是按照律法来说,则无疑应该是上五下三才对。

这似乎是一个很难调和的矛盾,在唐宋词中偶尔也会有这种情况发生,但是,这个问题说简单其实很简单,因为他就是一个"小乔初嫁,了英姿勃发"的问题,尽管会有人不认可这样的读断。

第三节　词的句法可左右句读

词的句法是属于韵律范畴的,与词意无关,所以我们在句读一个词句的时候,如果不注意句法,那么点读出来的句子就很容易出问题。但是,恰好相反,词律时代读词,往往关注的是词意,把内容看得很重,而轻忽了形式。这一节我们谈谈句法与句读之间的一些密切的关系。

179. 柳永《黄莺儿》词前段歇拍的正确读法

园林晴昼春谁主。暖律潜催幽谷。暄和黄鹂翩翩,乍迁芳树。观露湿缕金衣,叶映如簧语。晓来枝上绵蛮,**似把芳心,深意低诉**。　　无据。乍出暖烟来,又趁游蜂去。恣狂踪迹,两两相呼,终朝雾吟风舞。当上苑柳浓时,别馆花深处。此际海燕偏饶,都把韶光与。

柳永《黄莺儿》词的前段歇拍，秦巘读为四字二句，唐圭璋先生的《全宋词》则读为四字一逗，窃以为都是误读。但是这八字唐先生读成一句，可见眼力精当，是因为心中有韵律的存在。因为这八字是前段末一韵段中的收拍，这个看后段的"此际海燕偏饶，都把韶光与"就可以明了。只是这八个字应该读为二字一逗领六字一句，全句方才合律，而这个六字结构，则是平起仄收的句式。王诜"正好、相看因甚轻别"的"正好"、陈允平"料把、春来诗梦惊觉"的"料把"、无名氏"似睹、溪边仙子妆面"的"似睹"，细玩，都可以体悟出其中的"逗"味。

180. 王沂孙《八六子》前段第一韵段的正确读法

扫芳林。几番风雨匆匆，老尽春禽。 渐薄润侵衣不断，嫩凉随扇初生。晚窗自吟。　沉沉。幽径芳寻。晻霭苔香帘净，萧疏竹影庭深。漫忘却、宝钗虫折，绡屏鸾破，当时、暗水和云泛酒，空山留月听琴。料如今。门前数重翠阴。

王沂孙《八六子》词，秦巘将其前段第一韵段读为一三一六一四，也是一个很值得讨论的分句例子。王词的前段第一韵段，一起一收两拍的格局，其实与《词系》中其他几首，如李演的"乍鸥边、一番腻绿，流红又怨苹花"、杨缵的"怨残红。夜来无赖，雨催春去匆匆"、秦观的"倚危亭。恨如芳草，萋萋划尽还生"、晁补之的"喜秋晴。澹云萦缕，天高群雁南征"，乃至杜牧的"洞房深。画屏灯照，山色凝翠沉沉"诸词完全相同，即一个折腰式七字句起，一个平起式六字律句收，所以，正确的读法应该是按照同样的句法进行点读，"扫芳林。几番风雨，匆匆老尽春禽"，其中三字逗入韵，与杨缵词的"怨残红。夜来无赖，雨催春去匆匆"和秦观的"倚危亭。恨如芳草萋萋，划尽还生"同。秦巘将"匆匆"二字前置，是因为不知"林"字为句中韵，不知"扫芳林、几番风雨"为一句，因此韵律觉异，词意歪曲，因为匆匆的只能是春禽老尽，而不是"几番风雨"，风雨都已经几番了，还如何匆匆？除非说是"一番风雨匆匆"。

至于秦巘更认为"此同秦作"，却不考虑何以秦观词不可读为"倚危亭。恨如芳草萋萋，划尽还生"。即便就语意而言，"匆匆"前置，就算可以照应"几番风雨"，却忽略了"匆匆老尽"更为沉郁。此二字容前只在形式，但觉轻浅，容后便在内容，则更厚重，孰优孰劣，读而可知。

181.《归自谣》中的一个重要句读错误

冯延巳《归自谣》云：

江水碧。江上何人吹玉笛。扁舟远送潇湘客。芦花千里霜月白。伤行色。明朝便是关山隔。

这个词调的"芦花千里霜月白"一句,各谱都和《词系》一样读为七字一句,但是,扪其韵律,或误。

本调《词系》规范为单段词,但在《乐府雅词》中则被分为两段,其中一个主要的原因,应该是考虑到"潇湘客"之前和之后在韵律上所构成的两个基本相同的旋律,这两个差不多的乐段是由类似的乐句组成的,前一段是短长长三个句拍,后一段也是如此,短者"芦花千里",长者"霜月白、伤行色"和"明朝便是关山隔"。也就是说,今天我们所见的所有关于这一词调的标点,都忽略了其内在的韵律特征,而只是在其词意的表面上打转。说是"表面上",是因为对真正词意的了解都是不透彻的,例如:赵彦端词实际上应该是"历历黄花,斟酒美、清露委",姚述尧词实际上应该是"珠帘隐隐,笙歌早、沈烟袅",其中后面的六字折腰句都是俪句,与前四字不能纠缠为一句,这是稍加分析就应该知道的词意特性。

当然,这一句读的根本原因还有两点:其一,是冯延巳两首词中的这七个字,如果将其处理成一个七言句,则其不谐的句法所形成的韵律本身就是有问题的,第二第三音顿无法形成"替",因此不能读成七字;其二,到了宋人的词中,该七字则多已经微调了其韵律,变成了"胜处屏云犹未掩"(无名氏词)这样的仄起式句式,这就使原来唐词中的四三三有读破为七三的可能,这或许是后人眉毛胡子一把抓,连同唐词都作了如是读的原因之一。

182. "此去经年应是良辰好景虚设"如何读

柳永《雨霖铃》中的这十二个字,在秦巘的原本中读为"此去经年,应是良辰好景虚设",但是,实际上在"是"字后其韵律应有一个读住,所以王庭珪词作"暗想当年宾从"六字一句起拍,这和柳永前段的"执手相看泪眼"也正好对应。如果本韵段是四字一句起拍,那么后面的收拍八字就要作二字逗领六字一句句法,也就是说,不管怎么读,这十二个字的第六字后必有一个读住存在,这应该是当时的词乐所关。宋人也多是如此填法,如王安石的"一旦茫然,终被、阎罗老子相屈"、晁端礼的"别后厌厌,应是、香肌瘦减罗幅"、黄裳的"此兴谁同,须记、东秦有客相忆"、李纲的"剑阁峥嵘,何况、铃声带雨相续"。这一句法,六字结构中的第四字多用上声,而第五字必用平声,几个字音合成后构成一小段旋律,保证韵律的和谐。

183.《贺熙朝》前段的一处误读

词中有一种十二字结构,经常会被后人误读,这一结构通常是将四字三句读为六字二句,或将六字二句读为四字三句。不要以为这是很容易厘清的,很多误读甚至千百年来一直如此,《贺熙朝》(《词系》作《贺明朝》)就是其中一例。其词秦巘点读如下:

忆昔花间初识面。红袖半遮,妆脸轻转。石榴裙带,**故将纤纤,玉指偷捻。双凤金线。**　　碧梧桐锁深深院。谁料得、两情何日教缱绻。羡春来双燕。飞到玉楼,朝暮相见。

这里的"故将纤纤,玉指偷捻。双凤金线",就是应该读为二句的却错读成了三句,"捻"的不是玉指,而是石榴裙带上的"双凤金线",所以这两句应该是"故将纤纤玉指,偷捻双凤金线","捻"字如果非要视为韵脚,那也只是句中韵,而"故将"句为平起仄收式律句,"纤纤"也无需因为平声犯律,而生出秦巘那种"纤纤,疑是'纤手'"这样的猜测了。这类韵段之所以读错,且没有意识到读错的原因,窃以为只有是因为对句法掉以轻心,根本没有顾及的缘故。

如果不考虑词意本身,其韵律也没有问题,尤其我们比照欧阳炯的别首综合分析,更是如此。但是,文法和律法不是一对矛盾体,正常的词调必然两者都是没有问题的,如果"有问题"也只是我们没有梳理好的缘故。而合乎韵律却词意不通达的情况,则或者是文字有舛误,或者是字句被后人刻意修理过,或者两者兼而有之,这首词我们以为就存在这样的问题。

第四节　词的旋律回环可左右句读

我们在前面说,句读词句要做到同一个词调内各词的统一,而要做到并做好这个统一,有一个关键的要素,是要认识到词体大都是有内在旋律的,这是词乐消亡后留在词的文字上的唯一一个印记,所以,扣摸这个印记而展开句读,必然是一条正道。

184. 韦庄《怨王孙》"锦里蚕市"词前段的句读问题

锦里。蚕市。满街珠翠。千万红妆。**玉蝉金雀,宝髻花簇鸣珰。绣衣**

长。 日斜归去人难见。青楼远。队队行云散。不知今夜何处，深
锁兰房。隔仙乡。

韦词该词前段的后一韵段词秦巘如是读，但叶申芗在他的《天籁轩词
谱》中是这样读的："玉蝉金雀宝髻，花簇鸣珰。绣衣长"，秦巘认为这样分
句有错误，不过他也认可后段"'不知今夜'二句，上六下四字，亦有作上四
下六字，可不拘"。

窃以为于"宝髻"分句，叶申芗也有他的道理，这么分，"玉蝉金雀宝髻"
为一句，就与后段的"不知今夜何处"对应十分和谐，句法、韵律丝丝入扣；然
后"花簇鸣珰"也与后段的"深锁兰房"对应十分和谐；加上最后的"绣衣长"
对应后段的"隔仙乡"，从整体的韵律形式上看，显然更加规整，无懈可击，私
意以为，这必是叶氏断句的初衷。但是，这个分句中只有一字不稳，即"宝"
字应平却仄了，只有将其理解为是以上作平，整个分句才能成立，否则就如
秦巘所说，误。当然，秦巘认为误，就他全书中缺乏对平起仄收式六字句的
认识来看，也未必有合乎韵律的理由。

185.《越江吟》中句读错误一例

苏易简的《越江吟》，秦巘读为：

非烟非雾瑶池宴。片片碧桃，冷落黄金殿。虾须半卷。天香散。
奏云和孤竹清婉。入霄汉。红颜醉态，烂漫金舆转。霓旌影断。箫
声远。

后起的这两句，秦巘是受万树的影响而误读，"奏云和孤竹清婉。入霄
汉"这样的句读，在韵律上是没有依据的，因为假定"奏云和孤竹清婉"没有
误读，那就是一个折腰句，所以无非两种读法：如果是一六式折腰，明显读
不通；如果是三七式折腰，就应该点读为"奏云和、孤竹清婉"，不然的话，在
文法上也是别扭的。

基于这样的理由，其正确的读法，应该是"孤竹清婉入霄汉"七字句对应
前段的"非烟非雾瑶池宴"，其句法同一，这是韵律上的依据之一。其次，
"奏云和"就整体结构来看，是一个三字添头，也是韵律上的一个依据，这样
除掉添头，后面的二十三字就是一个非常完整的旋律回环。因此，正确的读
法应该是"奏云和、孤竹清婉入霄汉"。至于"婉"字虽然可以视为句中短
韵，但在这个韵律环境中，将它看作只是偶叶应该更好，否则就很容易如《钦

定词谱》那样,把前七字误读成了折腰句法,那么结构就会依然回到现在的"奏云和孤竹清婉。入霄汉"了。

又,这里的"竹"字以入作平。

186. 欧词中一个传统的句读错误

欧阳修的《越溪春》后段,至今为止一直被人误读,秦巘读其词云:

三月十三寒食夜,春色遍天涯。**越溪阆苑繁华地,傍禁垣、珠翠烟霞。**红粉墙头,秋千影里,临水人家。　　归来晚,驻香车。银箭透窗纱。**有时三点两点雨霁,朱门柳细风斜。**沈麝不烧金鸭,玲珑月照梨花。

这个读法不仅仅《词系》如此,从《词律》到《钦定词谱》直至今天的《全宋词》都是如此,但是,比照前段就可以知道,按照这个读法韵律就乱了,前后段的对应句就成了:

越溪阆苑繁华地,傍禁垣、珠翠烟霞
有时三点两点雨霁,朱门柳细风斜

其实,后段用的本是唐人李山甫的诗句"有时三点两点雨,到处十枝五枝花",所以十四字正确的读法应当是"有时三点两点雨,霁朱门、柳细风斜"。"三点两点雨霁"六字,语意牴牾不通,"三点两点",就说明雨虽然小,却还在下,而"雨霁"又是无雨的描述,两者自然不可杂糅。至于"霁朱门",就是霁于朱门。

纠正句读后,则前后段第一二韵段的句式都很整齐,旋律一致,是一个很标准的回环中的一段旋律,只是末一韵段读破而已,与吴文英的词体式基本一致。

187. 柳永《轮台子·雾潋澄江》词的句读可以商榷

雾潋澄江,烟锁蓝光碧。**彤霞衬遥天,掩映断续,半空残月。**孤村望处人寂寂。问钓叟、甚处一声羌笛。九嶷山畔雨才过,斑竹作、血痕添色。感行客。翻思故国。因循阻隔。路久沉消息。　　正老松柏如织。闻野猿啼,愁听得。**见渔舟初出。芙蓉渡头,鸳鸯滩侧。**干名利禄终无益。岁岁间阻,迢迢紫陌。翠娥艳,从别后经今、花开柳折。伤魂魄。俗尘牵役。又争忍、把光景抛掷。

这是柳永词别首《轮台子》，其前段的第二韵段对应后段第二韵段，就文字上来说，十三字对十三字，表面上是和谐的，但这两个韵段之间有几处不协和的地方：五字句句法不同、五字句叶韵不对应、前后段前一个四字句韵律都同声连顿。

而我们读这两韵段词，却可以看出它们都是语意畅达的，且十三字对十三字，是一个很谐和的回环，所以问题一定不在原文，而必然在后人的解读上，因此需要调整句读。

我将其改读为如下的结构：

> 彤霞衬，遥天掩映断续，半空残月。
> 见渔舟，初出芙蓉渡头，鸳鸯滩侧。

这样，除了"遥天掩映断续"仍然有一"断"字不稳，须读"续"为以入作平外，其他问题都不再存在了。

188.《紫萸香慢》前后段末一韵段的正确读法

慢词的旋律基本上是一种"两段二回环"的模式，几乎所有的慢词，至少第二第三韵段是形成一个回环的，也有不少情况下这种回环一直会到词的结束，姚云文的《紫萸香慢》创作时或已经入元，也仍然保持了这样的一种特点。但是秦巘忽略了这个问题（更大的可能是没有这样的认识，这一点从他批评万树的词谱学观点中可以印证），因此对后段的句读处理，仍然是《钦定词谱》模式的：

> 近重阳、偏多风雨，绝怜此日暄明。问秋香浓未，待携客、出西城。正自羁愁多感，怕荒台高处，更不胜情。向樽前、又忆漉酒插花人。只座上、已无老兵。　　凄清。浅醉还醒。愁不肯、与诗平。记长楸走马，雕弓柳，前事休评。紫萸一枝传赐，梦谁到、汉家陵。尽乌纱、便随风去，要天知道，华发如此星星。歌罢涕零。

如果我们以"回环"观来看待这个后段的尾部，可知后段末一韵段其实与前段末一韵段的对应是十分工整的，因此前后段两个末一韵段应该读为：

> 向樽前、又忆漉酒插花人，只座上已无老兵。
> 尽乌纱、便随风去要天知，道华发如此星星。

这个读法与秦巘有如下几点不同：其一，结拍均读为一字逗领六字的句式，原读的"已无老兵"两顿连平，于律不谐，改读后，前段六字是仄起平收式律句，后段是仄起平收式律拗句式；其二，在通篇都用庚青韵的情况下，"人"字不必视为韵脚，其后段对应字"知"字非韵，足可证明这一点；其三，后段减缩为"尽乌纱，便随风去要天知"一起，"道华发、如此星星"一收两拍，更符合今本均拍结构。最后，极疑"歌罢涕零"四字是赘衍的文字，就韵律而言，一起一收已经完整，就作法而言，词意上也完全是蛇足，细细揣摩，这四个字或是词选者误将原文词后的一句叙述语揽入了。不过，这四字如果不予删去，对整体结构也毫无影响。

189.《平湖乐》前段第二韵段的正确读法

秋风袅袅白云飞。人在平湖醉。云影湖光，淡无际。锦屏围。
故人远在千山外。百年　心事，一樽浊酒，长使此心违。

王恽的《平湖乐》是一首典型的元词小令，元小令的特征是已经开始频繁使用平仄声混叶了，这一点很容易被忽略，如本词的后段如果按照秦巘的读法，就只剩下了一个韵段，显然不合小令的基本架构，所以"事"字应该拟为韵脚，而且是不可或缺的主韵。

此外，前段第二韵段十字，《词系》原读为"云影湖光淡无际。锦屏围"，也是误读，因为就其词意来说，这里其实应是"云影湖光：淡无际、锦屏围"，即后面的六字是用来陈述前面的四字的。就其韵律而言，"云影湖光"所对应的是"一樽浊酒"，"淡无际、锦屏围"是一个六字折腰句式，也是"长使此心违"的多一字形式，王恽另外一首的后段末一韵段是"碧云暮合，道别后、意如何"十字，其结拍也正是"淡无际、锦屏围"的句法。

其实，从"云影湖光"和"一樽浊酒"的对应可以看出，本词也存在一个回环的问题，这个回环就是前三句，所以"百年心事"这一句很可能其时已经落字了。

现在再来看"长使此心违"，这个五字句与前段的"淡无际。锦屏围"是对应不齐的，而王恽别首，按照我们前面的分析，正确的标点本应该是：

秋风湖上水增波。水底云阴过。憔悴湘叠，莫轻和。且高歌。
凌波幽梦谁惊破。佳人望断●。碧云暮合，道别后、意如何。

如果后十字我们以本词为正格,那么可以看出"长使此心违"很可能是有脱字的,其词的原貌或是:

秋风袅袅白云飞。人在平湖醉。云影湖光,淡无际。锦屏围。
故人远在千山外。百年●心事。一樽浊酒,●长使。此心违。

如此,"使"字亦入韵,则前后段用韵极为工整。

第七章 句式的基本认识

句式是词体研究中的基本元素,几乎所有的要件,都与句式具有某种联系,但是迄今为止,我们对于句式的了解和认识,仍然是非常不够的,而且往往会下意识地用诗的一些特性来看待词的句式问题。因此,对于词句的基本结构、变化模式、拗句种类、增减衍夺等等都没有一个系统深入的研究,甚至对词句基本平仄规则都有不甚了了的地方,因此,关于句式的内容我们分两章来讨论。

第一节 概 论

这一节讨论关于句式的一些基本原则、基本认识。

190. 句式的确定应有"首见先校"原则

词句的句式确定,一个重要的手段是多词参校,而词与词之间的参校,应该有一个基本的原则,即"首见先校"原则。

"首见先校",即对任何一个词进行词体句式研究的时候,都应该首先看看这个句式和创调词或首见词之间的差异,以便能首先找出这个体式从源头发生的变化如何,只有在这两者之间差异过大的情况下,再和其他变格进行比照,脉络的寻找才更准确。

例如晁补之的《洞仙歌》"青烟幕处"词,它的主要变化在后段第二韵段的"待都将、许多明月,付与金尊,投晓共、流霞倾尽"上,秦巘没有"首见先校"的理念,所以是用苏轼词进行互校,自然就会得出晁词"惟'待都将'句多二字"的结论,按照这个结论,晁词就属于变格中的添字格。但是,当我们建立了"首见先校"的理念,就会以孟昶词为标准进行互校,那自然就不会"多二字"了。三者关系如下:

晁词:待都将、许多明月,付与金尊,投晓共、流霞倾尽。(十八字)

苏词：　　　　试问夜如何，夜已三更，金波淡、玉绳低转。（十六字）

孟词：洞房深深锁，莫放轻舟，瑶台去，甘与尘寰路断。　　（十八字）

进一步研究，我们从晁词别首这一韵段填为"正倚墙、红杏芳意浓时，惊千片、何许飘零仙馆"来看，字数相同，与本词应是同一个填法，所以极疑本韵段原为"待都将、许多明月付与，金尊共、投晓流霞倾尽"，也就是说，晁补之的这两首词都是按照孟昶的体式填的，并非添字格，"青烟幕处"词只是读破而已。

191. 词句的句式衍化是研究一个句式的重要参数

搞清楚一个句式的衍化过程，对于深入研究具有重要的意义，如柳永和晏殊各有一个《凤衔杯》，如果只是浮于表面观察，会觉得两首词似乎很不相同，柳永的《凤衔杯》秦巘如是读：

有美瑶卿能染翰。千里寄、小诗长简。想初擘苔笺，旋挥翠管，红窗畔。渐玉箸、银钩满。　　锦囊收，犀轴卷。常珍重、小斋吟玩。更宝若珠玑，置之怀袖，时时看。似频见、千娇面。

晏殊词则是：

青苹昨夜秋风起。无限个、露莲相倚。独凭朱阑，愁放晴天际。空目断、遥山翠。　　彩笺长，锦书细。谁信道、两情难寄。可惜良辰好景欢娱地。只恁空憔悴。

但是当我们将晏词的韵律厘清后（参见本章第六节），就很容易看出柳词与晏词之间的关系了，两者所不同的地方，只是在前后段的九字句中，二字逗各再添三字而已，所以，柳词只不过是晏词的添字模式，是变格，也不能称之为又一体。基于这样的韵律关系，两七字句"旋挥翠管，红窗畔""置之怀袖，时时看"都无需读断，秦巘之所以读成一四一三，就是因为没有搞清楚这个词调的韵律。

192. 以讹传讹是不律现象的根本原因

雪残风信，悠扬春消息。天涯倚楼新恨，杨柳几丝碧。还是南云雁少，锦字无端的。宝钗瑶席。香□歌声，拼作尊前未归客。　　遥想疏梅此际，月底香英白。别后谁绕前溪，手拣繁枝摘。莫道伤高恨远，付与临风笛。尽堪愁寂。花时往事，更有多情故人忆。

　　晏殊这个《六幺令》的前段第三句句法大拗，第五字"新"字应仄而平，是失律处。就本句而言，即非警句，又非韵律中关纽，通篇律句的词中无理由夹入一个违律的大拗句式，且从本词内容可知，此词应该并非创调词，综合这几点，可以基本断定，是晏殊所据的母词已经舛讹。

　　正因为如此，之后尽管有贺铸、周密等人试图纠正这一句法，但是这一舛讹依然成为主流填法。

　　我们曾经说过，词由近体诗演化而来，所以词本身就是近体的，词句即诗句，正常情况下它们都是律句，不律的句子基本上都要么是出于作者的误填，要么是由于读者的误传，要么是由于书商的误刻，而绝不是万树、吴梅们说的什么"音律最妙处"，如果失律的大拗句式是音律最妙处，何以不见最妙的词句并不是都由失律句构成，且往往都是规正的律句？另一方面，将所有的失律句都搜集起来，可以发现，它们往往既非名作也非名句，比如这一句就是一个很好的例子。

　　那么为什么我们有时候会发现这样一种现象：某一个词调中偏偏就是某一个句子，比较一律地会出现多人甚至多数人同样的失律问题，使我们看上去有"他们是故意失律的，是在遵循一种拗句的模式"这样的印象呢？理由很简单，他们确实是故意的，确实是在遵循一个错误的句式，因为古人填词，尤其是文人填那些不入乐的案头词的时候，他们的一个基本创作模式就是"依据母本的平仄而平仄"，前人如此，晏殊也如此，晏殊如此，后人也如此，即便有一些认真的词人会试图纠正其误，但更强大的是一种类似"祖宗之法不可违"的习惯，还是很难彻底纠偏的。

193. 词创作中，句法变异是被允许的

　　通常在句法不变的情况下，改易句式，是填词中经常可以看到的一种内部韵律微调的手段，这种微调不影响体式本身。但是偶尔也会有句法本身就作了改变的例子，比如张先《碧牡丹》词中的"敛黛峰横翠"句、"但暮云千里"句，是一个一字逗领四字的句法，但是在晁补之的词中则作了改变，成了仄起仄收式的五言诗句——"阳焰迷归雁""扶醉蓬莱殿"。像这种将折腰句改变为律句的情况，也从一个侧面说明了，在词的创作中，句法变易也是被允许的。

　　再举一个另外的例子，张先该词的两个结句中"芭蕉寒、雨声碎"和"几重山、几重水"，是六字折腰句法，但是这两个句子在晏几道的词中，却填成了平起仄收式六字律句句法的"月痕依旧庭院"和"南云应有新雁"。

但是有一点要明确,句式的改变仅仅是一种微调,并不影响韵律本身,而句法的变易则会影响到韵律的改变,因此,今人在创作中不宜采用。

194. 词乐时代句式与韵律无关一例

《眼儿媚》这个词调的起句,主流填法是张元幹"萧萧疏雨滴梧桐"这样平起平收式的,但也有极少数是陆游"秋到边城角声哀"这样不律的大拗句式的。秦巘所采用的正例词是王雱的"杨柳丝丝弄轻柔",并且说"起四字,左誉、陆游皆用平仄平平拗句,与《惜分飞》《恋绣衾》体同,并非误倒",显然是对律理认识太过欠缺的缘故。

前段起拍用●●○○●○○这样的不律句式,并非误倒,而是误填,而宋人之所以会误的原因,也多是循误而已,这就是我们前面说的因为作为歌曲的歌词,本与平仄律无太多关系,所以是"下意识中的袭用"。今人将词乐时代的歌词用平仄律规范,只是词律时代的一种"古为今用"而已,本句的两种宋人填法,即为证明。

不过,●●○○●○○这个句式用的人不多,如果不认为是一种填误,而将其视为三字托,或者更是一种"秋到边城,角声哀、烽火照高台"的读破,也未尝不可,只是"哀"字恰好入韵,容易看差而已。

由此,以谱而论,应以"萧萧江上荻花秋"为正格,宋人多如此填。今词乐亡佚,填词更宜以律句为正格。

第二节　句法变化

在词乐时代,一个词调的产生并不是一成不变的,比如宋金七百余首《鹧鸪天》,如果都是同一个腔调演唱的,估计宋人早就听腻了,也不可能有那么多作品传世,但是传统的观念中未必会觉得"其词各异"。由于每每同调中词腔调各异,因此除了极少数词在体式上能保持一致外,绝大多数的词调的体式都会作一些微调,这种微调体现在文字上,一个重要的表现就是句法变异,这一点,传统词谱中大量的"又一体"足以证明。

195.《少年游》句法的变化,是一个常见的模式

《少年游》的句法变化,是词体中常见的一种模式,两种手法:一、将七字一句添一字后,读为四字两句;二、将五字一句添一字后,读为折腰式六字句。《少年游》前后段的第二韵段,也是遵循这样的变例,如晏殊词为:

芙蓉花发去年枝。双燕欲归飞。兰堂风软，金炉香暖，新曲动帘帷。
佳人拜上千春寿，深意满琼卮。绿鬓朱颜，道家装束，长似少年时。

但是在读破句法后，就可以变化出很多不同的样式来，如晏殊别首，将
前段的第一韵段和后段的两个韵段都作了读破：

重阳过后，西风渐紧，庭树叶纷纷。朱阑向晓，芙蓉妖艳，特地斗芳新。
霜前月下，斜红淡蕊，明媚欲回春。莫将琼萼　　等闲分。留赠意中人。

如柳永词，前后段第一韵段都作了读破：

一生赢得是凄凉。追前事、暗心伤。好天良夜，深屏香被，争忍便相忘。
王孙动是经年去，贪迷恋、有何长。万种千般，把伊情分，颠倒尽猜量。

两四字句脱一字融后，成七字一句、六字折腰一句。这是本调的基本
"变招"，所以本调虽然千变万化，却全都在这一变化规则中进行，因此体式
上都没有实质性的变化，都只是字句微调而已。

知道这一点，就很容易厘清各词之间的差异和差异形成的原因了，例如
周邦彦的"并刀如水，吴盐胜雪"的主要变化，无非就只是前段第一韵段而
已，如果我们将起调的两个四字句合并为一个七字句，那就是晏殊的"芙蓉
花发"词体了；如果把后段第一个七字句改为两个四字句，那就是晏几道的
"绿勾阑畔"词体了；如果又在晏几道的词体上再将本词最后一组的两个四
字句合并为一个七字句，那就是苏轼的"去年相送"词体了；如果不改后段第
一个七字句，只是将本词最后一个韵段的两个四字句合并为一个七字句，那
就是晏殊的"重阳过后"词体了。

此外，每个五字句也都可以加一字，改为六字折腰句，这一变化如果与
前一种变化混合使用，整个词调的变化就会形成很多不同的体式，但是，这
所有的变化所形成的，只是不同的微调，对于整个词调的"体"并没有作出改
造，所以，所有的其他体式都只能称之为"变格"，而不是"又一体"，因为它
们的"体"始终就是同一个，在这种情况下，将它们列为"又一体"便是一种
层级概念上的偷换，《钦定词谱》本调列出十五个"体"，《词系》更是列出
了十六首，都是不明白词体韵律变化规则的缘故。

196. 五字句的衍化特点和一个填词要点

理论上说，《少年游》的每一个五字句，都可以在加一字的基础上变为折

腰式六字句,但在宋词实际中,则主要是后段的两个五字句可以衍化为六字。而由于这个折腰式六字句是由五字句衍化而来,所以它的韵律就有两个显著的特色:其一,第三字必须是仄声,因为这个字就是原来仄起式五字句的第二字;其二,后三字必须是仄平平,因为这三字就是原来平收式五字句的三字尾。

综合上述两条可以得出这样一个结论,一个对今天的创作极为重要的结论:只要深入理解并掌握了一个词调的韵律规则,填词未必是需要用词谱的,至少,我们在创作的时候是可以跳出词谱的,因为现有谱书中所有的谱式,所反映的**仅仅是某一个"词作"的实际,而并不是这个"词调"的实际**,但是,作为谱书,恰恰要表达的应该是这个词调的实际,而不是某一个词作的实际,所以,只要循律而填,远比循谱而填可靠得多。

197. 晁补之《少年游》详析

晁补之的《少年游》秦巘收录在第十三首,是该调中唯一的一首仄韵体词例,秦巘对该词没有作太多的诠释,只是说:"此用仄韵,字句恐有讹误。愚按:当于'年'字句,'梦'字读。"不过,这首词其实很有点可说的,我们不妨照《词系》引后详述:

> 当年携手,是处成双,无人不羡。自间阻五年也,一梦拥、娇娇粉面。
> 柳眉轻扫,杏腮微拂,依前双靥。甚睡里、起来寻觅,却眼前不见。

我们从韵律的角度来详细分析一下这首词。首先,本词的句法与各家都不一样,加上又是仄声韵,因此,如果仅仅就此而论,则本词的韵律所呈现的,显然就并不是《少年游》,或者说并不是平韵体《少年游》的仄韵化,即便它确实也叫"少年游",那也只是同名异调而已。所以万树在《词律》中说:"此词全与本调不似,未审果是《少年游》否。"因为平韵体变为仄韵体,其基本的句法结构应该是基本相同的,至少不会形成"迥异"的态势,我们从《满江红》《念奴娇》等词调平仄韵的比较中,可以很清楚地看出这一点。

但是,这首词的前后段参差不对应,所以,如果该词是平韵体的仄韵化,那么更基本的判断应该是该词并非"字句恐有讹误",而是必有讹误。在经过删补,字句无误的情况下,就可能是平韵《少年游》的仄韵体。而因为前后段的第一韵段与平韵体的差异仅在第三句少一字,但由于它是前后段的五字句都少一字,所以可以视为五字句一字容前,使七字句构成两四字句,或者干脆视为是减字法,这些都是作词中非常常见的一种手法,很正常,无需以为是有文字脱落,《词系》其后一首卢祖皋《小阑干》词的前后段第二韵段都是四字三句,即可证明。因此,本词具体的字句讹误,只在前后段的第二韵段中。

先看前段第二韵段,秦巘认为应该读为"自间阻五年,也一梦、拥娇娇粉面",显然与原文一样,与平韵《少年游》的韵律风马牛,我们从后段的结拍可以看到,它是一个一领四的五字句,那么以对应原则来看,前段就应该是"拥娇娇粉面"一句,而根据《少年游》的基本韵律特征,这一韵段中去掉五字句后,或是一个七字句,或是两个四字句,前八字由于无法读成四字两句,也很难拼合成四字两句,所以只能是一个七字句,由此可以判断这里存在第一个讹误,"自"字应是一个衍文。删去"自"字,前段第二韵段就是"间阻五年也一梦,拥娇娇粉面",这是基本与平韵《少年游》的韵律合拍的。

再来分析后段第二韵段,由于后五字与前段相合,因此问题必在前七字"甚睡里、起来寻觅"中,这七字既不和《少年游》的韵律相吻合,也不与前段的七字句韵律相同,有讹误的可能性就很大,如果我们依据《少年游》的韵律补足一字,成为"甚人睡里,起来寻觅,却眼前不见",那就与平韵体的韵律基本相符了。

由此,我们可以认为,秦巘所怀疑的"字句恐有讹误"是肯定存在的,具体而言,就是前段衍一字,后段脱一字。而仄韵体与平韵体的差异只在两点:前后段第一韵段的收拍都是四字一句、前后段的结句都为一领四句法。

198. 填词之道,句式平仄可以权变

柳永的《永遇乐》,后段第一韵段秦巘读为"吴王旧国,今古江山,秀异人烟繁富",最后一个六字句莫知所云,根据"人烟"前后的修饰来判断,应该是读破了对偶句"江山秀异,人烟繁富",所以,这也是为什么这一韵段第六字"古"字用仄声,而苏轼等别家都用平声的缘故。

这个词调的句式,各家常有相左的地方,例如苏轼的"明月如霜"词,与本词全同,但句法结构则多有相反,如前段,第八句柳词为"云拥双旌",苏词为"铿然一叶";第十句柳词为"拥朱幡、喜色欢声",苏词为"夜茫茫、重寻无处";尾句柳词为"处处竞歌来暮",苏词为"觉来小园行遍"。后段,第八句柳词为"槐府登贤",苏词为"何曾梦觉";第十句柳词为"且乘闲、宏阁长开",苏词为"异时对、黄楼夜景",等等,平仄都是相反的。可知填词之道,句式平仄原非关键,类似句式不同的情况俯拾皆是,这两首词可以算是一个典型案例。

199. 对词中句式平仄不同的正确认识

词中的句式,原本并不为一种律定的规则所左右,大量同一句子却用不同句式的例子,足以证明在词乐时代,句式同一本不是一种韵律的条件。我

们在实例分析说过,句式的同与不同,对词的韵律并没有太多的影响,我们
见到的词体中句式之所以大多是相同的,不是因为词乐,不是因为韵律,而
往往是因为一种写作上简单的趋同习惯。

　　但是,到了现在词律时代,因为对词的韵律的讲究替代了对词乐的讲
究,所以对句式的守定就成了一种我们必须遵循的"规则",这是一个"此一
时彼一时"的问题,既不能因为词乐时代宽松,而认为今天也可以宽松,也不
能因为今天词律时代需要严谨,而认为当时也是严谨的。

　　这一个认知极为重要。以这样的观点来看待词体韵律学上的问题,很
多困惑就会迎刃而解。秦巘在米友仁的《醉春风》下有一个困惑,他说:"此
与《醉花阴》无异,自是一调异名。惟起句平仄异。"既然是一调异名,那么
"起句平仄异"就根本不是一个问题了,因为我们已经说,唐宋词中"平仄
异"是一个正常现象,与词调的异同毫无关系,因此,秦巘的困惑就根本没有
存在的必要了。

　　因此,这个词调首拍的句式,舒亶、毛滂、李清照都可以是仄起式,而米
友仁、仲殊、扬无咎则可以是平起式。这种类型的差异,词中颇多,并不就是
词人的误笔,也不仅仅是本词、本调如此,是唐宋人填词就是这样。秦巘这里
虽然指出两者有所不同,但还是认定"自是一调异名",这是正确的见识,遗憾
的是他在其他地方往往会有因一句两句的不同,而判为异类。至于更多的句
子之间的句式每每是都相同的,也并不是当时填词有一个文字的平仄律存在,
而仅仅是因为古人对平仄律太过娴熟,所以下意识中就相沿袭用了。

200. 音顿连平或连仄,是需要变句式的韵律瑕疵

　　暮色平分野。傍苇岸、征帆卸。烟深极浦,树藏孤馆,秋景如画。渐
别离、气味难禁也。更物象、供潇洒。念多才、浑衰减,一怀幽恨难
写。　　追念绮窗人,天然自、风韵闲雅。竟夕起相思,谩嗟怨遥
夜。**又还将、两袖珠泪,沉吟向、寂寥寒灯下**。玉骨为多感,瘦来无
一把。

　　周邦彦的这个《塞垣春》的后段第三韵段,秦巘所读的两三字逗读法的
平仄架构,韵律就不是很谐和,"两袖珠泪"形成了两顿连仄的韵读,"寂寥
寒灯"则又形成了两顿连平的韵读,在不存在"救"的情况下,这些都是背离
最基本的韵律"替"原则的。

　　我们先来例举数例,以探摸这一韵段文字在词乐里存在的几个曼声,句
读以《全宋词》的点读为准:

渐街帘　影转，还似　新年，过　邮亭、一相见。（吴文英）

便同云　黯淡，冰霰　纵横，也　并眠　鸳衾下。（杨泽民）

念征尘、满堆　襟袖，那堪　更、独　游花阴下。（方千里）

对黄花　共说　憔悴，相思　梦、顿醒　西窗下。（陈允平）

又还将、两袖　珠泪，沈吟　向　寂寥　寒灯下。（周邦彦）

　　以上是唐圭璋先生对《塞垣春》这个词调的后段第三韵段的全部读法，各有不同，但基本能都看出这一韵段词中所存在的曼声，其中这一韵段中的第五、七、九、十字这四处，存在曼声的词都超过了两首（"念征尘、满堆襟袖"看似与"又还将、两袖珠泪"相同，但韵律实异，因此不能视为两首）。现在我们根据这样的梳理再来看周邦彦词，就可以得出下面的结论：

　　一、前七字根据平仄，应该与陈词一致，读为一领六的句式，六字是平起式律句结构；

　　二、第九字吴、杨都有读住，且不是两可，所以"沉吟"处宜作读住；

　　三、"向寂寥寒灯下"明显是一个一领五的句式，因此可以读成吴词模式；

　　四、因此，本韵段正确的既循律又循意的读法，应该是："又还将两袖珠泪，沉吟，向寂寥、寒灯下。"

201. 姜夔《凄凉犯》后结的读法

　　绿杨巷陌。秋风起、边城一片离索。马嘶**渐**远，人归甚处，戍楼吹角。情怀**正**恶。更衰草、寒烟**淡**薄。似当时、将军部曲，迤逦度沙漠。　　追念西湖上，小舫携歌，晚花行乐。旧游**在**否，想如今、翠凋红落。漫写羊裙，等新雁、来时**系**着。怕匆匆、不肯寄与误后约。

　　这是秦巘点读的姜夔的《凄凉犯》，他在后段结拍的处理上，是继承了万树的读法，作三字一逗、七字一句的，而没有按照《钦定词谱》的读法，读为折腰式七字一句、三字一句，两种读法各有理由和侧重，但侧重的却都在文意上，而不是在韵律上，万树的这种读法最大的缺陷是，形成了一个"不肯寄与误后约"这样七字连仄的态势，这对于词的韵律而言，无疑是极不谐和的，宋词中这样的句子应该是绝无仅有的，姜夔的本意也应该不会如此。

　　如果我们侧重考虑韵律的问题，那么后段末一韵段十字，应是七字一句、三字一句，这一点可以参见同时代其他词人的填法，如张炎词将这一韵段填为"梦三十六陂流水，去未得"，与姜词最为合拍，所以"与"字后应予读断,"匆"字后如果不点断,也未尝不可,形成一字逗领六字的句法,就与张炎词完全一致了;或也可与前段的歇拍处同样处理,读为上三下四式的折腰句法"怕匆匆、不肯寄与,误后约"。"与"字按照以上作平处理,这样的读法,则可以彰显出后段的"剪尾"结构特色。

第三节　单起式与双起式

词的句式与诗的句式最大的不同,是词有单起式句子。这是词最具个性的特色之一,但是长期以来,对词的单起式句子的研究一直阙如。

认识到词句有单起双起的不同,对于深刻认识词体具有极为重要的意义。

202. 单起式句式与双起式句式的区别和应用

在词体的韵律研究中,我提出一对概念:双起式句子和单起式句子。所谓单与双,以第一顿为标准。对于韵律研究来说,这是一对极为重要的概念,用最简单的例子来说明这对概念,我们可以以《蕊珠间》为例,初步认识一下。

赵彦端的《蕊珠间》是秦巘的正例,如果我们删去前段起句"浦云融,梅风断"、后段起句"倦游处。故人相见易阻"这两个不对应的部分,其词是基本前后对应的:

碧水无情轻度。**有娇莺上林梢,向春欲舞**。绿烟迷昼,浅寒欺暮。不胜小楼凝伫。
花事从今堪数。**片帆无恙,好在一篙新雨**。醉袍宫锦,画罗金缕。莫教恨传幽句。

这里唯一参差的,就是前后的二三两句,其中"有娇莺上林梢"是单起式句子,"片帆无恙"和"好在一篙新雨"则都是双起式句子。秦巘在疏解这首词的时候,有这样一段解说:"前段第四句,《历代诗余》作'有娇莺上林悄',汲古、《词律》作'有娇黄上林梢'。愚按:'黄'字当是'莺'字之讹,'悄'字当是'梢'字之讹,今订正。"这一分析的目的应该不是文字层面的,而是试图诠释这个前后段的"不对应"。

但是,无论前段的"有娇莺上林梢"作怎样的文字调整,甚至有意识地将应该读为三三式的句子不点断,也改变不了它是一个单起式句子的本质。

而单起式句子和双起式句子在韵律上是有很大的差异的,尽管我们已经无法知道这个曲子当时如何演唱,但这两个句子的旋律无论如何不可能相同,是可以确定的,这就是"不谐"。

而之所以"有娇莺上林梢"会有几个不同的版本,简单地说,无非是说明了这个句子在流传的过程中,是有过文字的舛误的,但是这个舛误的关键点并不在"黄"字"悄"字,因为其本来的样貌,必然是一个双起式的句子,与后段的旋律一致。所以,窃以为这个句子必有文字错讹,其正确的原文,应是"娇莺有上林梢"一类的结构。

203. 单起式和双起式的类别

根据唐宋词实际,单起式和双起式的具体类别,我们说主要是看第一顿的字数。就词源于诗而言,词中的句子多数是双起式的,单起式的句子本身就是词最个性化的样式,诗中则罕有这样的句式,所以,即便是诗中很少的折腰式句法,也有很多是双起的。例如柳永的《婆罗门令》就使用了大量的折腰式句子,使得这个词调独具一种特别的韵律:

> 昨宵里、恁和衣睡。今宵里、又恁和衣睡。小饮归来,初更过、醺醺醉。中夜后、何事还惊起。　　霜天冷,风细细。触疏窗、闪闪灯摇曳。空床辗转重追想,云雨梦、任攲枕难继。寸心万绪,咫尺千里。好景良天,彼此空有相怜意。未有相怜计。

这个词中折腰式句子达一半的篇幅,但是其中大量的折腰式句子在局部中都是双起的,仅"触疏窗、闪闪灯摇曳"一句是标准的单起句。

由此可知,单起式不等于折腰式。

204. 单起式句子确定词意后,以读断为佳

我们刚讲过单起式双起式的问题,这里再举赵文的《莺啼序》第一段为例,谈谈单起式句子在具体点读中的操作,当我们确定其词意后,多以读断处理为佳:

> 谁知老子,正自萧然,于此兴颇浅。**只拟问金砂玉蕊**,兔髓乌肝,偃月炉中,七还九转。今来古往,悠悠史传,神仙本是英雄做,**笑英雄、到此多留恋**。看看破晓耕龙,跨海骑鲸,千年依旧丹脸。　　便教乞与,万里封侯,**奈朔风如箭**。又何似六山一任,种竹栽花,棋局

思量，墨池挥染。天还记得，生贤初念。乾坤正要人撑拄，**便公能安稳天宁愿**。待看佐汉功成，伴赤松游，恁时未晚。

这两段中共有"只拟问金砂玉蕊"等五个单起式句子，这些单起式的句子，通常只有"奈朔风如箭"之类的五字句，习惯上是无需读断的，多于五字的就有读断和不读断两种处理方式。以"只拟问金砂玉蕊"为例，如果不读断则其意为"只、拟问金砂玉蕊"，读断则为"只拟问、金砂玉蕊"，其韵律之跌宕有所不同，一读便知。秦巘在这里除了"笑英雄、到此多留恋"外，其余如"又何似六山一任""便公能安稳天宁愿"等，都没有予以读断，韵律上的顿挫感觉就很难体现。甚至是连"看看破晓耕龙"这样的句子，都以读为"看看、破晓耕龙"为佳，因为"看看"的，不仅仅是"破晓耕龙"，而更是"破晓耕龙，跨海骑鲸，千年依旧丹脸"整个末一韵段。

当然，有一点还要继续强调，单起式的句子读断与否，其前提是要明确它是一字领的句式还是三字领的句式，这是要点之一，遗憾的是，明清以来，词谱家们于此多不着意。

205. 单起式与双起式概念在辨析词句中的作用

周密的《糖多令》在韵律的完善上，有一个非常显著的修改，这个词调吴文英在前后段的第一个韵段中是这样的：

何处合成愁。离人心上秋。纵芭蕉、不雨也飕飕。
年事梦中休，花空烟水流。燕辞归，客尚淹留。

前后参差，韵律显然不谐，其实就是一个败笔，所以任梦窗的词名在宋元就已经颇有口碑，也依然有人喝彩，无人摹拟。直到周密弥补了这个缺憾：

丝雨织莺梭。浮钱点细荷。燕风轻、庭宇正清和。苔雨唾茸堆绣径，春去也、奈春何。
宫柳老青蛾题。红隔翠波。扇鸾孤、尘暗合欢罗。门外绿阴深似海，应未比、旧愁多。

这种体式属于正体的添字格，我们从周密的这首词可见，前后段第三拍是可以填为八字的，既如此，"纵芭蕉不语也飕飕"当然也是可以的。秦巘认为此八字"是因吴词而衍之也",也只是一种揣度而已,总是不从律理而作探讨。

词中的基本规律中有这样一条:四字句可添一字作五字句。这样的例子很多,如《长相思慢》中柳永是"风烛荧荧",秦观增字为"曲槛俯清流",袁去华作"山翠扫修眉"。同理,七字句也可以添一字成为八字句,如《八声甘州》中柳永是"争知我、倚阑干处",刘过增字为"春风早、看东南王气"。这本是词律中的基本变化规则,即便在我们今天的创作中,也可以根据这一规则构思词句,只不过今人因为不知道这种律理,所以才会视词谱为畏途,不敢越其雷池一步。

但是,周密的八字句与吴文英的八字句,在韵律上是有所不同的,句式上只是貌似而实质有异,因为吴词用的是单起式句法,而周词用的是双起式句法,"燕风"即许棐"鸠雨细、燕风斜"中的"燕风","扇鸾"即卢祖皋"扇鸾钗凤巧相寻"中的"扇鸾",两者的韵律截然不同,一读便知。正因为这个原因,所以可以判断,秦巘只是揣测而已。

206. 柳永《西施》后起中单起式和双起式的差异

苎萝妖艳世难侪。善媚悦君怀。后庭恃爱宠,尽使绝嫌猜。正恁朝欢暮宴,情未足,早江上兵来。 **捧心调态军前死,旋罗绮、变尘埃。** 至今想怨魄,无主尚徘徊。夜夜姑苏城外,当时月,但空照荒台。

柳永的这首《西施》后段第一韵段,《词律》所据的版本为"捧心调态军前死,罗绮旋、变尘埃。",秦巘的《词系》则认为《词律》有"误",因此据《钦定词谱》而改为"旋罗绮、变尘埃"。

但是,跟其他类似的问题一样,为什么"误",这个关乎到所以然的问题,秦巘及其他的清代词谱家往往都不涉及,这种不涉及并不是知而不谈,而是不知不谈,因为这类论述性的问题,如果有一个理由,没有人会故意不将它清晰地说明白的。也就是说,这种问题往往都只是出于词谱家们本能的、下意识的一种直觉,或者往往只是基于文字层面的理解,中国的传统学术总是因为缺乏抽象的综合、概括等能力,而上升不到理论的程度,也恰恰是因为读者以为有这种直觉就已经够了。

从律理的角度来说,"旋罗绮、变尘埃"对应的是前段的"善媚悦君怀",而前段的五字句和后段的六字句之间最重要的对应点,则是它们有一个共同的五字句基因,因为单起式的六字句本质,主要是一个一字逗领五字句的结构,而任何词中的一字逗,在结构上都是可以被减去的元素,这一点,即便是在我们今天的创作中依然适用，无非是我们不敢减而已。而减去一字逗就是前段的句子，所以本词的"罗绮变尘埃"和后一首的"怜爱奈伊何"是一个与前段完全吻合的句式。这一个律理上的原由，便是为什么后段必须是单起式的"旋罗绮、变尘埃"，而不能是双起式的"罗绮旋、变尘埃"。

207. 单起式双起式帮助判断文字的衍夺

无名氏①《马家春慢》的前后段第二第三韵段，按照秦巘所读是这样的：

斗玉阑干，渐　庭馆、玲珑春晓。天许奇葩贵品，异繁杏、夭桃轻巧。（前段）

惹露凝烟，困红娇额，微颦低笑。须信浓香易歇，更莫惜、醉攀吟绕。（后段）

由于该词的主干部分从第三韵段来看，是前后对应，基本整齐的，而"斗玉阑干"和"惹露凝烟"也是一个对应句，所以，按照一般韵律，前段的"渐庭馆、玲珑春晓"与后段的"困红娇额，微颦低笑"理应是两两相合的，但前段显然少了一字，由于本调仅此一首，因此可以推断无非两种可能：或是前段脱字，或是"困红娇额"后人妄添了一字。但是就句子本身来看，第二种可能不存在，因为"惹露凝烟，困红娇额"是个俪句，所以，基本可以确定前段不会是一个单起式的句子，"渐"字后原词有一个平声字脱落了。

而我们细玩该词的写作思路，其章法上后段第二韵段三个四字句是二一式结构，即"惹露凝烟，困红娇额"属于一个俪句，结合更紧，"微颦低笑"只是四字托句而已，因此前段第二韵段也应该如此，就是说，"渐庭馆、玲珑春晓"一般不可能成为一个句子，而"阑干"和"庭院"则显然相对，"斗"和"渐"恰好都是动字，所以前二句一体，很可能也是一个"斗玉阑干，渐○庭馆"式的俪句，这是大致可以得出的结论。

208. 折腰句中单起双起有时候也不可混淆

单起式的句子和双起式的句子各有其韵律上的特征，因此，两者不可混用，即便是在比较宽松的三字逗结构中，有时候也是绝不可以混淆的，一旦混淆，这个句子就成了违背韵律的败笔。我们不妨以无名氏的《春光好》前后段的第二个句拍为例：

---

①　《词系》原作贺铸词，误。

看看腊尽春回。**消息到、江南早梅**。昨夜前村深雪里，一朵花开。
盈盈玉蕊如裁。**更风细、清香暗来**。空使行人肠欲断，驻马徘徊。

这一句各谱均与秦巘一样读为上三下四式的句法，但是扪其韵律，这七个字的本貌是个一字逗领起六字的句法，这一点可以从句尾的○●○中看出来，这是一个铁证。但由于这个无名氏词是一个很不规范的词例，前段是一个错误的填法，把应该单起式的句子写成了双起式的"消息"，同时也没有将○●○改为●○○，所以这个一六式的句式就被抹杀了。

我们也可以看葛立方的词作为参考，就会对这个句子有一个很清晰的准确认识。葛词二首，两首的前后段这一个句拍分别是：

正、系马清淮渡头……要、绮陌芳郊恣游。
正、菊黄初舒翠翘……看、宝胯重重在腰。

都是一字逗领起，后六字都是仄起平收式句式，十分统一。所以，今人在填这个词调的时候，应该避免使用双起式的句法，以葛词或无名氏词后段"更、风细清香暗来"的句法为摹拟标准，构思创作。

第四节　逗结构与短句句式

这一节简要介绍逗结构和一字句、二字句、三字句，用八个实例谈谈一些不太为人注意的相关问题。

209. 句中韵属于伪短句

江畔。相换。晓妆鲜。仙景个女采莲。请君莫向那岸边。少年。好花新满船。　　红袖摇曳逐风暖。垂玉腕。肠向柳丝断。浦南归。浦北归。莫知。① 晚来人也稀。

温庭筠词的《河传》共有三首，秦巘选这一首作为正例，本词前段起调处，现在的标点本都读为如"江畔。相换。晓妆鲜"这样的结构，这种二维的平面表达模式，很容易让后人忘了它的原型本来应该是"江畔相换晓妆鲜"

---

① "莫知"二字《词系》原脱。

七字一句,《河传》的前后段原本各四句,是这个词调的基本形式,也就是:

> 江畔相换晓妆鲜。仙景个女采莲。请君莫向那岸边。少年好花新满船。 红袖摇曳逐风暖。垂玉腕、肠向柳丝断。浦南归、浦北归。莫知晚来人也稀。

而各体各式,则都是在这一基础上增减变化而来,其中尤其以首句添一字作四字两句为基本格式,即"晓妆鲜"三字添一字成为四字一句,以仄声收,并叶仄声韵,如秦巘最后收录的邵亨贞的"庭院春浅。重门深掩"只是唐风好用句中韵,所以感觉其变化尤其繁复。

但是今人深受现代汉语的影响,尤其是韵律范畴的"韵号"直接用文法范畴的"句号"替代,因此今人往往受其误导,从而以"二字两句,四字一句"进行创作上的构思,将原本浑然一体的词体文脉,肢解得七零八碎,于是,在今人的笔下,就变成了一些碎片化句子,严格地说,当这么填词的时候,这种作品其实已经不再是《河传》了。

210. 韵律上与文意上的"逗"不是一个概念,但又相互影响

吴文英的《古香慢》,秦巘读为:

> 怨蛾坠柳,离佩摇蓁,霜讯南浦。漫掩桥扉,倚竹袖寒日暮。还问月中游,梦飞过、金风翠羽。把残云剩水万顷,暗薰冷麝凄苦。 渐浩渺、凌山高处。秋淡无光,残照谁主。露粟侵肌,夜约羽林轻误。碎剪惜秋心,更肠断、珠尘薜露。**怕重阳、又催近、满城风雨。**

其后段的末一韵段被秦巘连续使用了两个"逗",这种两个三字逗连用的情况,恐怕是词谱中绝无仅有的,这实际上是不了解什么是"逗"的缘故。

词中的"逗",我们习惯上都是从韵律的角度来陈述、描摹的,它与词意上的"逗"有所不同,不仅仅只是表示"停顿"的意思,还有提示后文、引领后文的作用,所以如果逗而再逗,这种引领和提示的关系就混乱了,但清人不止秦巘这么读,很多人都是如此读法,比如郑文焯。①

这十个字就语意的角度进行分析,它是一种因果关系,意思是"之所以怕重阳又催近,是因为重阳会有满城风雨,届时就恐怕连珠尘薜露都没有

---

① 见《郑文焯手批梦窗词》补遗末页。

了",所以今人的标点一般都读为"怕重阳,又催近、满城风雨",但这也是错的,表面上用了一个逗号,而本质上还是顿号。就语意来说,"催近"的无疑是某一个时间点,即"重阳",而不是"风雨",就整体格局来说,"怕重阳、又催近"对应的是前段的折腰式七字句"把残云剩水万顷",是一个完整的六字折腰句,"满城风雨"对应的是"暗薰冷麝凄苦",因为这是一个添头式结构,后段则是标准的去一小顿的剪尾句式。

211. 二字逗在理解词意、厘清韵律上的重要性

我们在第六章及本章第一节中曾经几次说到了二字逗,二字逗本来是词乐的一个遗留,在词律时代,二字逗没有了其音乐性的作用,但是在词句的韵律中,我们依然可以感觉到它的节奏对词意和韵律都具有重要的辅助作用。

有一种错误的观点认为,所谓"逗",就应该由虚字充当,而不应该用实词,这显然是不懂"逗"的属性问题,"逗"如果是与音乐性、节奏感无关的,属于内容范畴的单位,可以这么规范,但"逗"恰恰是一个来自音乐性,至今仍然与韵律节奏紧密相关的形式范畴的单位,那么它与用什么词充当就没有任何关系,除非有人认为词句要停顿一下是必须用虚字的。

曾巩的《赏南枝》中,也有一个二字逗的例子,其前后段的末一韵段,秦巘读为"大抵化工独许,使占却先时""倚阑仗何人去,嘱羌管休吹",都是六字一句、五字一句。但是,这一韵段的韵律结构,准确地说,应该是二字逗领四字一句、五字一句。这类一逗领数句的结构,词中极多,一字逗、二字逗、三字逗所领的并非一句,而是两句甚至多句,是一种常见的形式,仔细体味词意都可以悟出。

这里前段所说的"大抵如此",这个"如此"就不是"化工独许",而是"化工独许占却先时"。同样,后段如果单纯理解是"倚阑仗何人去"便不通,只有将整体理解为"倚阑、仗何人去嘱羌管休吹"才通。《全宋词》所据的《梅苑》,这两句词唐先生读作"大抵是、化工独许,占却先时"、"倚阑干、仗何人去,嘱羌管休吹",就更加能看出这个"逗"的存在,韵律关系更加清晰,在不能判定两个版本孰是孰非的情况下,将六字句的版本读成二字逗,显然是更符合作品原貌、作者原意的。

212. 三字逗有两种类型,点读不同

吴渊《满江红》词秦巘读为:

投老未归,太仓粟、尚教蚕食。**家山梦秋江渔唱**,晚峰牛笛。别墅风

流惭莫继，新亭老泪空成滴。笑当年、君作主人翁，今为客。　　紫燕泊，犹如昔。青鬓改，难重觅。记携手同游此处，恍如前日。且更开怀成乐事，可怜过眼成陈迹。把忧边、忧国许多愁，权抛掷。

其中"家山梦秋江渔唱"句，秦巘未予读断，这不是一个两可的事。本句应于第三字后读断，原意表示"秋江渔唱，晚峰牛笛"都属于"家山梦"的意思，两个四字句为对仗句，而并不是"家山梦秋/江渔唱"，或者"家山/梦秋江渔唱"之意。

三字逗有两种基本形式，一种是单起式，如该词的"笑当年""记携手"，一种是双起式，如该词的"太仓粟""家山梦"。单起式的三字逗，根据具体的语境是可以允许在其后不用顿号的，如本词后段的"记携手同游此处"，有的甚至不可以读断，如本词的后段应该是"把忧边忧国，许多愁、权抛掷"，但是双起式的则必须在第三字有一个读住，除非是二字逗。

213. 曹㬢《红窗迥》词最后一韵段的三字逗读法

春闺期近也，望帝乡迢迢，犹在天际。懊恼这一双脚底。**一日厮赶上，五六十里。**　　争气。扶持我，去博得官归，那时赏你。穿对朝靴，安排你在轿儿里。**更选对、宫样鞋儿，夜间伴你。**

曹㬢这个《红窗迥》①的后段末一韵段，唐先生据《老学丛谈》读为"更选个、宫样鞋，夜间伴你"，相较之下，前段少了一字，根据词的律理，末一韵段字数有参差，本来也属常态，但是"一日厮、赶上五六十里"，其达意就显得晦涩，"厮"字必属下作"厮赶"，才合乎文法，而"一日"前就要补一字，以免文不成句，窃以为这里或是一个三字逗"拼一日"，补足后方字句流畅，且与后段对应整齐。

214. "忆忆"还是"忆。忆。"

风淅淅。夜雨连云黑。滴滴。窗外芭蕉窗里客。　　除非魂到梦乡国。免被关山隔。忆忆。一句枕前争忘得。

这是秦巘所录的冯延巳《忆秦娥》词，词中的"滴滴"和"忆忆"秦巘都没有读断，这应该是一种不正确的读法。而目前的各种词谱中，这两处均不读

————————

① 《词系》误作曹组词。

断,作一个二字句解,如此句读就会产生下列诸多问题。

其一,扪其韵律,再吟之下可以明显感知到,"滴滴"与"忆忆"之间应有一个读住才是正确的,"滴滴"语意上不同于"滴。滴",就本词的语境而言,应取之意显然属于后者。即便以现代人的朗读方式,中间也应有一个停顿才是准确的读法。其二,作为谱书,这两个地方的描述,在今天尤其应该以叠字句为正格,如果不读断,则意味着这是一个普通的二字句,如果依谱填词,自然也可以填入"楚楚""草草",甚至可以填入"泪滴""谩忆"等等词组,尽管这是作法的问题,但是与原本的韵律或有违逆,因此,以一字叠为是。其三,"滴滴"还可以将其视为一句,但"忆忆"二字从文法的角度论,则很难说就是一个"句"或一个"词"了,与"郁郁""楚楚"之类的叠音词显然属于两种完全不同的措辞模式,窃以为此处如果填入"草草"之类叠音词,反不合其固有的韵律。

由此可见,这个"滴"和"忆",也是一字句,通常在举例词句为一字句的时候,往往只是举例《苍梧谣》和《哨遍》,其实至少还有这个《忆秦娥》,尽管它只是变格。

至于宋代毛滂不用叠字,而用"连忙""愁人"等词,则是因为毛词已经异化为平仄韵转换体,其间体式虽有承继,而韵律全然不同,故不在此论。

215. 短结构的句式有时候无法结合韵律表达

韵律上的标示,和文意上的标示,就目前的符号系统来说,一些特殊情况是无法表达的,尤其是在短句句式中。柳永的《木兰花慢》是一个典型的例子,它的"倾城"这个二字结构是《木兰花慢》的一个极具个性的韵律特色。该词的前后段第三韵段分别是:

倾城。尽寻胜去, 骤雕鞍绀幰出郊坰。(前段)
欢情。对佳丽地, 任金罍罄竭玉山倾。(后段)

这个标点目前的符号系统下,只能如此表达,但是这只是韵律方面的表达,而不是词意方面的表达,如果是词意上的表达,就应该是这样的:

倾城尽、寻胜去, 骤雕鞍绀幰出郊坰。
欢情对、佳丽地, 任金罍罄竭玉山倾。

因为"倾城。尽寻胜去"本身是一个六字句,而且是一个折腰式的六字句,其原型就是"倾城尽、寻胜去",所以后段对应句的原型应该是"欢情对、

佳丽地"。这个六字句的韵律特点是,后三字是一个双起式的结构,如果要兼顾律读和意读,那就只能读成这样了:

> 倾城。尽、寻胜去,骤雕鞍绀幰出郊坰。
> 欢情。对、佳丽地,任金罍罄竭玉山倾。

这种表达我们在分析的时候可以,但是在应用的时候显然是不可接受的。不过,无论怎样,我们已经明白,在"倾城。尽寻胜去"中,后四字不可以是一个通常四字句中的二二式结构,"寻胜""佳丽"以及柳永另一首的"香径""虚位"都是连读,这个四字结构必须填为一二一结构,才合乎本调的基本韵律。

216. 读词务必要站在宋人立场,可读准二字逗

《梅苑》无名氏的《雨中花慢》,秦巘如是读:

梦破江南春信,渐入江梅暗香初发。乞与横斜疏影,为怜清绝。梁苑相如,平生有赋,未甘华发。便广寒,争遣韶华惊怨,讵妨轻折。　　**扬州二十四桥歌吹,不道画楼声歇**。生怕有、江边一树,要堆轻雪。老去苦无欢事,凌波空有纤袜。恨无好语,何郎风味,定教谁说。

这也是很传统的一种读法,从《钦定词谱》到《全宋词》基本都是同一个思路,尤其是两个段落的开端,《钦定词谱》作"梦破江南春信,渐入江梅,暗香初发""扬州歌吹,二十四桥,不道画楼声歇",《全宋词》则前段同《钦定词谱》,后段同《词系》。但是这两个读法,从韵律上考虑都有不尽完善的地方,关键就是没有站在宋人的立场上。

前段,无论是不读断的"渐入江梅暗香初发"还是读断的"渐入江梅,暗香初发",表达都没有区别,但细玩词意,则是不通的,因为无法理解江梅如何渐入,所以,这十四字应该按照柳永词的格式,读为"梦破江南,春信渐入,江梅暗香初发"才对,"渐入"的是"春信",整个文意就通达了。

后段,秦巘说"惟换头八字句,与各家俱异",所以他在无法规避这个"异"的情况下,只好费力地读为八字一句起换头,这也是清代词谱家往往都是就事论事分析词体所造成的,如果整体扣触这个词调的韵律特征,就应该知道,这个词调与很多慢词一样,有一种二字逗领起的过片韵律特征,这原本就是慢词常用手法,所以在"扬州"之后应该有一个读断才对,以领起后面

的六字二句,即读为"扬州、二十四桥歌吹,不道画楼声歇"。这是本调的一种填法,其他的如黄庭坚词,其实也就是"西州、纵有舞裙歌板,谁共茗邀棋敌",京镗词,也就是"自怜、行客犹对嘉宾,留连岂是贪痴",张生词,也就是"从来、惯向绣帏罗帐,镇效比翼纹鸳",辛弃疾词,也就是"功名、只道无之不乐,那知有更堪忧"和"停云、老子有酒盈尊,琴书端可消忧",只是各种古籍和今天的标点本都不是这么读,都读为四字一句,但是,什么是"停云老子"? 只这个问题,就可以看到不读出二字逗的谬误,而无名氏词,也只是因为实在不能读成"扬州二十",所以有人才被迫读为八字一句,更有的干脆改词为"扬州歌吹,二十四桥"。

　　可见,之所以可以读为"扬州、二十四桥歌吹",是因为这个词调的韵律原本就有这样的"基因"在,熟悉词的韵律就不会觉得怪异、有别,秦巘以张才翁词为正例,张词的后段第一韵段也可以视为"别离、长恨飘蓬无定,谁念会合难凭",这是宋词本来面目,而我们今天有这个不同那个差异,说到底都是从自己的眼光自己的理解来读词,而很少从宋人的角度去考虑的缘故。

第五节　四字至七字句句式

　　这一节简要介绍四字句至七字句,这是词文学中最主要的几种句式,所以相关的研究很多,这里也谈一些不太为人注意的相关问题。

217. 四字句有特殊句式,本质上是一领三句式

　　词中的四字句多为二二式结构,但是也有一种特殊的情况,使之呈现出一二一的节奏,前面第215条中讲到《木兰花慢》中的"尽寻胜去""对佳丽地"就是这种典型,又如苏轼的《无愁可解》中前后段末一韵段为:

你唤做、展却眉头, 便是达者, 也则恐未。
若须待醉了, 方开解时, 问无酒、怎生醉。

　　其中的"也则恐未"就应该也是个一二一的句式。这种一二一节奏的四字句,本质上还是一种单起式的折腰句法,属于一字逗领三字的句式,所以创作的时候既不可以填为律句的句法,研究的时候也不可以用"二四两字必须平仄交错"的传统眼光,来看待这一句式的韵律。

　　《无愁可解》的这个末一韵段,元人长筌子的填法似最为规正:

　　暗悲嗟、苦海浮生，改头换壳，**看何时彻**。（前段）

　　这些儿、冷淡生涯，与谁共赏，**有松窗月**。（后段）

　　两个结拍，都是我们所说的一字逗领三字的句式，丝丝入扣，所循的应是正格。而苏词的这个后段末一韵段，细玩其词意，真成醉语，竟不知其所谓，令人怀疑其中有误。从三于真人、长筌子二词看，前后段结拍分别为"致清平瑞……免人间累""看何时彻……有松窗月"，一律是一领三的句式。由此看苏词，"也则恐未"的一领三意味极淡，而"怎生"前一定不会是"酒"字，后二句或是"开解无酒，问怎生醉"，唯无书证可据。

218. 王建《转应曲》的"弦管弦管"是一个四字句

　　我们在上一节讨论过"忆忆"不是二字句，而是两个一字句的问题，当然并不表示叠词就得分离看待。以王建《转应曲》词为例：

　　团扇。团扇。美人病来遮面。玉颜憔悴三年。谁复商量管弦。弦管弦管。春草昭阳路断。

　　这里的"弦管弦管"四字，秦巘没有读断，显然他是将其视为一个四字句的。对这一认知，秦巘是非常正确的，也并不是因为笔误而未点，他在邵亨贞词"双燕。双燕。飞过柳梢不见。旧时王谢堂前。回首斜阳暮烟。暮烟。暮烟。烟暮。芳草落花满路"下说"第五句六字，比韦作多二字"，这个"第五句"就是指的"暮烟。暮烟。烟暮"，是一个六字句，这是一个极为难得也极为重要的认知。这一表述不仅表明秦巘认可此六字为一句，同时也表明了他在这里是将起调的"双燕。双燕"四字也视为一句的。而在明清词谱家笔下，通常都是将"双燕。双燕"视为两个二字句，将"弦管"和"暮烟"也同样视为二字句，典型的如《钦定词谱》，就是将王建的词明确地标示为"八句"，而这种认知才是不合乎词体韵律学的。

　　不过，遗憾的是，秦巘的这种认识尚未成为一种理念，这一点我们从他在多数情况下的分析都并不按照这样的认识进行，而实际上依然走的是"二字一句"的老路可以看出，更多的情况下他还是和其他清儒的认识一样的。

　　此外，该四字虽然是一句，但也并不妨碍将"弦管弦管"读为"弦管。弦管"，就如"双燕。双燕"一样，因为这里有一个句中短韵，是必须要读出来的。

219.《清平乐》前段第三句的韵律

禁庭春昼。莺羽披新绣。百草巧求花下斗。只赌珠玑满斗。　　日晚却理残妆，御前闲舞霓裳。谁道腰支窈窕，折旋笑得君王。

李白的这首《清平乐》前段第三句,例用仄起仄收式七字句,后三字除了正例的○●●外,在唐人词中,另外还有一种四连平的○○○●大拗句格式,如温庭筠的"新岁**清平思同辇**""终日**行人争攀折**"、韦庄的"细雨**霏霏梨花白**""花拆**香枝黄鹂语**"等等,但是没有●○●这样的小拗句填法。

根据这一实际,即便是李白的"高卷帘栊看佳瑞""玉帐鸳鸯喷兰麝"这样的句子,也都可以将其视为大拗句句法,而不必将"看""喷"视为仄读,《钦定词谱》拟"看"为仄,其实是后人的一厢情愿而已,缺乏历史依据,因为这个句子在唐词中并没有●○●这样的句尾。

入宋后,因着大量文人的加入,词的律法趋于成熟和严格,此类大拗句式在整个宋代除曹勋四首外,已经再无人填写,而或是为了弥补四连平的韵律缺陷,始有以小拗句句法●○●相替的情况,如晏几道的"宫女如花倚春殿"、晁补之的"也到文闱校文处"、朱淑真的"拟欲留连计无及"、王安石的"阒寂幽居实潇洒"等等,皆是。

这种事实不仅可以用来证明词的文句与宫调无关,与词乐无关,更深层次地思考,其实明清词谱家所谓的"句法",也只是后人的主观观察而已,很多后人自以为是的"句法",其实在唐宋人的词中原本并不存在。

220.《竹枝》的韵律特征

《竹枝》的句子所呈现的韵律特征,有两大主要特点: 其一,是多不讲究两联之间的"黏",如刘禹锡十一首,有九首是失黏的;其二,是仄起式的句子常将其句首改为平起式,而整个句子的其他部分则不变,形成一个类似"南人上来歌一曲"形式的、不律的大拗句法。这种大拗句法虽时有所见,但总体比例上仍然是少数,如刘诗十一首中有九拗句、十三律句,而白居易五首俱不拗。《钦定词谱》以为"每句第二字俱用平声",则与事实完全不符,秦蠡循《词律》《钦定词谱》之说,认为《竹枝》的句法"不拘平仄",犯的是同样的错误。

221.《河传》结拍为七字时,例以用句中韵为正

七字句用句中短韵,很容易被误认为是二字一句、五字一句,《河传》的

后段结拍就是这样的一种类型：

> 湖上。闲望。雨潇潇。烟浦花桥。路遥。谢娘翠蛾愁不销。终朝。梦魂迷晚潮。　　荡子天涯归棹远。春已晚。莺语空肠断。若耶溪。溪水西。柳堤。不闻郎马嘶。

后段结拍如果是七字句，则应该以使用句中短韵为其正格，这一首就是一个典型，这种填法直到元末依然如此，如刘基的"汀洲。藕花相伴愁"。

但是该句依律是一个平起平收式的句式，所以其第二字通常是一个平声而叶韵，唯独辛弃疾词填作"柳线被风吹上天"，是一个仄起式的句式，与别首皆异。窃以为句中短韵虽然也是辅韵，本可叶可不叶，但是在唐宋元各朝都是一律的填法面前，这"线"字我们如果将其视为是一个三声叶，是不是或许会更符合该词调的韵律呢？

222. 平起仄收式六言律句，第五字不得为仄

我们在第三节中谈到，"更风细清香暗来"这样的句子中，其句尾是○●○，就必须读为一六式的句式，除非句尾微调为●○○，才可以使用双起式的"消息到江南早梅"，这里涉及的一个韵律原则，其实就是六字句的句子格律问题，只要是一六式的，后六字就必须遵循六言句的格律规范，所以，同样的道理，当句尾是●●●的时候，也必须读为一六式句法，除非句尾微调为○●●。而这两种句子的基本格律规范就是：平起仄收式六言律句，第五字不得为仄；仄起平收式六言律句，第五字不得为平。按照这样的规范，我们来看姜夔的《霓裳中序第一》：

> 亭皋正望极。乱落红莲归未得。多病却无气力，况纨扇渐疏，罗衣初索。流光过隙。**叹杏梁、双燕如客**。人何在，一帘淡月，仿佛照颜色。　　幽寂。乱蛩吟壁，**动庾信、清愁似织**。**沉思年少浪迹**。笛里关山，柳下坊陌。坠红无信息。**漫暗水、涓涓溜碧**。漂零久，而今何意，醉卧酒垆侧。

我们先顺带说下词中的七字折腰句，其中"燕如客"是●○●，所以该句不可读为三四式折腰，而后段两句都是○●●，所以就可以读为三四折腰，但基于前后对应的考虑，后段也以"漫暗水涓涓溜碧"为好。

现在重点是"沉思年少浪迹"一句，这里依律用平起仄收式六字律句，因

此可知,第五字依律必须是平声,绝不可以用仄,"浪"必须平读,但秦巘没有指出,或者是因为《词系》另一首罗志仁词里是"青红如写便面",其实"便面"是古人用来遮面的物件,《汉书·张敞传》云:"然敞无威仪,时罢朝会,过走马章台街,使御吏驱,自以便面拊马。"颜师古注:"便面,所以障面,盖扇之类也。不欲见人,以此自障面则得其便,故曰'便面',亦曰'屏面'。今之沙门所持竹扇,上衺平而下圜,即古之'便面'也。"后也称团扇、折扇为"便面"。则可知"便面"就是"障面则得其便"的意思,这里的"便",《说文解字》段注谓:"安也。此会意,房连切。"所以也是读如平声。

第六节　长句句式问题

在词里面,八字、九字甚至十字句都是存在的,因为词的句子本质上说的是韵律层面的"句",而不是语意上的"句"。正因为如此,一个同样的九字结构,在甲词调中可能是一个文法意义上的句,但在乙词调中则可能就成了两个文法意义上的句,一般人如果缺乏韵律观念,就会形成困惑,甚至直接影响到他的创作。

223. 九字一句还是两句,是由内在的韵律所决定的

赵与仁的《西江月》,秦巘说"颇似赵长卿《临江仙》体",赵与仁词是这样的:

> 夜半河痕隐约,雨余天气冥蒙。起行微月遍池东。水影浮花,花影动帘栊。
> 量减难追醉白,恨长莫尽啼红。雁声能到画楼中。也要玉人,知道有秋风。

这固然是因为其不但两个尾句都读破成了上四下五的句式,而且全篇都用平声韵。

不过,无论这是《西江月》还是《临江仙》,这种类型的小令都是脱胎自律诗的,所以前后段都是四句,这是这个调子韵律的基础,换言之,前后结的九字,原本就是九字一句。而与之相反,在《临江仙》中类似的填法,看似相似,而实际上其韵律与赵与仁式的句子是完全不同的,我们不妨以秦巘说的赵长卿词为例,来作一个比较:

水影浮花、花影动帘枕。……也要玉人、知道有秋风。（赵与仁词）
锁窗风露，烛灺月明时。……满倾蕉叶，齐唱传花枝。（赵长卿词）

　　两相比较，一看就知道两者是"貌似神离"，前者由于是一个九字句，所以后句也可以视为"也要、玉人知道有秋风"，这是最典型的九字结构，但是后者因为是两句，所以就不能读为"满倾、蕉叶齐唱传花枝"。这种"不能"并不是由它的语意所决定，而是由它的韵律所决定的："玉人知道有秋风"是一个合乎一般韵律规则的平起平收式七言律句，但是"蕉叶齐唱传花枝"即便在词意上是通顺的，就其韵律而言则什么都不是，充其量只能说是一个无律大拗句式，除了赵长卿，向子諲的"麟孙凤女，学语正咿哑。……一川风露，总道是仙家"、陈克的"曲阑幽树，看得绿成阴。……流莺百啭，解道此时情"以及赵长卿别首的"烛花香雾，娇困面微红。……相思春暮，愁满绿芜中"等等，都是如此。

　　由此可见，韵律决定了这一类句子不可能成为一个九字句，尽管如"相思、春暮愁满绿芜中"似乎看起来也颇为通畅。而清儒们因为没有自觉的韵律理念，所以在研究中基本都是依靠直觉，形似的问题就很容易被蒙蔽、混淆，所以秦巘最后判断说赵与仁词与《临江仙》"定是一调，误写调名"，就错到家了。

　　由韵律决定是一句还是两句的问题，我们还可以举柳永的《应天长》为例，从另一个角度进行分析，该词秦巘如是读：

残蝉声渐绝。**傍碧砌修梧，败叶微脱**。风露凄清，正是登高时节。东篱霜乍结。绽金蕊、嫩香堪折。聚宴处，落帽风流，未饶前哲。
把酒与君说。**恁好景佳辰，怎忍虚设**。休效牛山，空对江天凝咽。尘劳无暂歇。遇良会、剩偷欢悦。歌未阕。杯兴方浓，莫便中辙。

　　该词的前后段第一韵段都是五字起、九字收的结构，而该九字在秦巘们的眼里则都是五字一句、四字一句，这种分句都有值得商榷的地方。本词扣其韵律应是三字逗领六字的句法，其中六字结构为平起仄收式律句句法，即"傍碧砌、修梧败叶微脱"，败叶自是修梧的败叶，如果说是败叶"傍修梧"，则于事理便不通。后段同样也应该是"恁好景、佳辰怎忍虚设"，即"虚设"的只是"佳辰"，好景是自然存在的，当然不可能由人来安置，但佳辰则可以人为制造。这是从词意的角度分析，而从韵律的角度来说，则是一个"败叶微脱"和"怎忍虚设"不可以形成两顿相连的原因。

从韵律的原则而言,这个九字如果非要处理为一五一四结构,也是可以的,但是"叶"字必须以入作平,"忍"字必须以上作平,不可以在后四字中形成两仄顿相连的违律情况,后一首叶梦得的词便是证明,他的九字分别是"正柳岸田家,酒醅初熟""便细雨斜风,有谁拘束",后面的四字句都是一平一仄两顿的句法,韵律如此。

224.《南歌子》的结拍为九字一句

《南歌子》的结拍为九字时,秦巘都读为六字一句、三字一句,如张泌词读为"高卷水晶帘额,衬斜阳"等等,这是一种错误的读法:

柳色遮楼暗,桐花落砌香。画堂开处晚风凉。**高卷水晶帘额,衬斜阳。**

这个词调其实就是从四句式的近体小绝发展创制而来,然后再复叠后成为双段体,也是前后各为四句,所以九字应该是一句,这就是万树经常说的所谓"一气",如果读为一六一三两句,句子读成破句,气脉也就断了。所以,建立"九字一气"的理念不仅仅具有一种认识作用,更重要的是对今人的创作具有一种指导意义,如果你构思的时候是按照一六一三两句构思的,这个词写出来必然是气脉断裂的,那么严格地说,这样的结构就不能称之为《南歌子》了。

此外,九字一气就意味着这个句子也可以有多种读法,而不必刻板地读为上六下三句式,从韵律的角度出发,本调两结九字,或二七读、或四五读、或六三读都可以,但必须视为一个整体,作九字句构思。如欧阳炯的词作"愁对小庭秋色月空明",便完全可以读为"愁对、小庭秋色月空明",孙光宪的可以读为"只为、倾城着处觉生春",这样韵律的表达会更好,因为九字句的来源,往往就是在律诗七字句的基础上添加二字,其句法多为二字逗领七字句法,只是今天往往都不作如是读。而从语义的角度来说,"愁对"的并不仅仅是一个"小庭秋色",而是"小庭秋色月空明",比较一下就可以知道,两者在达意上是具有完全不同的含义和效果的,后者无论是在气氛渲染上,还是在意象营造上,都要远远高于前者,绝不仅仅是气脉断裂的问题了。

最后,秦巘对这个句子应该"九字一气"并非没有认识,如石孝友词下他说的是"两结句语气一贯",但从他的句读仍旧将两句点读为"梦觉西楼呜咽,数声角""若比那回相见,更消削"可以看出,这个"一气"或者"一贯"究竟该如何表达,秦巘还是不知其所以然的,只是"万云亦云"而已。

225.《虞美人》的两个尾句不能读为两个短句

李煜的名作秦巘是这样读的：

春花秋月何时了。往事知多少。小楼昨夜又东风。**故国不堪回首，月明中**。

雕阑玉砌应犹在。只是朱颜改。问君能有几多愁。**恰似一江春水，向东流**。

将两个尾句都读成六字一句、三字一句，其实是和《南歌子》一样，读成破句了。

纵观本调的唐宋诸词，这个九字句就是一个一气贯下的填法，或六三顿，或四五顿，或二七顿，都可以，但绝不可以读为两句。如秦巘的"故国不堪回首，月明中""恰似一江春水，向东流"，不说韵律上的气脉断裂，即便是语意上的表现，也很明显是破碎的，完全没有了九字句应有的那种行云流水般的柔和、畅达，但是，如果读为"故国、不堪回首月明中""恰似、一江春水向东流"，不但更合乎词体发展的律理基础，就词意而言，这样的表达也无疑更为准确。

同样的道理，在蔡伸词中，前段秦巘读为"散尽高阳，零落少年场"，后段秦巘读为"乐事如今，回首做凄凉"，仍然是不对的。因为这九字无论在哪里，都呈现出连绵不断的"九字一气"的韵律特征，可读为四字逗领五字，也依旧不妨读为二字逗领七字句法，亦即，前段的表达中理解作者对"高阳酒徒"与"少年场"之间的关系是更紧密一些的，后段的"如今回首"是作者要强调的。所以就本词韵律而言，前后段依然是四个句拍，而不可读为五个句拍。

不过，应该指出的是，秦巘在蔡词中对这个问题应该是有这样的意识的，所以他在注文中特意补充说"结句于第四字逗"，至于正文中仍然旁注为"句"，只能说是一种固化的思维习惯所造成的。

与这个例子相同的，是陈允平的《定风波》两尾句，不能被读为一四一五的两个句子，秦巘将其读为下面这个模式，也是错误的：

慵拂妆台懒画眉。此情惟有落花知。流水悠悠春脉脉，闲倚绣屏，独自立多时。

有约莫教莺解语，多愁却妒燕于飞。一笑蔷薇辜旧约，载酒寻欢，因甚懒支持。

陈允平这首《定风波》中的前后段尾句，本质上仍然是正格的二字领七字的一句，只不过是读破而已，这种"句"概念的紊乱，就是因为明清词谱家总是以文本为依据，而不是以韵律为依据，所以被秦巘读为一四一五两句。

226. 连续三个三字结构，创作时要注意其间的内在韵律

毛文锡的《西溪子》词也是一个五句式的小令，整体为一个三换韵结构：

昨夜西溪游赏。芳树奇花千样。**锁春光，金尊满。听弦管。**娇妓舞衫香暖。不觉到斜晖。马驮归。

其中有一个"锁春光，金尊满。听弦管"，可以补充一下我们前面在第一章第七节《甘州曲》中提过的"九字一句"问题。

这里的"锁春光，金尊满。听弦管"，我们在前面说过这种结构一般情况下只被视为一句。这是因为三三三的结构在词中也不是一个罕见的句式，但是不同的词中的每一个三三三，都有自己特定的内在韵律，而今人填词则往往忽略这一点，很多人只关心平仄而不关心"内在韵律"，似乎只要平仄合了就可以。就本调而言，这个三三三结构应该是这样的一种关系："锁春光"领"金尊满、听弦管"六字，也就是我们在创作的时候要注意，后六字的关系应该更紧密一些，才符合本调的韵律。

但是很遗憾的是，就我们目前的符号系统，或者说词谱的图谱系统，很难描述这个九字的关系，也许写成这样是一种差强人意的方式："锁春光、金尊满·听弦管。"

227. 孟昶《洞仙歌》词第四句是九字句，有句中韵

冰肌玉骨，自清凉无汗。贝阙琳宫恨初远。**玉阑干倚遍。怯尽朝寒，**回首处、何必留连穆满。　　芙蓉开过也，楼阁香融，千片。红英泣波面。**洞房深深锁，莫放轻舟，**瑶台去、甘与尘寰路断。更莫遣、流红到人间，怕一似当时，误他刘阮。

这是秦巘点读的孟昶《洞仙歌》词，其前段第四句应该是"玉阑干倚遍、怯尽朝寒"，其中的"遍"字是偶叶，唐宋诸家没有按这个填的，因此今人填词也不必非要叶韵。

此外，这个韵属于句中韵，五字与后四字合为九字一句，即前人所谓"九字一气"的句子。所以，这一个"一气"的句子，可以读为上三下六，如"绣帘

开、一点明月窥人",也可以读为上五下四,如"绣帘开一点、明月窥人",无论哪种读法,中间都应该用顿号点断,而不可用逗号,这里用句号,只是表示"遍"字押韵而已,既非文法意义上的句号,也不是律法意义上的一句。

228. 晏殊《凤衔杯》中的前后两个九字句

晏殊的《凤衔杯》秦巘如是读:

青苹昨夜秋风起。无限个、露莲相倚。**独凭朱阑,愁放晴天际**。空目断、遥山翠。　　彩笺长,锦书细。谁信道、两情难寄。**可惜良辰好景欢娱地**。只恁空憔悴。

其中前后两个九字句,秦巘分别读为两种不同的模式,呈不对称句式,整体韵律上显然是不谐和的。

词中的九字句,一般都以中间读断为基本形态,如后段这样一气到底的读法非常罕见。统观晏殊三首《凤衔杯》,后段的这个九字句另外两首分别为"何况、旧欢新恨阻心期"和"端的、自家心下眼中人",这两首虽然是平韵词,但其总体的韵律应该是相同的(参见本章第二节"晁补之《少年游》详析"的疏解),因此,这里也应该是"可惜、良辰好景欢娱地"才是。

再反观前段的对应句,则也应该是"独凭、朱阑愁望晴天际",就如另二首是"可惜、倒红斜白一枝枝""一曲、细丝清脆倚朱唇"一样,韵律都是极为谐和的。而九字句由于通常都是由七字句添字而来,所以往往读为二字逗领七字句法,最为谐和。

229. 八字一气的句子,未必都可以读断

词中折腰式的八字句,通常都可以读成上三下五式或者上五下三式,有时则不读断,成八字一气的形式,这种读断与否,一般情况下都是两可的,可以随着作者或句读者个人喜好而选择,但是,在作出这个选择的时候,还是要仔细玩味句子的本意而最后定夺,有时候一个句子未必是两可的。

例如柳永的《八声甘州》中,"对潇潇暮雨洒江天"是一个耳熟能详的名句,秦巘在《词系》中读为"对潇潇暮雨,洒江天",这不仅仅是个无谓的做法,就词意而言,还是错误的。因为分析该句可知,这里所"对"的不是"潇潇暮雨",而是将"潇潇暮雨"洒落下来的"天",一旦读为两句,意思就不一样了。

这个问题,实质上仍然是一个"在律读的时候也要照顾到意读"的问题。

第八章 句式的变异

上一章我们就一些底层的概念作了讨论，并简单认识了一下各种长短的句子，这一章我们要讨论的是一些句子在内容和形式上的变异，内容上的变异指的是韵律规则的变化、句法和句式上的变化；形式上的变异，则指的是一个句子因为各种主观或客观原因，所形成的文字上的增加和减少。

第一节 拗 句

拗句其实是一个非常简单的概念，拗句与律句是一个成对的概念，非律句就是拗句，句子不拗就是律句。但是自从万树开始，"拗句"被赋予了另一个意思，成了"拗涩不顺之句"的意思，由此更衍生出很多不经的理念，混淆了我们对词和词体的认知。

230. 拗句并非是拗口的句子

万枝香雪开已遍。细雨双燕。钿蝉筝，金雀扇。画梁相见。雁门消息不归来。又飞回。

温庭筠这首《蕃女怨》词的起句"万枝香雪开已遍"用的是一个大拗句，他的两首词都是如此，可见是有意为之，并非误笔。"拗句"，就其与律句的关系来说，可以分为两种，我称之为"小拗句""大拗句"。小拗句也就是律拗句，是符合近体诗诗句格律规范的拗句，例如●○○●○之类；大拗句则是指完全不合近体诗诗句基本格律的古风式的句子，如"万枝香雪开已遍"。因此，只有大拗句才是真正意义上的拗句。

但是自从万树起，将"拗句"曲解为了"拗口之句"，且这种说法一直流传至今，给词学研究带来了很大的误导，如吴梅先生就秉承万树之说，谓"凡古人成作,读之格格不上口,拗涩不顺者,皆音律最妙处"①。这样的一个判断,实际上稍加分析就应该知道,无论是在理论上还是实践上,都是站不住脚的:读起来拗涩不上口的地方,何以会和"音律最妙处"画上等号呢? 如果说周美成、吴梦窗、姜白石的词大都是音律最妙的作品,难道周词、吴词、姜词就都"读之格格不上口,拗涩不顺"了么? 何以在他们的作品中,大拗句还是占比极小、非常偶见的现象呢? 再一个,他们的作品中那些大拗句只占了很小的一个比例,是否就说明他们的"皆音律最妙处"也是很少的呢? 尤其是我们观察他们的这些大拗句,真正成为"皆音律最妙处"名句的,几乎没有,这又如何解释呢? 再者,近体诗问世之前的中国古体诗歌,多是拗句,几无律句,是否也就是"读之格格不上口,拗涩不顺"了呢? 遗憾的是,这种奇怪的逻辑却是几百年来一直被人所首肯的,无人质疑。

万树在本调后注云:"'已'字、'雨'字俱必用仄声,观其次篇用'碛南沙上惊雁起,飞雪千里'可见。乃旧谱中岸然竟注作可平,不知词中此等拗句,乃故作抑扬之声,入于歌喉,自合音律。由今读之,似为拗而实不拗也。若改之,似顺而实拗矣。"秦巘这里也说"'已'字、'雨'字必用仄声",显然是承万氏之说的。窃以为这一类强调"必用"的说法,在细细通读了《词律》《词系》之后可以得出这样的结论:其实两位前贤都是因为不知其中律理,无法解释这种韵律现象而给出强解。

所谓拗句,正确的定义只是说它不合乎律理,是"律句"的对应概念,与怎么读并无任何关系,否则,人在默念一个句子的时候,还怎么"格格不上口"呢?

所以,我们从韵律出发解释这个起拍七字,窃以为实际上就是一个"三字托"结构,第四字后应有一读住,其别首"碛南沙上惊雁起",亦当读为"碛南沙上、惊雁起",这与柳永《满江红》的"匹马驱驱、摇征辔""暮雨初收、长川静"不可以连读为一个七字句,是同一个道理。

关于"三字托",可详参本章第九节。

231. 拗句也有的是误填,所以会被人修正

秦楼东风里。燕子还来寻旧垒。余寒犹峭,红日薄侵罗绮。嫩草初抽碧玉簪,绿柳轻拂黄金穗。莺啭上林,鱼游春水。　　　　几曲阑干遍倚。又是一番新桃李。佳人应怪归迟,梅妆泪洗。凤箫声绝沉孤雁,望断清波无双鲤。云山万重,寸心千里。

---

① 吴梅:《词学通论·论四声平仄》,上海古籍出版社 2006 年版,第 8 页。

《鱼游春水》这个词调,秦巘以无名氏的这首词为正例,这又是一首"掘地而得"的词,《词系》引《唐词纪事》云:"防河卒于浚汴日,得一石刻,有词无调名,遂摭词中四字名之。"

秦巘特意强调,本调的起句"秦楼东风里"中,"首句起用四平声",似乎这便成了规定的格律,其实则未必如此。宋元本调今存共十首,其中有一半用的是律句,其中既有赵闻礼"青楼临远水"这样的平起式,也有吴泳"东里韶光早"这样的仄起式。窃以为本句的四平,从语言的流畅度来看,应该不太可能是错讹所致,反而符合唐民间词多不讲究平仄律的特征,我们可以看到敦煌词中这种韵律特征就有很多表现,例如《凤归云》中的"**妾身如松柏**"、《捣练子》中的"**裁衣长来尺上量**"、《天仙子》中的"**正时花开谁**是主"、《十二时》中的"**会稽山中逢**赤眉",都是双音顿连平的写法,从格律规范的角度来说,实际上属于一种误填,只是词学学者往往会有一种"凡是古词都不会错"的错误认知。此外,这首词还有一个特点,即词中的拗句很多,也可见作者来自民间,并不在意或并不熟悉严谨的格律规范,所以,所谓的掘地而得云云,或有可信处。

但是厘清作品的来源是一回事,始创词是否可以作为后世万代的样板则又是一回事,该无名氏词中的很多拗句在宋元时已经被文人所改进、修正,仅如首句,就有吕胜己作"林梢听布谷",卢祖皋作"离愁禁不去",赵闻礼作"青楼临远水",作平起仄收式;吴泳作"东里韶光早",朱晞颜作"兰室余香蕴",作仄起仄收式,均予律化。

由这个例子可知,将一个体式、韵律都还不成熟的文词作品规范成为一个标准,显然不是作为"工具书"的词谱的应有之义,窃以为《词系》不是词谱,而是词谱研究专著,所以不选择韵律规整的词作作为正例,这也可以算是一个例证。

前面说到这首无名氏词很可能出自民间,因此对于基本格律的认知不足,比如"云山万重"四字,依律对应前段"莺啭上林"四字,显然原本就应该是一个律句的,属于填误,所以在后世的宋词中已经大多都调整为了律句,如"愁肠断也""芳草暮寒""何时送客""家家弦管""贪求自乐""鸡塞雨寒",而只有元人有一首还在形式上似乎与其一致,即朱晞颜的"山兮寿兮",但"山兮寿兮"实际上是一种变异的句法,将其视为两个二字结构更合乎事实。

又比如该词的七字大拗句式,如"绿柳轻拂黄金穗""又是一番新桃李""望断清波无双鲤"等句子,在宋人的笔下也多已采用律句来填了,如赵闻礼的"簇柳簪花元夜醉……愁见同心双凤翅……不寄萧郎书一纸"、卢祖皋的

"软红尘里鸣鞭镫……似把归期惊倦旅……心事悠悠寻燕语"、吕胜己的"秀麦摇风波浪绿……屏迹幽闲安退缩……呼吸湖光穿九曲"等等。这三个句子都属于仄起仄收式句子，第四字依律作平，故"绿柳"句应当视为四连平，而不是四连仄。

232. 词中大拗句多因舛误而形成

词中真正意义上的大拗句极少，所谓拗句，除了少数如前所说是误填导致，大多都是因为或文字衍夺、或句读失致、或读音错讹、或后人妄改而引起。例如黄庭坚《看花回》即为一例：

> 夜永兰堂醮余，半倚颓玉。烂漫坠钿堕履，是醉时风景，**花暗残烛**。欢意未阑，舞燕歌珠成断续。催茗饮，旋煮寒泉，露井瓶窦响飞瀑。　　纤指缓、连环动触。渐泛起、满瓯银粟。香引春风在手，似粤岭闽溪，初采盈掬。暗想当时，探春连云寻篁竹。怎归得、鬓将老，付与杯中绿。

前段第五句，秦巘所据本为"花暗残烛"，而《山谷词》原作"花暗烛残"，根据韵律和遣词造句的基本规则，应该是"暗花残烛"。

为什么《山谷词》是错的呢？因为这个句子正在主韵位置，如果是"烛残"那就犯了主韵脱落之误，因此《历代诗余》《钦定词谱》《广群芳谱》等书中都将其改为了"残烛"。但是既然是"残烛"，那么前二字从文理上来说，就应该是"暗花"，才能构成一个联合结构，否则这个结构文法上就很怪异，就不通，况且我们验之今存的所有宋词，本句第二字也都是填的平声，因此断无只有黄庭坚一人在本词中用仄出律的道理。秦巘的"花暗残烛"，显然是根据上述三种典籍而误作了"花暗"，应据改。

本词中的另一个大拗句是"探春连云寻篁竹"，连续三个音顿都用了平声，窃以为这里一定存在韵律上的舛误，我们参校宋人其他几首可以看出一些端倪：

> 欢意未阑，舞燕歌珠成断续……暗想当时，**探春连云寻篁竹**。（黄庭坚）
> 追想少年，何处青楼**贪欢**乐……细把身心自解，只与猛拼却。（欧阳修）
> 斑衣翠袖，人面年年照酒色……他年妙高峰上，优昙会堪折。（赵彦端）
> 新诗暗藏小字，霜刀刊翠竹……拟解愁肠万结，唯凭尊酒绿。（蔡伸）
> 匀朱傅粉，几为严妆时涴睫……那日分飞，泪雨纵横光映颊。（周邦彦）

首先,这两韵段词在宋词中以周邦彦的格式为主流填法,宋人基本上都是一四一七的格式;其次,只有蔡伸词一例是前后都用一六一五的;再次,但是也有如欧阳修、赵彦端这样前后不对应的填法,前段主流式,后段则取一六一五式。

根据这样的句式实际,后一七字句宋人都用仄起式句法,所以第二字是必须用仄声字的,但是这里用了"春"字,就无疑违律了,而七字句中的第六字也是依律须仄的,这里用了"筵"字也是违律的,在所有宋词《看花回》中,这个字位除了"筵",只有欧阳修的"欢"字平声,但是,欧阳修的句子可以被看成是一个律拗句式,因为"贪"字是一个二读字,也可以读为去声,所以欧词并没有违例。

综上可知,这个句子中的两处违律,仅存于黄庭坚一人的作品中,或是败笔填误,或是后人刻误,不能视之为"必须如此"的句式。

233. 蔡伸"人面桃花似依旧"律拗句辨正

《柳梢青》的后段第二句,标准的句式应该是一个七字折腰句,但偏偏秦巘所据的版本中,蔡伸词作"人面桃花似依旧",是一个七言律拗句。

这个句子在别的版本中有其他的形态,如《钦定词谱》和《历代诗余》都是"人面似、桃花依旧",但不知其所据。《友古居士词》则作"人面桃花似旧",《全宋词》从之。唐先生并特为该句备注云:"此句应于'人面'上缺一字。汲古阁本此句作'人面桃花似依旧',疑妄增一'依'字。"就全宋本调看,本句减字作六字一句者极罕见,现存的六字句均有夺误之疑,而"人面似"三字逗为平声字起,也极为罕见,故句首夺一字之说,最为可信。

234. 六字律拗句式中的第二第四字须同一平仄

我们在上一章第五节中提到过平起仄收式、仄起平收式这两种六言律句,这里还可以进一步讨论六言句,即六言句中的律拗句式,这样,六言句中较为复杂的平仄律就基本完整了。

我们这里以万俟咏的《芰荷香》为例,来谈六言律拗句式:

小潇湘。正天影倒碧,波面容光。水仙朝罢,间列绿盖红幢。和风细雨,荡十顷、泡泡清香。**人在水晶中央**。霜绡雾縠。襟袂先凉。
款放轻舟闹红里,有蜻蜓点水,交颈鸳鸯。翠阴密处,曾觅相并青房。晚霞散绮,泛远净、一叶鸣榔。**拟去尽促雕觞**。歌云未断,月上飞梁。

前段第八拍有"人在水晶中央"一句,其中的"晶"字是败笔,这是一个仄起式的律拗句式,因此这个字位必须用仄声,宋词各家除非是用平起式的句法外,都是如此填法,如赵彦端用"别袖忍见离披",曹勋用"阴化从此俱宣"等,而该句所对应的后段,万俟咏作"拟去尽促雕觞",也是用仄声,句式也完全一致,正可证明。

另一个考虑,或这里的"水晶"是"水精"之误,而"精"字是有仄读的,《广韵》拟为子姓切,因此可以视之为借音法。

235. 拗句是权,不可视之为常

黄叶**舞**空碧,临水处、照眼红葩齐吐。柔情媚态,伫立西风如诉。遥想仙家城阙,十万绿衣童女。云缥缈,玉娉婷,隐隐彩鸾飞舞。

樽前更风度。记天香国色,曾**占**春暮。依然好在,闲伴清霜凉露。一曲阑干敲遍,悄无语。空相顾。残月澹,酒阑时,满城钟鼓。

秦巘对这首《芙蓉月》词有一个说法,他认为本词前段起句和后段第三句的"'舞'字、'占'字用仄声,切勿用平"。根据秦巘一贯的思路,揣测他说这句话的指导思想主要是一个:当一个句子无故成为拗句的时候,这个相关字的平仄就不可移易。这种情况在只有一首的时候,尤其如此。

这种"不能证明我是错的,那么我就是对的,那个错的表现就是对的理由"的逻辑,因为排除了"两可"的可能性而成为绝对化的理念,显然是错误的。以"黄叶舞空碧"而言,除了可以说"要用仄"以外,还得提出"切勿用平"的理由,因为这个句式的第三字,以句律论,本不在节奏点上,依律原本就应该是平声的,更何况本调仅此一首,并无其他的词可以证明此处"虽然没有见到用平声,也不得用平声"这样一个特殊的情况。除非秦巘能提供另一个更基本的证明:凡是句脚●○●的地方,前一个仄声必定不用平声字。

至于后段第三句的"占"字,在这里是预测的意思,而并非是占据的意思,意谓即使是国色天香在春季盛开的时候,也已经料到春暮的花谢时光了。所以它本来就是平声。从韵律上也可以印证这个说法,前段的"临水处照眼红葩齐吐"对应的是后段的"记天香国色曾占春暮",后六字韵律都是●●○○○●,"占"字对应前段的"葩"字,平声无疑,秦巘谓应读去声,极误。

要之,词句中出现拗句,只是一种格律上的权宜之计,而未必是作者故意如此,即便是某些句子呈现出整齐划一地遵循某一句式,在没有律理支撑证明是因为某种韵律原因的情况下,也不能就认定"必须拗句",唐宋词中大

量的例外足以证明这一点。而万树们认为"拗涩不顺者,皆音律最妙处"的说法,就更是无稽之说了。

第二节 折 腰 句

所有不是按照二二二节律构成的句子,都是折腰句。因此单起式句子都是折腰句,也有极少双起式的句子也是折腰句,如"水风轻、蘋花渐老""思量、去时容易"。

236. 清代词谱家对六字折腰句式基本没有清晰的认识

张先《谢池春慢》的前段第一韵段为"缭墙重院,时间有、啼莺到",后六字秦巘读为六字折腰句法,这种标读极为少见,绝大部分都错误地标读为两个三字句。就这首《谢池春慢》而论,"时间有、啼莺到""径莎平,池水渺""逢谢女,城南道""欢难偶,春过了",这四组的句法在韵律上是完全一致的,但秦巘只有第一组标读正确,可见清代词谱家对这一结构的认识,基本没有一个清晰的理念,也可见他们在研究词的韵律的时候,在很多情况下,只是在文法的范畴内进行浅层次的思考,并未涉及韵律本身,进行抽象思维,归纳成为一种原理。而这种问题一直影响到今天,至今罕有人是从律理的角度出发,对词进行韵律上的分析。

此类可称之为罕见的六字折腰读法,还可以以张先的《碧牡丹》为例,秦巘作为正例录入,词是这样的:

> 步障摇红绮。**晓月坠、沉烟砌**。缓板香檀,唱彻伊家新制。怨入眉头,敛黛峰横翠。**芭蕉寒,雨声碎**。　镜华翳。闲照孤鸾戏。思量去时容易。钿合瑶钗,至今冷落轻弃。望极蓝桥,但暮云千里。**几重山,几重水**。

与《谢池春慢》一样,处于第一韵段的"晓月坠、沉烟砌"秦巘是读为六字折腰句法的,尽管按照折腰的方式读两个三字结构,在秦巘乃至其他清代词谱家笔下很少,但是,这些很少的例子足以说明,清人并非没有六字折腰的概念,只是这种句拍上的意识极为淡薄而已,例如即便是在文法上也完全相同的结构,前结的"芭蕉寒,雨声碎"六字,就被秦巘读成了三字两句,而我们实在分不出"晓月堕、沈烟砌"和"芭蕉寒,雨声碎"之间,究竟在他们的理念中有什么区别,按照他们的一般读法,甚至都可以认为前者或是一种误读。

三三式的词句结构,基本上我们可以确定多为六字折腰句法,传统谱书中虽然基本上都是按照两句认定,但是"几重山,几重水"这样的句子,实际上是一个折腰式的六字句。因为词中但凡有两个三字结构的地方,多为七字句减字而成,比如"青箬笠、绿蓑衣"之类的最为典型,所以其律法分析应该是一个句拍,文法结构也往往十分紧密,很多时候就是一个俪句。而俪句从现代汉语的角度分析,虽然可视为两句,但在传统汉语中,它就是一个"句"。忽略这种传统的理念,换用现代的理念来诠释传统文化,这是很多谬误之所以会产生的重要原因之一。例如《更漏子》中秦巘以温庭筠词为正例,其中四处三三式都是俪句:

金雀钗,红粉面。花里暂时相见。知我意,感君怜。此情须问天。
香作穗。蜡成泪。还似两人心意。山枕腻,锦衾寒。觉来更漏残。

此类小令,本从八句一体的律诗中演化而来,而绝非是由十二句构成,这一点应该是一目了然的,但他所规范的则都是三字两句,其实都是误读,都应该改读为六字折腰句。我们可以秦巘所引的第四首欧阳炯词为参照,来理解这个问题:

三十六宫秋夜永,露华点滴高梧。丁丁玉漏咽铜壶。明月上金铺。
红线毯,博山炉。香风暗触流苏。羊车一去长青芜。镜尘鸾彩孤。

欧词除了换头仍然是六字折腰句外,其余三处都仍然是七字一句,这种变化便是这一韵律演变关系的最有力脚注,也是我们认为"温词中不是三字两句,而是七字减一字之后的六字一句"这一观点最有力的脚注。而传统每每因循旧谱,以致到今天成为习以为常的"三字句"认识。以清代谱家的视点看,三字两句与六字折腰似无太大的差别,但是对于创作者来说,是一句还是两句,其构思的思路必然迥异,学宋或违宋,构思不同就会差之千里。所以在作为创作规范的韵律专著中,这个小问题不可不厘清。

237. 折腰式句子的折腰选择,应顾及词意

折腰句,尤其是七字折腰、八字折腰,一直以来都更习惯于用万能的三字逗格式来表达,其实,折腰式句子的折腰选择,在合乎基本韵律的前提下,

还要注意顾及词意。我们且以晏殊《拂霓裳》词的前后段结句来作一个疏解：

> 喜秋成。见千门万户乐升平。金风细，玉池波浪縠纹生。宿露沾罗幕，微凉入画屏。张绮宴，**傍薰炉、蕙炷和新声。** 　　神仙雅会，会此日，象蓬瀛。管弦清。旋翻红袖学飞琼。光阴无暂住，叹醉有闲情。祝辰星。**愿百千、为寿献瑶觥。**

这两个结句，秦巘将其读为"傍薰炉、蕙炷和新声""愿百千、为寿献瑶觥"，但实际上两个句子都是一字逗领七字句的句式，这么判断的理由就是因为前段的"薰炉蕙炷"和后结的"百千为寿"都是很紧密的语言单位，词律时代只要在不损害韵律的前提下，这类句子就不应该给予读断。

又，前段歇拍的"和"字去声。"和新声"的肯定是"傍薰炉蕙炷"的人，如果按照秦巘的读断，则"和新声"的就只是"蕙炷"了，显然也可以证明这样读是个谬误。所以，本句即便不读为一领七句法，也应该读为"傍薰炉蕙炷、和新声"，同样，后段也可以相应地进行上五下三式的折腰，读为"愿百千为寿、献瑶觥"。

238. 单起双起意识可帮助确定是否折腰句

杨花落。燕子横穿朱阁。常恨春醪如水薄。闲愁无处着。　　**绿野带、江山络角。**桃叶参差前约。历历短樯沙外泊。东风晚来恶。

贺铸的这一首《谒金门》，其中的换头句比较特殊，通常情况下，本调的换头绝大部分是六字一句，如果按照秦巘的读法，那本词就是宋词中唯一一首七字折腰句式的换头了。

不过，根据《乐府雅词》的记载，这首词是贺铸仿李清臣词而填的，遗憾的是现存的李词，实际上后段已经并非是《谒金门》，而是一个《丑奴儿》了，所以过片无从对校。但是，既然仅此一例，贺铸采用的应该就不会是一个凭空而来的折腰式句法，秦巘这里读为上三下四句法，便可能有违贺铸的本意。

细玩这个换头的句意，因为它是一个双起式的句子，而七字折腰句中双起式是一个比较少见的模式，所以我们认为贺铸的本意其实仍然是一个律句，其表达的意思就是"绿野带江、山带角"。这样的填法，我们从其他的七字句换头的作品中，可以获得一个印证：朱子厚的"来嫁吾门公瑾叔"、无名氏的"梦过江南芳草渡"，以及王安石句法不同的"红笺寄与添烦恼"，都是如此。

239. 从六字折腰句的一领五,说"谱"与"律"的关系

由于五字句往往是二三式结构,六字折腰句法如果是一个单起式的结构,那么大多实际上是一个一字逗领五字的句法,只是我们通常因为都是在第三字点断,所以都将其视为三三式而已。这种结构的折腰句如果减字,一般也就是减去领字,剩下的是个五字句。如《庆金枝》的前后两个结句:

> 青螺添远山。两娇靥、笑时圆。抱云勾雪近灯看。**算何处、不堪怜**。
> 今生但愿无离别,花月下、绣屏前。双蚕成茧共缠绵。**更重结、后生缘**。

本调的两结有两种填法,其不同只在于六字折腰句是不是减去那个领字。例如无名氏词二首,一作"算楚岸、未香残""付樽前、渐成欢",就是有领字"算""付";一作"莫待折空枝""莫待满头丝",便可以看作是一个去了领字的五字句。所以,我们今天填词,就可以根据词意的需要,根据所在语境韵律的需要,选择是否用一个领字来处理这两个结拍,而其实不必顾忌"谱"如何如何,因为这是"律"。

不过今人总是将"谱"和"律"混为一谈,忽略了"谱"是后人所拟的,拟谱的目的本来就是为了描述"律"。但是,由于"谱"是词谱家对词的主观认识,所以必然会因为资料的匮乏、理念的缺失、见识的鄙陋等因素而存在不周到乃至不准确的情况。而"律"则是一种客观的存在,无论是否被人揭示出来,它本来就隐藏在几万首唐宋元词中,因此,"谱"源于"律","律"高于"谱",应该是一个最基本的常理,而词谱学家的一个使命,就是将那些隐藏着的规则,清晰明确地揭示出来。

现在我们就柳永《木兰花慢·拆桐花烂漫》词的第一韵段"拆桐花烂漫,**乍疏雨、洗清明**",来探讨这个折腰式的六字句。就本词来看,它的基本形态实际上也是一个一字逗领五字句的结构,所以,当它成为五字句的时候,实质上就是减去领字而已,这个句法与前面的《庆金枝》一调的结句所疏解的完全一致,可以参考。

基于这样的特性,这个六字句就有如下几点韵律特征可以注意:其一,它绝对不是两个三字句,这是大前提、基本点,秦巘读为"乍疏雨,洗清明"是完全不顾基本句法的;其二,减字后的五字句,是一个◎●●○○的句式;其三,在六字句中,除领字外,第二字可平可仄,因为它就是◎●●○○中的首字,第三字、第四字必须是仄声,第五字必须是平声;其四,这个六字句是一个特殊的折腰式句子,所以只能用单起式句法,不能用双起式句法,像卢祖

皋那样的"回首处,只君知",就写作而言,实际上是个败笔。

240. 六字折腰句,也有于第二字折腰的

张先的《碧牡丹》是一个非常典型的添头式结构,去掉添头"镜华翳"后,前后段对应十分整齐,只是第二句"晓月坠、沉烟砌"和"思量去时容易"看上去似乎不太整齐,且后者还是一个大拗句:

步障摇红绮。**晓月坠、沉烟砌**。缓板香檀,唱彻伊家新制。怨入眉头,敛黛峰横翠。芭蕉寒,雨声碎。　　镜华翳。闲照孤鸾戏。**思量去时容易**。钿合瑶钗,至今冷落轻弃。望极蓝桥,但暮云千里。几重山,几重水。

词中这种类型的大拗句非常少见,其形成一般都有其律理上的来由,本句对应前段"晓月堕"六字,所以从韵律上说仍然具有折腰的旋律上的基因,只不过这个折腰不在第三字,而在第二字,换言之,这是一个二字逗领四字的句法。像晁补之的"良游盛年俱换"或许更能看清楚句中的关系,他说的并不是不读断的"良游和盛年俱换",而是读断了的"良游、在盛年俱换"。

词是近体诗的一种,本来就源自近体,所以也有人称其为"律词",这样,词句在理论上说必然都是律句,在唐宋词中"非律句"极为少见,词里面的这种"非律句"的形成原因不外乎两个:或是因为前人填误、刻误、抄误而形成的韵律违反,或是因为我们自己没有正确解读,读错了句子,比如,将"思量、去时容易"读为"思量去时容易",就是一个典型的例子,原因一是因为诗词中的句子本是二字一顿,一是因为我们非常缺乏"二字逗"的意识。我们在上一章第四节讲到关于二字逗的重要性,可参看。

241. 折腰式句法,拿捏不定的以一字领为胜

我们说七字折腰句取一六读还是三四读,首先要重点考虑韵律和谐,柳永《定风波》慢词中,后段秦蕴所读的"算孟光、争得知我",应该是个一字逗领六字的句法,所以不能读断,应该一气而下,如果读断,那么"争得知我"四字的韵律就不谐了。当然,像这种七字的折腰句法,有一点需要注意,后人填词在句式上是不必一定与母词相同的,母词如果是上三下四句式,也可以填为一字逗领六字的句式,这依然合乎"填词不拘句式,但拘于句法"的大原则。

至于有时候两种模式拿捏不定,则以一字领处理最为稳妥。例如《大圣

乐》这个词调中,有多处折腰句,而通常在谱书中,谱家往往习惯于将折腰句读为三字领格式,但是,无论从韵律还是从达意的角度来说,这种读法,往往是未必可取的。我们试以秦巘所读的无名氏①《大圣乐》为例,作一简要分析:

> 千朵奇峰,半轩微雨,晓来初过。**渐燕子、引教雏飞**,菡萏暗熏芳草,池面凉多。浅斟琼卮浮绿蚁,**展湘簟、双纹生细波**。轻纨举,动团圆素月,仙桂婆娑。　　临风对月恣乐,**便好把、千金邀艳娥**。幸太平无事,击壤鼓腹,携酒高歌。富贵安居,功名天赋,争奈皆由时命何。休眉锁。问朱颜去了,还更来么。

本词的三处折腰句是被读为三字领起的:"渐燕子""展湘簟""便好把",这自然并非秦巘的个人偏好,而是词界所形成的一种大众习惯。这么读的一个优点是,可以将一个折腰句和一个非折腰句非常清晰地区别开来,比如同样是七字句,"渐燕子、引教雏飞"和"争奈皆由时命何",不用过脑子就可以明白前者是折腰句式。但是,恰恰这是最没有"营养"的一个好处,因为窃以为能读明白词的人,对这一点一定没有需求。

从点读的初衷来看,我们为什么要标点古诗文? 大目标无非一个——厘清文意。为什么要标点词作? 大目标也无非一个——厘清韵律。有这样两个目标在,再来讨论折腰句一律以"读成三字领"作为主要手段是否有害,思路就清晰了。

如果按照目前的标点习惯,除非是个别极为明显的一字领句式或更罕见的五字领句式,基本上统统都采用三字领来断句,以这首《大圣乐》为例,前述的三个折腰句,在另外一部词谱典范《钦定词谱》中,也都是同样标点。《词律》虽然没有收录本词,但其他两首例词中,除了我们说的极为明显的一字领句式"奈花自无言莺自语"外,也都无不采用三字领的句式。

那么,一字领和三字领之间有什么优劣的差别呢? 如果我们将折腰句不应该按照三字领的也按三字领点读了,那么势必会形成一种思维定势,便不易调整,因为绝大部分读者自己主观理解的能动性被扼杀了,除非是研究这个段落,普通阅读欣赏者极少会有人去吹毛求疵,重新思考一下这个句子内在的语意、逻辑、韵律。这种情况下反而是一律都不读断,将其处理为一

---

① 本词秦巘或据《类编草堂诗余》录入,故作者误作康与之。词实出《草堂诗余》前集卷四,作者佚名。

字领的句式更好,这样势必就会激发读者在阅读时作一个重新的思考,是一七式,是三五式,还是五三式,读者的思维就不容易被束缚住。这是一个关键点。

其次,很多句子在被前人点读的时候,点读人实际上也会有一种先入为主的三字领优先意识,这样的点读就会出现两种问题。

其一,全然不顾其中有很多句子如果按照三字领阅读,是词意不通的。仍以秦巘所收录的《大圣乐》三首词为例,如本词的"湘簟双纹"、张炎词的"一片春声",后段第二句,本词的"好把千金"、周密词的"花自无言"、张炎词的"碧草如烟",后段第七句,张炎词的"谁在箫台",等等,都是该句子中最紧密的语言单位,尤其是在词律时代更是不可读断。当我们读为"衬碧雾、笼绡垂蕙领"的时候,这个句子已经成了破句。

其二,不顾词句内在的韵律逻辑,随意就读成三字领,其实是对句子本身韵律的破坏。这一点在《大圣乐》中恰好和谐,但是在很多其他的词调中有大量的存在,导致上三下四句式中的四字结构形成连平或连仄的韵律瑕疵,这在我们前文已经有过多次修正,在前一章第二节的第208条《塞垣春》中更有专门的讨论,可参看。

综上所述,《大圣乐》中的折腰式句子如果改读为一气贯之的句式,最为合适。

242. 折腰式七字句和六字句之间的转化,是常见形式

玉城金阶舞舜千。朝野多欢。九衢三市风光丽,**正万家、急管繁弦。**凤楼临绮陌,佳气非烟。　　雅俗熙熙物态妍。忍负芳年。笑筵歌席连昏昼,任旗亭、斗酒十千。赏心何处好,唯有尊前。

《看花回》是一个近词,前后段对应整齐。秦巘说"万家"上,宋本、汲古、《词律》俱缺"正"字,则他这个"正"字想来应该是根据《钦定词谱》所添,但是不知《钦定词谱》的依据又是哪个本子,甚疑。因为这种无据而添补的情况,《钦定词谱》不少,所以往往不足为信,即便有时候确实是合乎韵律规则的,也得说明。

折腰式的七字句减一领字作六字一句,是词中极为常见的一种变化方式,如柳永另一首《看花回》的后段第四句,就只是"难忘酒盏花枝"六字,与前段的"奈两轮、玉走金飞"也并不对应。

这一类字有多有少的原因,或是作者原词即已经减去,或是后人传抄中的失落,或原添,或妄补,殊难确定,我们只要知道依据其律理是可增可减的

即可。因此前后段第四拍,都可以视为领字可增可减,在实际创作中根据需要斟酌即可。

第三节　托　结　构

"托结构"也是词学认识上的一个空白,不少句子结构被人误解为不律,其中有很多就是因为不了解"托结构"的存在而导致的。托结构与逗结构是功能上大致相同的一种句子成分,所不同的只有两点:其一,逗结构在句子的主体之前,托结构在句子的主体之后;其二,逗结构人所皆知,托结构人所不知。

243. 典型的"三字托"结构,目前尚未被人注意

"三字托"的结构意义和"三字逗"相类,唯一的区别只是一个在后,一个在前。"三字托"在句子中的作用,通常都是归总、诠释、补充等。"三字托"在形式上往往有所标识,一般最多的是所托的为一个俪句,如"市列珠玑,户盈罗绮"。此外常见的还有平仄律的假拗,如果一个三字托不予读断,那么这七字就会给人一个大拗句的错觉,例如前面第七节《蕃女怨》中的"万枝香雪开已遍"。事实上,这些结构目前在各种谱书或词集中,确实都是不读断的,由此形成的诠释或理解,自然就会产生瑕疵。

柳永《望海潮》的"市列珠玑,户盈罗绮竞豪奢",通常都是这么标点,这种标点的一个最大问题,是抹杀了句子中存在的"三字托"结构,在这个句子中,准确的标点就应该是"市列珠玑,户盈罗绮、竞豪奢"。

"三字托"在内容上就是承托前面的文字,"竞豪奢"不仅关乎"户盈罗绮",也关乎"市列珠玑",类似大家所知的"竞豪奢、市列珠玑,户盈罗绮"。换言之,"竞豪奢"所承托的也不仅仅是"户盈罗绮",还有"市列珠玑",等于是"市列珠玑、竞豪奢""户盈罗绮、竞豪奢"的结合。

综上可知,今人在创作的时候,在三字托的地方务须注意它特有的句法结构特征和词意的勾连,严格地说,在一个应该使用三字托的地方没有使用它,所填的词就是一个残次品。比如有人这样填:"剩此螺洲,万顷喷沫溅琼瑶""仰首高山,拼将雅志寄书楼",按这样的标点,"溅琼瑶"和"寄书楼"就与"剩此螺洲""仰首高山"无关,十一字就成了单纯的四字一句、七字一句的结构,虽然我们可以认为这是一种句子的读破,但是终究就很难说这是地地道道的原版《望海潮》了。

我们下面再具体举个例子,着重分析不明晰三字托结构,还会导致另外

一个韵律上的问题：

> 阆苑神仙平地见，碧海架蓬瀛。洞门相向，倚金铺微明。处处天花撩
> 乱，飘散歌声。**装真延寿，赐与流霞满瑶觥。**　　红鸾翠节，紫凤银笙。
> 玉女双来近，彩云随步，朝夕拜三清。为传王母金箓，祝千岁长生。

晏殊的这个《长生乐》，前段的末一韵段各本都读为一四一七，这就存在
一个无法回避的韵律上的缺陷：七字句不律。类似的情况不少，其实疏通
韵律后可以知道，这个缺陷并不是本来"存在"的，而是我们后来"制造"的，
其原因在于我们不了解韵律，不知道这里有一个"三字托"结构。

这里末一韵段十一字的韵律结构，并非是四字一句、七字一句，而是四
字两句，三字一托，正确地点读，应该是"装真延寿，赐与流霞、满瑶觥"。这
种结构与《望海潮》的"市列珠玑，户盈罗绮、竞豪奢"完全一致，也就是说后
三字所涉及的是前八字，而不仅仅是四字。如果我们从语义的角度来说，那
就是前八字的关系更紧密，为第一层，然后三字托才是第二层。"满瑶觥"与
"竞豪奢"一样，等于是"装真筵寿、满瑶觥""赐与流霞、满瑶觥"的结合。

244.《绛都春》中的"三字托"

这种因为没有读出三字托，而导致形成"假拗句"的形态可以有多种，又
比如朱淑真的《绛都春》，其前后段的第二韵段，秦蠛分别读为：

> 粉蕊弄香，芳脸凝酥琼枝小。
> 几度醉吟，独倚阑干黄昏后。

这两个句子同样也都是不知有"三字托"而导致的误读。《钦定词谱》
此处七字亦均不读断，词句因此调不成律，总不如万氏《词律》句读精准，他
所收录的两首词是这样句读的：

> 旋剪露痕，移得春娇，栽琼苑。……绣被梦轻，金屋妆深，沈香换。
> （吴文英词）
> 嬾雨弄晴，飞梭庭院，绣帘闲。……燕子未来，东风无语，又黄昏。
> （陈允平词）

万树未必也有与我们相同的"三字托"概念，但是他在把握这些句子时

的韵律的感觉,却无疑是和我们一样的,就是说,在"春娇栽琼""装深沈香"这样四连平的地方,他敏锐地知道在"娇"字和"深"字后应该存在一个"读住",分析一个词体而有这种意识在,这正是万树强于其他词谱家的高明之处。

为什么这里非要读断呢? 读断和不读断,对这一句的理解难道不是都一样的吗? 也许在有些语句中确实如此,未必影响到太多的理解,但是姑不论有不少会受到影响,至少在一个提供给后人作为圭臬的词谱专著中,或者在一本专门探讨研究词谱的专著中,这个托结构就一定要读出,否则后人在依样画葫芦的时候,往往会忽略了前面的俪句关系,往往会误解为这是四字一句、七字一句,这就一定会影响乃至误导其创作思路。当然,在一般的词选集或笺注类著作中能够清晰地标示,对读者准确理解词作,同样一定也是有所助益的。

所以,一定要明确:本调前后段第二韵段,可以不是四字俪句,但是一定要有三字一托,清代词谱学家但知有"领",而不知有"托",因此每每忽略此等句法,而导致句读失致,韵律失谐,甚至出现"阑干黄昏"四字连平这种律中大忌。尤其重要的是,因为不知有三字托,所以无法解释为什么这里四字连平,总以为宋人是故意这样的,从而臆说为必须如此,更有认为这才是精妙之处的怪异说法,但是"芳脸凝酥琼枝小"这样的句子,精妙在什么地方,料来秦巘们也说不出一个所以来。

以《绛都春》的这二个韵段为例,如吴文英的"路幕递香,街马冲尘、东风细""叶吹暮喧,花露晨晞、秋光短""问字翠尊,刻烛红笺、悭曾展"、赵彦端的"旧日文章,如今风味、浑如许"、蒋捷的"细雨院深,淡月廊斜、重帘挂"、京镗的"十里轮蹄,万户帘帷、香风透"、丁仙现的"翠幰竞飞,玉勒争驰、都门道"等等,手法都莫不是一俪一托,自然不可将其读作四字一句、七字一句。秦巘以为当作四字连平,多次强调,是不知其中韵律关系的缘故。

当然,我们曾经说过,俪句只是一种"作法",而不是"律法",因此,并不是说三字托所托的就必得是一个俪句,非俪句当然也是可以的,前人用俪句我们也可以不用,这个可以《胃马索》词中的三字托为例,该词的前后段第三韵段,有这样一对句子,韵律异常:

> 冰姿素艳,自然天赋,品格真香殊常别。
> 多情立马,待得黄昏,疏影横斜微酸结。

其中的"真香殊常""横斜微酸"都是四字连平,必有舛误。就韵律的角度分析,则就是一个"三字托"的结构,两句正确的点读应该是:"品格真香、殊常别""疏影横斜、微酸结"。我们前面提到过的基本是一种"三字托俪句"的结构,这个例子则已经不再是托俪句的模式了,所托的,就是两个普通的四字句。

245.《扁舟寻旧约》的后段末一韵段是一个三字托结构

这里我们再举一个"三字托"的例子。《扁舟寻旧约》的前后段后半首是这样的(其中前段"怆犹有"据《全宋词》,秦巘原稿为"怆然犹有",不合韵律):

> 酒醒敧綵枕,怆犹有、残妆泪痕。绣衾孤拥,余香未减,犹是那时熏。黯然携手处,倚朱箔、愁凝黛鬟。梦回云散,山遥水远空断魂。

其中后段末一韵段就是一个三字托结构,即"空断魂"三字承托"梦回云散,山遥水远"八字,因此我们不可以将"山遥水远空断魂"读为一个独立的句子。清人不知这种韵律结构的特征,但又无法解释"山遥水远空断魂"之类的句子为什么是个不律的句子,因此秦巘只能说"'空断魂'三字用平去平,是此调着眼处"。清人所有这类断语都是没有任何依据的,什么叫"着眼处"? 为什么是"着眼处"? 不会给我们任何答案。

实际上,就韵律的角度来说,这个后段是一个很标准的"剪尾"结构,它是这样形成的:首先,前段的"绣衾孤拥,余香未减"从词乐旋律的回环角度来看,也就是后段的"梦回云散,山遥水远",这就意味着"远"字后必定要和"减"字后一样,有一个"读住",这是韵律上的客观实际使然,而不是我们句读的时候可有可无的一种主观选择;其次,"犹是那时熏"五字剪尾形成旋律上的变化,所谓剪尾,通常就是去掉一个音顿,于是形成一个三字结构的"空断魂"。

246."三字托"也可以托一个单句

就和逗结构不但可以带一个俪句,也可以带一个单句一样,托结构除了托一个俪句外,当然也可以托一个单句,比如柳永《迷神引》的起调,秦巘是这样句读的:

> **红板桥头秋光暮**。澹月映烟方煦。寒溪蘸碧,绕垂杨路。重分飞,携纤手,泪如雨。波急隋堤远,片帆举。倏忽年华改,尚期阻。　　暗觉春残,渐渐飘花絮。好夕良天,长孤负。洞房闲掩,小屏空,无心觑。指归云,仙乡杳,在何处。遥夜香衾暖,算谁与。知他深深约,记得否。

前段第一韵段中,有一处似乎是四连平的填法,实际上其句子都不相连,只是没有准确读出而已。"红板桥头秋光暮"就是与后段的"好夕良天,长辜负"一样的结构,也应该分读为四字一句,三字一托。遗憾的是,清代词谱家极少能像"好夕良天,长辜负"一样,将这个关系读出来。

而我们从柳永别首的第一韵段被后人读作"一叶扁舟轻帆卷。暂泊楚江南岸"来看,可以证明"红板桥头秋光暮"并不是一时的误笔,而是韵律原本如此,是后人在句读的时候没有读出,而读成"一叶扁舟轻帆卷",犯的也是同样的错误。本调通篇由短句构成,韵律本身如此,细酌可知其中的迫促音容,如果作七字一句,则起拍就和整个词调的音响、节奏不谐了。

247. "三字托"自唐五代就已经存在

托结构的出现,并非宋词中才有,早在唐五代词中就已经出现,我们认为,托结构是词在逐渐形成不同于诗的韵律特色的过程中出现的,比如晚唐温庭筠的《遐方怨》词中就有这个结构:

> 花半坼,雨初晴。未卷珠帘,**梦残惆怅闻晓莺**。宿妆眉浅粉山横。约鬟鸾镜里,绣罗轻。

其中第三句秦巘如此解释:"'梦'字必用去声,'闻'字必用平声。"秦巘的依据,自然并不是因为出于律理的考量,而仅仅是因为温词两首这个字位都是相同字声的缘故,属于典型的就事论事式的直觉判断,这种直觉判断往往就会形成知其然而未知其所以然的结果。此外另一个原因是,秦巘在《词系》中还体现出另一个他的韵律上的思想,那就是特别重视一三五字位的平仄,这也是一种有代表性的律学思维模式,这种思维的原因,无非是因为二四六的平仄通常是依律必须恒定的,因此没有任何探讨的余地,所以,当一三五某个字位呈现出多首"一律"的态势时,秦巘们就会敏感地感到这里可能存在的"必平""必仄"问题了。窃以为这都是一种过度诠释,因为或平或仄毕竟本来就是有50%的几率。

词中"未卷珠帘梦残惆怅闻晓莺"十一字,历代均作一四一七读,秦巘也是如此读,但这种读法却是托结构残缺的。这十一字的韵律关系,也是四字二句、三字一托,因此前八字用●●○○　○○●●,韵律十分工稳。就词意而言,"闻晓莺"所承托者为前八字,而并非仅仅是"梦残惆怅"四字,换言之,十一字等于是"未卷珠帘闻晓莺""梦残惆怅闻晓莺"的综合。我们再分析温词别首,这种关系或更明晰:"未得君书,断肠潇湘、春雁飞",这一例子的"断肠潇湘"貌似与后三字关系紧密,而实质与前四字关系更密,"未得君书,断肠潇湘"是一个因果十分清晰的结构,是所谓赋笔,而"春雁飞"则是一个烘托该八字的比兴。

248. 不识"三字托"而误读宋词一例

《垂丝钓》是一首典型的引词,则前后段当各为三韵段,第一第三韵段极为整齐,显然不会有字句上的舛误,但是第二韵段两段对应极为参差,韵律不合,像这种前后都对应整齐,而独独中间参差的结构,词调中极为罕见,基本上都是因为中间有舛误而形成。本调前后段第二韵段是这样的:

倦倚玉奁,看舞风絮。愁几许。
旧游伴侣。还到曾来处。

这种不规则的字句,必定不能反映出词乐本来应有的旋律,因为前后两个乐段无法和谐地一致起来,其可疑处在于:"看舞风絮愁几许"对"还到曾来处",足足差二字,因此窃以为应是"还到○●。曾来处",夺二字一韵。

之所以有这样的说法,是因为前段的第二韵段实际上是一个三字托结构,"愁几许"三字托"倦倚玉奁,看舞风絮"两句,所以后段必然也应该是这样一个结构,前后段的第二韵段应该分别读为:

倦倚玉奁,看舞风絮。愁几许。
旧游伴侣,还到○●。曾来处。

至于"侣"字,作为辅韵,本属于可叶可不叶,前后参差,也在理中。

第四节 添 字 与 减 字

我们有时候会发现,在通常情况下应该对应的词句有时候会不对应,这种不对应往往就是多字或少字。一个词句多一字或少一字,基本是由两种情况造成的:一种是作者主观上刻意的文字增减,通常我们称之为"添字""减字";另一种则是作品在流传过程中,因为各种客观原因形成的或抄误、或刻误的"衍文""夺字"。

这一节我们主要谈谈前一种情况。

249. 增减还是衍夺，未必都能厘清

银烛生花如红豆。占好事、如今有。人醉曲屏深，借宝瑟、轻招手。一阵白蘋风，故灭烛、教相就。　　花带雨、冰肌香透。恨啼鸟、辘轳声晓。柳岸微凉吹残酒。断肠人依旧。镜中消瘦。恐那人知后。镇把你来偻㑉。

这是黄庭坚的《忆帝京》，词后段的后半，秦巘与别家的版本、读法有点不同，试比较《词系》和彊村丛书本《山谷琴趣外篇》中的两种不同版本、读法：

断肠人依旧。镜中消瘦。恐那人知后。镇把你来偻㑉。（《词系》）
断肠时至今依旧。镜中消瘦。那人知后。怕夺你来偻㑉。（《山谷琴趣外篇》）

其中《山谷琴趣外篇》中的"断肠"句为七字，似乎正合柳词的"只恁寂寞厌厌地"，但是句式不同，并且"断肠人依旧。镜中消瘦"九字，按照他的韵律，其实就是"断肠依旧镜中瘦"的扩展，如果依据彊村本，那么《山谷琴趣外篇》就多了"镜中消瘦"一拍，于律反而不合了。由此可见，一些词中的文字，究竟是原本的增减，还是后世的衍夺，鉴于实际情况，是很难作出判断的。

至于《词系》的"恐"字，或应据彊村本删。此类添字填法，仅此一首，无须为范。

250. 添字后的词句，要遵循律理规则

《卜算子》前后段的结句，规则性的变化是五字句添一字，作六字折腰句法。但是这一类添字法所成的六字句，就是我们曾经说过的一领五结构，所以，应以单起式的句法为正，例如张先词填为"但自学、孤鸾照""问尺素、何由到"，理由就是因为所添的字其实就是一个领字，该句的句法本质上是"但、自学孤鸾照"、"问、尺素何由到"，只是习惯上都读为三三式折腰而已。

但正因为律理如此，在《卜算子》中添字就要注意这样几个问题：首先，第三字不可填平声字，至今所见的宋元词中这个字位均为仄声，可证；其次，如果填为双起式的句子，如欧阳修作"今世里、教孤冷"者，便是败笔，所以宋词中只有两例如此，而黄童填为"奚止朝朝暮暮"这样完全已经只有一个六

字的形式而毫无韵律规则的，尤为误笔，宋词中独此一例。

251. 从黄庭坚《少年心》认识"添字"的两种类型

黄庭坚有《少年心》两首，其一题注自云是"添字"，通过这两首词的比较分析，可以探索宋人"添字"的一些原委。秦巘所录两首《少年心》如下：

正格
对景惹起愁闷。染相思、病成方寸。是阿谁先有意，阿谁薄幸。陡顿恁、少喜多嗔。　　合下休传音问。你有我、我无你分。似合欢桃核，真堪人恨。心儿里、有两个人人。

添字
心里人人，暂不见、霎时难过。天生你、要憔悴我。把心头、从前鬼，着手摩挲。抖擞了、百病销磨。　　见说那厮，脾鳖热大。不成我、便与拆破。待来时、鬲上与，厮噙则个。温存着、且教推磨。

本词所谓添字，全在前后段第一韵段中，可见宋词的添字变化，主要在起调毕曲、过变结拍，而从这个实际情况来看，"添字"这个概念应该有两种不同的内涵，其一是指的影响词调体式的"添字"，即通常所谓的"又一体"，如上述后一首，如李清照的《添字采桑子》。这种添字，已经对词体"伤筋动骨"，一望而知原来的旋律已经做了很大的改变。其二是指的一个词句中的添字，这类添字仅仅是内部微调，并不影响整个词调的体式，不可称之为"又一体"，例如本调的结拍依律应该是上三下四句式，但正格结拍中填为"心儿里、有两个人人"，如果不是误多一个"两"字，那就是这一类的"添字"。为区别两种完全不同的概念，后一种应另外命名，如称其为"增字"更好，这也是因为两种"添字"具有另一个重要的区别：前一种必定是作者主观上有意为之的"添字"，后一种则还有可能是作者的填误，或者甚至是后人的妄补、刻误等原因造成的。

顺便指出秦巘在点读中的几个瑕疵：

正格前段第三拍须读断为"是阿谁、先有意"，秦巘关注的是词意上的"阿谁……阿谁……"句式，但比较两首，这个句子的韵律显然是三三式的折腰句，且我们早已指出，三三式中很多就是这种一领五的句子；

后段第三拍夺一字，其词原貌必定是"似合欢、桃核●"，这个用第二首的"待来时、鬲上与"和前段的"是阿谁、先有意"就可以证明，其原本的旋律必定如此；

后段结拍窃以为不是增字,而是衍字,原文应该是"有个人人","有个人人"就是"有个心上人""有个伊人"的意思,柳永、欧阳修、周邦彦等等宋代词人曾经多次用过,但说"有两个心上人"显然是笑话了,从古至今,未见有人这么用过。

252.《酒泉子》词调的减字概说

《酒泉子》源自唐代,唐词中这个词调的字句变化繁多,但是其体式则万变不离其宗,司空图的词可以视为本调的正体,我们以其为例展开讨论:

> 买得杏花,十载归来方始坼,假山西畔药栏东。满枝红。
> 旋开旋落旋成空。白发多情人更惜,黄昏把酒祝东风。且从容。

本调的所有变化,主要在于句式文字的增减以及韵脚的差异。文字的增减,本属词调的微调,在今人的眼中,创作的时候多一字少一字是一个天大的错误,即便是当今一等一的填词高手,也无人敢就此越雷池一步。但是,在唐宋时期填词,增减一二字甚至数字,都是极为正常的事,这一点,我们从今存的词谱中有那么多的"又一体"这一事实中,就可以得到印证,这是一个铁的事实。

《酒泉子》的文字增减,就目前可见的唐宋词中可以看出,有以下几种。其一为前后段第三拍减一字,改变平起平收式的七字律句为折腰式六字句,例如李珣的:

> 雨渍花零。红散香凋池两岸。**别情遥、春歌断**。掩银屏。
> 孤帆早晚离三楚。闲理钿筝愁几许。**曲中情、弦上语**。不堪听。

这种变易多发生于前后段同时各减一字,很少有前段或后段单边减字的情况。

其二为前后段第二拍减一字,将七字句改变为仄起仄收式的六字一句,例如李珣的:

> 秋月婵娟,**皎洁碧纱窗外**,照花穿竹冷沈沈。印池心。
> 凝露滴,砌蛩吟。**惊觉谢娘残梦**,夜深斜傍枕前来。影徘徊。

这种减字,可以只是前后段单边减一字,也可以是前后段同时减一字。

其三则为后段第二拍减二字,变更为仄收式的五字律句,如顾夐词:

> 小槛日斜,风度绿窗人悄悄。翠帏闲掩舞双鸾。旧香寒。
> 别来情绪转难判,**韶颜看却老**。依稀粉上有啼痕。暗销魂。

253.《洞仙歌》后段第二韵段的填法和变化

孟昶的《洞仙歌》是该调的正例:

> 冰肌玉骨,自清凉无汗。贝阙琳宫恨初远。玉阑干倚遍。怯尽朝寒,
> 回首处、何必留连穆满。　　芙蓉开过也,楼阁香融,千片。红英泣
> 波面。**洞房深深锁,莫放轻舟,瑶台去、甘与尘寰路断**。更莫遣、流
> 红到人间,怕一似当时,误他刘阮。

　　后段第二韵段,其正格就应该是这样的模式,因为只有这样的体式,后
段从"芙蓉"至"路断"这一截,就可以与整个前段的字句相合,形成一个类
似双曳头的格式(或者说,实际上就是一个双曳头),这就是当时词乐中的一
个旋律回环。但是,苏轼所作的续词,或许是因为他的记忆有误,"洞房深深
锁,莫放轻舟,瑶台去、甘与尘寰路断"这一段误填作了"试问夜如何,夜已三
更,金波淡、玉绳低转",与孟昶词的词体相比较,少了二字,虽然苏词被后人
广为模仿,却终归不是正格。
　　此外,这一韵段的首拍五字一句,常常可以添一字,作六字折腰句法。
这一变化是对应性的,即不仅仅可以只发生在后段,也可以只发生在前
段,如:

> 问姮娥、缘底事,乃有盈亏 (向子諲词,仅前段添一字)
> 澹秀色,黯寒香,粲若春容 (晏几道词,仅后段添一字)

也可以前后双边都改变,如前后段均增一字:

> 带天香,含洞乳,宜入春盘……记筯前、须细认,别有余甘 (晁补
> 之词)

这样都是允许的。这种添字,也只是创作中的一种句法微调,与体式本身并

没有太多的关系,所以不会影响体式而形成所谓的"又一体"。

至于第二韵段的收拍,则极为划一,整个宋词都是三字逗领起的句法,其形式极为一致,以《全宋词》为例,前段第二韵段除了戴复古的"看画城簇簇,酒肆歌楼,奈没个巧处,安排着我"、熊德修的"□东寻山水,独抱一琴来锦里。不犯人间宫祉"和《翰墨大全》无名氏的"对芳辰、符吉梦,知降神、崧极应诞,主作人间英杰"[1]三首之外,其收拍全为上三下六式或上三下四式句法的格式。但是,这三个例外的词例,其实都是误读而已,本质上仍然是上三下六的句式。

254. 杜安世《合欢带》后段结拍七字还是六字

《词系》中杜安世《合欢带》的前后段的末一韵段是:

罩纱帏、象床犀枕,昼眠才似朦胧。(前段末一韵段)
到如今、扇移明月,簟铺寒浪与谁同。(后段末一韵段)

万树对后段的结句有一个分析,他根据杜词前段的末一韵段,以及柳永词后段末一韵段为"况当年、便好相携,凤楼深处吹箫",作出这样的判断:"观前结与后载柳词,恐尾句误多'与'字也。"秦巘则批评万树"总以前后相比,未确",却忽略了万树也对校了柳永的尾句,而这个对校自然是最合理的手段了,因此,秦巘仅仅是基于"前后相比"的理由否定万树的观点,是没有道理的。

但是,扪其韵律,应该可以看出万树的判断也并不正确,其失误依然还是在于"就事论事",而没有分析其韵律特征。因为"与"字应该是个添字,而并非误多,这里的韵律与柳永完全不同,不可以对校,柳永词的"况当年、便好相携,凤楼深处吹箫"两句之间没有任何关系,而本词则是一个三字托的结构:"扇移明月,簟铺寒浪、与谁同",所托为前八字这样一个四字对偶句,这也是一个比较少见的"三字逗加俪句再加三字托"的结构,所以,柳词不可参校。

第五节　夺　字

作品在流传过程中,因为年代久远、辗转抄录、刻工误笔等等各种客观原因所导致的文字脱落,称为"夺字",相对于误多,夺字的情况大量存在。

---

① 　分别见唐圭璋编撰《全宋词》,中华书局 1965 年版,第 2306、3545、3803 页。

通常一篇文中如果有夺字，又无别本可校，但字面上却也能读通，那么这种夺字就成了死案，唯独在词中，即便也是如此，但是因为词有一个韵律特征在，在检测上就多了一个维度，所以这种夺字也能被我们揭示出来。问题是，在并不了解韵律的人眼里，那也未必是有夺字的，揭示夺字可能反而成了无事生非，这是词体研究中最令人无助的事。

255. 判断是减字还是残缺，对词体研究很重要

晚浴新凉，风蒲乱、松梢见月。**庭阴尽，暮蝉啼歇**。萤绕井阑帘入燕，荷香兰气供摇簟。赖晚来、一雨洗浮尘，无些热。　　心下事，峰重叠。人甚处，星明灭。想行云应在，凤凰城阙。曾约佳期同菊蕊，当时共指灯花说。据眼前、何日是西风，凉吹叶。

吕渭老的这首《满江红》词，其前段的第二韵段仅有七字，较之其他词都少四字一句，因此该词《词律》《钦定词谱》等谱书一直以来都作为"又一体"收录，这充分表明清代词谱家都已经没有了宋人的均拍概念。

本调第二韵段正确的结构应该是"抬望眼、仰天长啸，壮怀激烈"这样的三字一逗、四字两句，为一起一收的两个句拍。而"庭阴尽"本来只是一个三字逗，还不能算是一个"句"，所以吕渭老的第二韵段就只剩下一个孤拍，而构不成一个完整的韵段，结构上的残缺是很显然的，绝不存在"减字"的问题。

清代词谱家在这类问题上，往往用一个含糊其辞没有韵律概念的"少"字，极其原生态地笼统陈说"少四字"，而不能说清楚是"减四字"还是"夺四字"，无法作出一种性质完全不同的精准描述，自然也无法获得一个准确的分析。

这一类夺字后被列入谱书中的例子很多，尤其是这类脱落整个句子的体式，对词体规范的伤害是很大的。我们再举周邦彦的《凤来朝》为例，秦蟫是这样读的：

逗晓看娇面。小窗深、弄明未辨。爱残妆、宿粉云鬟乱。最好是、帐中见。
说梦双蛾微敛。锦衾温、兽香未断。　待起难舍拼，任日炙、画楼暖。

这个小令也有一处韵律上的误讹。"待起难舍拼"五字，现存的宋元词中，其他各首都不是五字句，而是陈允平"买一笑、千金拼"式的六字折腰句，这就很有想象的空间了：周词前段对应句为"爱残妆、宿粉云鬟乱"，其韵律

十分谨严,但后段不但只有五字,还是一个不律的句子,通常凡是有不律句的地方,往往意味着有韵律问题存在,而不是什么"音律最佳处",后人陈允平作"买一笑、千金拼",说明他所见的周词就不是五字,而史达祖也作"扇底并、团圆影",邵亨贞也作"转首又、天涯暮",实际上就是在提醒我们,后段这一个句拍也应该**是个三字逗领起的句子**,换言之,就是与前段"爱残妆、宿粉云鬟乱"相同的句式。

而有两个细节最能说明这种判断的正确性:一、陈、史、邵三首,该句都是〇〇●收束押韵,其韵律与周邦彦前段的"云鬟乱"完全一致;二、周词的收束却是一个"难舍拼",并非〇〇●结构,则陈的"千金拼"、史的"团圆影"、邵的"天涯暮"三字的位置就必定是与"难舍拼"不相对应的,鉴于"拼"是韵脚,所以可以推论,周词的原来样式一定是一个"难舍〇〇拼"。

在这两点的基础上,根据周词前段句式为三字领,陈、史、邵三首也是三字领,周词后段这一个句拍的完整原貌就可以拟出了,应该是"待起〇、难舍〇〇拼",再看全词,韵律十分谨严、和谐,的是美成手笔:

> 逗晓看娇面。小窗深、弄明未辨。爱残妆、宿粉云鬟乱。最好是、帐中见。
> 说梦双蛾微敛。锦衾温、兽香未断。待起〇、难舍〇〇拼。任日炙、画楼暖。

这才是《凤来朝》的原来样式。

256. 根据词体韵律的分析,校正词中大量文字脱落

前面两个例子仅仅是一个小句的脱落,传统词谱中多句文字脱落的情况都不是偶例,我们这里选几个例子进行分析。

第一例,《江城梅花引》秦巘以王观"年年江上"词为正例,并认为"洪皓所和韵,即此词也。其为创调无疑",秦巘的创调判断有点儿戏,我们已经在第三章第一节中有过分析,这里暂且不论。据洪皓的公子洪迈在《容斋随笔》中记载:直至绍兴丁巳,即公元 1137 年,洪皓五十岁时,因洪氏四首和词问世,本调"始歌",开始在社会上流传,而此时距王观词的问世,已经过去了半个多世纪;再过两三年,"北庭亦传之",可见这个词调在洪皓和词之前,一直湮没无闻。

这一点对研究有启发。正因为长时间"不传",有理由相信现在所见的版本,其前段有较多文字脱落是在情理之中的,亦即前段"暗香来"之后,原

文应另有十一字,先来看看我们摹拟的原貌,为方便观察,将每段分前半和后半比对:

> 年年江上见寒梅。几枝开。暗香来。○○●●。●○●、●●○○。(前段前半)
> 怨极恨极嗅玉蕊。念此情,家万里。暮霞散绮。楚天碧、几片斜飞。(后段前半)
> 疑是月宫、仙子下瑶台。冷艳一枝春在手,故人远,相思切,寄与谁。(前段后半)
> 为我多情、特地点征衣。花易飘零人易老,正心碎,那堪闻,塞管吹。(后段后半)

补足后可以看出,这是一个全词回环的词体,前后段对称整齐,最重要者,是本词既然称之为"引"词,那么按照基本的韵律规则,前段就应该是由三个韵段构成的,当脱落十一字后,则第一、第二韵段就明显残缺。长期以来,人们对这个词调一直纠缠于是否有《江城子》的因子存在,而忽略了对其文字极为参差的质疑。

第二例,再来看一首脱落更多的王庭圭《寰海清》词。本词前后段也是极为参差,似合而不合,秦巘所据本是这样读的:

> 画鼓轰天。暗尘随马,人似神仙。天恁不教昼短,明月长圆。天应未知道,天知道,须肯放三夜如年。　　流苏拥上香軿。为甚个、晚妆特地鲜妍。花下清阴,怎合曲水桥边。高人到此也乘兴,任横街、一一须穿。莫言无国艳,有朱门、镇婵娟。

《全宋词》据赵万里校的《卢溪词》,文字虽然与《词系》有不少差异,分段也不相同,但总体上两词是一致的,呈前段短、后段长的总体格局。我们仔细分析这首词,认为如果后段第二韵段读为"花下清阴怎合,曲水桥边"(怎合,《全宋词》作"乍合",更恰),那么就和前段的"天恁不教昼短,明月长圆"完全相合了,根据这样的一个基点,本调前后段的前二韵段为:

> 画鼓轰天。暗尘随马,人似神仙。天恁不教昼短,明月长圆。流苏拥上香軿。为甚个、晚妆特地鲜妍。花下清阴怎合,曲水桥边。

还是比较符合一般的慢词结构的,既如此,窃以为后面两韵段的本来样貌其实就应该是这样的:

○○●●○○●,●○○、●●○○。天应未知道,天知道,须肯放三夜如年。
高人到此也乘兴,任横街、一一须穿。莫言无国艳,有朱门、镇婵娟。

也就是说,这个词调其实整整脱落了一个韵段的两个句拍,共计十四字。而只有补上这十四个字,整个词体才吻合一个慢词应有的架构。

第三例,我们看看冯伟寿的《云仙引》。《云仙引》是一个孤调,宋元仅此一首,这类词体最难校读,只能靠自身的韵律逻辑和前后段的比照。秦巘读为:

紫凤台傍,红鸾镜里,霏霏几度秋馨。黄金重,绿云轻。丹砂鬓边滴粟,翠叶玲珑烟剪成。含笑出帘,月香满袖,天雾萦身。 年时花下逢迎。有游女、翩翩如五云。乱掷芳英,为簪斜朵,事事关心。长向金风,一枝在手,嗅蕊悲歌双黛颦。远临溪树,对初弦月,露下更深。

该词的规模,一望而知应该是一个慢词,所以后段是一个四韵段的词体,正是慢词的样式。但是前段就比较凌乱了,勉强可以读出三个韵段词来,因此,可以断定其前段有较多的文字脱落,且很有可能已经人为臆改过了。

首先,"丹砂鬓边滴粟"六字不通,校之后段,这里对应的应该是两个四字句,其原词的样貌或是"●●丹砂,鬓边滴粟",以对应后段的"长向金风,一枝在手"。由此可以看出,"丹砂"之前应该有多字夺误,因为前段自"丹砂"至"萦身",与后段自"金风"至"更深"的文字相合,韵律极为谐和,所以之前的文字竟无一能合,其旋律必定没有如此参差的道理,尤其是第二韵段只剩下了六字,如此韵律,大为可怪。窃以为前后段第二第三韵段的文字,原本应该是类似如下这样的结构:

●●○○,●黄金重,●绿云轻。●●丹砂,鬓边滴粟,翠叶玲珑烟剪成。乱掷芳英,为簪斜朵,事事关心。长向金风,一枝在手,嗅蕊悲歌双黛颦。

而"黄金"六字,应该是被人改过,以成为六字俪句。如果补足八字,文字或可以有不同,但全词必然就会韵律谐和,均拍齐全,符合慢词的基本架构了。

最后一例,周邦彦的《红林檎近》。本词前段八句四韵段,是一个典型的慢词结构,但是后段只有七句,显然有一句脱落。我们以两半段为单位分析如下:

高柳春才软,冻梅寒更香。暮雪助清峭,玉尘散林塘。(前段一二韵段)
冷落词赋客,萧索水云乡。援毫授简,风流犹忆东梁。(后段一二韵段)

这两韵段对应整齐,韵律上只是第二韵段前后句式参差,这种情况最大的可能是其中有文字错讹,以致影响断句。当然,也可以视为读破,但这种类型的读破有点怪异。

那堪飘风递冷,故遣度幕穿窗。似欲料理新妆。呵手弄丝簧。(前段三四韵段)
望虚檐徐转,　　　　　　　回廊未埽,夜长莫惜空酒觞。(后段三四韵段原读)
●望虚檐徐转,●●●●回廊。未埽○○夜长。莫惜空酒觞。(后段三四韵段拟读)

原读这里只有三句,且中间没有别的韵脚,应该是脱了七个字。而第四韵段也未必就是一个读破,因为其中有"廊""长"二字可以视为原词的韵脚,而这两个韵脚恰好对应前段"窗""妆"两个韵脚,因此作这样的拟读。

257. 校勘个别文字是否脱落,也需要从韵律入手

前文探讨了较多文字脱落的考察问题,相对来说,一二个字的脱落比例,要远远多得多,而这种脱落的考订,更需要借助韵律的手段展开。如柳永的《白苎》[1]中,后段"当此际、偏宜访袁安宅"九个字,从韵律的眼光来看,准确的标点是不应该这样读的,这种语意下的后六字,通常都应该读为"偏宜访、袁安宅",也就是说,假如应该这样读,那么这九字就应该是一个三三三结构,否则,六字句如果不读断则韵律不谐,而句中二四五三个字都是平声则句法不律。

---

[1] 《全宋词》据南宋王灼《碧鸡漫志》卷二所引后段首尾各句,云是"世传紫姑神作",认为本词为紫姑所作。

读断本韵段成为三三三结构,秦巘或许是曾经有过考虑的,只是这个三三三有点突兀,别的词中都没有这样的结构,所以这个思路不能采纳。考察前二段,它对应的是"渐纷纷、六花零乱散空碧""严子陵、钓台归路迷踪迹"十字,则可知这里应该是"当此际、偏宜●访袁安宅",字句平仄与前悉同,而史浩词,这一句作"似名画手丹青,罢施缣素",也是十字,正可作为旁证。如此,则词意豁然开朗,词意通达,自然就意味着韵律问题也迎刃而解了。

再以柳永的《尉迟杯》为例,该词秦巘如是读:

宠嘉丽。算九衢红粉皆难比。**天然嫩脸修蛾,不假施朱描翠。盈盈秋水**。恣雅态、欲语先娇媚。每相逢、月夕花朝,自有怜才深意。绸缪凤枕鸳被。深深处、琼枝玉树相倚。**困极欢余,芙蓉帐暖,别是恼人情味**。风流事、**难逢双美**。况已断香云为盟誓。且相将、共乐平生,未肯轻分连理。

目前这一分段本身是正确的,秦巘说"宋本于'相倚'句分段"的原因,或是因为前段过短,但是细校柳永本词,前段是应该有两处文字脱落,共计少五字。

其一,前段第二韵段十二字,而后段第二韵段则有十四字,依其韵律,前段的起拍应该是八字:"●●天然,嫩脸修蛾",对应后段的"困极欢余,芙蓉帐暖"。其二,后段第三韵段的"风流事、难逢双美",前段只有"盈盈秋水"四字对应,显然脱了一个三字逗。由此可知,这两对韵段的原貌或是这样:

●●天然,嫩脸修蛾,不假施朱描翠。○○●、盈盈秋水。恣雅态、欲语先娇媚。
困极欢余,芙蓉帐暖,别是恼人情味。风流事、难逢双美。况已断、香云为盟誓。

而贺铸等所有后人所填的词,应该都是源自柳词这个残本,所以前段第二第三韵段看上去诸家都很整齐划一,而其实只是后人循误而已,就是我们曾经说过的,照歪葫芦画出来的歪瓢,无以证明葫芦本来都是歪的,只有从韵律本身的特征入手分析,所得出来的结论,才是合理的。

顺便说本词作者,根据这个词调这样的一种接受史来看,南宋何士信《类编草堂诗余》拟为柳永,其可信度更高。

258. 前后整齐,中间参差,是文字有衍夺的标志

为什么我们认为前述对《尉迟杯》的分析,是"从韵律本身的特征入手

分析"的? 因为慢词有一个一般规则,那就是至少第二第三两个韵段都应该是形成回环的,回环是一个词调之所以分段的重要依据,所以这也是唐宋词乐词的基本特征,我们可以从周邦彦《花犯》印证这一点。《花犯》的前后段的第一韵段和第四韵段对应基本整齐工稳:

> 粉墙低,梅花照眼,依然旧风味。露痕轻缀。……更可惜、雪中高树,香篝熏素被。
> 今年,对花最匆匆,相逢似有恨,依依愁悴。……但梦想、一枝潇洒,黄昏斜照水。

但是第二第三韵段确实极为参差,按照秦巘的读法是这样的:

> 疑静洗铅华,无限佳丽。去年胜赏曾孤倚。冰盘同燕喜。
> 吟望久,青苔上、旋看飞坠。相将见、脆圆荐酒,人正在、空江烟浪里。

这样的体式意味着至少前段从"依然"开始、后段从"相逢"开始,词乐的旋律就已经构成了一个大的回环,所以,中间部分更不能如此参差,其前段必然存在文字的脱落。不过,由于文字脱落有两种情况——一种是填词的时候母本已经残缺,一种是填完之后在流传的过程中文字丢失,而在前一种情况下,词句本身语意上是不会有问题的,所以,研究词句的文字脱落,仅从词句的文意上往往是无法找到破绽的,除了与他词互校之外,前后段的对比,是最可靠的方式。

因此,在这个词调中,对照后段,我们可以寻找到失落的文字。后段前六字为○●●、○○●,其中前五字与"疑静洗铅华"完全一致,因此我们可以断定,本调的前段第二韵段应该是有一字脱落的,其原貌或者是"疑静洗、铅华●",夺一字。而在第三韵段中就比较简单,很明显可以看到"相将见"三字是没有对应句的,而"去年胜赏曾孤倚"也并非一句,后三字应属后。所以,最后得出结论是,这两韵段的本来样貌应该是,不,必然是这样:

> 疑静洗、铅华●,无限佳丽。●●●、去年胜赏,曾孤倚、冰盘同燕喜。
> 吟望久、青苔上,旋看飞坠。相将见、脆圆荐酒,人正在、空江烟浪里。

这种中间参差必有衍夺的认识非常重要,我们再举秦观的《青门饮》为

例,其第二韵段和第四韵段十分整齐:

塞草西风,冻云笼月,窗外晓寒轻透。……一夜熏炉,添尽香兽。(前段)
湘瑟声沉,庾梅信断,谁念画眉人瘦。……可怜又学,章台杨柳。(后段)

但这中间的几句词就显得十分混乱了:

人去香犹在,孤衾长闲余绣恨恨与宵长,(前段)
一句难忘处,怎忍辜、耳边轻咒。任人攀折,(后段)

前段第二句居然是十一字句,应该是《词系》中唯一的一个长句。这十一字对应后段"怎忍辜、耳边轻咒。任人攀折",按照后段的句式,则应该也读为一七一四两句,且有一韵。在《钦定词谱》中这一句读作"孤衾拥、长闲余绣。恨与宵长",前一句是个平起式的三字逗,而细玩其词的韵律,后段的"怎忍辜"则是一个仄起式的三字逗,三字逗的韵律对平起式还是仄起式往往是比较讲究的,再比较别家,曹组作"尽龙山""厌时闻",也都是仄平平的格式,而且都是与"孤衾拥"不同的单起式,所以,窃以为本句所脱的字应该是在"孤衾"的前面,《钦定词谱》这里又是拍脑袋自己想出来的妄补,所以,应该按照叶申芗《天籁选词谱》卷五的"拥孤衾"为准而补"拥"字。至于"绣"字无疑应该是韵脚,所以,后面的两个"恨"字,也可知必衍其一。由此,矫正后这几句恢复了本来的样貌:

人去香犹在,●孤衾、长闲余绣。恨与宵长,(前段)
一句难忘处,怎忍辜、耳边轻咒。任人攀折,(后段)

我们最后举一个姜夔《霓裳中序第一》中的例子。秦巘所引的姜夔词,与各家的点读基本一致,这个版本应该是有衍夺的,为清晰看出文字上的参差,我们删去第一第四韵段,采用对齐式方法引用如下,○●是句子有参差的地方:

多病却无气力。况纨扇渐疏,罗衣初索。流光○过隙。叹杏梁双燕如客。
沉思年少浪迹。●笛里关山,柳下坊陌。坠红无信息。漫暗水涓涓溜碧。

这里第一句和最后一句都已经对应整齐,但中间有参差,意味着有文字的衍夺。

先看"流光过隙"。这一句所对应的是后段的"坠红无信息",因此依律应该是一个平起式的五字句,原词可能是用的姜夔的同乡前辈、著名诗人刘敞的"流光驹过隙"。我们可以看出,本词前段的"多病"以下与后段的"沉思"以下,前后段应该是对应整齐的,不应该在这一句中少一字。

再看后段的"笛里关山"句,与"流光过隙"也是一样,各本多为四字一句,但是其前段所对应的句子则是"况纨扇渐疏",也是五字,而校之其他一些词,如周密、詹玉、应法孙的词,后段本句都是五字一句,因此,无疑"笛"字前也脱了一个领字,且这个脱字在宋代应该已经形成,因为石正伦、胡翼龙、刘辰翁等人的词也是四字一句,可见周密等人所据的母本,与刘辰翁等人所据的母本是不同的。而罗志仁这一句,一本作"怅下鹄池荒",一本作"下鹄池荒",则显然是有人在据甲本而改为乙本,可以从一个侧面证明当时有两种不同的母本存在,所以才会形成不同的两种样貌。

基于这样的考量,我们可以得出两个重要的认识:其一,本词的完璧,应是一百零三字;其二,本调在宋代已经有脱离词乐而成为文词的作品了,所以,夺领字之类的重要关纽有瑕疵,也已经无所谓。

259. 校正词句的时候,突破韵律的迷惑很重要

确定是否有夺字,有时候突破韵律的迷惑也很重要,吴文英的《三部乐》词,后段第一韵段秦巘所据本为"越装片篷障雨,半竿渭水,伴鹭汀幽宿",其中的第二个句拍四字,与其他诸家都不同。但因为第三拍苏词、周词都是四字一句,而吴文英词为五字,所以就容易被迷惑,以为吴词是一种句法读破,《词律》《钦定词谱》《历代诗余》等旧本都是同一的句式,很可能就是出于这样的考量。

但这里原词实为"瘦半竿渭水",本有一领字,郑文焯早已"疑仍有小误"。彊村据明钞本四校后,也认定是"瘦半竿渭水"。而第三拍不但方千里是个五字句"到见时难说",杨泽民也是"向丽人低说"五字,所以有理由相信周邦彦词原本也是一个五字句,如此,则吴文英词就与周、方、杨词都全同了。

再举一例。欧阳修《摸鱼子》的后段第二韵段,其正格是十三字,我们将正例晁补之的词句和欧阳修的词句放在一起参考:

弓刀千骑成何事,荒了邵平瓜圃。(晁补之词)
况伊家年少,多情未已难拘束。(欧阳修词)

　　欧阳修词只有十二字,少一字,且宋词中此处少一字的,也只有这一例,秦巘将该词列为第二体,但窃以为欧阳修的这两个句子中必有错讹、夺字,无须为范。

　　在校正这两个句子的时候,很容易会因为"年少"为仄顿,而产生这样的考虑:如果前句为"况伊家年少多情",那么夺字就在后一句了。孤立地看确实也可以,但是这一韵段的问题主要还是在前一句,因为这一起拍在韵律上例作平起仄收式七字律句,欧词则是罕见的单起式句法,考虑到前段对应句一本作"对小池闲立残妆浅"(《欧阳文忠公集》卷三、《六一词》及《花草粹编》卷二十四韵段如此,《全宋词》也采此本),则本句的原来面貌,也应该是"况伊家年少多情●,●未已难拘束"。

260. 从文字脱落的角度思考,可解决长期的疑难

　　《黄莺儿》这个词调的前段第一第二韵段,是整个宋词韵律中的一个难点,历来对如何句读形成两种说法,为叙述清晰,先引秦巘所读的体式如下:

> 园林晴昼春谁主。暖律潜催,幽谷暄和,黄鹂翩翩,乍迁芳树。观露湿缕金衣,叶映如簧语。晓来枝上绵蛮,似把芳心,深意低诉。
> 无据。乍出暖烟来,又趁游蜂去。恣狂踪迹,两两相呼,终朝雾吟风舞。当上苑柳浓时,别馆花深处。此际海燕偏饶,都把韶光与。

　　这两种说法,一种是以《钦定词谱》为代表,将前面二十三字读为七字一句、四字四句,《词系》是按这个读的。另一种则是万树《词律》的七字一句、六字二句、四字一句。前者由于完全没有基本韵律概念,二十三字后才有一个主韵,无疑是极为错误的。后者意识到在"树"字之前应该有本词的第一个主韵,即所谓"起韵",所以将"谷"字视为韵脚,勉强凑出一个主韵,因为合乎基本韵律,郑文焯等人都赞同。

　　但是,由于这种解释太过拘泥于现状,难免就有捉襟见肘的窘迫,很难自圆其说的是,为什么前后段的第二韵段,字、句都不谐和对应?实际上,详细分析韵律,可知前段的"翩翩乍迁芳树"与后段的"终朝雾吟风舞"丝丝入扣,对应十分整齐,由此可以推断,第二韵段的字句应该是对应整齐的。而"暖律潜催"所对应的应该是"又趁游蜂去",那么我们就可以很清晰地看出,这个主韵就在这一个句拍中,前段的本来面目无疑应该是"暖律潜催●",主韵脱落了。

　　当然,这里脱的不是一字,而是连续三字,补足之后前后段对照,其字句

是非常整齐谐和的：

> 暖律潜催●。●○幽谷，暄和黄鹂，翩翩乍迁芳树。
> 又趁游蜂去。恣狂踪迹，两两相呼，终朝雾吟风舞。

这里剩下的只有"暄和"两字了。如果按照万树的解析，就毫无违和之处，否则"暄和黄鹂翩翩乍迁"四个平声顿连用，是绝对不合韵律的，秦巘以晁补之、王诜、无名氏等人的作品为例，来证明"和"字当平，却忽略了这些去柳永一代以上的人，其词之所以与柳词相同，就是因为他们的母本很可能就是柳词，依样画出来的葫芦自然是相同的，除了说明柳词在其当代已经有了错讹，应该没有别的理由了，而柳词脱落文字，实在是一个很正常的现象，这种情况太多了。

261. 前人词有误，后人词无误一例

文字的多少，是减字还是脱字，是底本的问题还是仿词的问题，有时候仅仅靠字面是不太能搞得清楚的，如两首《迷神引》字数不同，我们用墨钉标注，引录如下：

> 红板桥头秋光暮。澹月映烟方煦。寒溪蘸碧，绕●垂杨路。重分飞，携纤手，泪如雨。波急隋堤远，片帆举。倏忽年华改，尚期阻。（柳词前段）
> 黯黯青山红日暮。浩浩大江东注。余霞散绮，回向烟波路。使人愁，长安远，在何处。几点渔灯小，迷近坞。一片客帆低，傍前浦。（晁词前段）
> 暗觉春残，渐渐飘花絮。好夕良天，长辜负。洞房闲掩，小屏空，无心觑。●指归云，仙乡杳，在何处。遥夜香衾暖，算谁与。知他深深约，记得否。（柳词后段）
> 暗想平生，自悔儒冠误。觉阮途穷，归心阻。断魂凝目、一千里，伤平楚。怪竹枝歌，声声怨，为谁苦。猿鸟一时啼，惊岛屿。烛暗不成眠，听津鼓。（晁词后段）

通常情况下，晁补之晚于柳永整整一代，晁补之的《迷神引》校之柳词多二字，一般来说就应该是添字或衍字，但是，研究本调韵律，我们以为并非晁氏添字，晁补之这首词无疑是以柳词为母本填的，这个从他不但是用的柳永

韵,且起手用"黯黯青山,红日暮"本来就是摹自柳永的"红板桥头,秋光暮"便可看出,所以,可见在晁补之的时候,他还能看到比今天更加完整一些的柳词。

我们先看"绕●垂杨路"。"寒溪蘸碧,绕垂杨路"两句,对应的是后段的"洞房闲掩,小屏空,无心觑"十字,因此,疑"绕"字后脱落二字,实际上应该是"绕○●、垂杨路"。而晁补之的这两句,万树已经指出,应该是"●回向、烟波路",这就从一个侧面证明了,至少晁补之所见到的柳永词,比我们多看到了一个字。

其次,"怪竹枝歌"也并非是添字,而是柳词原本就是如此,因为如果这个地方原本就是三个字,晁补之根本不必添字,填"怪竹枝、声声怨"就可以了,"歌"字实质上就是一个多余的废字。这一点我们想想就可以明白,一首歌中连续五个三字句,韵律怎么会优美?又不是《三字经》。这样,从整体旋律分析,第二第三韵段结构相同,都是四字一句、六字折腰一句。

262.《凤楼春》疑有较多文字脱落

凤髻绿云丛。深掩房栊。锦书通。梦中相见觉来慵。匀面泪,脸珠融。因想玉郎何处去, 对淑景谁同。

小楼中。春思无穷。倚阑凝望, 暗牵愁绪, 柳花飞趁东风。斜日照、珠帘罗幌, 香冷粉屏空。海棠零落, 莺语残红。

《凤楼春》从唐至元今仅存欧阳炯这一首,七十八字。其词的前后段太过参差,不符合早期词的双段式大多前后谐和的基本样态。这种如此长短不齐的情况,一般都是因为有文字脱落的缘故,所以非常少见,窃以为本词也是有很多文字的脱落。

举例来说,如"锦书通"从韵律谐和的角度看,应当是四字,词意上也应该是"锦书难通"的意思,这样才能与前文之"深"字、后文之"梦"字相合,则"锦书"后或脱字若干;又如"匀面泪""脸珠融"二句,几不成语,完全无法理解句意,其原文也应该是"匀粉面、泪脸珠融"才合乎韵律和词意;再如后段"柳花"句,"趁"之前后添一仄声字亦于律更谐。

总之这首词之所以无人填写,极可能在当时就是一个韵律破碎的曲子,无法歌唱。此外,这也是欧阳炯最长的一首词,欧词其余的都是容量很小的小令,因此,这首词也可能本是两首,因为恰好同韵,所以误合。这一说法无据,仅备参。但是我们如果单独拿出后段来研究,并将其一分为二,或许会有一个有意思的发现:

小楼中。春思无穷。倚阑凝望〇。暗牵愁绪，柳花飞趁东风。

斜日照、珠帘罗幌，香冷粉屏空。海棠零落，莺语残红。

如果分为两段，恰好是一个接近完美的小令词体，唯一的瑕疵是前段"望"字非韵，且该句与后段相较少一字，如果我们补上一个韵字，那就没有其他韵律上的问题了，至于前段前一韵段多二韵、后段结拍少二字，都可以有一个合乎词调基本韵律的解释，甚至可以认为是一个必要的变化。

第六节　衍　字

作品在流传过程中，因为年代久远、辗转抄录、刻工误笔等等各种客观原因所导致的文字误多，称之为"衍字"，相对于夺字，误多的情况比较少见。

与夺字一样，我们可以凭借词的韵律特征，发现一些即便字面通顺，但明显有违律理的衍文，尽管在不了解韵律的人眼里，这或是一种无事生非的事。

263. 冯延巳《临江仙》词结句有衍夺

秣陵江上多离别，雨晴芳草烟深。路遥人去马嘶沉。**青帘斜挂里**，新柳万枝金。

隔江何处吹横笛，沙头惊起双禽。徘徊一晌几般心。天长烟远，凝恨独沾襟。

《临江仙》是一个对应很规整的词调，但冯延巳的这首词中，其前结与后结相比，后结少一字，秦巘因此而将其收录为又一体。

这种前结十字、后结九字的结构，在一个对应很规整的词调里，通常就可以断定其中必有舛误，除非有过硬的证据，轻易不能将其判为"又一体"。在四印斋本《阳春集》中，其前段上句作"青帘斜挂"，无"里"字，且冯氏的另外二首，也分别是"酒余人散""凤城何处"这样的平起式四字句，以此而言，冯词的前后段这一句，大概率可知本来就都是四字句。至于一本《阳春集》该句作"天长烟远□"，句脚有一夺字符，应该是有人为了对应"青帘斜挂里"，而人为补足的。但无论是那种情况，都说明了古人均默认本调前后段的对应性，认定了不对应便是有舛误存在。

264. 是否衍文,最终还是要从韵律出发考量

方千里和周邦彦的词,往往是亦步亦趋,最为谨慎,词中的平上去入,基本上称得上是一丝不苟,但是,在《齐天乐》词中,两人的作品却有一个很大的差异,这个差异出现在该调后段的第一韵段中:

荆江留滞最久,故人相望处,离思何限。(周邦彦)
鳞鸿音信未睹,梦魂寻访后,关山又隔无限。(方千里)

方词较之周词足足多了两字。根据一般情况推断,这种差异的出现有三种可能:或者是周词在后来的流传中被后人传丢了两字,但方千里看到的周词尚未阙字;或者是方千里看到的周词已经被传讹了,多了二字;还有,或者是方词在以后的流传中被人为误添了两字。

在《历代诗余》卷七十七中,方千里这首词被收录,这个句子只有四字"关山无限",根据这一个版本,可知大概率是第三种情况,"又隔"二字为后人误入。

但是,就文意而言,"关山无限"的意思就是"关山又隔无限",如果是后人妄添二字,按常理应该是添加一个不可或缺的字才对,岂有去添两个可有可无的字的道理? 所以,这更像是《历代诗余》人为删去了两个编者认为多余的字,以便和周邦彦一致。

究竟真相如何,我们还是要从韵律入手来分析,才能给出一个正确的结论。首先,"离思何限"就韵律而论是违律的,这种句式只有在句首添加两个平声字之后,才能形成一个合律的平起仄收式六字句法,而"关山又隔无限"恰恰就是这样的一个句式,因此,我们可以很肯定地认为,这里只有拟为"〇〇离思何限",才是唯一准确的原貌。

265. 罕见的文字多或少,基本可以判定有衍夺

点火樱桃,照一架、荼䕷如雪。**春正好、见龙孙穿破**,紫苔穿壁。乳燕引雏飞力弱,流莺唤友娇声怯。问春归、不肯带愁归,肠千结。　　层楼望,春山叠。家何在,烟波隔。把古今遗恨,向他谁说。蝴蝶不传千里梦,子规叫断三更月。听声声、枕上劝人归,归难得。

辛弃疾这首词也就是张先正体的词格,只是前段第三拍多一字异。从全宋《满江红》五百余首、辛弃疾三十三首,却仅此一首该句多一字这一事

实,可以基本断定这是文字的误衍,而非添字。从韵律的角度分析,如果这一句法成立,那么就会形成一个"三字逗领一字逗领四字两句"的奇怪结构,由此可见,本词无须收入词谱类专著中,但《词系》作为以词谱研究为主要功能的专著,所收录的例词并不是为了给后人填词作规范,则不在此例。

266.《夜半乐》前段第一韵段或衍一字

冻云黯澹天气,扁舟一叶,**乘兴离江渚**。渡万壑千岩,越溪深处。怒涛渐息,樵风乍起,更闻商旅相呼,片帆高举。泛画鹢、翩翩过南浦。　　望中酒旆闪闪,一簇烟村,数行霜树。残日下、渔人鸣榔归去。败荷零落,衰杨掩映,岸边两两三三,浣纱游女。避行客、含羞笑相语。　　到此因念,绣阁轻抛,浪萍难驻。叹后约、叮咛竟何据。惨离怀、空恨岁晚归期阻。凝泪眼、杳杳神京路。断鸿声远长天暮。

本调仅存柳永词二首,秦巘认为这个词调是一个"双曳头"的结构。但是如果以"双曳头"的标准来进行衡量,则前段第一韵段应衍多一字。具体地说,是"乘兴离江渚"的字数在律理上就应该与第二段的"数行霜树"一致,而后段"一簇烟村,数行霜树"是一个俪句,不可能如秦巘所说,是"中段第三句少一字",所以前述的五字句衍字无疑。

而就本词语境来看,并无"兴"可言,原句应是"乘离江渚",甚至可能是"乖离江渚"。至于柳词别首的填法,也与本词一样,参差一字,则很可能是后人为统一体式而作的误改。

267. 柳永《凤归云》词的"一岁风光"未必是衍文

恋帝里、金谷园林,平康巷陌,触处繁华,连日疏狂,未尝轻负,寸心双眼。况佳人尽,天外行云,堂上飞燕。向玳筵、一一皆妙选。长是因酒沉迷,被花萦绊。　　更可惜、淑景亭台,暑天枕簟。霜月夜凉,雪霰朝飞,**一岁风光**,尽堪随分,俊游清宴。算浮生事,瞬息光阴,锱铢名宦。正欢笑、试恁暂时分散。却是恨雨愁云,地遥天远。

柳永这首《凤归云》词,秦巘认为"前后段字字相同,只后多'一岁风光'四字,'试恁'句多一字,然无廿七字始起韵之例",这一判断也是欠深入思考。

既然"无廿七字始起韵之例",前段廿七字才起韵,几乎与后二韵段字数相当,断无这样的律理,则其中必有舛误,其舛误无非两种:或有文字错讹,或有文字脱落。在现有文字基本上通顺的情况下,则后者的可能性无疑更大。既然如此,就不应该考虑后多"一岁风光"四字,而应该考虑前少四字,少一个包含主韵的四字句,所以,秦巘没有厘清这其中的逻辑关系。

我们可以从词意分析来证明"一岁风光"并非衍句:这里的"一岁风光,尽堪随分"是一个单位,按照四字逗读应该更加符合韵律,八字正对应前段的"连日疏狂,未尝轻负",二者都是八字一气的句法,前后的对应十分工稳,丝丝入扣,因此不是衍文。

268. 张枢《瑞鹤仙》后段衍文之争

《瑞鹤仙》后段第二韵段,张枢词与周邦彦正例词有所不同:

惊飙动幕。扶残醉、绕红药。(周邦彦)
繁华迤逦。西湖上,多少歌吹。(张枢)

这一韵段词,张枢不是仅与周邦彦不同,因为除了张枢外,基本上宋人都按周词填,只有极少数如辛弃疾是填成"瑶池旧约。鳞鸿更杖谁托"的,不用折腰句法,但也是六字。

所以,万树在《词律》史达祖词的"芳心一寸。相思后,总灰尽"后说:"张枢词于'相思后'六字作'西湖上多少歌吹',多填一字,他家俱无此体,必系传讹",这应该是一个站得住脚又切中肯綮的观点,但是秦巘却认为:"'西湖'二句七字,与各家异。《词律》谓多填一字,必系传讹。一本删去'上'字。愚按:紫姑词既可作五字,周词下句七字,各为一体。张枢为炎父,《词源》所论详审之至。音且必协,岂有多填之理? 万氏臆断,往往类是。"这就是一个令人哭笑不得的说辞了。

秦巘说的紫姑五字,是指《词系》所引的紫姑《瑞鹤仙》,这一韵段作"云鬟试插。引动狂蜂蝶",收拍为五字,但是问题是,这个紫姑的五字,是否可以确认并没有夺误呢?《夷坚志》所收录的版本就是"云鬟试插。引动狂蜂浪蝶",也是六字。其次,因为张枢是精通音律的人,就算他自己绝对不会错多一字,如何保证在流传的过程中不会被人误添一字呢? 以这样两个极为荒诞的理由来断定"万树臆断",可谓是糊涂一时了。

269. 衍字词举例五则

相对于夺字,有衍字的词的数量要少得多,这个应该可以理解,妄补的人总归是比较少,但因为各种原因而造成文字脱落的情况则非常正常。我们最后再列举一组有衍文的词如下,以提供给大家参考。

其一,吴文英的《惜秋华》:

> 露罥蛛丝,小楼阴,堕月秋惊华鬓。宫漏未央,**当时钿钗送遗恨**。人间梦隔西风,算天上、年华一瞬。相逢纵相疏,胜却巫阳无准。
> 何处动凉讯。听露井梧桐,楚骚成韵。彩云断,翠羽散,此情难问。银河万古秋声,但望中、婺星清润。轻俊。度金针、谩牵方寸。

前段第四句较之其他四首多一字,因此可确认是衍了一"送"字的缘故,应该据彊村丛书本删,删后就是正格词体。

不过该字为衍文,万树早已辨明了,云:"'危楼'句刻作'当时钿钗送遗恨'七字,乃抄书者因'遗'字边旁相同,偶误多一'送'字,遂使人疑有此体。其实此句只六字,且加'送'字不通矣。"万树此论已经从作法和律法两方面说清了,而秦巘的《词系》原本就是以勘误万树《词律》为基点的,就不应该重新又将其列入书中。如果以为万树的说法欠当,也应该著文再行辩驳为是。

其二,李清照的《诉衷情》:

> 夜来沉醉卸妆迟。梅萼插残枝。酒醒熏破,**惜春梦远,又不成归**。
> 　人悄悄,月依依。翠帘垂。更按残蕊,更捻余香,更得些时。

这首词前段第二韵段虽然是一种读破法,但是宋词中却未见有其他词家也如此填。此外,这十二字《乐府雅词》作"酒醒熏破春梦远,又不成归",《花草粹编》作"酒醒熏破春睡,梦断不成归",《全宋词》也是六字一句、五字一句,只是"断"字作"远",都是十一字。因为十一字才是基本填法。唐先生并指出"又"字衍。由此可知,李清照本词也就是晏殊的四十四增字格词体。

其三,周密的《玲珑四犯》:

> 波暖尘香,正嫩日轻阴,摇荡清昼。几日新晴,初展绮屏纹绣。年少忍负韶华,尽占断、艳歌芳酒。看翠帘,蝶舞蜂喧,催趁禁烟时候。
> 杏腮红透。梅钿皱。燕归时、海棠厮勾。**寻芳较晚东风约,还约刘郎归后**。凭问柳陌情人,比似垂杨谁瘦。倚画阑无语,春恨远,频回首。

本词后段第五拍"还约刘郎归后"一句，较其他各词都多一字，应该也是衍误，因为前一句有"东风约"，所以循前而误衍一"约"字，《全宋词》唐先生这一句读为"寻芳较晚，东风约、还在刘郎后"，可见误多一字。

其四，蒋捷的《摸鱼子》：

鞞吟鞭，雁峰高处，曾游长寿仙府。年年长见瑶簪会，霞杪盖芝轻度。开绣户。**芙蓉万朵，香红胜染秋光素**。清箫丽，任艳玉杯深，鸾醐凤醉，犹未洞天暮。　　尘缘误。迷却桃源旧步。飞琼芳梦同赋。朝来闻道仙童宴，翘首翠房玄圃。云又雾。身恍到微茫，认得胎禽舞。遥汀近浦。便一苇渔航，撑烟载雨，归去伴寒鹭。

这首词秦巘原谱所据的版本，一衍一夺，据彊村丛书本《竹山词》，"绣户"后的三句词是"笑万朵香红，剩染秋光素。清箫丽鼓"，则循原版本的思路，大致可以知道其衍误的来龙去脉：必定首先是将"笑"字误作了"芙"字，而因为"芙"字不能成文，所以想当然地再添上一个"蓉"字，以致成了这个版本。

其五，詹正的《多丽》后段：

共绣帘、吹絮未久，却孤剑水云乡。自家书、未能成字，邻家笛、且莫吹商。**好梦偏慢悭，闲情未了**，隔墙又唱秋娘。帕绡依旧时香折，戏封做书囊。鸳鸯字，见时千万，绣一双双。

后段第五句，各家均为四字一句，且五六句多作对偶，如聂冠卿"慢舞萦回，娇鬟低亸"、晁端礼"马上愁思，江边怨感"、李清照"朗月清风，浓烟暗雨"、张元幹"整顿乾坤，廓清宇宙"、张孝祥"翠袖香寒，朱弦韵悄"等等，而《草堂诗余》这两句又作"好梦偏悭，闲情未了"，正是偶句，可见是秦巘所据的本子衍了一"慢"字无疑。

第九章　声与韵的表达和定位

本章主要讨论字声与字韵的问题。对于"字声"问题,由于对词体韵律的认识不足,加上词学研究往往混淆词乐时代之词和词律时代之词,所以一直以来有不少的误区,这些问题不厘清,一句正确的话都会被歧解,比如大鹤的"词重在声而不在韵"。同样,对韵的认识和定位,其重要性未必在"声"之下。

第一节　过度强调"必用"是认知错误

秦巘的《词系》中,某字"必用去声""必用仄声"等等的定义远远超过了之前的其他谱书。而这种"必用"的泛滥,恰恰表现了秦巘对字声缺乏一种正确的认知。

270. "必用去声"的问题,是一个错误的认知

箫声咽。秦娥梦断秦楼月。秦楼月。年年柳色,**灞**陵伤别。　　乐游原上清秋节。咸阳古道音尘绝。音尘绝。西风残照,**汉**家陵阙。

在李白的这首《忆秦娥》词下,秦巘疏解说:"'灞''汉'二字,必用去声。"

"必用去声"是清代词谱家最无聊的说法之一,流毒至今未销。仅以《忆秦娥》为例,我们全面考察唐宋词后可知,在这两个字位上用上声用入声,乃至用平声的词例,都不可胜数,我们谨各举一例:如万俟咏的"此宵能几……几重烟水"用上声,刘克庄的"不禁攀折……一生愁绝"用入声,秦观的"乾坤空阔……梅花撩拨"用平声,都是名人名作。

为什么我们认为"必用去声"是清代词学家的一种无聊的说法?这是因为出于这样的几个考虑:首先,考察三万首唐宋词后,我们可以清晰地看

到,词中的去声在唐宋时期从未见有独立的使用;其次,除了孤调或存词极少的词调外,但凡被清代词谱家耳提面命说"必用去声"的字位,至今未见有不出意外的;其三,至于孤调词的问题,既然仅此一首,也就没有任何理由说它"必用去声"了;最后,最重要的是,至今未见有人从韵律原理和规则的角度宣讲,为什么某一字位"必用去声"。

"必用去声"的说法以万树为始作俑者,而其原由,则是万氏误解了宋人沈义父的本意。要之,词调中并无上去之分,所以,凡云"必用去声"者,都是基于清儒以曲论词的不恰当视角,这种错误的说法甚至已经成了一种理念,贻误至今。

由于秦巘预设了"必用去声",因此对词的诠释也势必就会形成误导,如在贺铸"晓朦胧"词中,秦巘特意标示后段结拍"一任东风"的"一"字"作去",就是基于前文说的两结拍第一字"'灞'、'汉'二字必用去声"的逻辑,因此在贺词中就不能不自圆其说。此外,前面诸首词都是仄韵体,而贺词属于相反的平韵体,何以平韵体也须遵循这一法则,秦巘并没有阐述任何的理由。又比如《词系》所收录的另一首赵雍的词,其后结用的是"清明寒食",则不知为什么不予标注"清"字必须要"作去"?可见随心所欲之至。而这一类涉及原理性、规则性的说法,一旦不作律理上的分析,便不能不令人感觉是在自说自话,很无谓了。

271. 只关注"必用去声",何如详解句子的韵律

针对清代词谱家们心心念念的"必用",其实很遗憾的是他们盯着这个问题的时候,却往往忽略了对词句进行必要的韵律分析。我们再举几例,从我们的韵律认识来说与秦巘不同的分析。比如徐昌图的《河传》:

> 秋光满目。风清露白,莲红水绿。**何处梦回**,弄珠拾翠盈盈,倚兰桡,黛眉蹙。　采莲调稳声相续。吴儿伴侣,倚棹吴江曲。**惊起暮天**,几双交颈鸳鸯,入芦花,深处宿。

秦巘特意注明前后段第四句中"'梦'字、'暮'字,用去声,勿误"。

这里的"梦"字、"暮"字用去声有何律理依据,相信也是无法给出。前代词谱家许多断语往往只是就事论事,朴素、直观,但无相关理论支撑,也从无人总结相关的律理,纵然有理,每每也就是知其然而不知其所以然。所以,词谱中但凡出现"必用去声"的地方,基本上都可以找出"不用去声"的相反实例。以本词为例,"梦"字和"暮"字,吕渭老前段有"闷抱琵琶",黄庭

坚后段有"影散灯稀",均用平声,便是异例,因为毕竟按照一般格律规则,这个字位本就是可平可仄的。而同为仄声,宋词中也有"碧落紫霄"这样的上声用法和"幽艳一枝"这样的入声用法,足见"必用去声"的不可靠。

秦巘因为固执于这种"必用去声"的理念,自然会影响到他对词作韵律的分析,如黄庭坚词的前后段第四句为"巧笑靓妆""影散灯稀",他就特别指出"'灯'字用平,不可从",其理由不可推测。

实际上,像徐昌图词的"何处梦回""惊起暮天"之类的句子,第三字之所以用仄,窃以为是因为其第一字用平,原句式的●●○○随之失衡,所以需要用第三字作一补救,形成○●●○句式,构成另一种韵律的谐和平衡,这种句式的补救,平仄相反的也是如此,例如张泌的"夕阳芳草""锦屏香冷"、阎选的"暗灯凉簟""几回邀约"、李珣的"落花深处""不堪回首",之所以要用●○○●句式,都是对○○●●句式失衡之后的补救。所以,如黄庭坚之类的词并非是后段"灯"字不可用平,而应该说是前段的"靓"字宜平才对。

再比如晏殊的《清商怨》词也是如此:

关河愁思望处满。渐素秋向晚。雁过南云,行人回泪眼。　　　双鸾衾稠悔展。夜又永、枕孤人远。梦未成归,梅花闻塞管。

该词前后段起调虽用拗句,但也不必恪守秦巘所谓的"此句必用平平平去去去上",如贺铸第四字用"女""酒""巢",赵师侠第五字用"飞"、第六字用"柔",所以,但凡认定词中某字"必用"去声的说法,基本可以断定是缺乏足够的实例依据的。

而更具体地就前段起句来说,"关河愁思望处满"就是前一章十二节中我们刚刚讲到的吴文英《惜秋华》的"露罥蛛丝,小楼阴",所不同的只是一个仄起,一个平起而已,但是秦巘将吴词的三字托读出来了,却没有将"望处满"也读出来。如果七字句后四字连仄,则必是违律句,作为近体的词,如果违律,很可能就只是因为我们没有读准确。

为了证明这个"平平平去去去上"是放之四海而皆准、具有普适性的,秦巘还说,这一句子的平仄律"观赵长卿二首皆同,晏几道词亦然,只少一字,可证其误"。

只是,所谓赵长卿二首皆同者,检赵长卿并没有创作本调,或者是自秦巘开始到今天的这个时间段中二词佚失了,或者是版本所误或者是记忆所误,实为"赵师侠二首"。而赵师侠词的起句,一首作"亭皋霜重飞叶满",

"飞"字恰好可以证明晏殊词的"望"字不是去声，而是平声，二字均与去声无涉；另一首为"江头伊轧动柔橹"，更是律句，四五六三字中只有一个"动"字勉强可算去声，秦巘所谓的"去去去"处，二词均用一去一入一平。所以只能证明不存在"皆同"的问题。至于晏几道的词，已经是六字句，句法完全不相同，所以就更无从"证"起。

272. 以温庭筠《荷叶杯》词再说去声病

镜水夜来秋月。如雪。采莲时。**小娘红粉对寒浪**。惆怅。正思惟。

温庭筠的这首《荷叶杯》词中，第三句秦巘注云："'对'字必用去声为妙。"秦巘这里的"必用去声"应该是取之于万树的《词律》，万氏在这首词下说"'对'字必用仄声"，体味万氏的本意，应该是指该句的第二三两顿应该使用拗式句法才是正格，亦即"红粉对寒"四字应以○●●○为律，所以"对"字不可平。我们看温词三首，另外二首本句一作"绿茎红艳两相乱"，一作"小船摇漾入花里"，都是○●●○，所以万树说"'对'字必用仄声"，这是有韵律依据的。而秦巘改万树之"仄声"为"去声"，便谬，温词三首，已经是一上、一去、一入了，是不是意味着其中两种因为没有用去声，所以就不"妙"了呢？这种将"仄声"泛化为"去声"的说法，正是一个从理性到非理性的过程，因此"必去"就成了一种病。

后人另一种证明"必用去声"的论据，认为周邦彦某词某句某字用的是去声，方千里这个字也是去声，证明这个字确实是要用去声的。这也是一种概念的偷换，因为依声和词只是文人的一种逞技而已，就算杨泽民、陈允平也都用了去声，也不能证明这个字就必须是去声，因为没有任何韵律上的依据支撑，更不用说还有吴文英没有用去声。依声和词很多情况下充其量只不过是词人的一种写作癖好，比如和周词，基本上就只有方千里在那么做，而且也常常并非通篇如此。

这种情况很像步韵要求用同一个韵字一样，我们不能说周邦彦的《西河》第一个韵脚用了"地"，方千里也用了"地"，乃至陈允平、杨泽民都用了"地"，更乃至所有的和周词都用了"地"，所以就可以认定这个词调的第一个韵脚就必须用去声的"地"，谁都知道这是缺乏基本常识的。

某句某字必须用去声，与某句句脚必须用"地"作韵，性质上是完全相同的，但我们都知道后者是荒谬的，却不知道前者也同样是荒谬的，是因为我们对后者有一个清晰的认识，而对前者却缺乏一个正确、完整、透彻的了解，仅仅如此而已。我们再退一步说，因为所有和周词在《西河》的第一个韵脚上都用了"地",就算我们不说这个韵脚必须用去声的"地",而说这个韵脚必须用去声,也是毫无常识的,但是,在一个韵脚上限定用一个去声字,它的韵律上的重要意义,远比《荷叶杯》中的"对"字必用去声,要更能说出几点理由来,因为谁都知道韵脚才是韵律上的一个重要元素。

那么为什么秦巘非要认定"对"字"必去"呢? 大量的研究证明,无非是因为这个字处在一个可平可仄的字位,处在一个应该用平而用了仄的字位,这一点前文已作了论述,可参看前一章第九节第247条。

273. 令词中误说"必用去声"词例

令词由于其体式甫从格律诗演化而来,所以与近体诗走得最近,在韵律上残留律诗的痕迹也最重,不仅体式、句法,字声也是如此。但在秦巘等词谱家的眼里,"必用"的范围则是不分令慢的,我们试举几例。

周邦彦的《玉团儿》秦巘如是读:

铅华淡泞新妆束。好风韵、天然**异**俗。彼此知名,虽然初见,情**分**先熟。炉烟淡淡云屏曲。睡半醒、生香**透**肉。赖得相逢,若还虚度,生**世**不足。

这个词调中,秦巘特别强调"'异''分''透''世'四字必去声,各家皆然",不知各家指的是哪几家,目前可见的《玉团儿》宋词仅六首,而这四个字的字位上,不但有上声、入声各二处,甚至还有平声三处,三成可以不用去声的实际,不知道该如何"必"起。

最关键的是,这种定义需要有律理上的依据,因为只要符合律理,即便有平声、上声之类的出现,也可以判定这些平声、上声是前人的误填或者是后人的妄改,而不是规则本身存在的问题。当一个判定被制定后,却拿不出依据,那只要有一个例外,就可以推翻这个"必"。

比如,即便是本调的两个结句,都使用不律的大拗句法,且无法用读破等手段予以解释,窃以为这一定是关乎当时的词乐问题,所以按理第二字一般是不可用平声替的,但是张镃词却偏偏用了"深藏叶底,不**教**人折。……露成香露,月**成**香月"。这样两个平声字,这种现象除了证明平仄本与词乐无关外,无法再作其他解释。

作为词谱来说,应该以疏解谱式为是,分析律理,详加推演、诠释,这才是词谱或词谱类著作的应有之义,所研究的应该是一个"放之各词而皆准"的规则性的内容,遗憾的是传统谱家每每不是解其律,而是解其词,但观现象,不看本质,这是各种错误之所以发生的重要原因。

再比如姜夔的自制曲《鬲溪梅令》，也是一个体式十分谐和的小令：

> 好花不与殢香人。浪粼粼。又恐春风归去，绿成阴。**玉钿何处寻**。
> 木兰双桨梦中云。小横陈。谩向孤山山下，觅盈盈。**翠禽啼一春**。

但不知道因为什么原因，秦巘认为："'玉''翠'二字必用去声。"再三猜度，或许只有一个理由，那就是因为它们都处在两个结拍的首字字位，但是何以这样完全是双起式的句子，第一个字成了"紧要处"，就百思而不得解了。这种一厢情愿的"必用去声"已经成了一种认识上的痼疾，宋词独此一首，元词也仅得邵亨贞一首，而邵词的两个结拍分别为"笛声何处悲""相思无尽期"，前一个是入声，后一个是平声，都不是去声。即便是姜夔原作，"玉"字也是入声，何以得出"前后段结拍第一字必用去声"的结论？

即便是前后段第三拍，首字"又""谩"都是去声，也无非是偶合而已，即便此类偶合比例极高。因为这两个句子也是双起式的，第一个小顿的重心在句子的第二个字上，所以第一字甚至往往都是可以平仄不拘的，所以如果说第一字非用去声的话，则律理依据无法因此而成立。再假如我们说结句的"何""啼"二字必用平声，那就有一个律理依据，因为如果该字位不用平，则这个句子就会形成孤平而违律，所以第三字必须用平声救。这样的律理依据，清儒往往阙如，致使他们的观点总是这样会漏洞百出，无法自圆其说，秦巘是一个典型。

说到"又""谩"，还要指出另一个很多人的疑惑：为什么会有那么多的去声字会被秦巘们强调指出呢？这实际上是一个概率问题，因为去声字原本就要比上声字或入声字多，我们举一个典型的例子，如词韵的第四部 i 韵，上声只有 149 字，而去声则有 278 字，几乎多一倍，去声的"曝光率"更高，因此用得更多，自然是很正常的。我们以前二词为例，还可以举出这样一些"有规律"的去声来：

《玉团儿》首句的"**淡泞**"对"淡淡"、"见"对"度"，《鬲溪梅令》的"殢"对"梦"、"又"对"谩"、"去"对"下"，这些都是前后段相对应的去声字，但它们的对应并没有任何韵律规则，只是一种偶然，即便所有的词都跟它们一样也是偶合，韵律上没有规则的偶合。

最后以史达祖的小令《杏花天》词为例，我们对齐后是这样的：

> 城柳色藏春絮。嫩绿满、游人归路。残红剩蕊留春住。无奈霏微**细**雨。
> 南陌上、玉辔**钿**车，怅紫陌、青门日暮。黄昏院落人归去。犹有流莺**对**语。

秦巘认为，后段的"'铟'字、'对'字用仄，亦与赵长卿《端正好》同"，其理由与通常的情况一样，未予解释。

"对"字是个韵前字，与韵律有更密切的关系，多少还能找出点理由来，比如前段歇拍是●●收束，所以后段结拍也应该是●●收束。但是"铟"字所在的字位，依律本是可平可仄的，尤其是在更需要圆润的小令中，这个四字结构里应该用平声更谐。至于秦巘自己说的"亦与赵长卿《端正好》同"，而赵词"从前事、拟将拼却"与本句句式迥异，根本不可以参校，退一步说，所用的"拼"也是个二读字，仍然可以视为平声。所以，既然"铟"字本可平读，而本句第三字"上"、第五字"辔"均为仄声，那么第六字依律必须取平声才是。由此可见，这一类所谓的"必须用仄"，乃至"必须用去"的说法，看似严谨，实则极不负责，都可以忽略。

"必用"说之所以我们认为是脱离词学实际的，还有一个原因是词的情绪不一样，用字自然就不同，尤其是在小令中，其声容往往较之慢词更少一些跌宕，去声的强调就更加没有必要，怎么可能在各种不同声容的主题中都呈现一样的字声？而今人填词，更不可能与前人同一声容。例如今人填《凤凰阁》，不可能都和叶清臣词的声容相同，叶词是这样的：

> 遍园林绿暗，浑如翠幄。下无一片是花萼。可恨狂风横雨，忒煞情薄。尽底把、韶华送却。　　杨花无奈，是处穿帘透幕。岂知人意正萧索。春去也、这般愁，没处安着。怎奈向、黄昏院落。

秦巘认为，在这首词中"'翠''是''送''透''正''院'等字，必用仄声，勿误。用去声更协"。姑不说"用去声更协"等于说"用别的声也协"，即便是"必用仄声"也经不住推敲。我们只要对照柳永词，就可以看出这个"必用"有悖事实，这六个字中，柳词用了一个上声、二个平声，有一半并不是去声，有三分之一甚至不是仄声，更不用说秦巘自己选的六个字中就有一个"是"字并非去声，而是上声，叶清臣所在的中古音还是上声，只是发展到了秦巘的时候，这个浊音演化为了去声而已。

274. 慢词中不当的"必用"词例

慢词的抑扬顿挫具有鲜明的色彩，较之小令更有特色，其四声用字或许会稍加讲究，但是由于慢词的韵境远比小令丰富，所以抽象其相应的逻辑，也就更加容易。遗憾的是，秦巘在慢词中指出"必用"的时候，仍然是不谈韵律依据的：

亭皋木叶下，重阳近、又是捣衣秋。奈愁入**庾**肠，老侵潘鬓，谩簪黄菊，花也应羞。楚天晚，白苹烟尽处，红蓼水边头。芳草**有**情，夕阳无语，雁横南浦，人倚西楼。　　玉容知安否，香笺共锦字，两处悠悠。空恨**碧**云离合，青鸟沉浮。向风前**懊**恼，芳心一点，寸眉两叶，禁甚闲愁。情到不堪言处，分付东流。

这是秦巘所读的张耒《风流子》慢词，秦巘在疏解中特别指出："'庾''有''碧''懊'四字必仄声。"

或许是因为材料不足导致的视野局限，秦巘在说到"必用"的时候，往往与词作事实有一定的距离，甚至常常有自我牴牾的地方，例如这里说庾、有、碧、懊四字必仄，而庾、懊这两个字位中，宋词都有用平声的词例，即便是秦巘自己选录的几首词中，"念北里音尘""听出塞琵琶"两句中的第四字就都与"懊"字不同，是平声字。又比如他说"楚天晚"三字"必仄平仄"，而他自己选录的张野词就是用的"回首处"，与他定的规矩格格不入。

其实，我们说"必如何"的时候，就应该有"必"的律理，要讲清楚为什么"必仄"，如果平了又会如何，是否可以救，都应该有个道理。这样，即便别人发现有超出"必"的句例了，也可以给出一个合理的考虑。比如"向风前懊恼"的"懊"字，按照律理是可平的，那么即便自宋至今无一不仄，那也只是一个现象而已，而并非规则，填者依旧可以用平声填，因为这是合乎律理规则的。

《词系》中但凡"必用去声"的说法处，往往都是只可提出，不可检验的，这是最令人诟病的问题。有时候一首词中"必用去声"的字位甚至会列出十余个，如秦巘在柳永的《木兰花慢·古繁华茂苑》一调中指出"'茂''近''径''练''万''乃''眺''况''位''酤''画'诸去声字，勿误"，就是典型的例子。

仅以《词系》所收录的词为例，仅以第一字"茂"为例，秦巘所选的八首中，只有四首是去声，其余的则是三上一入。更不用说秦巘所指的这几个字中，本身就不全是去声，如"乃"字，没有一本字书是收入去声韵部的，甚至连可以兼读为去声的情况都没有，在《词系》后一首柳词"拆桐花烂漫"中，说"草"字、"永"字这两个上声字"必用去声"，也是如此。

这种错误的产生，并不是因为作者的疏忽，而是因为这种"必用"的说法本身就没有任何律理上的依据，本身就不存在某种可以规则化的因素，但是秦巘主观上又希望是规则性的，于是就只好将上声字也一并收入，没有说"乃"字、"草"字、"永"字"作去"，已经很宽容了。

275. 孤调平仄"必用"的判断并无依据

当一个词调仅存一首的时候,传统词谱对平仄律的标示往往是极为严格的,无论哪个字位的字都只是就事论事,不作可平可仄的揣度。这种严谨自然是因为"无他首可校",既然无从校起,那就保持原样,甚至在明知原作有误的情况下,也不予以纠正。这种做法固然略显死板,但也自有其道理,尚能接受。

但是,不作平仄过度的解析,也仅仅只是为了保持原样而已,并不等于"原样"就是绝对标准,既然是"无他首可校",便等于说这个"原样"本身也并无依据,否则,孤调就无需拟谱,只要按照其四声填词即可。正因为如此,一个孤调的某个句子如果是○○○●○的,我们今天实际操作的时候,也无妨填为●○○●○。同样,在孤调中认定某字必用去声也是毫无根据的,例如史达祖的《玉蟾凉》词秦巘如是读:

> 秋是愁乡。自锦瑟**断**弦,有泪如江。平生花里活,奈旧梦难忘。蓝桥云**树正**绿,料抱月、几夜眠香。河汉阻、但凤音传恨,阑影敲凉。　　新妆。莲娇试巧,梅瘦**破**春,因甚却扇临窗。红巾衔翠翼,早弱水茫茫。柔指各**自未**剪,问此去、莫负王昌。芳信准,更教寻、红杏西厢。

而秦巘在疏解本词时,专门指出词中的"'断''树正''破''自未'六字去声,不可易"。而因为是孤调,所以所谓"不可易"的去声,既没有别首词的佐证,又没有律理上的依据,完全是谱家自己主观上的感受而已。我们不妨以"断"字为例,详加分析如下。

如果说"断"字必须要用去声,那么就要首先合乎如下数种条件:其一,由于词论平仄,仄声由三声组成,所以本调至少五首以上,且各首的这个字位都是用的去声,才可以说"必用去声,不可易";其二,必须由唐宋词抽象出一个词律的规则,比如说"一字领四字结构,凡平收式句法,除个别罕见词外,第四字俱用去声",才可以说"必用去声,不可易";其三,唐宋词中,慢词的第二拍,凡平收式的一领四字句法,第三字都是去声,才可以说"必用去声,不可易"。舍此三者中的任何一项,都是不合律理、不合事理的。尤其是对这种仅见一首的孤词单调,动辄就说"必用去声,不可易",则必为妄言。

遗憾的是这种情况不是孤例,又如《御带花》,也仅为一首:

> 青春何处风光好,帝里偏**爱**元夕。万重缯彩,搆一屏峰岭,半空金

碧。宝檠银釭，耀**绛**幕、龙腾虎掷。沙堤远，雕轮绣毂，争走**五**王宅。　　雍雍熙熙似昼，会乐府神姬，海**洞**仙客。曳香摇翠，称执手行歌，锦街天陌。月澹寒轻，渐**向**晓、漏声寂寂。当年少，狂心未已，不醉**怎**归得。

但是秦巘认为"'爱''绛''五''洞''向''怎'必用仄声"，必用仄声虽然要比必用去声更宽泛些，但是"必用"所违的律理情况，却是完全一致的。

我们不妨详细解析这六个仄声，以说明这种"必用"的不科学性。首先，这七字中的"绛""向"位于三字逗的中间，而这个字位恰恰是最为活泼不拘的；其次，"五""怎"则在一个以平声为正但可平可仄的字位上，如果我们抽象其规律性的信息，应该是两字恰好都是上声字，很有可能是一种"作平"的手法，由此入手分析才能切中肯綮。由此可见，拟谱中这一类断语，貌似严谨，实则是不靠谱，经不住逻辑上的归谬。

276.《洞仙歌》中去声病一例

孟昶词中，秦巘认为前后段第三句"贝阙琳宫恨初远……千片红英泣波面"和后段第七句"更莫遣流红到人间"中的"'恨''泣''到'三字必用去声，各家皆然"。

这里说"必用去声，各家皆然"，这与唐宋词的实际并不相符。仅以两宋名家名作为例来说：前后段第三个句拍，吴文英仅填一首，前后作"细缕青丝裹银饼……添个宜男小山枕"，都是上声；张炎两首，一前段作"苍雪纷纷堕晴藓"，一后段作"不见当时谱银字"，俱用上声；蒋竹山两首，一作"惟是停云想亲友……窗烛心悬小红豆"，一前段作"便是莺穿也微动"，也都是上声。后段第七句第六字，蒋竹山本调共填两首，一作"待与子、相期采黄花"，一作"总不道、江头锁清愁"，都是上声；苏东坡共填二首，一作"又莫是、东风逐君来"，入声，一作"但屈指、西风几时来"，上声；黄山谷一首，作"问持节冯唐几时来"，上声；范石湖一首，作"且山泽留连作臞仙"，入声。仅此数例，足见"必用去声"这种说法的荒诞无稽了。尤其令人无语的是，"泣波面"一本又作"泛波面"，如果非要"必用去声"，那也该舍弃入声的"泣"才是。

秦巘的这种说法，无疑来源于万树，却不作思考，人云亦云，并在每一体后都会喋喋不休，到了走火入魔的地步。这种走火入魔甚至到了非要将晏几道词的"逐"、黄庭坚词的"巧"、阮阅词的"有"、林外词的"几"、姜夔词的"笔"、梦窗词的"裹、小"、竹山词的"想"、张翥词的"也"等等入声、上声字，也居然都"作去"而变成了去声，可谓巧取豪夺，不知如此肆意篡改，仄声何必分为三声？词谱的存在还有什么意义？

277.《凄凉犯》词的去声病一例

绿杨巷陌。秋风起、边城一片离索。马嘶**渐**远，人归甚处，戍楼吹角。情怀**正**恶。更衰草、寒烟**淡**薄。似当时、将军部曲，迤逦度沙漠。　　追念西湖上，小舫携歌，晚花行乐。旧游**在**否，想如今、翠凋红落。漫写羊裙，等新雁、来时**系**著。怕匆匆、不肯寄与误后约。

秦巘在疏解姜夔的这首《凄凉犯》时，特别指出："平仄悉宜从之。'渐''正''淡''在''系'等字，去声。"这是很典型的泛去声论，就本例而言，甚至连一个规律性的依据都无法扪触，且姑不论如"渐"字张炎用入声"北"，"正"字后段对应平声"羊"，即便如"正"字，目前所见四首均用去声，也不能证明即"必用去声"，一则在词里面去上二声本来就没有区分的规则，而如果随时可断定某处是"必用去声"的，正是毫无规则的表现；二则该五字之韵律特征，都处于"韵上字"位置，而在本词中，也并没有"韵上字俱去声"的规律。所以秦巘之论，仅是一种词谱家不准确的阅读直觉而已。

最重要的是，清儒们的这一类说法，其立足点都不是着眼于词谱，而是基于某一个具体的词作，属于一个作品"作后"的总结，而并不是一个作品的"作前"规范。而我们作为词谱学家在归纳总结这些韵律原理和规则的时候，不是作一篇阅读与欣赏的文，而是要给后人一个创作时可以遵循的原则，这种原则不仅可以验证于前人，更重要的是还可以在"作前"指导、规范后人。遗憾的是，清代以来的词谱家们所做的，恰恰都是基于词作的总结，而基本上都不是基于词谱的规范。

我们用一个很简单的道理，就可以证明他们的说法全然无理：当一个人准备要填一首《凄凉犯》的时候，情绪的确定尚不知是喜怒哀乐中的哪一种，主题的确定尚不知是风花雪月中的哪一类，何以先知先觉就知道了，某个字位要用一个能表现某种气势的平上去入呢？

第二节　字声的转化和异化

较之于诗，词文学还有一个非常特殊的特性，那就是它的字声具有一种可变特质，这种可变甚至是超越平仄的。当然，这种变与不变，须建立在词体韵律的基础上才可以。

278. 界定平仄无律理依据，是传统缺陷

对于字音的平仄是否可以机动地界定，也是需要有律理的依据的，而不是仅仅依据一两首词的实际样貌，就可以原生态地给予确定，尤其是在要给后人填词作为准则用的谱书类著作中，更不可以只是就事论事地下结论，否则便是贻误后人。

《词系》的一大弊病，就是这一类平仄的界定几乎都缺乏必要的律理依据，当然，其他的传统词谱类专著也是基本如此，比如《钦定词谱》。我们以《词系》所收的《后庭花》为例，摘取两首：

毛熙震词：

轻盈舞伎含芳艳。**竞**妆新脸。步摇珠翠修蛾敛。**腻**鬟云染。　　歌声漫发开檀点。**绣**衫斜掩。时将纤手匀红脸。**笑**拈金靥。

孙光宪词：

景阳钟动宫莺啭。**露**凉金殿。轻飙吹起琼花绽。**玉**叶如剪。　　晚来高阁上，珠帘卷。见**坠**香千片。修蛾慢脸陪雕辇。**后**庭新宴。

毛词后秦巘注云："'竞''腻''绣''笑'四字必用去声为妙。毛熙震共三首，一首用'闲锁'二字，误。"在孙词后注云："'玉'字读去声，'叶'字入作平。"这里秦巘一如既往地只道其然，而未道其所以然。

《后庭花》一调，目前唐词仅存毛词三首，孙词二首，宋词有许棐一首以毛词为范，张先二首在毛词的基础上读破而成一新格，因此，毛词体式研究的样本最多。就该词调而言，其基本格局由四个一七一四的韵段构成，其中四字句句式均用●○○●格式组成，其首字用仄是一个基本形式，所以，我们如果从韵律的角度来研究这个首字，是能够找出律理上的一些规律的，那就是该词调主韵均是○●的韵脚格式。而为了和谐整个四字句，在这种平起仄收式句子的首字用上仄声，●○○●就会有一种新的平衡，秦巘如果这样说，就有一个能自圆其说的"所以然"。

但是很遗憾这种很表面的特征他都没有去寻摸，这当然是因为秦巘们没有这方面的意识，加之更由于去声情结的存在，首字还被绝对化为"必用去声"，完全罔顾自己举的三个词例中就不全是去声：孙词中"玉"是入声，所以不得不规范它必须读为去声，这本身就没有道理；"后"作为方位是上

声；第三首孙词还有一个"绝世难得"的"绝"是入声。十二个"必用去声"中有三处已非去声，足以否定"必用去声"了，更何况张先二首中更是无一处用去声：有上声的"往来如昼""宝钗沽酒""魟窗难晓""靓妆难好"（靓，作动字读去声，作静字读上声）"后庭清妙"、平声的"雕鞍归后""台城秋草"和入声的"别生星斗"。

由此可见，该词调中的四字句，固然用●○○●后韵律会更加谐和，但首字绝不是非用去声不可，如果我们从规范作法，提升作品的韵律美度出发，强调首字用仄声更好，用平声字不宜提倡，应该也是可以接受的，但是也要说明并非平声字就不得使用，以张先之词名，两首中尚有两处平声，可见用平声并不违律。

279. 词学研究需要有一定的小学知识

字声问题涉及更多的不是词学问题，而是小学问题，因此研究词体韵律，需要具备一定的小学基础，否则有些基础问题就无法解决。我们且以杜安世的《山亭柳》词为例作一说明：

晓来风雨，万花飘落。叹韶光，虚过却。芳草萋萋，映楼台、澹烟漠漠。纷纷絮飞院宇。燕子过朱阁。　　　　**玉容澹妆添寂寞**。檀郎辜愿太情薄。数归期，绝信约。暗恨春宵，向平康、恣迷欢乐。时时闷饮绿醑，甚转转、思量着。

这首词的换头句"玉容澹妆添寂寞"，第二字"容"似乎失律，但是段玉裁认为该字"今字假借为颂貌之颂"，也就是说"容"与"颂"通。而这两字可以相通的基础，是《说文解字》的"古文'容'，从公"。而"颂"字，《说文解字》注云："颂，貌也。"段玉裁注云："貌下曰：颂仪也，与此为转注。……古作颂貌，今作容貌，古今字之异也。"这一个观点，从别的典籍中也能找到可以印证的书证，如颜师古在注《前汉书》的时候就说："古'颂'与'容'同。"所以可知，"容"字有仄读，读为"涌"，在上声肿韵部，《正字通》拟音为余垄切。

所以，根据这些书证可知，"玉容澹妆添寂寞"是用了（或者说残留了）古音，该句的平仄律就是●●●○○●●，是一个标准的仄起仄收式的律句。

我们再举一例。张先《归朝欢》后段有"昼长欢岂定"一句，秦巘注云，万树在《词律》中"'长'字作'夜'"。根据韵律可知，"夜"字无疑是失律的，必误。

今检宋元人的《归朝欢》诸作，该句第二字都是平声。而万树在《词律》中之所以以为这里可以平仄不拘，显然是因为误读了柳永《乐章集》前段的

"渐渐分曙色",以为"渐渐"是仄读,所以才会认为该五字句的第二字"者卿则前仄后平"。不知这个"渐渐"正是宋诗中"添得明朝诗兴好,池塘草涨水渐渐"的"渐渐",正是平声读法。而柳词云:"别岸扁舟三两只。葭苇萧萧风渐渐。沙汀宿雁破烟飞,溪桥残月和霜白。渐渐分曙色。"该句的意思正是说"在渐渐声中曙色判然"的意思,而并不是"逐渐"之义。

从秦巘并未对万树作出纠正这个细节来看,显然,他也并没有认识到这个读音问题。

280. 字声的平仄确定,也要考虑到韵律问题

长空降瑞寒风剪,淅淅瑶华初下。乱飘僧舍,密洒歌楼,迤逦渐迷鸳瓦。好是渔人,披得一蓑归去,**江上晚来堪画**。满长安,高却旗亭酒价。　　幽雅。乘兴最宜访戴,泛小棹、越溪潇洒。皓鹤夺鲜,白鹇失素,千里广铺寒野。须信幽兰歌断,同云收尽,别有瑶台琼树。放一轮明月,交光清夜。

柳永的这首《望远行》词中,前段的"江上晚来堪画",秦巘注其一三五字可平可仄。孤立地看,这并没有问题,但清人对这类可平可仄的标注,往往只是考虑某字是否他词中有异声存在,而忽略了他词的具体韵律如何,这种标注就极容易导致后人填词错误。

具体地说,如本句第五字"堪",秦巘必定是因为参校了无名氏的"昨夜东风布暖",但"布"字仄声,是因为有"东"字平声的存在,并不是第三字仄读的时候,第五字也可以用仄声填。所以这一类"有条件可平可仄"的句子,必须予以注明,而至今为止各种新旧词谱,则基本都对此类问题未作说明。

对于词句中平仄的确定,秦巘常常是泥乎现象,而不作律理之探究和分析,这样就时有不合理、不合律的观点,而且不从律理出发的解析,难免会有前后抵牾的毛病。又比如温庭筠《诉衷情》词的"辽阳音信稀。梦中归",秦巘认为"'音'字必用平声",但为什么必用平声、理由是什么、其中有什么必然的律理依据,便必然只能语焉不详乃至避而不谈,只能给读者一个"众人皆如此,故必定如此"的印记了。当然,这是那一代词谱家们的通病,无论是《词律》还是《钦定词谱》或者其他的谱书,都是如此。

281. 古词错误是一种应予纠正的异化

对古人的诗文,后人往往只注意到证是,而极少证非,须知古人也并非个个圣贤,绝无瑕疵,后人如果每将古人的诗文拿来作"书证",而不究这个

"书证"的是耶非耶,那就难免出错。在词谱专著中常常可以看到这样的情况,一个从律理上来说错误的句子,常常不是被人证明它为什么错了,而是常常会被拿来证明"此处应该错",似乎古人在千百年前就已经料到:我这首词以后是要被当作典范的,所以下笔绝无差错。其实就算古人原本没有差错,但千百年的流传过程中,也难免会有传错、记错、抄错、刻错,唯一能断定其是耶非耶的依据只有一个:看它是否符合基本的律理。

例如白居易《宴桃源》词,秦巘所录的版本是:

前度小花静院。不比寻常时见。**见时又还休**,① 愁却等闲分散。肠断。肠断。记取钗横鬓乱。

该词中第三句第二字依律应该用仄声,唐宋诸词没有一首是平声的,而"时"字为平,是败笔,不可从,如果将本词列入词谱,则应该着重标示,说明其不律的问题,而不应该仅仅是在"时"字边旁注一个"可仄"了事。秦巘尽管在白居易词下的疏解中对此已经说了"庄宗词于第三句作'长记别伊时','记'字用仄,各家同",但是否可用平声,则依然是含糊其辞,避而不言。如果以为只是"时"字可仄,那么这就不是在弥补原词的缺陷,实质上反而是"法定"了这一缺陷,因为既然是"可仄"的,则言外之意也就是"本平"的,所以"可仄"也就成了谬说。

对于这个瑕疵,我们认为虽然有版本不同的书证,但是从作法的角度来看,也很可能是后人传抄时造成的,其原文本句也许是顶真前一句,为"时见又还休"。

282. "某声作某声"只适用于平仄之间

词中的仄声分为上去入三声,三者之间没有任何依据可以证明某一声更加特殊,即便秦巘等词谱家们特别青睐去声,时时有"必用"之说,也不可以因此而改变其他的字声。但是我们在《词系》以及别的书中,却时能见到某个上声或入声被人为地标注为"作去声",这种仅仅只有突出去声,却对整个平仄律毫无帮助的做法,正是前辈词谱家们貌似精细,实则无聊的行为。

假定有这样一种情况:某首词今天尚可见五首,某一字位四首去声,然后认定其余一首的上声是"上作去",或者其余一首的入声是"入作去",这种判断是否合理呢?我们来看一个具体的实例,以便思考。《望仙门》今存仅晏殊三首,其中三首的起调分别是这样:

---

① 就这个例子而言,其实本是版本之误,当据改为"见了又还休"。

> 紫薇枝上露华浓。起秋风。
> 玉壶清漏起微凉。好秋光。
> 玉池波浪碧如鳞。**露**莲新。

我们是否可以依据前述"上作去"的原则,同样认为第三首的"露"字是去作上? 我们甚至有更充分的理由,因为三首词都是同一人所作,所以趋同意识的存在更有可能。

《词系》中此类案例很多,例如晏殊的《连理枝》词:

> 玉宇秋风至。帘幕生凉气。朱槿犹开,红莲尚拆,芙蓉含蕊。送旧巢
> 归燕拂高帘,**见梧桐叶坠**。　　　　嘉宴凌晨启。金鸭飘香细。凤竹鸾
> 丝,清歌妙舞,画堂游艺。愿百千遐寿比神仙,有年年岁岁。

其前段结句秦巘旁注"叶"字"作去",在词后的疏解中更进一步说明是"'叶'字入作去。上'岁'字,各家皆用去声"。总结秦巘的意思就是:这个词调前后段两个结句的韵前字,要用去声。

但宋词本无去声特殊之例,更不存在在句子中要厘清去声与入声的问题,我们仍以晏殊的两首词为例,本例中的入声"叶",晏词别首该句作"见炉香缥缈","缥"则为上声,"叶""缥"二字显而易见都不是用的去声。如果按秦巘的观点,"叶"字是入作去,是不是"缥"字也是上作去? 如果入声、上声都可以作去,那么厹分三声还有什么意义?

从创作实际来看,统观宋词《连理枝》共计八首,前后两结十六句,这一韵前字用去声的总计仅得三例,另有入声三例、上声二例,此外的八例都是平声,考虑到上声和入声都有可以作平的特殊情况,我们如果再通盘研究本调的韵律,可以看到其他的韵脚"风至""凉气""含蕊""晨启""香细""游艺",都是一个○●的构成,那么倒是应该说这个韵前字以平声为正,忌用去声才对,至于为什么最后一个主韵要用●●收,这个词例应该是该曲子在过变曲终时特意安排的一个旋律变化,类似的一路○●而结拍●●收的词调很多,显然是一种词乐模式。所以,这种谱家自己都没明白的去声强调,除了贻误后人,并无任何其他意义。此外,在一个字位上因为多家用去声,所以作出"必去"的判断,如果这是合理的,那么同样的规则应该是因为多家用上声,就要作出"必上"和"去作上"的判断,多家用入声,就要作出"必入"和"去作入"的判断,这样的谱书,不如干脆不要"词分平仄",改为"词分四声"更好,否则还有什么意义呢?

将去声与上声分列，本是曲学中的特色，清代以来，词谱家由于往往精通曲学，所以每以曲学的理念研究词学，这自然难免会产生谬误。要之，词曲虽为一家，但绝非一体，各有特色，去、上分与不分，便是重要特色之一，若非要合二为一，词曲无别，未免就有左道之嫌了。以本例来说，因为秦巘秉承了"去声特殊观"，所以要改"叶"字作去。从音韵的角度来说，入声和去声原本都是仄声，而词的韵律只需要辨明"平"和"仄"，因此这种"作"，就真成了无意义的"作"（平声）了。

283. 宋词中偶有使用中原音而音变的情况

"入作去"的问题在《词系》中出现的频率比"上作去"更多，这其中另有一种特殊的情况，即宋词中使用中原音的实例。中原音，有时又称"北音"，比较秦巘的《词系》和万树的《词律》发现，《词律》中以肯定的口吻说到"入作去"的，仅在晏几道的《梁州令》中有一次：

莫唱阳关曲。泪湿当年金缕。离歌自古最消魂，于今更有魂销处。南楼杨柳多情绪。不系行人住。人情却似飞絮。悠扬便逐春风去。

万树在起拍中特别注明："'曲'字音去。查各词俱首句用韵，此乃以入声作去，盖北音也。"①可见这种"入作去"在万树那里是能提供韵律上的依据的：一、各词俱首句用去声韵；二、该实例涉及的是一个入派三声的问题。因此，所抽象出来的规律性的说法，是可以涵盖全部的同类型问题的。而秦巘虽然在该词下抄了万树的说法，但大多数情况下涉的则经常只是一个具体的个体现象，某一个具体文字"入作去"的成因是什么，往往不予说明。

例如《八六子》词的后段结拍，李演作"人归**绿**阴自斜"，秦巘因为认为该句第三字"必用去声"，所以对此特意指出："结句'绿'字以入作去。"但本句"绿"字作去也罢，不作去也罢，都是仄，在这一具体的韵境中并无不同，秦巘却始终未能讲清楚，为什么用入声就犯忌、所犯的又是什么忌，更不用说他自己选录的柳永词，填的就是"此事**何**时坏了"，非但不是去声，连仄声都不是，而是一个平声字。

再比如《西平乐》的后段前三句，柳永作：

---

① 　见万树《词律》卷六《梁州令》下疏解，清康熙二十六年堆絮园刻本。

正是和风丽日，**几许繁红嫩绿**。雅称嬉游去。

由于该词韵押"绪""宇"字，因此对这个处于韵脚位置的"绿"字，万树就提出了"绿"字应该读为"虑"的见解，以便叶韵，这应该是一个正确的见解。因为这里的韵律规则是：本词是慢词，因此后段必须有四个主韵，如果本句不叶，那就失了一个主韵，从而不能形成慢词应有的四韵段词。

但是秦巘不同意这个说法，他认为："《词律》谓音虑，亦误，朱作亦不叶也。"因为秦巘所见的朱词是这样的：

正值匆匆乍别，**天远瑶池缟縠**。好趁飞琼去。

但是秦巘忽略了其中的"縠"字，在戈载《词林正韵》中已经列为入作上，虽然《词林正韵》只是后人归纳的韵书，所反映的并非完全是唐宋实际，但是入派三声毕竟是一个有唐宋实例可以证实的现象，所以朱雍的"縠"字和"绿"字一样，也是个可以通叶的主韵。此外，朱词是用的柳词韵填词，显然这里是有意识地用一个作去的入声来呼应柳词作去的"绿"字的，所以正可以用来证明"绿"字在韵。

284. "他"字、"人"字常有仄读

柳永的《迷神引》词后结"知他深深约"中，"他"字这里是去声，看前段对应句作"倏忽年华改"，后一首晁补之本句作"烛暗不成眠"，就可知这是一个仄起仄收式的律句，并不存在四字连平的问题。

其实，在一个通篇都是律句的词中，柳永因为什么原因必须在这里填一个四字连平？是没有什么理由的。诚然，柳词别首作"佳人无消息"，似乎正是同样的韵律，却不知"人"字在词中时有用作去声读处，仅以柳永为例，即可略举数例：如《内家娇》的"那堪困人天气"、《彩云归》的"引离人断肠"、《安公子》的"劝人不如归去"、《夜半乐》的"渔人鸣榔归去"等等，都是如此。不仅柳永，其他词人也是如此，例如周邦彦《绮寮怨》的"樽前故人如在"、周邦彦《大酺》的"邮亭无人处"、刘一止《西河》的"行人乍停征辔"、陆游《齐天乐》的"行人乍依孤店"、吴文英《忆旧游》的"随人去天涯"等等，也莫不如此。

我们且以周密的《忆旧游》为例细析这个"人"字。周词前段第三韵段作"依依故人情味，歌舞试春娇"，秦巘指出，这里的"'人'字不宜用平"，这一说法极有见地。但是为什么不宜用平？这里"人"字是否为平？这些更有

深度的问题均未涉及，就让人觉得所论不够深入。

这个"人"所在的字位之所以"不宜用平"，是因为这个字位处在平起仄收式的律句中，依律就必须用仄声，也是宋人诸家的主流填法，如果这个字位非要用平，那么第二字就要改为仄声来救，例如张炎的"秉烛故人归后"、"忘了牡丹名字"就是如此，否则就是误填、败笔。

基于这样的律理规则，窃以为只能将"人"字仄读。这个字在韵书中并没有仄读的记载，但是在宋词中却时有见到它读为仄声的例子，这应该是方音的问题，至今南方多地尚有读"人"字为仄声的情况，所以是一个很特殊的二读字。

第三节　兼　　声

词的字声变化中还有一种规模化、规律化的变异，那就是入声和上声可以在一个特定的韵境中转化为平声。我们在长期的研究中还发现，它们在兼作平声的时候，并不存在某种特定的条件，因此，这种被转化的入声和上声，我们将其命名为"兼声"，意谓它本身兼有平声和仄声两种特性。

285. 兼声对韵句的韵律作用

四堂互映，双门并丽，龙阁开府。郡美东南第一，望故苑、楼台霏雾。垂柳池塘，流泉巷陌，吴歌**处**处。近黄昏，渐更宜良夜，簇繁星灯烛，长衢如昼。暝色韶光，几帘粉面，飞甍朱户。　　欢遇。雁齿桥红，裙腰草绿，云际寺，林**下**路。酒熟梨花宾客醉，但觉满山箫鼓。尽朋游，因民乐，芳菲**有**主。自此归从泥诏去。指沙堤，南屏水石，西湖风月，好作千骑行春，画图**写**取。

张先的这首《破阵乐》或许是一个典型的例子，秦巘认为其结拍中的"写"字必须仄声，包括前段"吴歌处处"、后段"芳菲有主"的第三字，都特意添加图符，注明必须用仄声字，其理由是什么，则依旧是没有说出，因此极难体会，因为这三个字都处在依律可平可仄的字位上，强调它们不可以平，是没有任何律理依据的。

琢磨再三方才理解秦巘的用意：可能是因为这三个字都处于主韵的前一字，而除这三字外，其余主韵的韵前字都是平声字，秦巘或许认为，假设这三字不用平声，则可以形成整体韵律上的跌宕。如果确实秦巘如此理解，则大错，因为这三字加上秦巘遗漏的"林下路"的"下"字，在韵律上构不成一个整齐的间隔。

而我们从秦巘所图注的"处""有""写"三字,以及柳永词中所图的"水""宛""日"三字,加上"林下路"的"下"字和与之相对应的柳永词中"开镐宴"的"镐"字,可以看出一个非常规律的特征,这八个字就是我所提出的"兼声":它们不是上声,就是入声,其特点是都可以作平声用。这样,本词在整体韵律中所形成的,实际上是一个比较常见的○●收束的主韵韵句煞尾,这才是本调的一个韵律特征,也就是说,这几个字不但不是"必仄",而且应该是"作平"。

286. 以韵脚的韵律特征证明以入作平

蝶梦迷清晓,万里无家,岁晚貂裘散。载取琴书,长安闲**看**桃李。烂锦绣、人海花场,任客燕、飘零谁计。春风里。香泥九陌,文梁孤垒。　　微吟怕有诗声嫠。镜慵看,但小楼**独**倚。金屋千娇,从他鸳**暖**秋被。蕙帐移、烟雨孤山,待对影、落梅清泚。终不似。江上翠微流水。

吴文英的这一首《玉京谣》是一个孤调,直到入清后才有人仿写,因此,秦巘在疏解中提出的一些观点,都不足为凭,例如认为"'看''独''暖'三字,仄声,不可易"就是一例。

秦巘所谓的"仄声,不可易",就"看""暖"而言,完全是多余,因为这两个字本来就在仄音顿中,依律就是应该用仄声的,不必专门指出。而认为"独"字要用仄声,则大误。因为本调的总体韵律中,其特征之一是韵脚也和前一例一样,都以○●收束,所以"独"字及"终不似"的"不"字,都是以入作平的用法,其中"不"字对应前段的"风"字,尤其明白。这一类孤调,本无别首可校,只需凭本词的字句,细究其韵律特征,而绝不可轻言必平、必仄、必韵等等,秦巘在这一方面常常是不知慎言,差误自然就难免了。

287.《八归》中以入作平一例

秋江带雨,寒沙萦水,**人瞰画阁愁独**。烟蓑散响惊诗思,还被乱鸥飞去,秀句难续。冷眼尽归图画上,认隔岸、微茫云屋。想半属、渔市樵村,欲暮竞燃竹。　　须信风流未老,凭谁持酒,**慰此凄凉心目**。一鞭南陌,几篙官渡,赖有歌眉舒绿。只匆匆眺远,早觉闲愁挂乔木。应难禁、故人天际,望彻淮山,相思无雁足。

史达祖的这首《八归》中,秦巘指出阁、竞、挂、雁"四字必用去声,勿误",不知其依据何来。尤其不可解的是,其中的"阁"字本来就不是去声,而是入声,为"必去声"而强解为去声,尤属不经。这个字位姜夔词用"雨",属上声作平的用法,而本句对应后段的"慰此凄凉心目",句法应该是一致的,第四字依律必须平声,因此视"阁"字为以入作平,这才是最符合律理的一种解释。

288. 从张先两首词,看上声是一种常用的兼词

第一个例子,张先的《劝金船》词,秦巘如是读:

> 流泉宛转双开宝。带染轻沙皱。何人暗得金船酒。**拥罗绮前后**。绿定见花影,并照与、艳妆争秀。行尽曲名,休更再歌杨柳。　　光生飞动摇琼甃。隔障笙箫奏。须知短景欢无足,又还过清昼。翰阁迟归来,传骑恨留住难久。异日凤凰池上,为谁思旧。

该词秦巘所读的形式,有几处可以商榷。这里且说前段第四句,秦巘以为"绮"字宜用仄声字,这话的潜台词实际上是说本句宜用不律的句子。由于《劝金船》仅张先和苏轼二首,因此只能与苏词对校,苏词本句用"道",上声,该句苏词一本又作"似轩冕相逼",也是上声,而苏词所对应的后段"又还是轻别"仍然是上声,只有本词后段"又还过清昼"是个平声字。现在根据韵律分析,这是一个一四折腰的句式,第三字依律须平,而涉及这一字位的几乎都是可以作平的上声字,因此,这里不是"宜仄",而是"作平",应该是一目了然的事了。

再比如张先的另一首《喜朝天》:

> 晓云开。睨仙馆凌虚,步入蓬莱。**玉宇琼甃**,对青林近,归鸟徘徊。风月顿消清暑,野色对江山、助诗才。箫鼓宴,璇题宝字,浮动持杯。　　人多送目天际,识渡舟帆小,时见潮回。故国千里,共十万室,日日春台。睢社朝京非远,正和羹、民□渴盐梅。佳景在,吴侬还望,分闱重来。

张先这首词前段第二个韵段中有"玉宇琼甃",该句的第二字依律不可用仄声,秦巘所谓要"用去仄平仄"的说法,仍然是无法解释这个句子为什么不能守律的就事论事,只陈述了表象而已。根据基本韵律规则,本句必须是●○○●,所以第二字就应该是一个以上作平的用法,如现存的另二首词中,

晁补之的"碎锦繁绣"之"锦"字,以及黄裳的"惹起离恨"之"起"字都可以证明。如果按照秦巘的"去仄平仄",填成"去去平仄"的话,就必然违律了。

至于该句第一字,秦巘认为必须用去声,则更加无稽,张先的"玉"本身就不是去声,而是一个入声,黄裳的"惹"则是一个上声,该词仅存三首,一上一去一入,足以证明必用去声是没有根据的。

289.从《清商怨》说"上声韵"的重要性

关河愁思望处满。渐素秋向晚。雁过南云,行人回泪眼。　　双鸾衾裯悔展。夜又永、枕孤人远。梦未成归,梅花闻塞管。

我们再来以这首词为例,谈谈兼词问题。晏殊词的换头处,秦巘进一步说:"'悔展'二字,亦宜用去上为是。"这也是一个很有意思的例子,有意思的并不是在于"悔"字本就是一个上声字。

其实秦巘对晏殊这首词的分析,最重要的一点没有涉及,那就是,这是一首上声韵词。这个词调的关键之所以在它的上声韵,是因为上声可以作平,这和入声可以作平一样,有其独特性,而入声可以独立成韵,上声自然也有这样的韵律条件,但是上声在这个方面的发育,远没有入声成熟。所以,我们发现在唐宋词中不仅纯粹的上声韵词比较少,且在一些上声韵词调中,有时候就会有一些去声的羼入。

因为这样的原因,清人在分析韵脚为"去上"组成的案例时,实际上只说对了一半,即它们的后一字往往是上声,而这正是我们说的"上声韵",但是清儒们所关心的问题又正好相反,他们往往不太关注或者干脆就不关注这个"上声韵",却偏偏要死盯着前面的"去声"做文章,一味强调韵脚前的这个字"必用去声"。而事实又证明前一字因为确实没有这样的韵律要求,所以往往前人并非总是用去声,秦巘自然知道宋词中的这个实际,所以只能说"《片玉》及陈允平和词皆然",同样是和词的方千里、杨泽民就回避了,因为这三处方、杨二人分别用了两个平上、两个入上、两个去上。前辈这种只说对自己有利的词例的做法,是很可爱的。

回过来看,实际上就算是《片玉》二首,也只有三处去上而已。更应该说明的是,前段第二句的"向晚",虽然不能说是失律,也不能说是误填,却可以认为是一个创作上的瑕疵,因为"向"字用平声才是最好的填法。正因为如此,秦巘说"'向晚''泪眼''塞管'等字,宜用去上",至少"向晚"并非如此,因为无论是《片玉》二首,还是方、杨、赵、晏(几道)等,都是用的"平上"收束,可见一斑。

第四节　主韵与辅韵

词韵与诗韵最大的一个不同,是词韵中存在大量的可有可无的韵脚,这些韵脚我们给它命名为"辅韵"。辅韵包含起调韵、起拍韵、句中韵三大类。除了辅韵外,其他的就是主韵,主韵是词体中必不可少的韵脚,其具体位置在一个韵段之后。

290. 辅韵就是机动性韵脚,用与不用极为自由

罗襦绣袂香红。画堂中。细草平沙蕃马,小屏风。
卷罗幕。恁妆阁。思无穷。暮雨轻烟魂断,隔帘栊。

从薛昭蕴的这首《相见欢》中可以看出,这个词调的整体韵律模式,就是由四个"一六一三"的韵段构成的,其主韵都在三字句中。但为了丰富韵律的变化,过片就被处理成了六字折腰句法,以形成参差、跌宕,更有在该折腰句中添入两个仄声韵脚的,从而加强了这种跌宕感,这两个添入的仄声韵,由于所起的作用本来就是辅助、丰富或加强韵律,所以自然属于"辅韵",唐五代时的作品中,后段起拍处添入这两个换韵甚至是主流填法。

但是,这类押韵通俗地说,就是属于一种"临时起意"式的做法,并不是格律赋予它"必须如此"的,所以用韵的机动性很大,往往或者是可叶可不叶的,如蔡伸词作"多少恨、多少泪,谩迟留",或者是可换可不换的,如吴文英词作"一颗颗、一星星。是秋情",或者是可叠可不叠的,如扬无咎词作"江南望。江北望。水茫茫",这是填词的一般规则,所以,秦巘认为的薛昭蕴"卷罗幕。恁妆阁。思无穷"中,"'幕''阁'二字是换仄韵,宋人俱同",显然宋人并非都是如此。

291.《采桑子》前后段起句自相叶韵,也是一种填法

蜻蜓领上诃梨子,绣带双垂。椒户闲时。竞学樗蒲赌荔支。　　丛头鞋子红偏细,裙窣金丝。无事颦眉。春思翻教阿母疑。

和凝的这首词,是很多词谱选为正例的典范之作,但是这个体式的韵律特征,向来在描述的时候是有重要瑕疵的。

本词原谱前后段起拍都没有标注叶韵,其他各种谱书中也大抵是如此,

至今主流认知都认为本调首句是不叶韵的。我在作《钦定词谱考正》时曾指出，这是一种换韵，前后段起拍自为一韵，今见有前贤也有同样的怀疑，秦巘说，王敬之云"'子''细'二字，似是以仄叶平"，显然思路是对的。尤其是我们曾注意到，唐宋时按照这个模式填的并非仅此一例，其词的数量约达一成。如《钦定词谱》本调共收入三首，除本词外，其余李清照的"窗前谁种芭蕉树……伤心枕上三更雨"、朱淑真的"王孙去后无芳草……去时梅蕊全然少"都自相为韵，与本词同格，因此，这是可以被视为一种变格的。

292. 辅韵的增减，与词的格律无关

元无名女子的《玉蝴蝶》，秦巘列为第五首，词如下：

> 为甚夜来添病，强临宝镜，憔悴娇慵。一任钗横鬓乱，永日薰风。恼脂消、榴红径里，羞玉减、蝶粉丛中。思悠悠，垂帘独坐，倚遍薰笼。　　朦胧。玉人不见，罗裁囊寄，锦写笺封。约在春归，夏来依旧各西东。粉墙花、朝来疑是，罗帐雨、梦断成空。最难忘，屏边瞥见，野外相逢。

这首词的前后段末一韵段中，各有一个三字结构，该三字结构柳永是押韵的，因此很多人在填词的时候，也将其作了押韵处理。但是，这两处原本就是不必押韵的，张炎等人多加一韵，正是《钦定词谱》所说的"词以韵为拍，过变曲终，不妨多加拍也"的缘故。换言之，这种加韵与否的做法，本质上与律法无关，而只是起到一种修饰的作用。在词乐的层面，是音乐上的一种变化，在文字层面，则只是一种修辞而已，每个人都可以根据自己内容的需要，来定夺是否需要添加一个韵脚。

293. 两词相校，校主韵是一个重要环节

古籍整理中同类相校是一个基本的方式，用张三的词来校李四的词，从而分析判断某词的韵律如何、某句的句式如何、某字的平仄如何，是词体韵律学中的一种基本手段。但是，词是一种特殊的文体，它存在一个创作上的"依样画葫芦"的特殊性，因此如果不考虑历史承继的原因，两词相校就未必可靠。

《凤归云》在《词系》中以柳永的"向深秋"词为正例，在宋词中该词仅赵以夫词一首可校，秦巘也说"此调只赵以夫一首可证，平仄无异，略异数字，照注如右"，但是，秦巘进而得出结论，说因为赵以夫与柳词平仄无异，所以"可见宋时本有此体，不得谓有脱误也"，就非常本本主义了。因为赵以夫距柳

永已经有二百余年，其时柳词传抄甚广，且多为底层民间之间的传播，所以柳永词常常会出现文字上的错讹，而赵氏因误而循误，本来也是在情理之中，秦巘得出"不得谓有脱误"这样僵化的结论，也只是清代词谱家一贯的就事论事风格的必然思维结果。葫芦歪而所画的瓢歪，再以瓢歪来证明葫芦本来就应该是歪的，归根结底是因为没有下到田里去看看葫芦的实际长势，这个"实际长势"，就是律理。

《凤归云》的"实际长势"应该是这样的：就这个词调的规模来说，它显然属于慢词，而慢词按照基本的律理规则就必须有八韵段词构成，在敦煌词中，四首就基本吻合，而本词和赵词的前段各为四个韵段，合乎规则，但是后段目前却仅能分析出三个韵段的词，其第一韵段竟达廿四字之多，竟然超过了前段第一第二两韵段的十九字，那么，其中脱落一个主韵是无疑的。岂能撇开基本规则，仅凭两词一致就认定没有脱落？而赵词正因为与柳词错得一样，所以更加可以证明它就是那个因"柳葫芦"而画成的"瓢"，在这一点上是不能用来佐证柳词的。

294.《留客住》前段第一韵段阙一主韵

《留客住》今仅存柳永和周邦彦二首，作为一首典型的慢词，这个词调前后段应各有四个韵段，但是目前所见的两首词，前段都只有三韵段，我们以秦巘所读的柳永词为例：

偶登眺。**凭小楼**　　、**艳阳时节**，乍晴天气，是处闲花野草。云散遥山万叠，涨海千重，潮平波浩渺。烟村院落，是谁家绿树，数声啼鸟。旅情悄。念远信沉沉，离魂杳杳。对景伤怀，度日无言谁表。惆怅旧欢何处，后约难凭，看看春又老。盈盈泪眼，望仙乡、隐隐断霞残照。

细按均拍，只要将后段收束处改读为"望仙乡隐隐、断霞残照"，那么这首词前段"乍晴"起，与后段"对景"起之间的对应就十分工稳、和谐了：前段"乍晴"十字，应为第二韵段，正对后段"对景"十字；前段"云散"十五字，应为第三韵段，正对后段"惆怅"十五字；其后则各为第四韵段。

如此则后段的第一韵段十分清晰，是"旅情"下的十二字，"杳"字为主韵，对照前段，则可知在"时节"处失落了一韵，即第一韵段的主韵没了着落。前后比照，有两种可能：或本词为添头式结构，那么这个"节"字就是一个讹字，应是后人抄错、刻错；或本词为齐头式结构，则前段收拍并无讹字，而是脱了两字，其原来的样貌，应该和后段相同：

偶登眺。凭小楼艳阳，时节●●。

旅情悄。念远信沉沉，离魂杳杳。

是脱字中含一韵脚。总之，填者于此，必须叶韵，勿误。

295.《凤来朝》一处瑕疵说明：辅韵易忽略

周邦彦的《凤来朝》，秦巘是这样读的：

逗晓看娇面。小窗深、弄明未辨。爱残妆、宿粉云鬟乱。最好是、帐中见。

说梦双蛾微敛。锦衾温、兽香未断。待起难舍拼，任日炙、画楼暖。

这个小令也有一处韵律上的误讹。"待起难舍拼"五字秦巘未作叶韵处理，导致失落一韵，这个五字结构对应的是前段的"宿粉云鬟乱"，所以"拼"字读如 pàn，也是韵脚，从宋元词人本句都押韵可以证明，而最可靠的，是我们从陈允平和周邦彦词中获得的证明：陈词这一句作"买一笑、千金拼"，正是韵脚。

296. 周密的《倚风娇近》落一主韵，必有舛误

秦巘所读的《倚风娇近》，在整体架构上是有瑕疵的。我们来看他读的词：

云叶千重，麝尘轻染金缕。弄娇风软霞绡舞。**花国选倾城，暖玉倚银屏，绰约娉婷**，浅素宫黄争妩。　　生怕春知，金屋藏娇深处。蜂蝶寻芳无据。醉眼迷花映红雾。修花谱。翠毫夜湿天香露。

这个词既然被称为近词，那么前段就应该存在三个韵段，但是从"弄娇"起直至结尾，廿七字仅段末一韵，中间居然没有一处韵脚，而这里应有一个主韵是铁律，这种词体结构显然是反常的，可知前段文字必有句读舛误，或必有主韵脱落。这个主韵就是对应后段第二韵段的"雾"字的，显然在这个版本中是脱落了。

遗憾的是这个词调宋元词仅此一首，无从校核。我们搜检清词及民国词，有汪东、吴湖帆、庐前、乔大壮四首都是步周密韵之作，其中"醉眼迷花映红雾"七字，所对应的前段七字，吴词为"襟蝶抱、温香软玉"，庐词为"相识可知情倚玉"，乔词为"山色伴、江城小玉"，均以"玉"字收，应该是将"玉"字

作去声理解的填法,此外,汪东作"辽鹤返江城。缟翼展为屏",则是将周词的"倾城""银屏"视为换韵填法了。

由此数首可以看出,这些词学前辈们的理念中,周词的前段第二韵段应当读为"弄娇风软霞绡舞。花国选、倾城暖玉",其收拍是一个折腰式的七字句法,"玉"字读为去声,作前段第二韵段的主韵,吴、卢、乔三词都视之为韵,应该没有异议,但是只有卢词前读为律句句法,略有小异。

确定了前段的收拍,再反观后段,又可以推知"醉眼"七字,应该并不是一个律拗句法,而是与前段相同的结构,也是折腰句法,即应该读为"醉眼迷、花映红雾"。

但是,"玉"字作去声,总归还是个没办法的办法,大概率还是字句有舛误的缘故,惜已经无从探摸。

第五节　用韵的准确定位

这一节讨论唐宋词在用韵时的一些基本的模式、基本的规则。

297. 宋人开口韵和闭口韵可以通叶

辛弃疾的《行香子》,使用的韵脚今人是无法接受的,因为它采用了开口韵和闭口韵混叶的方式,其词如下:

云岫如簪。野涨挼蓝。向春阑、绿醒红酣。青裙缟袂,两两三三。把曲生禅,玉版局,一时参。　　拄杖弯环,过眼嵌岩。岸轻乌、白发鬖鬖。他年来种,万桂千杉。听小绵蛮,新格磔,旧呢喃。

秦巘首先不能接受,他认为该词"通体用覃咸韵,甚谨严",所以,"'环'字断非叶"。

但是,事实是宋人闭口音与开口音混用已经常见,本词后起本可叶韵,况且本词还有两处秦巘失记:"把曲生禅"的"禅"字和"听小绵蛮"的"蛮"字,这样,禅、环、蛮三字恰好处在歇拍、过片、结拍三个不同的重要位置上担任起拍,自然也可以形成一韵。

更何况,这种前后结的三三三结构中,第一个三字叶韵的情况,约占宋词中的一成,因此也可以视为一种填法,例如石孝友的"是好相知。不相见、只相思……且等些时。说些子、做些儿"等等。

298. 词的起结过变中的韵脚增减,是常见现象

词的起拍有一个特殊的韵律特征,那就是这个句拍往往是可叶可不叶的,尤其是在慢词中。起拍用韵或不用韵的韵律原因,在于"过变起结"这个重要的位置上,是词乐曲子旋律变化的关键部位,而这种变化的一个重要手段,就是通过韵脚的增减实现,所以《钦定词谱》有"盖词以韵为拍,过变曲终,不妨多加拍也"的说法,当然,反之在原有的韵脚基础上,要改变韵律,就是"不妨多减拍"了。

例如《三部乐》的起拍例用⊙●○○平收句式,且首字以平起为正,但是,苏轼词却是这样起首:

> 美人如月。乍见掩暮云,更增妍绝。

起拍用的是●○○●,平仄与各家都不同,苏轼这样改变句式的目的,只是为了叶韵的需要而作调整。因此,这个句式的不同,至少有这样一些认识作用:

其一,苏词未必就是秦巘以为的创调词,否则,后人不可能没有一个循他的句式填词的;其二,证明词的起句都是可叶可不叶的,这是一个最底层的一般原则,如果首句的句脚与韵脚正好同一平仄,自不待言,即便是平仄不同,也可以像这个例子一样,改变句式进行叶韵;其三,句式的同与不同,对词的韵律并没有太多的影响,我们所见到的词体中句式大多是相同的,不是因为词乐,不是因为韵律,而往往只是因为一种写作上简单的趋同习惯而已。

299. 古音入韵,是唐宋词中常见的押韵模式

尽管清人制作了不少"词韵"韵书,但是能够准确、正确表达唐宋词用韵实际的韵书,寸光之中尚未见过,这里面有一种宋人的用韵现象:古音入韵,按照清人的韵书,可能都成了失韵之作。在姜夔的《角招》中,就有一个典型的例子:

> 为春瘦。何堪更绕西湖,尽是垂柳。自看烟外岫。记得与君,湖上携手。君归未久。早乱落、香红千亩。**一叶凌波缥缈**,过三十六离宫,遣游人回首。　　犹有。画船障袖。青楼倚扇,相映人争秀。翠翘光欲溜。爱着宫黄,而今时候。伤春似旧。荡一点、春心如酒。写入吴

丝自奏。问谁识、曲中心，花前后。

　　《词律》和《钦定词谱》本调都只收录了赵以夫词一首为谱，秦巘将姜夔词列为正例，可谓是实至名归。但是我们看上面秦巘所读的，细扣韵律，前段末一韵段中的"缈"字本应在韵，秦巘失记了，而这个韵脚在整个词调中是比较重要的。

　　就应用的层面来说，秦巘忽略了宋人填词时，萧尤二韵常常有通叶的情况，如无名氏《昼夜乐》后段有"画堂开宴邀朋**友**。赏琼英、同欢**笑**。陇头寄信丁宁，楼上新妆斗**巧**。对景乘兴倾芳**酒**"。《钦定词谱》就指出："此词后段起句'友'字，第六句'酒'字，萧尤同押，用古韵。"这是尤韵通叶萧韵的例子。又如周紫芝《千秋岁》后段"试问春多少。恩入芝兰厚。松不老、句山长久。星占南极远，家是椒房旧。君一笑。金銮看取人归后"，《钦定词谱》又指出："后段起句'少'字、第七句'笑'字，俱以'绦'叶'有'，亦古韵也。"这是萧韵通叶尤韵的例子。

　　其次，就实证层面来说，参校赵以夫的词也可以证明这一点，赵词是依姜词为母本而填的，前段末一韵段赵词作"梦绕扬州东阁。风流旧日何郎，想依然林壑"，用"阁"字入韵，显然是宋人知道"缈"字为韵脚的书证，也可以证明宋人都是默认萧尤二韵通叶的。

　　最后，从全词的韵律层面来分析，这个词调的韵律结构，是每一韵段的起拍都采用韵句来表达，分别用"起拍韵、主韵"这样的模式构成，如前段的四韵段词分别为"瘦、柳""岫、手""久、亩""缈、首"，后段的四韵段则又分别是"袖、秀""溜、候""旧、酒""奏、后"这样的组合，厘清了韵律，便可以知道"缈"字也是韵脚。

　　了解古音可以在词中叶韵，还可以帮助我们认识另外一些问题，例如《词系·长相思》所录的第三首刘光祖词：

玉尊凉。玉人凉。若听骊歌须断肠。休教成鬓霜。　　　　画桥西，画桥东。有泪分明清涨同。如何留醉翁。

　　秦巘的认识显然就是忽略了古音入韵的问题，他认为该词"后段换韵"，这一观点未必符合原创者本来的用意。

　　如果我们站在唐宋人的立场上，而不是站在明清人的立场上来看这首词，就可以知道这首词并非换韵，因为它只是循古韵填词而已，这就和辛弃疾的《醉翁操》可以用"江"叶"松、风、公"一样，属同一个韵律现象。所以，本词实际上就是正例的一种变格而已,并非"又一体",但是,这样就与白居易的"深画眉"词完全一致了,所以应予剔除。

300. 判断是否叶韵,以"应收尽收"原则为好

唐宋词中一个句脚是否叶韵,有时候前人会拿捏不定,拿捏不定的原因,是既不知道宋人是否属于偶合,也不知道是否属于有意而为之,且这个韵脚往往是别人不叶韵的。对于这类情况,窃以为还是要以宽松看待为宜,但凡与主韵相合的句脚,都应将其视为韵脚为宜,宁宽勿紧,即便是和词不叶的情况,也不相校,因为实践证明,即便是在和词中也存在添韵、减韵或不步韵的情况,所以,以一概视为韵脚为最谨慎的方法,这也符合秦巘自己所说的"或叶或否,各名家和词皆然"的实际情况。

以姜夔的《凄凉犯》为例,或可以比较典型地说明这个问题:

> 绿杨巷陌。秋风起、边城一片离索。马嘶渐远,人归甚处,戍楼吹角。情怀正恶。更衰草、寒烟淡薄。似当时、**将军部曲**,逶迤度沙漠。　　追念西湖上,小舫携歌,晚花行乐。旧游在否,想如今、翠凋红落。漫写羊裙,等新雁、来时系著。怕匆匆、不肯寄与误后约。

在这首《凄凉犯》前段的末一韵段中,秦巘指出"'曲'字各家皆不叶,断非韵",这种看似严谨的说法,实则恰恰是不严谨。如果仅仅因为"各家皆不叶"而断定其非叶,便是与"或叶或否,各名家和词皆然"的说法自相矛盾。何况实际情况是,吴文英用"骨",正是同部词韵;张炎词,为"萧条柳发",只不过是秦巘误作了"柳发萧条","发"字本来也是在韵的。所以"曲"字自然是韵,这正是所谓"起结过变,不妨多加拍也"的一个实例。

那么,吴文英不用"骨",张炎不用"发",是不是"曲"字就不是韵脚了呢? 当然不是,因为从词的一般韵律原则来说,只要这个字位是有可能叶韵的、是可以叶韵的,就应该将其视为韵脚,因为这不仅仅是我们认为有可能作者是有意的,更主要是这个地方没有任何"不得押韵"的理由。

301. 词有前后段对应句相叶的作法

词的押韵,有一种我称其为"对应韵"的押法,即前后段的对应句中自相叶韵,且这种对应韵往往只是一对,而不旁涉。我们在上一节中所提到的《采桑子》有前后段首句对应叶韵,《西江月》的两个尾句也是典型的自相对应叶韵,所以也可以与平韵不同部。除了首尾,也有在段落中间的"对应

韵",如《洞仙歌》中向子諲前后第二韵段的四字句"应更光辉"与"乃有盈亏","辉、亏"就都是段落中间的"对应叶韵"。对应韵的特点就是自相为叶,独立成韵,所以本质上属于一种换韵格。

至于像欧阳炯的《西江月》:

月映长江秋水。分明冷浸星河。浅沙汀上白苹多。雪散几丛芦苇。
扁舟倒影寒潭,烟光远罩轻波。笛声何处响渔歌。两岸苹香暗起。

后结中的"苇、起"二字自然是一个对应韵,但这个词有一个特殊情况,即前段起拍"水"字也可以视为与尾句相叶,秦巘就是将其视为仄韵的起韵的。这是因为词的每段起拍,都是可韵可不韵的,《西江月》的前段起句通常是不入韵的,偶有押韵的情况,也是采用对应韵,与后段首句相叶,这种仅单边入韵的情况,如果存在,也可以视之为一种偶合。而按照叶申芗的《天籁选词谱》,后起作"扁舟倒影寒潭里",这种可能性就更大了,秦巘所据本子作"扁舟倒影寒潭",应是有脱字了。

更重要的是,本调的早期形式,其后起都是七字一句,现可见到的三首敦煌词,就有两首如此填,欧词现存二首,《尊前集》一本后起也都是七字,因此,认为原谱过片句脱落句末的"里"字,应该是可以被认定的。补足后前后段起拍都叶韵,正是本调韵法的一般形式之对应韵。

302. 句中韵,词中独有的一种用韵模式

句中韵是词独有的一种用韵模式,在传统的诗中没有句中韵,近体诗甚至以"犯韵"的罪名将其视为一种病,如卢仝的《喜逢郑三游山》的首联"相逢处处草茸茸。石壁攒峰千万重"就是典型的犯韵。但是,如果这两句是词句,那么就可以读为"相逢。处处草茸茸。石壁攒峰。千万重","逢""峰"就都是句中韵,不但可以被认可,而且还可以认可它们对正格韵律具有一种增加变化的作用。

句中韵的使用不限于具体的位置,只要在句中就可以,例如:

马蹄。动是三千里,后会莫相违。(赵长卿《眼儿媚》,句中第二字)
念上国。谁是,脍鲈江汉未归客。(史达祖《秋霁》,句中第三字)
湖上。闲望。雨萧萧。烟浦花桥。路遥。(温庭筠《河传》,句中第四字)
情未阑,日暮向深源。异芳谁与搴。忘还。(郭祥正《醉翁操》,句中第五字)

我们且以《洞仙歌》为例,来深入了解一下句中韵:

冰肌玉骨,自清凉无汗。贝阙琳宫恨初远。玉阑干倚遍。怯尽朝寒,回首处、何必留连穆满。　　芙蓉开过也,楼阁香融,**千片**。红英泣波面。洞房深深锁,莫放轻舟,瑶台去、甘与尘寰路断。更莫遣、流红到人间,怕一似当时,误他刘阮。

　　这是秦巘点读的孟昶《洞仙歌》词,其后段第三句中,"片"字就是一个句中短韵,但是通常的概念中总以为这是一个偶合的韵脚,其实不然,与这种填法相同的,还可以举出晁补之的"冷浸。佳人澹脂粉"、周紫芝的"老去。羞春欲无语"等为例。与这一填法相对应的前段第三拍,则有辛弃疾的"孤负。平生弄泉手"、韩淲的"待足。人生甚时足"等等词例。而赵文与刘辰翁的步韵唱和词,赵文用"剩有。儿孙上翁寿",刘辰翁用"袖有。蟠桃为君寿",则是最有力的一个书证。

　　至于东坡词,除有后段的"时见。疏星度河汉"外,更有前段也对应使用"水殿。风来暗香满",韵律十分规整和谐,遗憾的是,此类填法因为采用句中韵的方式,所以相对就比较隐蔽,所以明珠暗投,东坡的这两个韵脚竟然完全没有被后人所注意到,我考察后世词人步东坡韵的作品中,并未发现有将这两个句中韵也一并步入的,可以说,无论是鉴赏苏词,还是步韵唱和,都使作品的韵律失色不少。

　　如果我们缺乏句中韵概念,那么必然就会导致对词作的误读。例如《品令》这个词调的前段第一韵段,以十二字为正格,宋人基本都是如此填的,究其句拍之间的关系,则是由六字折腰式一句、仄起仄收式六字一句构成,但是,前人在点读这个词调的时候,往往产生误读,将其描述成为三字一句、上三下六式一句,秦巘的《词系》也未能走出这一误区。如:

棹又艒。天然个、品格于中压一。(秦观)
夜萧索。侧耳听、清海楼头吹角。(颜博文)

　　而秦巘所收录的秦观另一首,起调处作"幸自得。一分索强,教人难吃",由前述词例可以看出,原词的意思也应该是"幸自得、□了一分,毕竟索强教人难吃",所以其词本貌或是"幸自得。●一分,索强教人难吃",如果是"一分索强",那就不知道该作何解释了。当然,这只是我的理解,没有书证。

303. 孤韵，只出现于《酒泉子》中的特殊韵法

《酒泉子》的韵律特征可以认为是整个唐宋词中最特殊的，因为这是唯一一个词中出现"孤韵"的词调，如果我们不认可有"孤韵"的存在，那么也可以说它是一种主韵可以缺失的词调，这个可以缺失的主韵的位置，在前后段的第一韵段中。试仅以《词系》中所收的词选录几例（其中有＊号的，表示前后段为同一首词）：

记得去年，烟暖杏园花正<u>发</u>，雪飘香。江草绿，柳丝长。（牛峤词前段）

秋月婵娟，皎洁碧纱窗<u>外</u>，照花穿竹冷沉沉。印池心。（李珣词前段＊）

紫陌青门，三十六宫春<u>色</u>，御沟辇路暗相通。杏园风。（张泌词前段＊）

庭下花飞。月照妆楼春欲<u>晓</u>，珠帘风，兰烛烬，怨空闺。（张先词前段＊）

云鬟半坠懒重<u>鬘</u>。泪侵山枕湿，银灯背帐梦方酣。雁飞南。（顾夐词后段）

凝露滴，砌蛩<u>吟</u>。惊觉谢娘残梦，夜深斜傍枕前来。影徘徊。（李珣词后段＊）

咸阳沽酒宝钗<u>空</u>。笑指未央归去，插花走马落残红。月明中。（张泌词后段＊）

迢迢何处寄相<u>思</u>。玉箸零零，肠断屏帏。深更漏永梦魂迷。（张先词后段＊）

这些例子中有下划线的都是主韵位置所在，依照一般的韵律规则，都是必须押韵的，但是独独在《酒泉子》中，却是以不押韵为常见模式，这一特殊现象何以存在，至今为止寸光所及尚未见有人提出、研究。

当然，有些"不押韵"的问题是后人人为制造的，例如作为《酒泉子》正例的司空图词，前后段分别为"十载归来方始圻""白发多情人更惜"，秦巘均未标注其押韵，而"圻""惜"同为陌部韵，应属遥叶，这一类遥叶也是词中韵律特有的模式，并不罕见，例如本调顾夐的前段"风度绿窗人悄悄"与后段"韶颜看却老"遥叶，即为一例。

《酒泉子》用韵的另一特点是：前后段结拍同韵，且必为平声。《词系》所收录的十八种词例中，只有李珣"秋月婵娟"一首不同，前段是"印池心"结，后段是"影徘徊"结，极疑该词存在舛误。至于顾夐"小槛日斜"一首，前段结拍"旧香寒"，后段结拍"暗销魂"，则是十三部元韵与十四部寒韵通押，并无不妥。

知道这一韵律特征,也可以为词作的版本正误提供参考,如李珣"秋雨连绵"词的后结,《词系》作"透帘中",与前段结拍"酒初醒"不谐,这属于秦巘版本选择上的问题,别本有《花间集》该句作"透帘旌",正与前段相叶,可见"透帘中"是错误的。秦巘显然忽略了这一特征,所以开出的药方是"'中'字与前句皆不叶,断无结句另换一韵不叶之理,应是'前'字之讹,与上'绵'字、'烟'字互叶"。这种说法其实只是猜谜而已,细玩就经不住推敲:因为是"帘中",所以可以说"透","帘旌"是帘头的织物,自然也是可以说"透"的,相比较而言,更是极写烟雨,但是如果说是在"帘前",那么试问又是如何"透"法? 这便是秦巘是猜谜而不是基于韵律分析的不到之处了。

304. 贺铸《清平乐》词是换平,而非"换平叶"

小桃初谢。双燕还来也。记得年时寒食下。紫陌青门游冶。　　楚城满目春华。可堪游子思家。惟有夜来归梦,不知身在天涯。

贺铸的这首《清平乐》,秦巘因为"后段平韵,与前段仄韵互叶"的缘故,认定与正例不同,属于"又一体"。

按,三声叶本质上仍然是一种换韵,只不过换的是同部的韵,我们在第一章第 15 条的《菩萨蛮》中讨论过这个问题,李白《菩萨蛮》上片的"织""碧"和下片的"立""急"均为仄声,犹且应该视为"换韵",这里平仄声相换,自然更有理由可以被视为一种"特殊换韵"。由此可知,贺铸词的体式依然如正例和其他诸词,甚至在略有差异的用韵上,都不能称之为"微调",自然"又一体"就更加无从谈起了。

305.《摸鱼子》的一种特殊体式,平仄混叶词

秦巘《摸鱼子》第十四首为无名氏词,该词的特性与众不同,是一个三声混叶的体式,秦巘所读词如下:

岁华向晚,遥天布同云,霰雪初飞。**前村昨夜漏春光,楚梅先放南枝**。叹东君,运巧思。裁琼缕玉装繁蕊。花中偏异。解向严冬逞芳菲。免使游蜂粉蝶戏。　　梁台上,汉宫里。殷勤仗,高楼羌笛休吹。**何妨留取凭阑干,大家吟玩□醉**。待明年念芳草、王孙万里归得未。仙源应是。又被花开向天涯。泪洒东风对桃李。

本词前后段的第一韵段和末一韵段与正格不同,第二、三韵段看似相

似，其实也是似是而非的。

　　第二韵段第一句，《摸鱼子》正格当是仄收式句法，而本词的前后段都是平收，用"光"字、"干"字，《摸鱼子》的正格中绝没有这样的用法。第二句应是仄起仄收式，而本词的前段竟是平起平收式，连韵脚都改变了，后段第二拍平起式，也不同于《摸鱼子》的仄起式。第三韵段，"运巧思""念芳草"三字在《摸鱼子》中属下句，但在本词则是属上句，后段尽管秦巘标注为顿号，但是并不改变其实质。虽然这可以用读破诠释，但是于全局论，六字折腰句法的韵律已迥异于《摸鱼子》，显然属于别格。

　　综上所论，两者相同的句子只有"裁琼""星星"二句，所以这个三声叶的词很可能并非《摸鱼子》，而是一个别调。遗憾的是，再无别词可校。

第六节　落　　韵

　　落韵是词体中的重要失误，落韵有两种情况：一种是拟谱人因为各种原因而将词中的韵脚失注了，一种是由于韵字本身脱落，而无法补足。前者可以修正，后者就只能作校记说明了。指出落韵问题的唯一途径，只能是根据词的韵律进行分析、补正。

306. 张先《酒泉子》词，句读错误导致落韵

　　庭下花飞。月照妆楼春欲晓，珠帘风，兰烛烬，怨空闺。　　迢迢何处寄相思。玉箸零零，肠断屏帏。深更漏永梦魂迷。

　　张先这首词的"玉箸零零，肠断屏帏。深更漏永梦魂迷"三句，于律法论，其句法与其他诸家迥异，唐宋词中甚至未见有这样的填法。于作法论，"屏帏深、更漏永"很明显是一个俪句，不可读破。所以，这个后段应如通常读法一样，读为"迢迢何处寄相思。玉箸零零肠断。屏帏深、更漏永，梦魂迷。"这样，"断"字正好在第一韵段上作主韵，比较秦巘的原读，主韵就残缺了，如果将"帏"作为主韵，则"深更漏永梦魂迷"便成了孤拍，仍旧不合基本韵律。

　　现在的问题是，"断"字何以为韵？诗词中不存在"孤韵"一说，所以词中必然有文字错误，据《花草粹编》，前段第二句为"月照妆楼春事晚"，这样，就可以清楚"断"字正是与前段的"晚"字遥叶相押，极为和谐，这是掌握韵律可以帮助读好词的一个典型例子。

307. 孤调的韵脚标注，应该"应收尽收"

无名氏所作的《绕池游》仅此一首，①无别首可校，其词秦巘读为：

渐春工巧，玉漏花深寒浅。韶景变，融晴蕙风暖。都门十二，三五银蟾光满。瑞烟葱蒨，禁城闻苑。　　棚山雉扇。绛蜡交辉星汉。神仙籍，梨园奏弦管。都人游玩，万井山呼欢忭。岁岁天仗，愿瞻凤辇。

这首词中变、蒨、扇、玩四字没有呈前后对称的模式出现，秦巘特别对此指出"'变'字、'蒨'字非叶韵"，其中理由没有给出，这两个字或许未必是韵，但也可以认为未必不是韵。

既然是孤调，则秦巘唯一的依据，就无非只能是前后段的比较，而前后段韵脚不对应使用的情况很多，如本词前段首拍不叶韵，但是后段首拍则叶韵，就是一个很好的例子，或者可以认为，后段"扇"字叶韵是因为它是一个起句，那么我们也可以用同样的理由，认为"蒨"字处于末一韵段之中，恰是《钦定词谱》所说的"过变曲终，不妨多加拍也"，所以不足为凭。

除此二字，后段的"玩"字也可能是韵，近代一些严谨的词人，如日本的森川竹磎、清代的杨玉衔、民国的唐圭璋等，在"蒨""扇""玩"三处句脚都采取了入韵的填法，森川甚至"变"字也用韵，可见对这些"未必不是"的地方，还是要采取"应收尽收"的原则比较好。当然，这几处本属辅韵，原本就是可叶可不叶的，作为谱家，标示出来后可以作出专门的备注，然后交由填者按照自己的喜好以及自己作品的语境进行选择，或更加合乎其本来的韵律。

308. 要有主韵意识，就能不至于失记韵脚

《安公子》近词是一个双曳头的体式，但传统点读，该双曳头各为四句却只有一韵段，未免古怪：

长川波潋艳。楚乡淮岸迢递，一霎烟汀雨过，芳草青如染。
驱马携书剑。当此好天好景，自觉多愁多病，行役心情厌。
望处旷野沉沉，暮云黯黯。行侵夜色，又是急桨投村店。认去程将近，舟子相呼，遥指渔灯一点。

---

① 秦巘知道作者佚名，且说"各本皆无名氏，《珠玉词》不载"，但仍将其归属于晏殊名下，不知何故。

这种"单一韵段"的双曳头也是绝无仅有的,显然不合基本韵律。窃以为这个双曳头的韵法,应该是中间二句换韵,因此第二段的"景""病"相叶。由此则可知第二句"迢递"的"递"字,依律应该也是主韵所在,与第三句相叶,而第三句的"过"字则应该是"逝"字的传误,与"递"相叶。此所谓"抱韵",极似顾夐《酒泉子·杨柳舞风》词。

本词宋人虽然仅此一首,但我们从清人的一些作品中,可以看出他们对这个双曳头的理解,例如丁澎词,将其第一段的第二第三句填作"三生休负。为着些子,蓦腾腾地","负"字叶,显然是将柳词理解为了"楚乡淮岸。迢递一霎,烟汀雨过"。而丁词第二段的第二第三句填作"埋冤着人薄幸。忒煞女儿心性",两句互叶,是理解柳词"景""病"为换韵的证据。

不过,主韵在一般情况下都是最容易被看出来的,所以失记的可能性相对于辅韵来说要小得多,所以主韵落韵的情况往往就是因为韵字的脱落,而这种缺损的状态,只能指出,而无法予以补正,再比如下面这个《忆黄梅》:

> 枝上叶儿未展。已有坠红千片。春意怎生防,怎不怨。**被我安排**,矮牙床斗帐,和娇艳。移在花丛里面。　　请君看。惹清香,偎媚暖。爱香爱暖金杯满。问春怎管。大家便、**拼做东风**,总吹教零乱。犹兀自、输我鸳鸯一半。

王观的这首《忆黄梅》,扪其韵律,应该是一首引词,因此前后段就必然各有三个主韵,而就目前的词体来看,前后段的第二韵段主韵都不存在,而窃以为前段的"排"字、后段的"风"字,这两处都应该是主韵所在句子。但是,这个词调目前仅此一首,因此无从参校,只能保持缺损状态,是一个很大的问题。

不过这首词另外有落韵的,倒是可以补足,即后段的"大家便"对应前段的"怎不怨",既然同韵,"便"字就应该也拟为韵脚,原谱未注叶韵,且读为三字逗,甚误。就词意来说,"怎不怨"三字应该是属上而非属下,所以并非是句中韵,而是"春意怎生防、怎不怨"为一句。因此,同理,后段也是"问春怎管●,大家便"(前四字疑脱一字)为一句,而非"大家便、拼做东风"。但就语意而论,"大家便、拼做东风"读来固然并不通,而"问春怎管大家便"也不通,查《梅苑》卷三,该句其实是"问春怎管●,大家拼。便做东风,总吹教零乱",陈耀文《花草粹编》卷十五也是如此,可以佐证这一版本或许为原词的本貌。

309. 要关注词体是否存在平仄混叶的情况，避免落韵

晚秋天。一霎微雨洒庭轩。槛菊萧疏，井梧零乱，惹残烟。凄然。望乡关。飞云黯淡夕阳间。当时宋玉悲感，向此临水与登山。远道迢递，行人凄楚，倦听陇水潺湲。正蝉吟败叶，蛩响衰草，相应声喧。孤馆度日如年。风露渐变，悄悄至更阑。长天净、绛河清浅，皓月婵娟。思绵绵。夜永对景那堪。屈指暗想从前。未名未禄，绮陌红楼，往往经岁迁延。　　帝里风光好，当年少日，暮宴朝欢。况有狂朋怪侣，遇当歌对酒竟留连。别来迅景如梭，旧游似梦，烟水程何限。念利名憔悴长萦绊。追往事、空惨愁颜。漏箭移、稍觉轻寒。听呜咽画角数声残。对闲窗畔，停灯向晓，抱影无眠。

柳永的这个三段式《戚氏》，是一个平仄混叶的词体，至今为止的一些词谱、词集中，另有几个韵脚都没有读出来，如第一段的"乱""澹"甚至闭口韵的"感"字，第二段的"馆""变""浅"三字，第三段的"畔"字未读出。

当我们意识到有这样九个仄声韵存在，再去吟读这首词，就会发现它特有的韵律特征，是与这几个仄声韵具有很密切的关系的。当然，要证明这些仄声韵的存在，仅仅因为句脚韵同，就太过低级，关键还是要从韵律的角度来证明，我们且将传统的读法作一些调整，看看这样的两段文字：

前段：槛菊萧疏，井梧零乱。惹残烟。凄然。望乡关。飞云黯澹。
中段：度日如年。风露渐变。悄悄至，更阑。长天净，绛河清浅。

是不是非常吻合？这两组的吻合不是巧合，而是韵律如此，然后我们可以很清晰地看到："乱""澹"和"变""浅"也对应得非常吻合，更重要的是，这四个韵脚正是主韵所在。什么是主韵？主韵就是必须出现、不可省略的韵脚。由此可以证明，这些仄声韵是否存在，不是一家之言的问题，而是依律必须补上的。

除了这四个开口韵，另外两个开口韵"馆""畔"也处在起调毕曲的重要位置："馆"字是中段换头句中短韵，它本来也是填词之惯用手法；"畔"字是后段末一韵段中的修饰韵，即《钦定词谱》所说的"过变曲终，不妨多加韵也"的修饰韵。

最后补充一点，"皓月婵娟"四字如何处理？窃以为这一句或是衍文，或是第一段的对应句脱落了同样的四字，或是第二段第一韵段中文字的错简。

我个人更倾向于认为原文是这样的:"孤馆。度日如年。皓月婵娟。"

310. 关注二字逗,避免失落句中韵

为米折腰,因酒弃家,口体交相累。归去来,谁不遣君归。觉从前、皆非今是。露未晞。征夫指予归路,门前笑语喧童稚。嗟旧菊都荒,新松暗老,吾年今已如此。但小窗容膝闭柴扉。策杖看、孤云暮鸿飞。云出无心,鸟倦知还,本非有意。   噫。归去来兮。我今忘我兼忘世。亲戚无浪语,琴书中有真味。步翠麓崎岖,泛溪窈窕,涓涓暗谷流春水。观草木欣荣,幽人自感,吾生行且休矣。念寓形宇内复几时。不自觉、皇皇欲何之。委吾心、去留谁计。神仙知在何处,富贵非吾志。**但知临水登山啸咏,自引壶觞自醉**。此生天命更何疑。且乘流、遇坎还止。

苏轼的这个《哨遍》,后段有"但知临水登山啸咏,自引壶觞自醉"两句,各词谱和词集基本都是如此读,但如果扪其韵律,这两句应该是一个二字领六字二句的结构,且"知"字是句中韵脚。

"但知"是二字逗,这样的填法很多,比如辛弃疾的"但教、河伯休惭海若,大小都是水耳"、曹冠的"人生、堪笑蜉蝣一梦,且纵扁舟放浪"、吴潜的"故聊、叙录时人所述,慨想世殊事异"、李曾伯的"不妨、老子婆娑矍铄,从渠屡盈户外",都是如此填法。不过与其说领后二句,不如说领后十二字,比如王安中词是读破格,"但知"所领便是"一逐浮荣,便丧素守,身成俗士"四字三句,当然,不领也可,如辛词的"大方达观之家,未免长见,悠然笑耳",这便是属于读破的填法了。

又,"但知"这类二字逗,因有一读住产生,所以和其他的二字逗一样,常常还在词中兼任句中短韵,仅以秦巘在《词集》中所收录的七首而言,除了苏轼本词外,还有王安中的"信知。一逐浮荣,便丧素守,身成俗士"、汪莘的"是中。有趣殊深,愿子无忽。不能一一",共计三例如此构思,而历来各本词谱都没有标记出来,这一韵段的韵律自然就会被轻慢,而这其实是不应该被忽略的。

句中韵的失落,长调小令都可能发生,我们还可以张可久的《庆宣和》词为例,该词是个极短的小令,仅二十二字,秦巘读为:

云影天光乍有无。老树扶疏。万柄高荷小西湖。听雨。听雨。

这首小词中的"老树扶疏"一句,各本今都读为四字一句,其实也是落了一个句中韵。

这个小令不用花力气就可以了解其韵律特征:因为该词全调的韵律所形成的,是一个一七、二二,一七、二二的回环旋律,所以"老树扶疏"的韵律与结拍的"听雨听雨"就必然是完全一致的,既然"听雨。听雨"是一个两字一顿两个韵的结构,那么"老树扶疏"无疑也应该是"老树。扶疏"。"树"字、前"雨"字,都是句中短仄韵,而且两字还形成了一个仄声韵组,"树"是起韵。

当然,如果从文法的角度来说,整体结构则是一七、一四,一七、一四两句的回环,因此马致远的词中就有不用句中韵的填法,这也是合乎一般的韵律变化规则的。

311. 不同版本的考校,是补足落韵重要手段

周密的《月边娇》前后段后半部分,秦巘读为:

尘凝**步**袜,送艳笑、争夺轻俊。笙箫迎晓,翠幕卷、天香宫粉。
前欢**漫**省。又辇路、东风吹鬓。醺醺倚醉,任夜深春冷。

秦巘并特别指出"'步''漫'二字必去声,方振得起",这种说法很能吓住人,尤其是以"方振得起"作为理由,相信基本上就无人敢质疑了,因为如笔者就不明白这个"振得起"的究竟。但是我们如果就律理的角度来分析,就可以看到这种说法是缺乏韵律依据的。我们先来分析这两个四字句的韵律。

这个词调的主干,前后段对应十分工整,"前欢漫省"平起仄收,尾字叶韵,则前段对应句"尘凝步袜",平起仄收却不叶韵,虽无不可,但如果这一韵段也以韵句起拍,会更和谐。这个问题其实秦巘已经有了答案,他说"一本作'步袜尘莹',或作'凝'",指的是《钦定词谱》前段作"步袜尘凝",谱拟仄仄平平,但仍旧不是韵句,如果我们将"袜"字以入作平,"凝"字按秦巘说的读如去声,那么就与后段同是平起仄收式句法,同是韵句了。"步袜尘莹"如果是的本,也是同样的读法,"莹"字读为去声,视为韵脚,则前后一致。

今天的资料远比清代更为丰富,所以清儒犯的某些错误,我们可以很容易地看出来,如《清平乐》的前段四句依律句句入韵,但是韦庄的《清平乐》,秦巘所依据的本子是这样的:

春愁南陌。故国音书隔。细雨霏霏梨花月,并拂画帘金额。 尽日相望王孙。尘满衣上泪痕。谁向桥边吹笛,驻马西望销魂。

这里第三句不叶,对于我们来说一看就很别扭,而秦巘在词的疏解中注云:"前段第三句不叶韵,或是通叶。"其实,这个不叶韵,只是因为"月"字是版本之误,本字原来是个"白"字。

秦巘作为一个著名藏书家庭的一分子,他所依据的本子固然有很大的可信度,但是今天参检其他各本,这一句均作"细雨霏霏梨花白",如《花间集》《花草粹编》等莫不如此,就此而言,一比较"月"字就很可疑。其次,我们再从韵律的角度来看,这一句在唐词中都是韵句,即便是韦庄自己的六首,其余五首也都是入韵的,偏偏这一首不押韵,又是一个很大的疑点。两者综合考虑,应该可以断定"月"字是后人的抄误,本字原为"白"字,如此,则可知本句仍然是一个韵句,与正体无异,也不存在"又一体"之说。

312. 周邦彦《西平乐》有多个主韵失落

《西平乐》的分段,应以周邦彦词为准,陈允平、方千里、杨泽民和词都与周词一致。梦窗词的分段,则前段又少了一韵段,更不合体例,自然不可从。但是周邦彦词的后段必有文字错讹,目前仅得三个韵段,无疑是不合韵律的,而陈、方、杨诸家的和作却完全一致,确实证明了"宋时已传讹矣"。先看《词系》中的周词:

稚柳苏晴,故溪渴雨,川回未觉春赊。驼褐寒侵,正怜初日,轻阴抵死须遮。叹事逐孤鸿去尽,**身与蒲塘共晚**,争知向此征途,区区伫立尘沙。追念朱颜翠发,曾到处、故地使人嗟。 道连三楚,天低四野,乔木依前,临路欹斜。重慕想、东陵晦迹,**彭泽归来**,左右琴书自乐,松菊相依,何况风流鬓未华。多谢故人,亲驰郑驿,**时倒融尊**,劝此淹留,共过芳时,翻令倦客思家。

细究本调,则前后段应该各为五韵段,前段应于"赊""遮""晚""沙""嗟"为主韵,因此在"晚"字上落了一韵,后段目前已经无法分析各韵段位置,但可以看出"左右"是一个二字逗,后面领一个四字对偶句,那么在这样规模的长调下,这十个字应该是一个起拍,则"何况"句就是收拍,由此大致可以断定,后段的五韵段所压韵应该是"斜""来""华""尊""家",那么无疑更从一个侧面证明了有文字错讹,还脱了两个主韵。但是该词误讹已久,已经不能恢复或者揣度其本貌了。

第十章　词体韵律学与词谱编纂

这一节可以视为本书的一个附录,主要讨论一些词谱编撰方面相关的问题,同时也针对《词系》一书中存在的问题,提出一些我们的观点。

第一节　唐宋词与明清谱的韵律差异

没有一个词谱家在编纂自己的词谱的时候,不想编一部能反映唐宋词实际的谱书出来,但是,至今还没有一部词谱反映的是地道的唐宋词实际,这个矛盾是一个不争的事实。之所以会形成这样的一种差异,原因只有一个:谱家的立场有问题。他们总以为他们看到的词就是唐宋人看到的词,他们认识的词就是唐宋人认识的词,因此,他们只是站在自己的立场上审视唐宋词,于是他们忽略了或者说根本没有意识到两者之间所存在的韵律差异。

313. "拗涩不顺者,皆音律最妙处"之谬一例

我们在前文中曾经断断续续谈过这个问题了,这里我们再集中举例说明,"拗涩不顺者,皆音律最妙处"不仅仅是一个错误的理念,而且还是一个很外行的说法。我们先来看魏承班的《黄钟乐》,这是一个典型的五句式词体,其全词如此:

池塘烟暖草萋萋。**惆怅闲宵含恨**,愁坐思堪迷。遥想玉人情事远,音容浑似隔桃溪。
偏记同欢秋月低。**帘外论心花畔**,和醉暗相携。何事春来人不见,梦魂长在锦江西。

秦巘在点评这首词的时候说:"旧谱于'宵'字、'心'字断句,似不协,今

从《词律》。"这里的"似不协"三字,道破了词调所谓"和谐"和韵律之间的关系。如果是按照旧谱读,则将读作"惆怅闲宵,含恨愁坐思堪迷",这样,后面的七字句就成了一个大拗句,不协的原因,就是因为这个七字句违反了基本的韵律,犯拗了,所以万树认为"下七字太拗"。而秦巘纠正旧谱读法,将其改为一六一五,就完全避免了"不协"的情况,这是一个非常典型的例子。

所以,从清代的万树到现代的吴梅先生再至当代,依然被不少人信奉的所谓"拗涩不顺者,皆音律最妙处",可见其实是一个很怪诞绝伦的说法。因为按照这个说法,旧谱的"含恨愁坐思堪迷"就是音律最妙处了。而事实是,一方面,很多所谓的"拗涩不顺"的句子,多是后人没有读准而造成的,其句子本非拗涩;另一方面,还有一些拗句也不能排除就是唐宋先贤们误填而形成的;再一方面,也必定还有一些拗句就是在长期的流传过程中被后人抄错刻错的。这几种情况,在清人词谱专著(如《钦定词谱》)的梳理校正中被大量证明,所以,万树一"拗涩"就成了"音律最妙处"的说法,毫无道理,否则他们孜孜不倦地纠正旧谱中的"拗涩不顺"处,又是何苦?

其实,这种论点要证谬极为简单,将柳永、周邦彦、吴文英、蒋捷、周密等等公认的既精通音律又精通创作的大词人"音律最妙处"的作品找出来,看看是不是满目"拗涩不顺者",或者将他们作品中的所有"拗涩不顺者"找出来,看看是不是满目"音律最妙处",就真相大白了。

314. 平韵第六部和十三部清儒往往不通用

去岁迎春楼上月。正是西窗,夜凉时节。玉人贪睡坠钗云。粉消妆薄见天真。

人非风月长依旧。破镜尘筝,一梦经年瘦。今宵帘幕扬花阴。空余枕泪独伤心。

冯延巳的这个五十九字体《忆江南》,其总体结构与《虞美人》《菩萨蛮》等词完全相同,也是一种属于四换韵类的词调,秦巘虽然认可该词"凡用四换韵",并没有因为前后段"云""真""阴""心"通押而视为未换韵,但从他所有的观点来看,这未必是他主观上的理念问题。从温庭筠《菩萨蛮》"翠翘金缕"词与此全同,但秦巘仍然以三换韵视之这一点来看,可以见出秦巘对于这个换韵的问题,并无清晰而正确的认识,其"四换韵"的说法,其实仅仅是因为停留在清人分韵的理念中,只能证明秦巘的词韵观认为词韵中的平韵第六部与第十三部是不可通用的。相比较而言,万树《词律》以为本词"凡用三韵"的认识,虽然在换韵理念上不够正确,但是在用韵的认识上,显然是赞同第六部与第十三部可以通用的,这就要高明于秦巘,能够做到立足点在唐宋,而非明清。

但多数清儒则是与秦巘持相同的理念的。

315. 词句本来就是在不断演化的,且有迹可循

"词"这个样式我们今天看似乎是静态的,因为我们已经不会、不懂也不敢如何将它"活"起来,但我们如果置身于唐宋来看待"词",它其实并不是静止不变的,甚至可以说是随时都在发生各种变化的,各种词谱中无数的"又一体"就是它在演化的最好证明。这种演化当然是具体的、细节的,所以主要表现在词的句子中,《转调踏莎行》可能是一个比较典型的例子,为更直观,我们先引录《词系》中寇准的《踏莎行》和曾觌的《转调踏莎行》,看二者是如何演化的。

寇准的《踏莎行》:

春色将阑,莺声渐老。红英落尽青梅小。画堂人静雨蒙蒙,屏山半掩余香袅。
密约沉沉,离情杳杳。菱花尘满慵将照。倚楼无语欲销魂,长空黯澹连芳草。

曾觌的《转调踏莎行》:

翠幄成阴,谁家帘幕。绮罗香拥处,觥筹错。清和将近,春寒**更**薄。高歌看、簌簌梁尘落。
好景良辰,赏心行乐。金杯无奈是,苦相虐。残红飞尽,袅垂杨**轻**弱。来岁断、不负莺花约。

比较两首词,我们可以看出有如下一些衍化。

(1)二词的前八字没有变化,略去不说。但是有一点要指出,这八个字属于韵律学概念中的"一句",而不是两句,其原因,看完下面第三句的演化就知道了。

(2)第二句由七字句添一字而演化为上五下三的八字句,这个变化,显然是由"红英落尽"添一字变成了"绮罗香拥处",如果后一首是"绮罗香拥觥筹错",那句式和韵律就与前一首的"红英落尽青梅小"一般无二了。所以我一直强调,后一首应该读为"绮罗香拥处、觥筹错",秦巘读为"绮罗香拥处,觥筹错"两句,是错的。更重要的是,我们今天在创作的时候,这八字的构思一定不能从"两句"入手进行。明白这一点就可以知道,这八个字也

未必一定是上五下三构思,也可以是上三下五式的句法,哪怕宋人没这么填过,也不算错,因为是符合基本韵律规则的。

(3) 第三句,秦巘采用的版本有误,前段少一字,清人丁绍仪在《听秋声馆词话》卷十四中早已经指出"脱'奈'字",所以应该补"奈"字作"奈春寒更薄",这样,后一首实际上就是一个九字句,按照《钦定词谱》的说法,是前段添了一个"奈"字和"更"字,后段添了一个"袅"字和"轻"字,所以,减去二字后,还是一个七言律句。不过这个分析有一个问题,那就是前一首是"画堂人静雨蒙蒙",是个平起平收式,但后一首减字后成了"残红飞尽垂杨弱",是个平起仄收式,所以,窃以为这里的九字就其韵律而言,准确的点读应该是"清和将近奈春寒、更薄",后段则是"残红飞尽袅垂杨、轻弱",校之寇词,很明显就是加了一个二字托,①这种句式在《定风波》等词中我们也见过,它就是一个"邻舍女郎相借问、音信"的结构。明白了这一点,也同样可知秦巘这里的读法是错误的,不应该读为二句,而应该读为"残红飞尽袅垂杨、轻弱"这样上七下二的九字句。更重要的是,我们今天在创作的时候,这九字的构思同样也不能从"两句"入手进行,而应该以二字托七字的句法入手,应该更接近其本源的样貌,否则韵律是不对的。

(4) 最后一句,后一首的前段如果减去"看"字,后段减去"断"字,那么"高歌簌簌梁尘落"等就是前一首的"屏山半掩余香袅"了。这一句与第二句相同,差异只在是读成三五式还是五三式而已,而无论是第二句还是第四句,这两种读法在体式上都是可以选择的,格有微调而已,并不影响体式。

316. 唐宋人的韵与明清人理念上的差异

　　　　三月暖风,开却好花无限了。当年丛下落纷纷。最愁人。
长安多少利名身。若有一杯香桂**酒**,莫辞花下醉芳茵。且留春。

这是根据秦巘标点的晏殊《酒泉子》②词,其中对于韵的认识,秦巘有如下两点瑕疵。

其一,押韵押韵,那就要有韵可押,所谓"押"者,也就是"循""伴"的意思。秦巘将"了"字视为韵脚,只不过是一个孤韵而已,循无可循,伴无可伴,所以在诗词点读中应该避免这一类"孤韵"的押韵法。

其二,"开却好花无限了"在韵律上是个主句,不入韵便不合乎律理,所

---

① 关于"托",详参第八章第九节"托结构"中的详述。
② 《词系》原作《更漏子》,误植调名。

以可知后段的主句中的"酒"字是与之相押的,宋词中 ao、ou 通押属于常态,如扬无咎的《醉花阴》云"渊明手把谁携酒。羞把簪乌帽。"之类。而在《酒泉子》中,这样的遥叶押韵法也是一种常见模式,如司空图的:

> 买得杏花,十载归来方始**坼**。假山西畔药阑东。满枝红。
> 旋开旋落旋成空。白发多情人更**惜**。黄昏把酒祝东风。且从容。

这首词中,"坼"与"惜"相叶,整个词的韵法与晏殊的《酒泉子》是完全相同的。

顺便指出,对照晏殊词和司空图的《酒泉子》,可以一眼就看出这两首词是同一个词调,《词系》原作《更漏子》是误植调名。不过还需要说明的是,《酒泉子》是唐宋词中唯一一个韵法特殊的词调,其主句确实也存在不叶的情况(详见第九章第五节第 303 条)。

317. 韵的选择是创作问题,与律法无关

雪霏霏,风凛凛。玉郎何处狂饮。醉时想得纵风流,罗帐香帏鸳寝。
春朝秋夜思君甚。愁见绣屏孤枕。少年何事负初心,泪滴缕金双袂。

在魏承班的这首《满宫花》下,秦巘有这样一段感慨:"此调不知创自何人,用闭口仄韵甚严。"这是一个典型的混淆律法与作法的评论。

按照秦巘的说法,实际上是说"此调要用闭口韵",但是选用闭口音为韵甚严,那只是一个词写得好不好看的问题,属于作品内容范畴,与作法有关,它并不属于词调形式范畴,与律法无关。所以,在这样的语境之下,无论这一词调由何人所创、是否用韵甚严,都与本调的韵律无关。换言之,绝妙之作与平庸之作在律法面前,并没有什么差异。

事实是,唐五代的《满宫花》一共有四首,"用闭口仄韵甚严"的,也就仅仅这一首,可见,在一个研究谱式的专著中,去强调这一点毫无意义,这是清代词谱家常常混淆词作和词调之间关系的一个典型事例。

而秦巘们更大的错误在于,他们忽略了一个常识:从来没有一个词调,是限定必须要用闭口韵来创作的。所以,这种话应该在阅读与欣赏类的"词话"中说,而不应该在研究韵律的"词谱"中说。

318. 研究唐宋词,不可用明清的规矩

孙光宪的《后庭花》词如下:

石城依旧空江国。故宫春色。七尺青丝芳草绿。绝世难得。
玉英凋落尽，更何人识。野棠如织。只是教人添怨忆。怅望无极。

该词中很明显"七尺青丝芳草绿"句与"只是教人添怨忆"句是对应句，秦巘特别注明，前一句中的"'绿'字是借叶"。分析其用意，应该是后一句"忆"字入韵，为整体韵律谐和，所以前一句不叶韵便不和谐。

但是，所谓"借叶"并不是一个"实事求是"的分析结果，而是站在清人的立场上作出的判断，这一判断并不符合唐宋词的实际。因为清人自己搞出来的各部入声，在唐宋词中往往可以互叶，而没有任何特别的限制。如果仅仅是偶然现象，我们当然可以称其为"借叶"或者"通叶"，但当这种情况成为一种通例的时候，就既不是借也不是通，而是本来就可以互叶。这种以明清眼光制定格律，然后再拿来研究甚至规范唐宋词实际的情况，是明清人的唐宋词研究中最大的弊病之一，而这种不正确的视点，又往往在影响我们今天的研究，甚至今天的创作，非常值得关注。

319. 清词韵第三部与第四部互叶，是宋词常态

雨晴气爽，伫立江楼望处。澄明远水生光，重叠暮山耸翠。遥想断桥幽径，隐隐渔村，向晚孤烟起。　　残阳里。脉脉朱阑静倚。黯然情绪，未饮先如醉。愁无际。暮云过了，秋风老尽，故人千里。竟日空凝睇。

柳永的这首《诉衷情近》作为引词，前段必须是由三韵段构成，即"处"字所在处应该是一个主韵，但是秦巘认为"'处'字宜叶韵，柳又一首亦不用韵"，言外之意是"处"字在这里不能视为韵脚。

但是，清人所编的《词林正韵》的第三部与第四部互叶，却是宋词的常态，在宋词中可以找到大量的实例，所以"处"字叶韵"翠""起"，这是符合宋人的用韵习惯的，如柳永《定风波慢》的"绪""味""与""悴"相叶，詹正《六丑》的"缀""缕""水"相叶，汪元量《六州歌头》的"里""缕""绮"相叶，周端臣《六桥行》的"坞""倚""鼓"相叶等等，莫不是如此。

而秦巘以为柳永别首用"沼""好"韵，第二句却作"渐入清和气序"，似乎也是"不用韵"，同样也是对宋词押韵实际的不熟悉，因为"序"字通叶"沼""好"，也是循古韵。所以，在其后一首周邦彦的《留客住》词中，对周邦彦用"茂"字通叶"暑""暮"，秦巘还是认为只是"借叶"，而不是通叶。不过，就算《留客住》中的"借叶"成立，那么说"柳又一首亦不用韵"就说不通了，因为二者完全相同，至少也可以借叶看待，而不是"不用韵"。

第二节　作法与律法是两个不同的范畴

传统的词谱专著,其中有一个缺陷是:往往将属于作法范畴的问题混淆到律法范畴中。这或是传统的中国式思维每每欠缺一点逻辑的缘故,但今天对此就必须厘清了。

320. 叠句叠韵只是涉及作法,并不关乎律法

秦巘对《如梦令》两个二字结构定义为"必用叠句叶韵",非是。

仅以《钦定词谱》为例,其第二体至第四体,词例分别为不叠韵的"苞嫩。蕊浅"、不叠句的"烟澹。霜澹"、无句中短韵的"长生活计"三种。这是因为,但凡词中的叠韵、叠句,都并不是一个客观规定的格律问题,而是一个随着创作者主观意愿,可以随意调整的部分,所以叠句叠韵都并非是必须遵循的,这也不仅仅局限于《如梦令》,所有涉及叠句叠韵的词调都是如此。

秦巘此类错误并非一时误笔,而是一种理念,比如在《一叶落》词中,也有与《如梦令》同样的阐述:

> 一叶落。搴朱箔。此时景物正萧索。画楼月影寒,西风吹罗幕。吹罗幕。往事思量着。

秦巘在此也特为指出:"第六句叠三字,是定格。"显然是不知作法有别于律法的同一个思路。

321. 词中的对偶手法是一种修辞,也属于作法范畴

> 霜积秋山万树红。倚岩楼上挂朱栊。白云天远重重恨,黄叶烟深淅淅风。仿佛凉州曲,吹在谁家玉笛中。

在冯延巳的这首《抛球乐》下,秦巘有这样一段疏解:"此词六句,只第五句五字,余皆七字,中二句亦对偶。"这种口吻,言外之意就是"白云天远重重恨,黄叶烟深淅淅风"两句,在填这首词的时候是需要采用对偶手段的。

但是,作为修辞的对偶是一种创作上的技巧,也是属于作法范畴,而非律法范畴,所以作者是否运用这一技巧,全在自己主观意愿之中,如果不予使用而形成非骈俪的句法形态,也依然与相关句子的格律无关,如敦煌词该

联有作"当初姊妹分明道,莫把真心过与他"者,即为一例。

这种情况适用于所有的词,例如《满江红》中的两个七字句通常都用偶句来表达,但柳永也有"游宦区区成底事,平生况有云泉约"这样的散句;《鹧鸪天》的换头通常也都用偶句来表达,黄庭坚该调共填了八首,尽管其中的七首都是填的对偶句,但是也有流水式的"身健在,且加餐"这样的散句。

322. 机巧体式无关律法,只是作法上逞技而已

在《浪淘沙》词调中,秦巘认为:"石孝友此调用四'儿'字为叶,乃戏笔,非正体也。"这种观点具有一定的代表性,但这是典型的将"作法"混同于"律法"的例子。我们先看石孝友的《浪淘沙令》词:

> 好恨这风儿。催俺分离。船儿吹得去如飞。因甚眉儿吹不展,叵耐风儿。
> 不是这船儿。载起相思。船儿若念我孤恓。载取人人篷底睡,感谢风儿。

石孝友词,就字面看自是正体,因为石词在韵律上与李煜的正例词一般无二,只是采用了类似独木桥体的这一技法填词,以四个"儿"字入韵而已。但是独木桥体就词的体式而言,并非属于一个新的体式,因为它只是用韵的方式不同而已,无关乎律法。换个角度说,任何一个人都可以采用独木桥体的模式对任何一个词调进行创作,同样并不表示创制了一个新的体式。石孝友词虽然还算不上是完全的独木桥体,但走的路子是一样的,至少,这可以说是一种四叠韵的作法,那么无论是独木桥体也好,是四叠韵也罢,都只是一种传统称之为"机巧诗"的模式,与词体的律法无关,都没有形成一个新的体式,秦巘认为"非正体也",其潜台词是将其看成"是变体也"了,非是。

323. 作法在非修辞层面的时候,有转化为律法的可能

但是,作法和律法是否有转化的可能呢? 所有涉及修辞的问题,我们以为都不可能,但是我们发现了一种很特别的"作法",可以视之为一种"准律法"。

《忆江南》一调,韩琦名之为《安阳好》,这个别名已经成了一种写作模式,后人常有以《某某好》为调名,用联章的形式来写某一地域的作法,如王安中九首写安阳,也名为《安阳好》;仲殊词十首写南徐,每首都以"南徐好"起句,所以调名就拟为《南徐好》。这不是一种很完全的"必须如此"的律,今天填词者自然也不妨模拟这种作法,写出《苏州好》《成都好》等等词来,而不必拘泥这个地名是否前人曾经用过。

324. 临时起意的用韵，有较浓的作法色彩，不必恪守

我们在讨论韵脚"应收尽收"的时候，曾经探讨过一些无人跟从的韵脚，认为这些韵脚虽然总是被清代词谱家们视为"偶合"，但仍然不妨将其视为韵脚，例如张孝祥的《燕归梁》词：

> 风柳摇丝花缠枝。满目韶辉。离鸿过尽伯劳飞。都不似、燕来归。
> 旧时。王谢堂前地，情分独依依。画梁雕拱启朱扉。看双舞、羽人衣。

该词过片有一个句中短韵，这本是填词中常见的一种手法，但是今所见的宋元诸家《燕归梁》中，别家填法都没有使用这样的句中韵，所以，这个句中韵很可能就是作者创作时的一种"临时起意"而已。我们认为，这种韵脚虽然只此一家，但是因为无法确定地举证，认为作者在创作的时候根本就没有考虑过将它视为韵脚，所以本着"应收尽收"的原则，还是标示为韵脚更好。但是另一方面，这种临时起意的用韵，无疑存在较强的作法层面的因素，所以，这也正是这类辅韵往往不必恪守的原因。

这种韵脚当然不是非要句中韵，我们来看一组步韵词或许会有更深的认识，词是《西河》，仅以最后一个韵段为例：

> 入寻常巷陌、人家相对。如说兴亡、斜阳里。（周邦彦原唱）
> 好相将、载酒寻歌玄对。酬答年华、莺花里。（方千里和词）
> 袖青蛇屡入，都无人对。惟有枯松、城南里。（杨泽民和词）
> 问昔年、贺老疏狂何事。轻寄平生、烟波里。（吴潜和词）
> 对三山、半落青天，数点白鹭，飞来西风里。（陈允平和词）

四人的步韵词中，两人步了"对"字韵，两人则完全无视这个韵脚，其中一人还改一个韵脚为"事"，这就证明周邦彦的这个"对"字也属于这种临时起意式的韵脚，或者，用我们比较正式的称呼，属于"辅韵"。而我们一直说"辅韵是可叶可不叶的"，这也就是其中的一个原因。

第三节　拟谱要求取舍观

这一节想就词谱编撰方面的问题谈谈，在编谱的时候我们该注意哪些

问题,这个问题在此不能展开畅谈,因为它本身就可以写成一本小书,只是觉得在这一章中有必要加入这一节内容,不至于留有一点缺失。

325. 不是所有的词都可以拿来入谱规范的

传统词谱中存在一个很不纯粹的问题,就是谱家往往有一种舍不得"割爱"的情结,可以理解的是,在那个时代,获取资料殊属不易,看到一首见所未见的例词,如果因为存在各种瑕疵,要将其弃之不用,自然是心有不舍的。因此,阙字少韵的、读来不畅的甚至是明知残缺的古词,也被收录进词谱中,便在情理之中,这个时候,词谱的"圭臬"功能,不由自主地就被遗忘了。所以,现存的谱书,无论是《词律》也好,《钦定词谱》也罢,其中都充斥了大量不应该作为规范样式的词作。

但是,可以拿来作为真正意义上的词谱所用的,应该是在长期的流传中被不断认可的那一部分,当然韵律谐和的独词也在其中。至少我们今天如果再编一部谱书,一些词是应该坚决予以剔除的,比如下面这首杜牧的《八六子》词:

> 洞房深。画屏灯照,山色凝翠沉沉。听夜雨冷滴芭蕉,惊断红窗好梦,龙烟细飘绣衾。　　辞恩久归长信,凤帐萧疏椒殿,闲局薲路苔侵。绣帘垂、迟迟漏传丹禁,舜华偷悴,翠鬟羞整,愁坐、望处金舆渐远,何时彩仗重临。正销魂,梧桐又移翠阴。

杜牧的这首《八六子》,后段从"绣帘垂"起,直到"重临"止,三十一字才有一个韵脚,这种情况显然是不合乎基本韵律规则的,其间至少脱了一个韵脚,这类作品可以有认识作用,但无疑是不宜用来作为模板规范今人的创作的。那么既然是一个都明知有缺陷的词作,有什么必要让后人依样画葫芦继续制作错误的作品呢?确定任何一个标准模式都应该有所取舍,词当然也是如此。

以此作为入选标准,杜牧的《八六子》,绝不可以入编谱书,成为今人创作的范本。

326. 词谱的例词应取韵律规范的词作拟谱

《惜秋华》一调今仅存吴文英五首,秦巘选择了其中"细响残蛩"一首作为正例:

细响残蛩，傍灯前，似说深秋怀抱。怕上翠微，**伤心乱烟残照**。西湖镜掩尘沙，翳晓影、秦鬟云扰。新鸿唤凄凉，渐入红荑乌帽。　　江上故人老。视东莱秀色，依然娟好。晚梦趁、邻杵断，乍将愁到。秋娘泪湿黄昏，又满城、雨轻风小。闲了。看芙蓉、画船多少。

其中前段第四句作"伤心乱烟残照"。统观吴词，本句吴文英的别首一作"重铺步障新绮"，一作"斜河拟看星度"，第四字俱为仄读，又一首作"危楼更堪凭晚"，用律拗句法，第五字仄声，再一首作"当时钿钗遗恨"，"遗"字这里也是仄读，所以和"危楼更堪凭晚"相同，由此可见吴词五首中四首都可以视为律句。独秦巘所录的一首作"伤心乱烟残照"，是一个不律的句式，疑本句或是误填，或是后世有误传，这类存在不规范句子的词作，在拟谱时应该予以剔除，不当入谱为范，以免造成不必要的困惑，甚至我们以为，至少也应该强调这一句的总体态势，提醒填者应该遵循以"重铺"句或"危楼"句为准。

当然还有一种可能，吴文英在创作的时候，他本身并没有将"危楼更堪凭晚"的"凭"、"当时钿钗遗恨"的"遗"字当作仄声使用，换言之，他认为这一句本来就也可以用○○●○○●这样的句式来填，那么我们今天也必须选用"重铺步障新绮"入谱，即便五首中只有一首是合律的，也应该以该词为范，为词律时代的写手拟定标准，这是作为"谱"义不容辞的责任。

当然，如果认为本句并无舛误，则也应该校之后段，根据后段第二韵段第六字后有一读住这个特点，拟本句以二字逗读或更合宜，即所谓"二顿连平，为二字逗标识"的规则，读为"伤心、乱烟残照""危楼、更堪凭晚""当时、钿钗遗恨"。

327. 平仄规范要具有谱式意义，不能停留在词作层面

词律时代的词谱，其中的重头戏无疑是在平仄律的规范，传统词谱在规范平仄的时候，一个很大的瑕疵是，谱家的眼睛过于集中地盯在词作上，因此，所述往往只是局限于具体的"词作"，而不是从抽象的"词谱"出发考虑。如牛峤的《感恩多》：

自从南浦别。愁见丁香结。近来情转深。忆鸳衾。
几度将书托烟雁，泪盈襟。泪盈襟。礼月求天，愿君知妾心。

这里的换头句"几度将书托烟雁"，秦巘注云"'托'字用仄声"。该句本

身是一个律拗句式,在这一句式中,"托"字不可用平声,除非第六字用仄声字。秦巘的这一说法,就事论事地看并没有错,但是这种说法只是对句子的一种"备注",而绝不是一种"规范","备注"的着眼点是"词作","规范"的着眼点才是"词调",一个备注就可以见出谱家的眼界高低。这一类"宜用平"或"必用仄"之类的备注,并非是对这一个句子进行词体韵律学意义上的规则总结,也就是说,它仅仅是针对一个具体"词作的句子",而不是针对一个抽象的"词谱的句子"。

这一点并非是秦巘一人的局限,清醒、有意识地图解"词谱"的情况,在清代词谱家们身上是比较淡薄的,这也是之所以尊他们为"词谱家"而不是"词谱学家"的原因。同时这也从另一个角度证明了《词系》的写作目的,由于存在太多这样的情况,所以秦巘并不是在编纂一部纯粹的词谱类专著。

328. 校对平仄应取"孤例不校""少数服从多数"的原则

《鹧鸪天》是宋代一个非常热的词调,而其体式极为稳定,秦巘的《词系》中仅收录了一种词体:

> 画毂雕鞍狭路逢。一春肠断绣帘中。身无彩凤双飞翼,心有灵犀一点通。　　金作屋,玉为枕。车如流水马游龙。刘郎已恨蓬山远,更隔蓬山几万重。

该词首句秦巘所拟的平仄谱,在明知《钦定词谱》标注为◎⊙⊙○○◎○的情况下,舍弃了赵长卿词前段起句"新晴水暖藕花红"的书证,而将其拟为◎●○○◎●○,这是很有见地的。因为全宋近七百首《鹧鸪天》中,用平起式填的词,目前所能找到的只有赵长卿一首,像这种句式在词律时代的谱书中,就应该采取"孤例不校"的原则予以摒弃,毕竟现在词谱的核心就是词句的平仄拟定,所以才会又叫"平仄谱",自然就应该严谨处置,否则,赵长卿一首就等于替代了三百余首,占了一半的比重,今人填这个句子就可以用平起式了,其实是乱了规则。

这种七百比一的例子可能是比较少见的,实际情况中更多的可能是十几比一甚至几比一,在拟谱时都需要根据具体的韵律予以谨慎考量。下面再举一个一比一的实例,可能更具有典型意义。

《阳关引》一词目前仅见寇准和晁补之两首,他们的前段收束分别是这样的:

指青青杨柳，又是轻攀折。动黯然、知有后会甚时节。（寇准词）
卷书帷寂静，对此伤离别。重感叹、中秋数日又圆月。（晁补之词）

秦巘在寇词下认为，"然"字可仄，鉴于本调仅寇准和晁补之二首，因此秦巘必是校之于晁词，将晁词的"重感叹"读为●●●，然后有这样的见解。但这一校恰恰应该反过来才对。也就是说，应该用寇词来校之于晁词，然后因为"然"字平声再确定"叹"字应该取其平读才对。这一点我们可以以后段来证实：

且莫辞沉醉，听取阳关彻。念故人、千里自此共明月。（寇准词）
且莫教皓月，照影惊华发。问几时、清尊夜景共佳节。（晁补之词）

寇词后段对应字是"人"，而晁词后段是"时"，两者全都是平声字，这就形成了一个三比一的材料，可见，尽管该调只有两首词，但也可以肯定，这三个字必用●●○，才是正格。

现在我们再来看最后七字，如果拟入词谱，应该选择哪一首作词例。寇词早于晁词这是无疑的，秦巘就以之为正例，但是我们初看会觉得寇词七字不律，远不如晁词和谐，似乎应该以晁词为正，或者应该校之晁词，厘定"里"字是以上作平。但是与寇词一样，按照目前的读法，晁词的问题是"问几时、清尊夜景共佳节"也是一个孤拍，还不如"念故人千里，自此共明月"更为工稳，无非是原来的读法不够合理而已。由此可见，酌定一个正格的例词，是需要综合考虑、反复比较的，否则，编一部词谱未免就太简单了。今天有些所谓的词谱，就是《全宋词》加《平水韵》的凑合而已，岂可谓"谱"？

329. 词例的疏解不可有违例词本身

范成大的《宜男草》下，秦巘作如是读：

篱菊滩芦被霜后。袅长风、万重高柳。天为谁、展尽湖光渺渺，应为我、扁舟入手。
橘中曾醉洞庭酒。辗云涛、挂帆南斗。追旧游、不减商山杳杳，犹有人、能相记否。

词后，秦巘有这样一段疏解："两结各一二、一七字句，比前作各多一字。《叶谱》于'光'字、'山'字句，'渺''杳'二字叶韵，是闽音也。陈三聘和词不分句，不叶。《叶谱》误。"

这个疏解与其词的点读错讹矛盾。最重要的是既然确定"两结各一二、一七字句"，则理当读为"天为谁、展尽湖光，渺渺。应为我、扁舟入手""追旧游、不减商山，杳杳。犹有人、能相记否"才对，而"渺渺""杳杳"就其文意或韵律，本来就都不应属上，而应该作二字句读，所以，这是点读上的失误。如此，本词与前一首同是范成大的正例，在两结的律理上是一致的：

> 问小桥、别后谁过，惟有、迷鸟羁雌来往。
> 留小桃、先试光风，从此、芝草琅玕日长。

唯一的区别，只是前一首为二字逗领六字的句式，如果前一首各添一字，作"惟有，●迷鸟、羁雌来往……从此，●芝草、琅玕日长"，即与此同。

此外，"'渺''杳'二字叶韵，是闽音也"的说法，也不尽有理，范成大是苏州人，何来的闽音入词？宋词中筱、有两部通叶本在允许范围之内，但是这种押韵本属一种修辞作用，是本可不叶的辅韵，与律无关，所以陈三聘的和词中也没有循押。

至于"陈三聘和词不分句"的句子是这样的：

> 别梦回、忆得霜柑分我，应自有、浓香喷手。
> 人去也、纵得相逢似旧，问当日、红颜在否。

比较范词，陈词显然已经是另一种句式选择，亦即已经对范词作了读破的处理，由此而认定是"《叶谱》误"，就极无道理，何况秦巘自己也确定了，这里的"两结各一二、一七字句"，更何况宋人本无标点，后人又何以知晓该句子中是否读住？所以，叶申芗才会认为应该"于'光'字、'山'字句"。秦巘认为这个说法误，所以不予读断，既如此，就不应该说"两结各一二、一七字句"了。

330. 谱家的常识性观点不可有误

> 秋夜香闺思寂寥。漏迢迢。鸳帏罗幌麝烟消。烛光摇。　　正忆玉郎游荡去。无寻处。更闻帘外雨潇潇。滴芭蕉。

秦巘在疏解顾敻这个《添声杨柳枝》的时候说："《碧鸡漫志》云：'隋有此曲，传至开元。'' 今黄钟商有《杨柳枝》曲，每句下各增三字一句，此乃唐时和声，如《竹枝》《渔父》，今皆有和声也。旧词多侧字起头，第三句亦侧字起,声度差稳耳。'""此即前调,每句下加三字,所谓摊破是也,故名《添声》。"

这个疏解实际上包含了两个不同的观点:其一,引《碧鸡漫志》之观点,认为《添声杨柳枝》与《杨柳枝》,就如《竹枝词》与《竹枝诗》,本调是由七言绝句体添加和声而成调的;其二,所添三字并非和声,而是用摊破法作词。无疑,这是两个完全对立的观点,本身排他,不可并存,因此,其观点便混乱了。添字说似无依据。检唐词中传世的也只有顾夐、张泌二首如此,其词均仅称《杨柳枝》,而没有"添声"二字,但是其格式与刘禹锡、白居易七言绝句式的《杨柳枝》体式迥异,秦巘或因此而揣度其为添字。

而以为本调中的三字句都是"和声",与《竹枝》相类的说法,亦可商榷。所谓和声者,正如《钦定词谱·竹枝》一调中所注,"乃歌时群相随和之声"也,宋程大昌《演繁露》云:"元次山《欸乃曲》五章,全是绝句,如《竹枝》之类。其谓'欸乃'者,殆舟人于歌声之外,别出一声,以互相其歌也。《柳枝》《竹枝》尚有存者,其语度与绝句无异,但于句末,随加'竹枝'或'柳枝'等语,遂即其语,以名其歌。'欸乃',亦其例也。"

由此则可知《竹枝》之类和声的特点有以下几点。首先,**文字固定**。在《竹枝》中则只用"竹枝""女儿",于《采莲》中则只用"举棹""年少",但本调则并不如此,这是两者之间的第一大不同。其次,**和声与词意无关**。"竹枝""女儿"属于"别出一声",与歌词本身没有内容上的关系,我们可以称其为"虚句",而本调的三字句则都是"实句",都是和内容相关的。这是两者之间的第二大不同。再次,**和声仅类"符号"而已**。因此刻本都使用小字,本调则各本都使用大字,这是两者之间的第三大不同。有此三不同,则显见本调的三字句并非属于和声,而是属于正句。

更重要的是,"和声""添声"是两个完全不同的概念,其名本不同,所指也各异,前者与词的正腔无关,所以孙光宪的《竹枝》只是一种变格,而并非是"又一体"。但是本词与《杨柳枝》相比,则显然应该属于一种不同的体式。当然,虚句和实句也有可能是一个事物在不同阶段的不同表现,但是这种不同阶段中的变化已经属于质变了,完全摆脱了"符号化"的特征。

第四节　以时代列调,不可能完成的任务

秦巘写作《词系》,标榜的是要编一本按照词作问世的时代先后为次的新型词谱,但我们现在所见到的《词系》,由于坐标系中所呈现的全是"词

人"，所有的"词调"则都被无序混乱地编在一起，要查找一个词调变得极为困难，以致根本无法实现实际应用。在这一系统中，主角"词调"退身幕后，配角"词人"倒是公开亮相，这无疑是一种本末颠倒的方式。我们夸张点说，一个词谱中所有的例词，即便全都不予标示作者名，就词谱而言并不会有任何功能的削减。秦巘在勾画美好蓝图的时候，忘掉了一个最最重要的关键：作为一部词谱，让读者方便地找到一个创作时最合适的谱式，才是首要问题。更何况，"以时代先后为序"本来就是一个不可能完成的任务。

331. 以时代先后为序，不足以证明词体体式的先后

秦巘写作《词系》的主要标准是"以时代先后为序"，但是如果脱离词作的内在韵律关系，僵化地将其处理为"以词人的生卒为序"，是混淆了"词人"与"词体"两个风马牛不相及的范畴，而在研究"词"的著作中，却以"人"为经，逻辑上已经不通。如《渔父》就很典型地显示了它的不合理。《渔父》取了张松龄词为正例，无疑这是因为他比弟弟张志和年长，所以按照"以时代为序"的原则，自然应该在前为正。

但这样就庸俗化了这个排序方式。宋人计有功的《唐诗纪事·张志和》记载："宪宗时，画玄真子像，访之江湖间，不可得，因令集其诗上之。玄真之兄张松龄，惧其放浪而不返也，和答其《渔父》云。"可见张志和之作在此之前，张松龄则只是和诗。明《石仓历代诗选》收录本词，题为"和答弟志和《渔父》歌"，明《花草粹编》在《渔父》题下张松龄之作后也注明：松龄"惧其放浪不还，和其词以招之"。可见本词晚于张志和之作，按原谱体例当列于张志和之后，尽管本诗所和的张志和之作是否为"西塞山"那一首，尚不能确定。

又比如徐昌图的《河传》是纯粹的仄韵体，该词韵律上与之前的其他平仄混叶式词作完全不同，秦巘特意引用了万树在《词律》中说的"与前调迥别，此则宋词之滥觞也"，显然也是赞同这一观点的，但是，这恰恰是一种以词人的生卒而论词的体式先后，而不是以词体内在的韵律演变论其先后，所以未必是的解，甚至有可能是谬论。

之所以认为万树的"滥觞说"是以词人的生卒论词体式的先后，而不是以词体本身的演变论先后，是因为主流填法的《河传》一个重要的体式特色，是前后段结拍都是五字一句，而徐昌图词的体式则是两结拍都是六字，这之间的差异显然是因为添字而成，所以，徐昌图这种不换韵的体式，其本体应该就是循柳永"淮岸向晚"词的体式而来的，诚然，柳永的生年远晚于徐昌图，但从词的演变痕迹来看，柳词所本之体式的母词无疑是在徐昌图体式之

前,无非该体式柳永所依的母本词今已不存,我们只能见到柳词而已,这是个完全可以理解的,也是说得通的一般道理。

《河传》大致可以分为三种体式,柳永词正是属于第三种体式,柳词的体式可以视为来源于顾敻词的体式,为厘清三者之间的演变过程,且依次分段胪列于下:

顾敻词前段:

棹举。舟去。波光渺渺,不知何处。岸花汀草,共依依。雨微。鹧鸪相逐飞。

柳永词前段:

淮岸。向晚。圆荷向背,芙蓉深浅。仙娥画舸,露渍红芳交乱。难分花与面。

徐昌图词前段:

秋光、满目。风清露白,莲红水绿。何处梦回,弄珠拾翠盈盈,倚兰桡,黛眉蹙。

这三种体式在演变的过程中,其前段的变化有:一、徐词减去了首句的句中短韵;二、前段第五句徐词增添了一字,但这个变化在柳词体式中已经完成;三、歇拍徐词添一字成了六字折腰句式;四、徐词的歇拍已经由平声韵改为仄声韵,但是这个变化也已经在柳词体式中完成。

顾敻词后段:

天涯离恨江声咽。啼　猿切。此意向谁说。　倚兰桡。独无聊。魂销。小炉香欲焦。

柳永词后段:

采多乍觉轻船满。呼　归伴。急桨烟村远。隐隐棹歌,渐被蒹葭遮断。曲终人不见。

徐昌图词后段：

采莲调稳声相续。<u>吴儿伴侣</u>，倚棹吴江曲。惊起暮天，几双交颈鸳鸯，<u>入芦花，深处宿</u>。

　　后段的变化为：一、第二句徐词添一字；二、第四第五句徐词再各添一字，但是这个变化在柳词体式中已经完成；三、结拍徐词添一字成了六字折腰句式；四、徐词的结拍已经由平声韵改为仄声韵，但是这个变化也已经在柳词体式中完成。

　　此外在整首词的韵律中，徐词大量删减了词中的辅韵，较之徐词与柳词可见，前段的起拍和第五句的句中韵，第五句、后段的第二句、第四句、第五句，徐词在顾夐词的基础上一共减去了六个韵脚，较柳永词也少了四个韵。但是这几个韵脚因为都不是主韵，就韵律的一般原则可知，本来就是可叶可不叶的，所以，在删减之后，自然对体式并不形成改易。

　　就仄韵体的各词而言，柳词的体式应更早，其余各式，扪其韵律，都是源于柳词体式。但是明清以来，词谱家每每缺乏一个基本的认知：南宋人也可以填北宋词的体式，宋人也可以填唐词的体式。所以柳永词的体式也可以在早于徐昌图的时代就已经存在。仅以《词系》所收录的诸词为例，南宋辛弃疾词体、元人邵亨贞词体，都是很明明白白地注明"仿花间体"，所以他们所运用的体式，要远远早于北宋时期新创的诸家体式，便是一个极为正常的现象，但是秦巘将辛词、邵词这两首列为全调之末，本质上无非是只重人的生卒而不重词的体式，可见其标榜的"以时代为序"，只是以词人为本，而并不是以词学为本，采用这样的立足点，就词体词谱等相关的学问而言，便没有多大的意义，其研究则又如何能不出差错？要之，体式的先后，不因词人生卒的先后而先后，此固常识也。

332. "以时代为序"要基于"以规范为序"

　　鉴于秦巘有自己的写作宗旨，列词必须"以时代为序"，因此，对于《词系》想要成为一部词谱类的著作，就这一点而言，便不可能。这里面有两个重要的原因：其一，所有的初创词、首见词，往往并不是都能成为该词调词谱意义上的范词的，有一些甚至因为各种原因连拟谱的资格都没有，如误填、舛误、残缺等等；其二，尤其是《钦定词谱》问世后，词家如果没有特定的唐宋词人崇拜偏好，填往往会习惯于选择一个词调中的第一谱式为范进行创作，以正例为正格已经成了一种共识。但是，一种主流填法往往并不是它的初创词、首见词,这就会误导创作者的"正格"观,而词谱专著的一个重要功能,就在于要引导后世词人建立"正格"观,以使传统词作中最规范、最优美、最被人称道的那一个体式传承下去。

当然,如果那不是一本谱书,而是一部研究词谱的专著,"以时代为序"就是一个不错的思路了。

再一个问题,即便是作为研究,在"以时代为序"上也有一个选择的问题,如《倾杯乐》一调,选录柳永词共计八首,前五首都是柳词,那么,以哪一首作为正例,是应该有一个全面的考量的。

《倾杯乐》一调,秦巘是以"禁漏花深"词为正例的,但是较之于其他几首,恰恰该词是不适合放在"头版头条"的,其词如果以后段的"向晓色、都人未散"和前段的"连云复、道凌飞观"为基点展开,则后段明显在其前的句拍中应该丢失了二字,在其后的句拍中,则更是有三字缺失:

> 禁漏花深,绣工日永,蕙风布暖。变韶景都门十二,元宵三五,银蟾光满。**连云复、道凌飞观**。耸皇居丽,嘉气瑞烟葱蒨。翠华宵幸,是处层城阆苑。
> 龙凤烛、交光星汉。对咫尺、鳌山开雉扇。会乐府两籍神仙,梨园四部,●●弦管。**向晓色、都人未散**。盈●●●、万井山呼鳌忭。愿岁岁、天仗里,常瞻凤辇。

相比较而言,第二首柳永的"楼锁轻烟"词,韵律就相对比较谐和,前后段基本对称,四韵段词清晰可辨,可以看出一个慢词的清晰的轮廓,因此本调以该词为范拟图谱,是首选。与该词韵律基本一致的,是柳永另一首"鹜落霜洲"词,两相比较,除了"鹜落霜洲"词多一个换头处的句中短韵外,其他部分,两词字句如一。而"楼锁轻烟"词的前后段对应也算整齐,只有"数枝艳"一句疑脱一字,其余的参差则都是合乎一般规则的。

333. 词调内部"以时代先后为序"更有意义,也更难

《词系》的体例,秦巘标榜是以时代先后为序。各调的先后有词人生卒为参照,序之以时代还相对比较容易,但是同一词调中各体式的先后,则须细究词体的韵律才能厘清,这种厘清的难度更大,需要精通词的基本韵律,从律理入手才能梳理,甚非易事。

事实上,从词体学的角度来说,只知道各调的先后并无太多的意义,知道《满江红》早于《念奴娇》并无太多价值,但是,厘清《满江红》内部各个体

式之间的孰先孰后，也就是厘清了这个词调的发展演变，才能从真正意义上扣摸并认识词体的发展变化。以《诉衷情》为例，正体的首拍为七字句，唐人本调都是如此填，但是温庭筠词首拍插入了两个句中短韵，则表明这一体式恰是正体的变格，所以本调的正体应当以韦庄的"碧沼红芳烟雨静"作为范词，而不是以温词的"莺语。花舞。春昼午"为先，没有这样的逻辑：父亲写的词所采用的体式一定是早于儿子所用的，我今天依照温庭筠的模式填一个词，不会因为我晚生了一千多年，就认定这个体式也是一千多年之后的，道理就这么简单。所以，按秦巘的体例，则温词应列于韦词之后，即便他早生几百年。

关于这个话题，晏殊的《玉堂春》可能更具典型意义。目前所见的晏殊的《玉堂春》是比较怪异的，以秦巘所收录的词为例：

> 帝城春暖。御柳暗遮空苑。海燕双双，拂扬帘栊。女伴相携，共绕林间路，折得樱桃插髻红。　　昨夜临明微雨，新英遍旧丛。宝马香车，欲傍西池看，触处杨花满袖风。

可见前后段极为参差，与一般小令往往前后句式匀称不同。

但从这个"不匀称"中可以悟出：这个词调就本身的韵律分析，必定不是晏殊所创。理由很简单，既然晏殊三首体格如一，都在"旧丛"一句下脱了四字两句，而现存的金元词则都有这两句，如金人马珏、元人刘处玄的后段第二至第六句分别多二句：

> 新英遍旧丛。●●○○，○○●●。宝马香车，欲傍西池看，（晏词）
> 自然无烦恼。垢面蓬头，心田频扫。金木相生，就中成至宝。（马词）
> 碧虚无执把。万里清澄，自然悬挂。物外逍遥，潇潇真脱洒。（刘词）

即便比照前段，晏词的"海燕双双，拂扬帘栊"八字在后段也没有了对应句，而"宝马"下十六字，则正对应前段"女伴"下十六字。以张玉田的均拍论考核本词，前段共为三个韵段，则本词恰为引词规模，以这样的体式看后段，则后段无疑夺了八字两拍一韵段。所以，晏殊词的后段是必有讹误的。

由此我们可以有这样一个合理的推论：该词体问世在晏殊之前，但是晏殊在填这三首词的时候，他所看到的母本，是一个后段残缺了两句的残词，所以晏殊只是填词者，而不是创调者，其时完整的词（很可能就是创调词）一直处于"冬眠"状态中，直到百年后的马珏，才看到完整的版本，可惜的是,这个完整的词因为少见,所以其后又不知所终了。

那么这样就有一个非常有意思的问题了:一个早一百年的残词和一个后一百年的正格,作为词谱,在遵循"以时代先后为序"的原则下,我们应该孰取孰舍呢?

厘清一个词调内部结构的变化,有时候还可以帮助看出两个已经分家的不同词调的"先后为序"。秦巘在书中将《偷声木兰花》列于《减字木兰花》之后,这一排列的"先后为序",如果我们根据词体内部结构的变化来考察,也存在不合理的成分。

《钦定词谱》在欧阳修的《减字木兰花》下有一个很有意思的论述,他认为,"自南唐冯延巳制《偷声木兰花》,五十字,前后起两句仍作仄韵七言,结处乃偷平声,作四字一句、七字一句,始有两仄两平四换韵体。此词(注:指欧词)亦四换韵,盖又就偷声词两起句各减三字,自成一体也",又在《偷声木兰花》中注云:"此调亦本于《木兰花令》,前后段第三句,减去三字,另偷平声,故云偷声。若《减字木兰花》,前后段起句四字,则又从此调减去三字耳。"也就是说,这三个词调的"先后为序"是这样的:

第一代《木兰花》,以牛峤词为例:

春入横塘摇浅浪,花落小园空惆怅。此情谁信为狂夫,恨翠愁红流枕上。
小玉窗前嗔燕语,红泪滴穿金线缕。雁归不见报郎归,织成锦字封过与。

第二代《偷声木兰花》,以张先词为例:

雪笼琼苑梅花瘦。外院重扉联宝兽。海月新生。上得高楼没奈情。
帘波不动银釭小。今夜夜长争得晓。欲梦高唐。只恐觉来添断肠。

第三代《减字木兰花》,以柳永词为例:

花心柳眼。郎似游丝常惹绊。慵困谁怜。绣线金针不喜穿。
深房密宴。争向好天多聚散。绿锁窗前。几日春愁废管弦。

《钦定词谱》的这个说法将《木兰花》系的韵律演变说得很详细、很准确,逻辑也是非常清晰而合理的,据此可知,先有《木兰花》,偷声后产生新体《偷声木兰花》,然后再减字产生《减字木兰花》。所以,在"以时代为次"的书中,应该按这个顺序排列诸体才是正确的。

334.《满庭芳》何人所创,见出"以时代为序"之不可靠

　　《词系》中《满庭芳》以苏轼"蜗角虚名"词为正例,按体例则意谓其词首创,秦巘并在秦观词下特为注明:"《避暑录话》云:'秦少游善为乐府,本隋炀帝诗,取以为《满庭芳》词。'愚按:此调作者如林,据《避暑录话》当是淮海创调。然苏词末句有'满庭芳'字,在秦前,不知谁作。姑两存之。"这个"两存之"实际上是在无法否定《避暑录话》的情况下,又想坚持自己观点的结果,因为他的一贯观点是:一、词要以时代为序,谁年长一岁谁就是原创;二、词中但凡有与调名相同或相关文字的,就是创调的标志。

　　苏轼词是否创调,自然不能妄断,但秦巘所说的两条理由均不成立:其一,苏轼确实年长秦观十二岁,且秦观又是出于苏门,但是,二人毕竟还是同世之人,假如秦观在而立的时候创调,其"山抹微云,天黏衰草"词当时颇受文人喜好,时苏轼四十二岁,因为喜欢这个调子再填一首,完全是在情理之中的;其二,苏词词中虽然有"满庭芳"三字,但是词中有词调名本身并不能说明问题,可能是创调词,也可能不是,因为后人将调名写入词中的情况比比皆是,甚至可以说是一种填法,宋人就有好几例。举一个极端的例子:清代词人朱彝尊也有一首《满庭芳》,开篇就是"雨盖飘荷,霜枝钉菊,满庭芳草萋萋",是不是据此就可以认为这是创调词呢? 更不用说还有"鸠占鹊巢"式的以新名取代旧名的情况了。

335. "以时代为序"而失收创调词一例,兼说律理的重要性

　　创调词的收录难度极大,《金盏倒垂莲》是一个例子。该调秦巘收录晁补之词为正例,但晁词有题序云"次韵寄霸帅杨仲谋安抚",据此就可以知道该词必定不是创调词,理应据索原玉,只有在搜寻创调词确实无果的情况下,才可以以首见词录入。

　　晁词所据的原作,今天可以确认是晁补之的十二叔晁端礼,在其《闲斋琴趣外篇》卷二中收有此调创体,晁端礼词的前段第二韵段云"痛饮狂歌,金盏倒垂莲",正可以证明其调名出于此。兹按词的段落分前后两部分比较如下:

　　流水漂花,**记**同寻阆苑,曾宴桃源。痛饮狂歌,金盏倒垂莲。(前段前,原唱)
　　休说将军,**解**弯弓掠地,昆岭河源。彩笔题诗,绿水映红莲。(和词)

未省负、佳时良夜，烂游风月三年。别后空抱瑶琴，谁听朱弦。（前段后，原唱）

算总是、风流余事，会须行乐芳年。**只有一部**，随轩脆管繁弦。（和词）

风流少年儒将，有威名震虏，谈笑安边。寄我新诗，何事赋归田。（后段前，原唱）

多情旧游尚忆，寄秋风万里，鸿雁天边。未学元龙，豪气笑求田。（和词）

想歌酒、情怀如旧，后房应也依然。此外莫问升沈，且斗樽前。（后段后，原唱）

也莫为、庭槐兴叹，便伤摇落凄然。**后会一笑**，犹堪醉倒花前。（和词）

比较两首唱和之作，其字句韵律大致都是相同的，但还是有一些细节，对我们今天研究韵律有一定的启发。

其一，前后段的第二个句拍，用的是一领四的句法，很凑巧的是，原唱与和词在领字的原则上恰好相反，你用去声我就用上声，你用上声我就用去声，这对于谈到领字就容易去声亢奋的，甚至认为领字就是关纽所在的说法，是一条备注。

其二，前段歇拍和后段结拍，晁端礼分别作"别后空报瑶琴，谁听朱弦""此外莫问升沈，且斗樽前"，字字叶律。但晁补之的词，则被后人（包括秦巘）读成了"**只有一部**，随轩脆管繁弦""**后会一笑**，犹堪醉倒花前"。后人的读法就是典型的"循意"，忽略了应该"循律"而读，当然，他们的理念中本来就没有读句应该循律的意识，只是这样读的结果，是前四字全部拗涩不谐了。

其三，秦巘对这两句特别强调："'只有一部''后会一笑'，作仄仄入去，晁又一首同。"这种缺乏律理探究，只是罗列现象的见解，是清代词谱家的通病，瑕疵和错误也往往因此而生。对照原唱我们可知，晁端礼前段的第三字作"空"，不但不是入声，而且也不是仄声；第四字则是用"抱"字，上声，也不是去声，甚至即便是晁补之自己的词，也用的是上声的"部"，而不是去声。其实稍具小学音韵常识就可以知道，像"抱""部"这类貌似去声的浊声字，在诗词所遵循的韵书中一直都是上声，即便到了清代也没有改变，尽管到秦巘的时代，浊上已经变去了。

其四，原唱的过片和第一韵段为"风流少年儒将，有威名震虏，谈笑安边"，其结构是一个二字逗领起三句的结构，这一个知识点极为重要，所以正确的点读应该是"风流、少年儒将，有威名震虏，谈笑安边"，后面三句都是"风流"所领、所指，晁补之的词也是如此："多情、旧游尚忆，寄秋风万里，鸿雁天边"，"多情"一直涵盖到第三句为止，他的别首是"身闲、未应无事，趁栽梅径里，插柳池边"，"身闲"一直涵盖到第三句为止。今存的所有宋词，莫不如此。这种内容上的特征不是词人主观上决定的，而是由韵律决定的，因为如果二字不读断，那么这个过片就成了○○●○○●这样一个不律的大拗句式了。此外，我们从全词的整体结构入手研究，也可以看出它这里必须二字一逗：

> 流水漂花，记同寻阆苑，曾宴桃源（前段第一韵段）
> 风流、少年儒将，有威名震虏，谈笑安边（后段第一韵段）

这个"风流"，也就是我们常说到的"添头"，它是为了丰富韵律，在过片中起到一个变化旋律作用的重要结构，其两顿连平的表象，也可以被视为一个标志。删去这个小结构，则前后段的字句、韵律就都严丝合缝了。所以，这两个字不仅不属于句而属于韵段，更属于乐段。

336. 欧阳修并不是《御带花》的创制者

本词调秦巘认为"此调无他作者，想是创制"，姑不论这个逻辑有很大的漏洞，就算是具体分析词作，也可以看出该词并非首创之作。先看其词：

青春何处风光好，帝里偏爱元夕。万重缯彩，搆一屏峰岭，半空金碧。宝檠银釭，耀绛幕、龙腾虎掷。沙堤远，雕轮绣毂，争走五王宅。　雍雍熙熙似昼，会乐府神姬，海洞仙客。曳香摇翠，称执手行歌，锦街天陌。月澹寒轻，渐向晓、漏声寂寂。当年少，狂心未已，不醉怎归得。

从全词可以看出，除了前后段的第一韵段之外，其余部分前后对应极为工整，而数字可知，本调总体上是一个标准的添头式结构，所以，研究两个第一韵段最有价值。

我们先看"会乐府神姬，海洞仙客"。这九字，按照韵律分析，它的节奏应该是●●●　○○●●○●的结构，秦巘认为"洞"字必用仄声，其意在指出这是一个拗句，不可将其改为平声而叶律，但我们从其他大量的句式分析上可知，秦巘必定不知道这个"拗句"形成的原因，这个原因就是后六字应该是一个平起仄收式的六字律句结构。

再一个，我们说本调是一个典型的添头式词体，那么按照规范的添头式结构来分析，它就应该是这样的：前起为○○●●　○○●　○○●●○

●（青春何处，风光好、帝里偏爱元夕），后段为○○○○●●　●●●○○●●○●（雍雍熙熙似昼，会乐府、神姬海洞仙客），"雍雍"（○○）则是一个添头。目前欧词的平仄符合这个韵律结构，可以印证它的旋律原本确实如此，但是，欧阳本词显然不可以如此句读，也就是说，他已经读破句法了，已经不是原装的了，"会乐府神姬，海洞仙客"已经成了一字逗领四字俪句的结构，所以，它肯定是个变格，是变格，自然就不可能是创调词。

第五节　《词系》非词谱专著例证

几部著名的传统词谱专著，严格地说都不是纯粹的谱书，就此而论，对《词系》本不该过于苛求。但是我们发现有不少地方如果不以此思考，反而会给《词系》减分。比如前一节说到的"以时代为次"，如果认为《词系》是词谱，那么这部书就是失败的，但如果认为《词系》是一部研究词谱的书，那么他的"以时代为次"也就未尝不可了。这一节试图从多角度探讨《词系》的性质，它未必是一本工具书性质的词谱。

337. 从同调异名的收录说《词系》非词谱

《词系》是一部研究词谱的专著，但本身并不是词谱，书中大量收录了同调异名但是体式上又完全相同的作品，这一事实可以作为一种证明。例如韦应物词和王建词没有任何不同，仅仅因为一个叫《转应曲》一个叫《调笑》就被一起收录。

韦应物《转应曲》：

河汉。河汉。晓挂秋城漫漫。愁人起坐相思。塞北江南别离。离别。离别。河汉虽同路绝。

王建《调笑》：

团扇。团扇。美人病来遮面。玉颜憔悴三年。谁复商量管弦。弦管。弦管。春草昭阳路断。

这种类型的词作，应该凡是进入秦巘视野中的都已经被全部收录，而作为词谱专著，体式完全相同的词重出，是一个毫无意义的举措。但是作为研究词谱的专著,将两种体式完全相同,仅仅是调名不同的词作放在一起,是有一定的研究意义的。由此可见,林逋的《相思令》与白居易的《长相思》在体式上完全相同,却被秦巘一起收录,说明秦巘在这里并不是在补体,而只是在补名,或者试图梳理、研究一个词调在发展的过程中,其调名的演变过程。

338. 从调名误植的收录说《词系》非词谱

除了这种同调异名,如果从词谱专著的角度来看,明知调名误植也一律收录,可能是更加令人不可思议的。如在《更漏子》一调中,秦巘所收录的晏殊词并非本调,秦巘自己也十分明确,所以他说,该词"与前各体迥异,晏凡二首,细按与司空图《酒泉子》无二,是《汲古》误写调名。此类甚多,今皆详细辨正"。

一个很有意思的问题是,秦巘既然已经知道本词是属于调名误写,那么,如果想要辨正这个问题,只需要在疏解中予以阐述注明即可,无论如何想不出有什么理由需要特意单独列出一个"又一体",以致"又一体"变得更加泛滥。所以这种操作,完全不是编写"词谱"专著的应有程式,从中可以看出秦巘对《词系》的编写,研究上的用心显然远重于编谱上的用心,与其初衷并不相悖。

冯延巳的《偷声木兰花》或许更能说明问题,该词一本误作《上行杯》,秦巘云:"原名《上行杯》,句法与各家皆不同,实与《偷声木兰花》无二,当是误写调名,词中往往因此传讹,遂并为一调。"明知有误还将错就错,将其作为"又一体"列入《上行杯》,这是我认为该书不是词谱的又一个重要例证,也没有一部词谱是会这样处理的。秦巘几乎将所有的调名误植词都作为"又一体"收进了书中,目的显然非常清楚,完全不是为了给读者提供一个可以作为填词标准的"词谱",他的目的在这里说得很清楚,就是为了"使后人知致误所由来",换言之,是出于学术研究的需要。但是,问题是秦巘该书所采取的体例大有可商榷处,尤其是采用词谱化的"又一体"来胪列词例,细究之下,固然这个"又一体"可以赋予其自有的含义,但是太容易误导读者了。

339. 收录有衍夺的词,是为研究而不是制谱

我们经常会看到这样的实例:在谱书中一个例词如果换一个版本,那么它的字数、韵脚或者句法就可能和另一个例词完全相同了,于是原来的那个"又一体"便不再存在。所以,一部专门规范标准的词谱类专著,是肯定不会特意收录有衍夺的作品的,当一部词谱学专著大量收录这些作品的时候,作者一定不是为了拟谱,而是为了研究,温庭筠的《河传》就是一例。

温庭筠的《河传》，秦巘收录的后段末一韵段是"浦南归。浦北归。晚来人也稀"，但是，秦巘自己也说："'北归'下，一本有'莫知'二字。"无疑，温庭筠这首词要么是脱了"莫知"，要么是衍了这两个字。但是，《河传》的唐宋诸词，后段的这一个结拍都是七字一句，且第二字多用句中短韵，如温庭筠别首作"终朝。梦魂迷晚潮"，对应前段的则是"少年。好花新满船"，因此，可知别本的"浦南归。浦北归。莫知。晚来人也稀"才是温庭筠所作的原本样貌，补足后，全词实际上是五十五字，与《词系》所收的第二首词完全相同。但是秦巘偏偏又收录了这个夺二字的词，并称之为"又一体"。如果将其视为词谱，此举无疑是很荒谬的。

340. 尹鹗《拨卓子》"风切切"词夺而不补，证明该书重点不在拟谱

本调唐词今存仅尹鹗词二首，秦巘选"风切切"词为正例，其词如下：

> 风切切。深秋月。千朵芙蓉繁艳歇。**小槛细腰无力**，空赢得、目断魂飞何处说。　　寸心恰似丁香结。看看瘦尽胸前雪。偏挂恨、少年抛掷。羞睹见、绣被堆红闲不彻。

这首词与尹鹗别首唯一的区别是"小槛"句别首七字，作"将一朵、琼花堪比"，由此可以怀疑二词或有衍夺。而本句所对应的后段"偏挂恨、少年抛掷"，也是一个折腰式七字句，这样，基本就可以确定前段有一夺字了。万树在《词律》中认为句首脱落一"凭"字，是有其律理依据的。而从秦巘的文字上看，他也认可这一夺字的问题，因此，这个原词的缺失基本不用讨论。

但是更重要的问题不是该词缺了一个字，而是：既然秦巘知道这里夺了一字，且有前人指出所夺的是"凭"，却没有在作为"谱"的词中予以添入，至少谨慎地补入一个夺字符。这个细节透露出我们一直强调的：秦巘的写作目的并不在拟谱，而只是在梳理词调的来龙去脉，将词调的源流讲清楚就完成了使命，提供的是否是可供后人摹写的标准，他是不管的。所以，这一细节证明了，《词系》并不是一部词谱，而按照词谱编制的正确模式，这个词调就应该仅以尹鹗别首为词例拟谱，然后在这一句上注明："别首作'小槛细腰无力'，缺一领字，万树云脱'凭'字。"

341.《词系》的平仄标示，研究的目的高过拟谱

《金错刀》词，秦巘选择冯延巳的词为正例，但冯词有两首，秦巘选择的是这一首：

日融融，草芊芊。黄莺求友啼林前。柳条袅袅拖金线。花蕊茸茸簇锦毡。鸠逐妇，燕穿帘。狂蜂浪蝶相翩翩。春光堪赏还堪玩。恼煞东风误少年。

这首《金错刀》词恰恰属于非典型例词，因为前后段第一个七字句都是三平尾的大拗句式，而冯词别首这两句的对应句子则前后段分别为"佳人欢饮笑喧呼""高烧银烛卧流苏"，两个句子都是平起平收式的律句，第五字都是仄声字，韵律十分谨严、谐和，这一点非常重要。

此外一个重要的细节是，秦巘并非不知道有别首存在，说"冯共二首，平仄照注"，鉴于《金错刀》的平韵词自唐至元仅此二首，其"平仄照注"的结果又是两句都是三平尾收束，因此只能认为秦巘所见的版本中，别首并没有"佳人欢饮笑喧呼"和"高烧银烛卧流苏"，而是另外与"黄莺求友啼林前""狂蜂浪蝶相翩翩"一样的三平尾不律句子。

再看另一个句子，前起的六字折腰句（秦巘读为三字两句，误），是两个●○○结构，而别首的前起是"双玉斗、百琼壶"，后起则是"歌婉转、醉模糊"，与本词的后起韵律都一致，是○●●　　●○○，可见"日融融"的韵律是有瑕疵的，而且不解的是秦巘标示其谱为●⊙⊙　　●○○，亦即他看到的也是与我们一样的"双玉斗"，但首字何以不标示仄可平，则不能解。

就这样两句平仄谱的研究，可以有如下结论：首先，秦巘在选择例词的时候，"将最合适的词例选出来拟谱，以供人摹写"这样的理念是淡薄的，由此可以窥测到，秦巘并没有将"拟谱"放在一个首要的位置，他所侧重的，仍然是在追踪词体演变的来龙去脉，这是他的初衷，如果有对于平仄的考量，其着眼点也是在追踪词体演变，而不是谱式问题；其次，《词系》中关于平仄谱的拟定，有时候是有"权"的，权的依据未必是基于唐宋词实际，而是基于秦巘自己的主观倾向性，换言之，其着意点并不在平仄本身的拟定；最后，冯延巳别首的两个七字句，各本今日所见的都不是三平尾，就一般道理来看，秦巘所见到的基本没有可能也是一个三平尾的版本，既如此，就更证明前两个结论了。

342. 明词不可入谱，《词系》不是谱书

《凄凉犯》下秦巘专门收录了明人张肯的同调异名词《瑞鹤仙影》：

盈盈罗袜移芳步、凌波缓踏明月。清漪照影，玉容凝素，鬓横金凤，裙拖翠缬。渺渺澄江半涉。晚风生、寒料峭，消瘦想愁怯。　　我谱为兄，山矾为弟，也同奇绝。余芳剩馥，尚熏透、霞绡重叠。春心未展，闲情在、两鬓眉叶。便蜂黄褪了，丰韵媚粉颊。

　　明人的词,之所以在词谱编制中有惯例不可入谱,是因为明词既没有词乐约束,也没有词律时代的韵律约束,所以常常可以看到有一些随心所欲的作品,其韵律不合法度也就在情理之中了,这样的词作,自然是不可以拿来给后人作摹写的范式的。

　　以张肯词为例,就可以窥出所填极为混乱的一斑来:前段第五句的"风"字,是主韵所在处,依律必须叶韵而不叶,此其一;"渺渺"句,依律应该是折腰式的七字句法,但张词却少了一字,少了一字也不是一定不可以,因为减字也是一种韵律微调的手段,但是前段减字就要考虑整体韵律,其后段仍然还是七字折腰句式,导致前后参差,韵律不谐,可见张肯的减字并无法度,此其二;"寒料峭"依律应该是四字,夺一字后其韵律就由双起式的句子变成了单起式,这或许是依循了吴文英的夺字词而填,自然以讹传讹,此其三;换头句是一个词的紧要处,《凄凉犯》例作五字一句,但张肯词却只有四字,妄删一字,不知所据,此其四。有此四误,这首词还能称为《瑞鹤仙影》吗?

　　不过,秦巘编入这首词的目的是十分明白的,他并不是要将这首词作为谱式列出,而是要将《凄凉犯》这个词调的来龙去脉、正格演变过程作一个梳理,亦即属于词体韵律研究的目的,那么,这也正好证明我们说的,《词系》本身只是一部词谱研究类著作,而并非词谱类的工具书。

343. 一个版本引起的字数问题和一个该书非词谱的证明

　　谭宣子的《春声碎》词,秦巘所据的版本应该是有瑕疵的,《词系》中如此读:

> 津馆贮轻寒,脉脉离情如水。东风不管,垂杨无力,总雨鞯烟寐。阑干外。怕春燕掠天,疏鼓叠,春声碎。　　刘郎易憔悴。况是恹恹病起。蛮笺漫展,便写就、新词倩谁寄。当此际、浑似梦峡啼湘,一寸相思千里。

　　这个词调也很有研究意义,如果我们去掉前后段完全相同的前二句,那就是这样:

> 东风不管,垂杨无力,总雨鞯烟寐。阑干外。怕春燕掠天,疏鼓叠,春声碎。
> 蛮笺漫展,便　写就、新词倩谁寄。当此际、浑似梦峡啼湘,一寸相思千里。

　　这样看词，问题就非常明显，既然前二句对应极为工整，那么"便写就"这里就必然脱落了一字，应该是"便○写就"才对，而分析前后语境，既然已经"展笺"那也应该是"便堪写就""便便写就"之类的措辞，否则词意不通。此其一。

　　"阑干外"对应的是"当此际"，既然认定前三字押韵，那么后三字自然也应该读为韵句，这里却失记一韵，显然是一个重要的失误，因为这是一个关键部位。此其二。

　　秦巘用的本子是"怕春燕掠天"，但又指出，《阳春白雪》一本前结作"怕看雁掠"（按：《宛委别藏》清抄本作"怕看雁掠文"），那么由此可知，这一个句拍必然有舛误存在。根据后段的文字，前段原文或者是"怕看春雁掠天"，原谱作"怕春燕掠天"，或夺一字。此其三。

　　根据前一条又可知，后段结拍也不应该是"一寸相思千里"，秦巘自述《阳春白雪》该本"后结作'揽一寸、相思意'"，那么，这样的结构无疑更契合前段的结拍，应该选用才是。我们考察谭宣子所创的三个词调，其他两首的前后段都是十分齐整的，其作曲的风格谐和如此，创作的个性化基因可见一斑，因此，本词前后对应整齐，也在情理之中。此其四。

　　而秦巘对此应该是有认识的，为什么他总是喜欢舍同存异呢？这个问题仍然回到了他写作《词系》的初衷，那就是他是为了梳理一个词调的发展、变化的脉络，而不是如今人所一厢情愿地认为的那样，编一本供大家作为填词规范的词谱。

改定于壬寅五月二十　西溪抱残斋

再稿于癸卯立秋　西溪抱残斋

三稿于甲辰立秋　西溪抱残斋

定稿于甲辰十月初六　西溪抱残斋

重要参考书目

（明）周瑛、蒋华《词学筌蹄》，清初钞本，上海图书馆藏。

（明）张綖《诗余图谱》，明嘉靖刻本，台湾"国家图书馆"藏。

（明）徐师曾《文体明辨·诗余》，明万历初年建阳游榕制活字本。

（明）张綖、谢天瑞《诗余图谱》，明万历二十七年刻本。

（明）程明善《啸余谱》，明万历四十七年刻本。

（清）吴绮《选声集》，清大来堂刻本。

（清）赖以邠《填词图谱》，清鸿宝堂刻本。

（清）毛先舒《填词名解》，清康熙十八年刻《词学全书》本。

（清）吴绮、程洪《记红集》，清康熙二十五年刻本。

（清）万树《词律》，清康熙二十六年万氏堆絮园刻本。

（清）王奕清等《钦定词谱》，清康熙五十四年内府刻朱墨套印本。

（清）李文林《诗余协律》，清乾隆三十四年刻本。

（清）许宝善《自怡轩词谱》，清乾隆三十六年朱墨套印巾箱本。

（清）汪汲《词名集解》，清乾隆五十九年刻本。

（清）叶申芗《天籁轩词谱》，清道光十一年刻本。

（清）杜文澜《词律校勘记》，清咸丰十一年曼陀罗华阁刻本。

（清）徐本立《词律拾遗》，清同治十二年荔园刻本。

（清）舒梦兰《白香词谱笺》，清光绪十一年刻本。

（清）舒梦兰《白香词谱》，清光绪三十年萱荫山房刻本。

（清）秦巘《词系》，稿本，北京大学图书馆藏。

夏敬观《词调溯源》，上海：商务印书馆1931年《国学小丛书》本。

林大椿《词式》，上海：商务印书馆1935年版。

徐棨《词律笺榷》，《词学》季刊1935年第2卷第2、3、4期，1936年第3卷第1、2期。

王玉章《元词斠律》，上海：商务印书馆1936年版。

龙榆生《唐宋词格律》，上海：上海古籍出版社1978年版。

傅梦秋《词调辑遗》，贵阳：贵州人民出版社 1988 年版。

潘慎《词律辞典》，太原：山西人民出版社 1991 年版。

盛配《词调词律大典》，北京：中国华侨出版社 1998 年版。

潘慎、秋枫《中华词律辞典》，长春：吉林人民出版社 2005 年版。

谢桃坊《唐宋词谱粹编》，成都：四川人民出版社 2010 年版。

谢桃坊《唐宋词谱校正》，上海：上海古籍出版社 2012 年版。

刘崇德《中国古典诗词曲古谱今译 唐宋词》，合肥：黄山书社 2015 年版。

罗辉《新修康熙词谱》，武汉：湖北人民出版社 2016 年版。

田玉琪编《北宋词谱》，北京：中华书局 2018 年版。

［日］田能村孝宪编《填词图谱》，日本文化八年（1805）宛委堂刻本。

佚名《箓斐轩词韵》，清光绪二十六年刻本。

（清）李渔《笠翁词韵》，清康熙十七年刻本。

（清）仲恒《词韵》，清康熙十八年刻《词学全书》本。

（清）吴绮《词韵简》，康熙二十五年刻《记红集》本。

（清）许昂霄《词韵考略》，清乾隆四十四年海盐张氏涉园刻本。

（清）戈载《词林正韵》，清道光元年翠薇花馆刻本。

（清）叶申芗《天籁轩词韵》，清道光十一年刻本。

（清）舒梦兰撰《晚翠轩词韵》，清道光二十二年刻本。

（清）谢元淮撰《碎金词韵》，清道光二十八年刻本。

（宋）张炎撰，夏承焘校注《词源注》，北京：人民文学出版社 1963 年版。

（宋）张炎撰，蔡桢疏证《词源疏证》，北京：中国书店 1985 年版。

（宋）沈义父撰，蔡嵩云笺释《乐府指迷笺释》，北京：人民文学出版社 1963 年版。

（明）杨慎《词林万选》，毛晋汲古阁刻《词苑英华》本。

（明）顾从敬《类选笺释草堂诗余》，明嘉靖二十九年刻本。

（明）卓人月、徐士俊《古今词统》，明崇祯五年刻本。

（清）查继超《词学全书》，北京：书目文献出版社 1986 年版。

（清）朱彝尊、汪森《词综》，清康熙三十年裘杼楼刻本。

（清）沈辰垣、王奕清《御选历代诗余》，清康熙四十六年内府刻本。

（清）许昂霄《词综偶评》，清乾隆四十二年张氏涉园刻本。

（清）张宗橚《词林纪事》，清乾隆四十四年海盐涉园张氏家刻本。

（清）沈谦《填词杂说》，《词话丛编》本。

（清）邹祗谟《远志斋词衷》，《词话丛编》本。

（清）叶申芗《本事词》，《词话丛编》本。

（清）谢元淮《填词浅说》，《词话丛编》本。

（清）江顺诒《词学集成》，《词话丛编》本。

（清）刘熙载《词概》，《词话丛编》本。

（清）陈廷焯《词坛丛话》，《词话丛编》本。

（清）陈廷焯《白雨斋词话》，《词话丛编》本。

（清）陈锐《裒碧斋词话》，《词话丛编》本。

（清）张尔田《近代词人轶事》，《词话丛编》本。

（清）陈匪石撰《声执》，《词话丛编》本。

唐圭璋《全宋词》，北京：中华书局 1965 年版。

唐圭璋《全金元词》，北京：中华书局 1979 年版。

曾昭岷等《全唐五代词》，北京：中华书局 1999 年版。

蔡国强《蘋洲渔笛谱笺疏》，北京：科学出版社 2023 年版。

徐珂《清代词学研究》，上海：大东书局 1926 年版。

刘坡公《学词百法》，上海：世界书局 1926 年版。

顾宪融《填词百法》，上海：中原书局 1931 年版。

傅绍光《学词初步》，上海：上海文明书局 1927 年版。

杨荫浏、阴法鲁《宋姜白石创作歌曲研究》，北京：人民音乐出版社 1957 年版。

张梦机《词律探原》，台北：文史哲出版社 1981 年版。

刘永济《词论》，上海：上海古籍出版社 1981 年版。

杨荫浏《中国古代音乐史稿》，北京：人民音乐出版社 1981 年版。

詹安泰《詹安泰词学论稿》，广州：广东人民出版社 1984 年版。

施议对《词与音乐关系研究》，北京：中国社会科学出版社 1985 年版。

金周生《宋词音系入声韵部考》，台北：文史哲出版社 1985 年版。

唐圭璋《词学论丛》，上海：上海古籍出版社 1986 年版。

陈声聪《填词要略及词评四篇》，广州：广东人民出版社 1986 年版。

曹焕猷《词学详诠》，武汉：武汉古籍出版社 1986 年影印。

宛敏灏《词学概论》，上海：上海古籍出版社 1988 年版。

罗忼烈《词学杂俎》，成都：巴蜀书社 1990 年版。

朱崇才《词话学》，台北：文津出版社 1995 年版。

洛地《词乐曲唱》，北京：人民音乐出版社 1995 年版。

徐信义《词谱格律原论》,台北：文史哲出版社 1995 年版。

龙榆生《龙榆生词学论文集》,上海：上海古籍出版社 1997 年版。

夏承焘《夏承焘集》,杭州：浙江古籍出版社、浙江教育出版社 1997 年版。

吴丈蜀《词学概说》,北京：中华书局 2000 年版。

邱世友《词论史论稿》,北京：人民文学出版社 2002 年版。

谢桃坊《中国词学史》,成都：巴蜀书社 2002 年版。

王伟勇《词学专题研究》,台北：文史哲出版社 2003 年版。

卓清芬《清末四大家词学及词作研究》,台北：台湾大学出版委员会 2003
　　年版。

吴熊和《唐宋词通论》,北京：商务印书馆 2003 年版。

黄拔荆《中国词史》,福州：福建人民出版社 2003 年版。

王兆鹏《词学史料学》,北京：中华书局 2004 年版。

龙榆生《词曲概论》,北京：北京出版社 2004 年版。

王易《词曲史》,南京：江苏教育出版社 2005 年版。

吴晓萍《中国工尺谱研究》,上海：上海音乐学院出版社 2005 年版。

邓乔彬《词学廿论》,上海：上海古籍出版社 2005 年版。

方智范、邓乔彬《中国古典词学理论史》,上海：华东师范大学出版社 2005
　　年版。

吴梅《词学通论》,上海：上海古籍出版社 2006 年版。

赵为民《唐代二十八调理论体系研究》,北京：商务印书馆 2006 年版。

柳村《古典诗词曲格律研究》,上海：百家出版社 2007 年版。

刘永济《宋词声律探源大纲》,北京：中华书局 2007 年版。

江合友《明清词谱史》,上海：上海古籍出版社 2008 年版。

宋洪民《金元词用韵与〈中原音韵〉》,北京：中国社会科学出版社 2008 年版。

洛地《词体构成》,北京：中华书局 2009 年版。

魏慧斌《宋词用韵研究》,西安：陕西人民教育出版社 2009 年版。

高淑清《〈词林正韵〉研究》,长春：吉林人民出版社 2011 年版。

任中敏《敦煌歌辞总编》,南京：凤凰出版社 2014 年版。

谢桃坊《中国词学史》,成都：四川人民出版社 2015 年版。

陈天琦《晚唐五代令词格律之定型与演变研究》,华东师范大学出版社 2015
　　年版。

刘少坤《清代词律批评理论史》,北京：人民出版社 2015 年版。

蒋成忠《张綖〈诗余图谱〉考辨》,苏州：古吴轩出版社 2016 年版。

昝圣骞《晚清民初词体声律学研究》,北京：社会科学文献出版社 2018 年版。

蔡国强《钦定词谱考正》,上海：华东师范大学出版社 2017 年版。

蔡国强《词律考正》,上海：华东师范大学出版社 2019 年版。

蔡国强《重订词律》,上海：上海古籍出版社 2022 年版。

蔡国强《词系韵律诠疏》,上海：上海古籍出版社 2022 年版。